SUR TES PAS

DE LA MÊME AUTRICE

Qui a tué Rose ?, Archipoche, 2023.
Ne la quitte pas du regard, L'Archipel, 2021 ; Archipoche, 2022.

CLAIRE ALLAN

SUR TES PAS

traduit de l'anglais
par Nicolas Porret-Blanc

l'Archipel

Ce livre a été publié sous le titre
The Nurse
par Harper Collins Publishers, en 2022.

Notre catalogue est consultable à l'adresse suivante :
www.editionsarchipel.com

Éditions de l'Archipel
92, avenue de France
75013 Paris

ISBN 978-2-8098-4642-3

À mes sœurs, mes sœurs de cœur, ma fille cadette, mes nièces

Et à toutes les femmes qui n'ont jamais pu rentrer chez elles

« … quand tu suis une fille et qu'elle te repère, qu'elle essaie de te semer ou qu'elle accélère le pas. C'est plutôt cool. Tu prends de l'importance à ses yeux. Tu n'es plus un type lambda.

Je sais que ce n'est pas vraiment glorieux. Mais moi, c'est mon kif. Je vais dans une autre ville, je cherche une fille qui marche seule et je commence à la suivre. Au bout d'un moment, elle finit par te repérer. Le soir, à la nuit tombée, il suffit d'aller dans la même direction qu'elle pour la faire flipper.

Incels solitaires, je vous recommande d'essayer à l'occasion. Il s'agit juste de foutre la trouille à la fille. Si vous connaissez vos limites et que vous n'allez pas jusqu'à la harceler – sans parler de la violer – alors vous devriez avoir de quoi vous amuser sans que ce petit jeu psychologique ne prête à conséquence. »

Extrait authentique d'un forum pour *incels*
(février 2018)

PROLOGUE

Le pétale tombe délicatement vers le sol dallé et atterrit sur le froid coussin formé par ses semblables. Le jeu atteint son paroxysme. Son issue varie au gré des pétales. *Elle m'aime. Elle ne m'aime pas. Elle vit. Elle meurt.*

Il l'entend qui se déplace dans la salle de bains à l'étage. Les lattes du plancher craquent sous ses pas. La plomberie se met à vibrer quand elle ouvre le robinet du lavabo.

Elle se dit qu'elle a passé une bonne soirée, il en est convaincu. Il a préparé le dîner : filet de bœuf, pommes dauphine, haricots verts et asperges grillées. Merci Marks & Spencer et ses plats préparés, parfaits pour les nuls en cuisine. Il a ouvert une bouteille de châteauneuf-du-pape. Il ne s'y connaît pas vraiment en vin, mais celui-ci lui avait coûté plus de vingt livres, alors il supposait qu'il était bon. Elle n'en mérite pas tant, mais il préfère être réglo.

Il le sait, l'objectif est de lui faire peur. Et la peur est d'autant plus vive quand elle arrive par surprise. À un moment où sa marionnette est détendue. Heureuse. Pleine d'espoir.

Rien n'est plus excitant que de voir sa proie comprendre qu'elle n'est pas invincible. Qu'elle n'est pas autant en sécurité qu'elle le pensait.

Mais tout dépend des pétales. Une fois les règles fixées, il s'y tient. Il détache un pétale de plus, se gardant bien de deviner combien il en reste. *Patience*, se dit-il. L'attente fait partie du plaisir.

Une nouvelle latte de parquet craque à l'étage ; il lève les yeux. Voilà un petit moment qu'elle est montée. Il commence à s'agiter. L'adrénaline aidant, il se fait plus nerveux. Il se dit que cette fois, si le pétale en décide, il devra en venir aux mains. Car elle n'a pas l'air du genre à se laisser faire.

Les bruits de tuyauterie cessent. Tendant l'oreille, bien qu'il n'en soit pas tout à fait sûr il lui semble l'entendre parler. Il en est momentanément déstabilisé, jusqu'à ce qu'il pose les yeux sur la chaise vide en face de lui, au dossier de laquelle elle a accroché son sac – sac qui contenait son téléphone. Non, non. Elle n'est pas censée faire ça. C'est contre les règles. Quand ils sont ensemble, il exige d'elle toute son attention. C'est une question de principe. De respect.

Ses doigts se crispent sur la tige de la rose dont les épines s'enfoncent dans sa chair. Il ne reste que trois pétales. Il sait ce qu'il aurait dû en être pour elle. Mais, ayant enfreint les règles, elle doit en affronter les conséquences. Il n'a pas le choix.

Il se lève et traverse la pièce pour aller chercher la petite boîte en bois posée sur l'un des rayonnages de la bibliothèque. Il en sort un comprimé, qu'il coupe en deux, puis verse la poudre dans ce qu'il reste de son coûteux verre de vin. Il mélange le tout du bout du doigt et entend la porte de la salle de bains s'ouvrir, puis le bruit des pas dans l'escalier. Il affiche aussitôt un sourire de circonstance.

I

MARIAN

Lundi 1er novembre
Disparue depuis quatre jours

Jeudi soir, Nell n'est pas rentrée chez elle après le travail. Cela fait maintenant quatre jours. Quatre jours. Et je ne l'apprends que maintenant.

Je suis en train de ranger les courses, pestant contre un yaourt endommagé, quand mon téléphone sonne : c'est la colocataire de ma fille aînée – une infirmière à la timidité maladive, prénommée Clodagh – qui me demande si je ne saurais pas où se trouve Nell.

Je jette un œil sur l'horloge. Il est 19 h 15. En temps normal, Nell finit le travail à 19 heures. Il lui arrive aussi de terminer plus tard. Quoi qu'il en soit, il est bizarre que Clodagh s'inquiète déjà pour elle.

D'ailleurs, il est bizarre en soi que Clodagh m'appelle. Je n'ai pas la réputation d'être une maman louve, et Nell est très indépendante depuis qu'elle a quitté la maison, il y a quatre ans. Il n'est pas rare qu'une semaine se passe – voire davantage – sans que nous ne nous parlions. C'est ainsi que nous fonctionnons.

— Je suppose qu'elle travaille tard ce soir, à moins qu'elle ne soit passée chez Tesco, dis-je en attrapant de quoi essuyer le yaourt grec avant qu'il ne sèche sur mon plan de travail ou qu'Harry Styles – notre chat au pelage duveteux, ainsi baptisé par Nell en hommage à l'idole de son enfance – ne vienne le lécher.

Je suis contrariée d'avoir à repenser le petit déjeuner du lendemain. Dire que j'ai déjà tous ces fruits qu'il faudrait vite manger…

J'entends Clodagh qui me répond, cherchant ses mots. Quelque chose dans le ton de sa voix retient mon attention. Je cligne des yeux, comme si cela pouvait suffire à rendre ses mots plus intelligibles.

Vient-elle de me dire que Nell n'est pas allée travailler ? Je chasse Harry Styles, repose l'essuie-tout, tourne le dos au plan de travail. L'horloge murale indique 19 h 17.

— Est-ce qu'elle est malade ? dis-je.

La dernière fois que je lui ai parlé, Nell m'a dit souffrir d'un mal on ne peut plus répandu : la maladie du « je suis tout le temps fatiguée ». Je lui avais alors vivement conseillé de prendre rendez-vous avec son médecin. Que je sois constamment épuisée à mon âge est une chose, mais à vingt-deux ans, ce n'est pas normal.

Elle avait ri.

« Maman, avait-elle dit, je vois des médecins tous les jours, au travail. Ça va. Je suis juste fatiguée. C'est l'hiver. On a énormément de boulot et il y a toujours quelqu'un en arrêt maladie. Mais ça va, je t'assure. Aussi bien que possible pour une infirmière en ce moment. J'ai besoin d'une semaine de vacances au soleil, c'est tout. »

— Non, non. Enfin, je ne sais pas, me répond Clodagh, interrompant le flot de mes pensées. (Sa voix me semble de plus en plus inquiète.) Donc, vous-même ne l'avez pas vue de la journée ?

— Non. Je ne l'ai pas vue depuis une semaine, je pense. Depuis jeudi dernier. Elle est passée récupérer quelque chose dans sa chambre. Des chaussures, je crois.

Ça me revient. Ses affreuses chaussures à semelles compensées. Un de ces jours, c'est sûr, elle finira par se casser la cheville, perchée là-dessus.

— Mais vous ne lui avez pas parlé depuis ? Elle ne s'est pas du tout manifestée ? Ni par SMS ou par WhatsApp ?

Je fais « non » de la tête, comme si elle pouvait me voir.

— Non. Pas depuis quelques jours. Pourquoi ?

— Mais ça fait combien de jours, exactement ? demande Clodagh.

Je commence alors à comprendre que quelque chose ne tourne pas rond.

— Je ne sais pas. Je n'arrive plus à me rappeler. Je ne pense pas lui avoir parlé depuis qu'elle m'a rendu visite. Que se passe-t-il, Clodagh ?

En lui posant la question, je sens une certaine tension dans ma voix. Suffisamment pour qu'Harry Styles fasse le gros dos et me lance un regard de dégoût.

— Donc vous ne l'avez pas vue depuis jeudi de la semaine dernière ? Merde !

— Clodagh, dis-je comme si j'essayais de me faire comprendre par une fillette de quatre ans, et si tu m'expliquais ce qui se passe ?

Je sens les cheveux à la base de mon cou se hérisser, un frisson glacé me remonter l'échine.

— Eh bien, en fait, elle n'est pas rentrée du travail jeudi dernier. Alors je me suis dit qu'elle était peut-être encore avec Rob.

— Rob qui ?

Je suis la pire mère du monde : j'ignore qui est Rob.

— Rob. Elle l'a rencontré il y a quelques semaines. Sur Tinder. Vu que ça se passe plutôt bien entre eux, je ne sais pas… je me suis dit qu'elle était peut-être tout simplement avec lui. Vous savez ce que c'est, le début d'une relation.

Ça fait longtemps, très longtemps même, que je n'ai pas vécu le début d'une relation, mais je vois tout de même assez bien ce qu'elle veut dire. Et je ne suis pas particulièrement ravie de savoir que ma fille se trouve dans cette situation – dévorée par le désir. Chassant l'idée de mon esprit, je suis prise d'un frisson. Je ferais mieux d'allumer le chauffage. La température baisse à toute vitesse. Il va sûrement encore geler, cette nuit.

Ma fille est-elle toute seule dans le froid, quelque part ?

— Donc elle n'est pas avec Rob ?

Je sais que ma question est stupide. Clodagh ne m'aurait pas appelée, si c'était le cas.

— Non. Du moins, je pense que non, car Jenny, une collègue, est sortie avec lui samedi soir, et il a passé la nuit chez elle, m'explique Clodagh. (J'entends comme un sanglot dans sa voix.) J'ai appelé absolument tout le monde, et personne ne l'a vue, ni n'a eu de ses nouvelles. Et elle n'est pas venue travailler aujourd'hui. Elle n'a pas non plus appelé pour dire qu'elle était malade.

La tête me tourne. Je m'agrippe au rebord du plan de travail pour me raccrocher à quelque chose de réel, de tangible. Ou dans l'espoir que ma main passe au travers, et que tout ceci ne soit qu'un rêve.

Mais je sens le granit froid sous mes doigts.

C'est bien réel.

— Depuis jeudi ?

J'en ai la gorge serrée.

— Et elle n'a rien posté sur aucun réseau social, ajoute Clodagh.

Cette fois, il n'y a plus aucun doute : elle pleure.

Je regarde d'abord mes clés, puis mon sac, que j'ai jeté sur le plan de travail. Je fixe les sacs de courses à moitié vidés. Les feuilles d'essuie-tout que j'ai abandonnées. Je regarde le tout et, sans écouter ce que me dit Clodagh, je lui dis d'appeler la police, et que j'arrive sans plus tarder.

Harry Styles pousse des miaulements hostiles en me voyant sortir sans lui avoir donné son dîner. Il devra se contenter de ce fichu yaourt grec. Plus rien d'autre n'a d'importance. Je fulmine en attendant que mon téléphone se connecte au Bluetooth de ma voiture. D'habitude c'est assez rapide, mais évidemment, pas aujourd'hui.

J'appuie sur le bouton « contrôle vocal » et j'ordonne à l'assistant virtuel d'appeler Nell. J'entends une voix synthétique m'indiquer qu'elle s'exécute. Je suis à deux doigts de hurler pour lui dire de la boucler, car c'est la voix de ma fille que je veux entendre – non, que j'ai *besoin* d'entendre. D'ailleurs, le voici, ce « hello » qu'il me tarde tant d'entendre. Alors je respire à nouveau, mais il est aussitôt suivi d'un « désolée, je ne peux pas répondre à votre appel pour le moment ».

Je réprime un sanglot et passe la marche arrière sans ménagement. Les jambes flageolantes, j'embraye.

J'appelle mon mari. Peut-être lui aura-t-il parlé. Il doit être au volant, il rentre du travail. Je me demande si je dois tout lui dire, devinant dans quel état d'esprit il aurait alors à faire la route depuis Belfast. Je ne veux surtout pas qu'il panique au point de commettre une erreur de conduite fatale.

— Stephen…, dis-je en m'efforçant de garder une voix calme. Je me demandais si tu avais eu des nouvelles de Nell aujourd'hui, ou ce week-end ?

— Ce week-end ?

J'entends le tic-tac du clignotant, le frottement des essuie-glaces sur le pare-brise.

— Oui.

Je contiens mon impatience alors même que j'ai envie de hurler.

— Non. Je ne crois pas. Enfin, je ne suis pas sûr. Je vérifierais sur mon téléphone si je n'étais pas en train de conduire. Pourquoi ? Tout va bien ?

Je décide de lui mentir. À lui, mon mari, dont je partage la vie depuis vingt-sept ans. Ça ne va pas lui plaire. Il risque même de m'en vouloir. Mais je l'imagine au volant de sa voiture, les yeux fatigués. Ses cheveux grisonnants de moins en moins poivre et de plus en plus sel. Les rides qui se creusent au coin de ses yeux. La fatigue de ses allers et retours quotidiens commence à se faire sentir, quoi qu'il en dise. Nell dit de lui qu'il est têtu comme une mule.

— Oui. Je me posais juste la question. Rien d'urgent. Je passerai. J'ai juste un truc à voir avec elle. Toi-même, pourquoi ne passerais-tu pas par chez elle en rentrant ?

C'est un mensonge absurde. Voire cruel, quand je l'imagine arrivant chez Nell et ne la trouvant pas. La police, elle, sera peut-être déjà sur place. Or, quelle que soit la gravité de la situation, j'ai besoin de lui à mes côtés. Si ma fille est la chair de ma chair, il en est de même pour lui. Elle nous lie à jamais.

— Bon sang, Marian, je suis crevé et j'ai encore vachement de route à faire. Je n'ai qu'une envie, c'est de rentrer à la maison.

— S'il te plaît.

Je ne sais pas comment je parviens à empêcher ma voix de trembler.

— OK, soupire-t-il. Si ça peut me permettre d'avoir la paix, je le ferai. Mais ça sera vraiment une visite en coup de vent.

Au ton de sa voix, mon estomac se noue. Je sens derrière mes yeux les élancements d'un début de migraine.

— Merci, dis-je avant d'ajouter que j'ai hâte qu'il nous rejoigne.

Nous. Comme si j'étais sûre que Nell sera rentrée. Ce qui n'est évidemment pas le cas.

Je comprends à ma grande stupeur que je suis en larmes. Or je ne pleure jamais. Ce n'est pas mon genre. Je ne suis pas le genre de mère à verser des larmes de fierté aux concerts de fin d'année, ou à larmoyer devant des photos de bébé. J'ai une certaine capacité à rester rationnelle et à garder la tête froide. Je n'avais pas le choix, quand Nell était petite.

Mais là, en mon for intérieur, j'ai la certitude que quelque chose ne tourne pas rond.

Moi qui me pensais dépourvue de cordon ombilical affectif, je me sens tout compte fait bien reliée à mon enfant, et abreuvée de toutes ces émotions, de tous ces instants passés qui aujourd'hui ne sont plus que des souvenirs. J'ai le pressentiment que ce sont peut-être les derniers – les derniers souvenirs heureux, en tout cas.

Je pose la main sur mon ventre. Sans trop savoir pourquoi. Peut-être espérais-je y sentir un mouvement. Un coup de pied. Un signe de vie. C'est absurde, bien sûr, me dis-je en secouant la tête tout en m'efforçant de garder les yeux fixés sur la route. Cela ne se produira pas. C'est impossible.

Je m'adjure intérieurement de retrouver mon esprit rationnel et de me concentrer sur ce que je peux faire.

Sur ce que je peux encore changer. Mes émotions ne me seront d'aucune aide, à ce stade. Là, je dois aller chez Nell au plus vite pour parler à Clodagh ainsi qu'à la police.

Si Clodagh n'est pas sans qualités, il ne faut pas compter sur elle pour entamer d'elle-même des recherches. C'est une fille adorable, mais un peu hystérique. D'ailleurs, ne serait-elle pas en pleine crise d'hystérie, justement ? Ne va-t-elle pas soudain se rappeler qu'elle a parlé à Nell hier et se donner une tape sur la tête, l'air de dire : « Quelle idiote je fais » ?

Non. Je suis en train de me raccrocher à un fétu de paille. Ça ne me ressemble pas. Mais là, c'est différent. Il s'agit de ma fille. Mon estomac se noue à nouveau.

À nouveau, j'appelle le portable de Nell. J'écoute sa voix m'indiquer qu'elle me recontactera. Une voix juvénile et chantante, pleine de promesses. Je songe un instant à lui laisser un message, pour la supplier de me rappeler. La supplier de décrocher. Lui ordonner de m'obéir.

Mais je ne la supplie pas. Et je ne pleure plus. Je mets fin à l'appel et me concentre sur la route. Chaque changement de vitesse, chaque coup de frein ou d'accélérateur me demande davantage d'efforts que d'habitude. Ça ne peut pas arriver.

2

MARIAN

Lundi 1er novembre
Disparue depuis quatre jours

Quelle étrange impression, en arrivant devant le domicile de ma fille, quatre pièces dans une maison mitoyenne : tout semble absolument normal. Je ne remarque rien d'inhabituel. Rien ne détonne. Les roseaux à plume géants plantés dans un coin de son jardin forment toujours une jungle monstrueuse, alors que je voulais que la propriétaire les fasse arracher. Un des panneaux de verre de la lanterne suspendue au-dessus de sa porte d'entrée est resté fissuré.

Mais il y a aussi des signes qui montrent que ma fille sait prendre soin de l'endroit où elle vit. La couronne de laurier accrochée à la porte. La collection de pots vernissés sur le perron, avec leurs plantes soigneusement taillées pour qu'elles survivent aux gelées matinales. Les plantes, elle sait gérer. Les herbes de la pampa, beaucoup moins.

Je m'apprête à sonner mais sursaute quand la porte s'ouvre avant même que j'aie eu le temps d'appuyer sur le bouton. Clodagh, vêtue de sa tenue d'infirmière, s'est emmitouflée dans un épais gilet beige. Elle a les yeux rouges et serre un mouchoir entre ses doigts.

— Je suis tellement désolée, madame Sweeney. Je pensais juste que… J'ai travaillé tout le week-end, et certains jours, comme on ne fait vraiment que se croiser… Mais au bout d'un moment, j'ai trouvé ça bizarre qu'il nous reste encore du lait dans le frigo. Alors je suis allée dans sa chambre, mais elle était exactement dans le même état que jeudi matin. Je m'en souviens car je m'étais assise sur son lit pendant qu'elle se préparait pour aller au boulot. Elle m'avait emprunté ma robe noire, pour l'essayer, et la robe était toujours à l'endroit où elle l'avait laissée, sur le lit. Alors je l'ai appelée. Au moins cinq ou six fois. Puis j'ai appelé nos amis. Au travail. Et je vous ai appelée, vous.

J'entre et je balaie la pièce du regard, comme si Nell pouvait apparaître par magie, nous prenant toutes les deux au dépourvu.

— As-tu appelé la police ?

Après avoir posé la question, je continue mon exploration. Je passe une tête dans l'embrasure de la porte du salon. En ordre et bien chauffée, la pièce est éclairée par deux luminaires disposés à chacune de ses extrémités. Le plaid en tricot surdimensionné de Nell est plié sur le canapé. Je résiste à l'envie de m'en emparer pour tenter de retrouver un peu de sa présence. Sentir son parfum. Je ferme les yeux et des dizaines de senteurs me reviennent en mémoire. Le talc pour bébé. L'odeur du shampoing Vosene dans ses cheveux quand elle était petite. Le déodorant entêtant qu'elle utilisait pendant son adolescence. Les fragrances discrètes de son parfum préféré du moment – une eau de Cologne de Jo Malone. Je viens de lui en commander un nouveau flacon, pour Noël.

— Je l'ai fait, oui, répond Clodagh. (Je cligne des yeux et me concentre sur ce qu'elle me dit.) Ils m'ont assuré qu'ils allaient envoyer quelqu'un, mais étant donné qu'elle est adulte…

— C'est une adulte, certes, mais elle n'a pas donné signe de vie depuis jeudi.

Je regrette aussitôt le ton que j'ai employé. Ce n'est pas la faute de Clodagh. Elle n'est que la messagère.

— C'est ce que je leur ai dit, continue-t-elle d'une voix timide.

— Et ce Rob ? Que sais-tu de lui ?

— Heu, pas grand-chose. Elle ne sort avec lui que depuis quelques semaines, et comme on a toutes les deux des horaires de dingues, on n'a pas vraiment eu l'occasion d'échanger.

— Mais elle a bien dû t'en parler, quand même ?

J'ai du mal à croire que Nell ait pu cacher quoi que ce soit à sa meilleure amie.

— Oui, un peu. Il est légèrement plus vieux qu'elle. Il doit approcher de la trentaine. Il travaille dans une des start-ups installées dans le quartier de Fort George. Vous savez, les nouveaux immeubles. Mais je ne sais pas exactement ce qu'il fait. Je crois qu'il bosse dans les médias, ou quelque chose comme ça.

— Est-ce que tu connais son nom de famille ? Et sais-tu à quoi il ressemble ?

— Je vais voir si je le trouve dans ses amis Facebook, me dit Clodagh en sortant son portable de sa poche.

Elle fait défiler son écran et, après quelques clics, s'exclame :

— Mince, elle a restreint l'accès aux seuls contacts en commun.

— « Jenny ! »

Clodagh me regarde comme si j'avais perdu la tête.

— Tu m'as dit que ta collègue Jenny était sortie avec lui. Appelle-la et demande-lui ce qu'elle sait à son sujet. Je suppose qu'elle a son numéro de téléphone, ou au moins son nom de famille.

Clodagh hoche la tête, tapote sur son écran et lance l'appel. Elle laisse un bref message par lequel elle demande à Jenny de la rappeler au plus vite, ajoutant que c'est très important. Elle met fin à l'appel et me dévisage, comme si elle s'attendait à ce que j'aie réponse à tout. Je représente la figure maternelle, après tout. Je suis censée savoir que faire. À qui m'adresser. Ce qu'elle ignore, c'est que chacune des cellules de mon corps est tétanisée de terreur. Et que si je le pouvais, je courrais me réfugier dans les bras de ma propre mère. Ne parvenant à respirer qu'au prix d'un effort considérable, je serais bien incapable d'élaborer la moindre stratégie, et encore plus de trouver les ressources pour offrir à Clodagh un quelconque réconfort.

Ayant besoin d'espace, je m'excuse et me rends dans la chambre de Nell. Retrouver son univers me fait un profond effet. Certes, il ne s'agit pas de la chambre où elle a grandi, celle qu'elle ne rangeait que lorsque je la harcelais. Certes, le choix des couleurs aux murs n'est pas celui qui nous avait valu tant de chamailleries. La commode n'est pas celle où j'avais trouvé une boîte à tabac contenant un joint soigneusement roulé, cachée dans son tiroir à culottes. Sur le chambranle de la porte, je ne retrouve pas les marques indiquant sa taille à différents âges. Mais elle est là malgré tout. Son odeur flotte dans l'air. Celle de son parfum. De sa laque. Je vois, perchée sur son armoire et qui me sourit, sa poupée Po, dont le tissu est tout élimé, témoignage de la passion qu'elle vouait aux Teletubbies quand elle était toute petite. Je vois des vêtements à sa taille. Quand j'aperçois les fameuses chaussures à semelles compensées, mon estomac se serre à nouveau, si fort cette fois que c'en devient insupportable. J'aurais la nausée si j'avais quelque chose dans le ventre, mais comme il est vide, je me plie en deux de douleur.

Jamais de toute ma vie je n'ai ressenti une telle peur. Mais je sais que je ne dois pas y céder. Ce n'est pas le moment. J'ai beaucoup à faire. Et, qui sait ? Peut-être la ménopause me fait-elle surréagir à quelque chose qui a une explication parfaitement rationnelle.

Mes craintes se voient confirmées par les gyrophares d'un véhicule de police qui éclairent soudain la chambre de ma fille à travers les rideaux ouverts.

Une petite blonde vêtue d'un tailleur-pantalon gris ajusté me tend la main et se présente : capitaine Eve King. Sa présence me contrarie. Je trouve étrange qu'une personne aussi gradée ait fait le déplacement à la suite d'un appel que la police jugeait peu préoccupant.

Je me présente à mon tour, ainsi que Clodagh. Affublé d'un costume mal taillé, un grand type à l'allure dégingandée apparaît sur le perron. Je sursaute à sa vue.

— Voici mon collègue, le major Mark Black, nous annonce la capitaine King. Vous ne voyez pas d'inconvénient à ce qu'il m'accompagne ?

Je fais non de la tête, même si, n'étant pas chez moi, je n'ai aucune légitimité à en décider.

— Bien sûr que non, entrez, répond Clodagh d'une voix tremblante. Est-ce que je vous sers un thé, un café ? Un verre d'eau ?

— Merci, ça ira, dit la capitaine. Peut-être pourrions-nous nous asseoir pour parler un peu de votre colocataire, Nell Sweeney ?

Clodagh hoche la tête, comme dépassée par la situation. J'attends qu'elle conduise les deux policiers dans le salon, mais comme elle reste immobile, je prends les devants et les invite à s'asseoir sur le canapé, tandis que Clodagh et moi nous nous installons chacune dans un fauteuil, dos raide et visage tendu.

— Bien, commence la capitaine King en sortant de sa poche un calepin et un stylo-bille dont le bouchon est tout mâchonné. (Je ne peux m'empêcher de remarquer ce genre de choses. Nell me dit toujours que je devrais me détendre.) Clodagh, vous avez indiqué à l'officier de Police Secours que vous étiez sans nouvelles de Nell depuis jeudi. C'est bien ça?

Clodagh acquiesce d'un hochement de tête. Voyant sa lèvre trembler, il me prend l'envie de la secouer. Il faut vraiment qu'elle se ressaisisse: si nous voulons avoir la moindre chance de retrouver Nell, nous devons rassembler un maximum d'informations, et au plus vite. Ne dit-on pas que les premières quarante-huit heures sont cruciales, dans les affaires de disparition?

Seulement, je comprends que cela fait déjà bien plus que quarante-huit heures que Nell a disparu. Mes lèvres aussi se mettent à trembler.

— Je l'ai vue jeudi matin avant qu'elle ne parte au travail. Nous sommes toutes les deux infirmières à l'hôpital d'Altnagelvin, mais dans des services différents. Moi en pédiatrie, et Nell en chirurgie. Je sais qu'elle a travaillé, ce jour-là. Comme elle était en repos vendredi, ainsi que ce week-end, elle n'était censée reprendre le travail qu'aujourd'hui. Mais elle n'est pas venue de la journée.

— Et vous ne l'avez pas vue de tout le week-end ni n'avez remarqué son absence? demande la capitaine.

Clodagh renifle.

— J'étais très occupée. Vu que je travaillais de nuit, j'étais un peu à la masse, ça me fait toujours ça. En plus, comme on était en sous-effectif, j'ai dû faire des heures sup. Et Nell sortait avec ce type, Rob – je ne connais pas son nom de famille, mais je vais me renseigner –, alors à vrai dire, j'ai pensé qu'elle était sûrement avec lui. En mode long week-end.

La capitaine King continue son interrogatoire, au cours duquel est évoquée Jenny, ainsi que son rendez-vous Tinder avec Rob. Elle cherche ensuite à savoir quel était l'état d'esprit de Nell.

— Elle n'était pas du tout déprimée, dis-je, malgré moi sur la défensive. N'allez pas croire qu'elle est partie quelque part avec l'intention de se faire du mal. Ça ne lui ressemble pas du tout. Nell n'est pas déprimée. Si c'était le cas, elle m'en aurait parlé. J'en suis sûre et certaine.

— Êtes-vous proches, toutes les deux ? me demande la capitaine en me fixant de ses yeux bleus perçants.

Manifestement, c'est le genre de flic qui n'a pas besoin d'un détecteur de mensonges pour savoir si quelqu'un dit ou non la vérité.

— C'est ma fille. Ma fille unique, en l'occurrence. Certes, nous ne sommes pas toujours fourrées l'une chez l'autre, si c'est ce que vous voulez savoir, mais nous sommes proches. Elle sait que je serai toujours là pour elle si elle a besoin de moi.

— Heu… Mme Sweeney a raison, intervient Clodagh d'une toute petite voix. Nell n'est pas déprimée. Ou alors, si c'est le cas, elle cache bien son jeu.

— Est-elle quelqu'un de sociable ?

— Oui, plutôt. Comme tous les jeunes de son âge. Elle a vingt-deux ans.

La policière se tourne vers Clodagh, comme si mes réponses ne pouvaient être prises pour argent comptant. À l'évidence, elle pense que je ne connais pas du tout ma fille.

Clodagh hausse les épaules.

— Ouais. Je dirais qu'elle sort deux ou trois fois par semaine. Mais elle aime aussi rester tranquille à la maison. On enfile nos pyjamas et on se mate un film ou une série. On regarde surtout des séries policières.

— C'est elle ? demande le major Black.

Il désigne d'un signe de tête une photo encadrée posée sur le buffet : un selfie de Nell et Clodagh, tout sourire devant l'objectif. Il semble avoir été pris lors de leurs vacances de l'an dernier. La mer est bien trop bleue pour être celle de la côte du Donegal. Elles ont le visage un peu rouge, qui témoigne d'un excès de soleil. Nell a l'air si jeune. Pleine de vie. Je suis incapable de dire quoi que ce soit.

— Oui, dit Clodagh. Quand on était à Kos, l'été dernier.

— Vous permettez que je vous l'emprunte ? demande-t-il en se levant, non sans s'être déjà saisi du cadre.

Je me retiens de lui ordonner de le reposer. Je sais très bien ce qu'il veut en faire. Il veut mettre la photo en ligne, la placarder sur les murs, la diffuser dans la presse. Il s'apprête à faire de Nell une victime. Hors de question. Je ferme les yeux un instant pour ne pas le voir quitter la pièce, cadre en main.

Je jette un œil à ma montre et me demande pourquoi Stephen n'est toujours pas là. Je suis en train de perdre pied ; j'ai besoin qu'il me rassure et me dise que tout se terminera bien.

N'osant demander ce qui se passe, je regarde le major emporter la photographie dans leur véhicule banalisé. Je comprends alors qu'ils ne sont pas arrivés dans la voiture aux gyrophares. Cette dernière est toujours garée à l'extérieur, et l'agent en uniforme adossé contre elle a tout l'air de s'ennuyer ferme.

— Nell conduit-elle ? demande la capitaine.

Je secoue la tête.

— Non. Elle prend des cours de conduite mais elle n'a pas encore le permis. Je peux vous donner le nom de son moniteur, si vous le souhaitez.

— Ça pourrait nous être utile, en effet. Mais dans ce cas, si elle ne conduit pas, comment se rend-elle au travail ? Y va-t-elle en taxi, en bus, à vélo, ou autre ?

— Elle fait tout à pied, dis-je. Elle dit que ça lui permet de se vider la tête avant de commencer sa journée, et pareil sur le chemin du retour. Étant donné qu'elle habite très près de l'hôpital… c'est assez pratique.

La policière hoche la tête.

— Ah, d'accord. Et avez-vous une idée de son itinéraire habituel ?

— Euh, je n'en suis pas certaine. Il me semble qu'elle passe à côté du gros Tesco et qu'ensuite elle emprunte Rossdowney Road. C'est une rue plutôt bien éclairée.

— Mme Sweeney a raison, ajoute Clodagh. Et elle prend toujours le passage souterrain, pour éviter d'avoir à traverser le carrefour quand il y a beaucoup de circulation.

Le passage souterrain. J'avais totalement évacué cette donnée de mon esprit. J'ai toujours détesté qu'elle emprunte ce parcours en rentrant chez elle, même si elle persiste à me dire que c'est plus sûr que de traverser une quatre-voies très fréquentée, et que la proximité du centre commercial rend impossible toute mauvaise rencontre.

— Elle emprunte ce trajet tous les soirs ?

Clodagh acquiesce d'un signe de tête.

Soudain, sans crier gare, surgit dans mon esprit une image de ma fille gisant à terre. Elle est blessée ou – mon Dieu, je n'ose même pas y songer – pire encore. Non, impossible. L'endroit étant très passant, on l'aurait retrouvée. La nouvelle aurait déjà fait le tour de la ville.

— Plus nous en saurons, mieux ce sera, dit la capitaine. Donc, si vous pensez qu'elle aurait pu emprunter un autre itinéraire, ou faire du covoiturage – ou quoi que ce soit d'autre –, contactez-nous.

Sur ces entrefaites arrive Stephen. Son visage exprime la plus grande confusion. Il balaie du regard le petit salon, découvre la présence de la femme inconnue vêtue de gris qui prend des notes sur son calepin. Il aperçoit Clodagh et ses yeux rouges. Puis il se tourne vers moi. Je n'ai guère de mal à imaginer de quoi j'ai l'air. Angoissée. Livide. Terrifiée.

— Marian, dit-il. Que se passe-t-il ? Où est Nell ?

Je suis incapable de prononcer un mot. C'est à peine si je parviens à respirer. Comment dire l'indicible ? Comment lui annoncer que sa fille – notre fille – a disparu ? Il sera aussitôt plongé dans le même cauchemar que celui où je me trouve désormais.

— Bonjour. Vous devez être monsieur Sweeney ? demande la policière en se levant pour accueillir mon mari.

— Oui. Stephen Sweeney, le père de Nell. Qui êtes-vous ? Quelqu'un pourrait-il m'expliquer ce qui se passe ? Où est Nell ?

Son ton est sec, je le sens en colère. Il sera furieux d'apprendre que je l'ai fait venir sans lui avoir au préalable expliqué la situation qui l'attendait ici. Mais je devais m'assurer qu'il arrive sain et sauf. Ce n'est pas difficile à comprendre.

— Je suis la capitaine Eve King. On nous a fait venir ici car il semble que votre fille ait disparu.

Il la regarde comme si elle parlait une langue étrangère.

— Disparu ?

— Selon Miss Clarke, ici présente, votre fille ne s'est pas manifestée depuis jeudi.

— Depuis jeudi ?

Il cligne des yeux, peinant à enregistrer toutes ces informations. Je le vois fléchir les jambes avant de se baisser pour s'asseoir sur le canapé, comme écrasé par le poids de ce qu'il vient d'apprendre. Je voudrais prendre sa main dans la mienne mais il est assis trop loin de moi. Il est toujours trop loin.

Pendant que la capitaine résume la situation, Stephen a les yeux rivés sur moi, comme si tout cela était ma faute.

— Et maintenant, qu'est-ce qu'on fait ? Qu'allez-vous faire pour la retrouver ? demande-t-il.

Je remarque qu'il tient ses clés de voiture dans son poing serré. Si seulement il suffisait de sauter dans la voiture et de faire le tour du quartier pour la retrouver dans le parc, en train de s'amuser avec ses copines, tellement prise par leurs jeux qu'elle en aurait oublié de rentrer avant l'heure imposée… Mais cette époque est révolue depuis bien longtemps.

— Nous devrons interroger ses amis. Ainsi que ce Rob, avec qui elle est sortie. Et ses collègues de travail, pour essayer de savoir dans quel état d'esprit elle se trouvait quand elle a quitté le travail jeudi soir. Les disparitions peuvent avoir des causes très diverses. Essayons de ne pas nous inquiéter outre mesure, à ce stade.

Stephen ne peut réprimer un petit rire, qui m'atteint au plus profond. Lui comme moi avons depuis longtemps dépassé ce « stade ».

Il se tourne vers moi, l'air désemparé. Il semble s'attendre à ce que je trouve une solution dans la minute. Car c'est ma spécialité : je règle les problèmes. Je mets de l'huile dans les rouages, j'arrondis les angles, je veille à ce que tout soit en ordre. Notamment en ce qui concerne Nell. S'occuper d'elle est mon vrai « travail », davantage que de passer mes journées assise au bureau à organiser des visites d'appartements.

Et à ce moment précis, je suis dévastée par le sentiment de faillir à ma tâche. Je n'ai aucune solution, alors qu'aucun des problèmes que j'ai eu à régler jusqu'ici ne revêtait un millième de la gravité de celui-ci.

Le silence est rompu par le retour du major, qui tient à la main la photo encadrée. Instinctivement, je tends le bras pour la lui reprendre. Quand nos yeux se croisent, je lis dans les siens ce qui ressemble à de la compassion. Peut-être sait-il ce que je suis en train de traverser, pour avoir déjà vécu cette scène, sans doute. Car cette conversation, il l'a déjà eue avec d'autres parents. Il a déjà emprunté les photos d'autres visages souriants, figés dans le temps, afin de les faire circuler. Peut-être a-t-il ensuite été le messager de tristes nouvelles, quelques jours plus tard. Je me sens soudain submergée par l'émotion. Je baisse les yeux sur le cliché et contemple les traits de ma fille. Ce visage que je chéris plus que tout.

Je lutte pour ne pas céder à la panique qui menace de m'anéantir. Je me concentre sur ma respiration, sur les battements de mon cœur qui résonnent dans tout mon être. Et je pense aux pulsations de son propre cœur qui, fut un temps, battait au rythme du mien.

Je t'en supplie, fais en sorte qu'il ne t'arrive rien.

3

LUI

Deux mois plus tôt

La première fois, c'est un accident. C'est à peine s'il comprend ce qui va arriver, quand la respiration de la fille se fait haletante et que son corps se raidit. Il sent la peur qui irradie de tout son être. Le staccato de ses talons sur le trottoir s'accélère et se mue en un clic-clac effréné.

Il a presque envie de l'apostropher, de lui dire de ne pas s'inquiéter. Après tout, il n'a aucune intention de lui faire du mal. Il n'est pas un violeur. Mais la honte s'insinue en lui. Ce sentiment de honte que tous les hommes, collectivement, ont en partage. Car ils le savent : ils sont tous des prédateurs en puissance. Ils savent qu'ils ont le pouvoir de dominer. De contrôler. De briser.

Mais il comprend vite qu'en l'interpellant, il risquerait de l'effrayer encore davantage. Il imagine la fille le poing serré sur ses clés de voiture, prête à le frapper, à lui balancer sa peur en pleine figure et son genou entre les jambes.

À la voir marcher si vite, d'un pas si déterminé, il sait qu'elle a déjà considéré qu'il constituait un danger. Sans même le connaître. Il représente une menace pour la simple raison qu'il est un homme marchant dans la même rue qu'elle, de nuit.

C'est alors que la colère le gagne. Il a eu une journée de merde, au boulot. Sa cheffe est restée sur son dos toute la journée, à le traiter comme s'il était un imbécile. Elle n'occupe pas cette fonction depuis beaucoup plus longtemps que lui, mais sa promotion lui est vraiment montée à la tête. Elle répète à qui veut l'entendre qu'elle « excelle dans un milieu pourtant très masculin » – à tel point qu'il a parfois l'impression qu'elle le considère comme personnellement responsable du patriarcat.

Et elle n'est pas la seule. Où qu'il aille, il tombe sur des féministes qui accusent les hommes de « *mansplaining* » ou qui qualifient de harcèlement sexuel ce qui n'était autrefois que de la drague. De telles aberrations, qui poussent cette femme à hâter le pas devant lui – car elle le prend pour un violeur en puissance alors que rien ne pourrait être plus éloigné de la vérité –, sont la preuve supplémentaire que ce monde est en train de devenir fou. Depuis quand, se demande-t-il, les hommes ne peuvent-ils plus marcher la nuit dans la rue sans être pris pour des pervers ? Depuis quand est-ce un crime d'avoir un pénis ?

Sentant la colère et la frustration monter en lui contre ce monde injuste, il accélère le pas pour marcher au même rythme qu'elle. Il reste cependant à quelques mètres derrière elle, bien sûr. Étant donné qu'il n'a aucune intention de lui faire du mal, ce n'est pas sa faute s'il l'effraie du simple fait qu'il emprunte le même itinéraire qu'elle. C'est elle qui a un problème. Et son problème, c'est qu'elle se trompe d'opinion sur lui et sur les hommes en général. Il se rend compte que son pouls s'est emballé, et pas seulement à cause de sa marche accélérée. Il y a comme une pulsion qui l'anime et qui fait vibrer ce qu'il y a de plus primaire en lui. Elle exacerbe la frustration qu'il a accumulée après une journée de plus à constater que des tâches qu'il serait parfaitement capable d'accomplir sont attribuées à des collègues féminines, discrimination positive oblige.

La femme traverse la route sans prêter attention à la circulation. Il lui emboîte le pas, comprenant que sa colère et sa frustration sont en train de se muer en quelque chose d'autre : un sentiment de puissance. D'emprise.

Plus il accélère le pas, plus elle hâte le sien. Il entend dans chacune de ses exhalations un infime tremblement, quasi imperceptible. Sa peur, réalise-t-il, est enivrante. Il s'en repaît. Il se surprend à sourire, heureux de savoir que bien qu'il ne représente aucune menace – pas pour l'instant en tout cas – elle n'en sait rien. Elle est terrifiée. Terrifiée par lui. Lui que personne jusqu'ici n'a jamais vraiment pris au sérieux.

Il la rattrape sans peine. Il lui suffit d'allonger chaque foulée, d'accélérer légèrement le pas. Sans vraiment y songer, il tend le bras. Il peut presque sentir son corps qui se rétracte pour éviter d'entrer en contact avec lui. Elle sent l'énergie qu'il dégage. Ses doigts effleurent les pointes de ses longs cheveux bruns. Son excitation est telle que chaque mèche semble caresser directement en lui une terminaison nerveuse. L'air est électrique. À son grand étonnement, il ressent un frémissement au niveau de l'entrejambe. Son anatomie se rappelle à lui.

Et soudain elle s'arrête et se tourne vers lui, le visage blanc de terreur et de fureur. Il aime ça, voir à quel point il lui tape sur les nerfs. Il le voit à sa mâchoire crispée et le lit dans le blanc de ses yeux.

— Arrête ça tout de suite ou je hurle, dit-elle, les mots se bousculant en lui sortant de la bouche.

Il lève les mains comme pour faire mine de se rendre, son courage s'émoussant.

— Que j'arrête quoi ? Je ne fais que rentrer chez moi.

— Tu me suis. (Il regarde son poing fermé, désormais levé, et aperçoit une clé qui brille entre ses doigts.) Espèce de connard. Fais encore un pas et je…

— Ça va, je suis désolé, répond-il machinalement.

Toujours s'excuser. Toujours se rétracter. Mais à sa grande surprise, il comprend qu'il n'en pense pas un mot. Pas le moins du monde. Il n'est pas désolé. Il est toujours en colère, peut-être même davantage maintenant qu'elle se met à l'insulter. Mais il sait qu'il serait stupide de lui dire le fond de sa pensée.

— Désolé, je n'avais pas compris que je vous avais fichu la trouille. Vous n'avez qu'à continuer, pendant que moi je reste ici. Ou que je change de trottoir.

Il fait un pas en arrière. Puis un deuxième. Il prend une expression faussement confuse et la regarde qui s'éloigne à reculons, sans oser lui tourner le dos. Il reste là, à la fixer, les mains toujours levées. Et puis elle finit par se retourner et repart de son côté, à toute allure.

Il se dit qu'elle ne manquera pas de parler à ses copines de ce pervers qui l'a suivie quand elle rentrait chez elle. Et, là encore, il se surprend à ressentir une certaine excitation. Ça ne lui déplaît pas, cette idée d'avoir fait forte impression.

Une fois arrivé chez lui, tous ses sens sont en feu. Il se sent électrisé, galvanisé. Il prend une bière dans le frigo et demande à Alexa de jouer sa playlist préférée. Les premiers accords de « Mr Brightside », des Killers, résonnent dans la cuisine. Puis il ordonne à Alexa d'augmenter le volume tout en scrutant l'intérieur de son freezer, en quête d'un truc à manger pour le dîner.

Mais non, ce soir il ne cuisinera pas. Il se fera livrer quelque chose. Des plats indiens. Ainsi que plusieurs bières. Après tout, il est désormais de très bonne humeur. Il se sent grisé par le shoot d'adrénaline procuré par ce retour à pied, par le sentiment de puissance qui en résulte et qui bouillonne dans ses veines. Il demande à Alexa de mettre le volume à fond et commande son repas sur son portable, via une application.

Il descend sa bière en moins de deux, pose la bouteille vide sans ménagement sur le plan de travail et en décapsule aussitôt une deuxième.

Il se lance dans un solo d'*air guitar* et attend le crescendo dans la chanson quand il entend qu'on tambourine sur le plancher, à l'étage du dessus. La musique a beau être à fond, et lui s'égosiller, le message lui parvient très distinctement. Une succession de trois coups, martelés avec une exaspérante régularité, qui valent rappel à l'ordre. Et qui lui signalent qu'il n'est pas aussi libre qu'il le pense. Mais ce soir, remonté à bloc, il se sent d'humeur rebelle. Il crie encore plus fort, faisant fi des martèlements répétés sur le plancher du dessus.

Il paie sa part du loyer tout autant qu'eux. C'est aussi chez lui, ici. Putain, s'il a envie de se boire une bière et d'écouter de la musique en rentrant du boulot, il en a tous les droits.

Avec le vacarme de la musique, il n'entend ni les bruits de pas ni la voix de son colocataire qui lui crie dessus. Peu importe, car il a déjà décidé qu'il ne baisserait pas sa musique. Du moins, pas avant que sa commande n'arrive et qu'il ait fini sa deuxième bière. Voire sa troisième. Il commence déjà à sentir les effets de l'alcool dans son sang – prémices de l'ivresse qu'il compte vite atteindre. Il attrape une assiette, claque la porte du placard en la refermant, et au moment où il s'apprête à chercher des couverts dans le tiroir du haut, il prend soudain conscience de la présence de Cormac. Ce dernier se tient dans l'encadrement de la porte de la cuisine, le regard torve et le visage furibond.

— Putain, tu vas la baisser ta musique, oui ou non ?

Il entend son colocataire, mais cela ne l'empêche pas de prendre une pose exagérée et de placer sa main en entonnoir autour de son oreille.

— Tu m'as parlé ? ironise-t-il.

L'hostilité qui émane de Cormac est palpable. En temps normal, ça l'aurait mis mal à l'aise et il se serait aussitôt excusé. Mais pas là. Pas ce soir. Ce soir, c'est comme s'il se nourrissait de cette tension. Il a le pouvoir de faire trembler de rage ce prof de sport baraqué d'un mètre quatre-vingts. Cela dit, il sait qu'il ne risque rien, car Cormac n'est pas du genre agressif, même quand on le met en rogne.

— Arrête de faire le con ! lui lance Cormac.

— Désolé, répond-il avec un petit sourire narquois. Je ne t'entends pas. Tu peux parler plus fort ?

— Alexa ! Ferme-la ! hurle Cormac, et comme il se doit Alexa s'exécute et se tait aussitôt. Tu sais très bien qu'en ce moment je bosse non-stop sur mes bulletins et que Jade potasse pour sa soutenance. Alors s'il te plaît, arrête de faire le con !

— Moi aussi je bosse dur. J'ai quand même le droit d'évacuer la pression, répond-il en se mordant la langue pour ne pas lui dire d'aller se faire foutre.

— Dans ce cas, va faire un jogging ou va à la salle de sport. Tu n'as pas besoin d'emmerder la planète entière pour la simple raison que tu veux boire des bières en foutant la musique à fond.

— Tout le monde n'a pas envie de courir ou de passer sa vie à faire le beau dans une salle de sport. Il n'y a rien de mal à boire une ou deux bières de temps en temps. Tu ferais bien d'essayer, tu serais sûrement moins relou.

Sur ce, il ordonne à Alexa de relancer sa musique et tourne le dos à Cormac. Il se sent intouchable. Il se fout que Cormac et Jade essaient de le culpabiliser, l'un avec ses bulletins et l'autre avec sa soutenance. Ils n'ont aucune idée des journées qu'il passe. De la pression qu'il subit. Non seulement ils n'en ont aucune idée, mais ils s'en tapent.

Il comprend trop tard que Cormac, lui passant devant, vient d'attraper l'assistant personnel en arrachant le fil à la prise. Perdant de sa superbe, il voit Cormac lever le bras puis projeter violemment au sol l'appareil, qui se brise avec fracas sur le carrelage.

Il se tourne vers Cormac, sans trop savoir comment interpréter ce qui vient de se produire.

— Putain, il s'agirait de grandir, braille Cormac. Ou alors cherche-toi un autre appart.

Et Cormac de tourner les talons et de quitter la pièce. Quant à lui, il se sent pris entre colère et sidération. Son humeur dégringole aussi vite qu'elle était montée en flèche. La bière qu'il tient à la main, à moitié bue, a perdu tout son attrait. Ainsi que le repas indien qu'il a commandé. Son estomac se noue sous l'effet de la tension et de l'anxiété. Il sent ses muscles se contracter. Son stress est remonté au même niveau que ce qu'il était quand il a quitté le travail. Voire pire.

Pire, assurément.

Il ne peut pas continuer ainsi. À vivre avec des gens qui ne le respectent pas. Et qui l'empêchent d'être lui-même.

Il porte la bouteille à ses lèvres mais la bière a désormais un goût amer. Âcre. Elle est aussi tiède que la bile qui lui est montée à l'estomac. Il regarde les débris de l'enceinte connectée qui jonchent le sol et, comprenant qu'il a été réduit au silence comme une vulgaire « Alexa », jure tout bas et songe à balancer lui aussi la bouteille sur le sol.

Mais sa bravoure l'a quitté. Ainsi que le sentiment d'être quelqu'un d'important, de puissant. Après avoir vidé la bière dans l'évier, il jette la bouteille dans la poubelle dédiée au recyclage. Puis il balaie les morceaux de plastique et rassemble le tout dans un sac. Même s'il ne se fait pas trop d'illusion, il essaiera quand même de faire réparer l'appareil.

La sonnette retentit, annonçant l'arrivée de son repas. Mais il a perdu tout appétit. Il prend le sac de nourriture que lui tend le livreur et le dépose sur la table de la cuisine. Il saisit un stylo et griffonne un mot bref, « Servez-vous », qu'il laisse sur le sac en plastique gras.

Se sentant vaincu, anéanti, il regagne sa chambre, déçu de lui-même, en voulant à la terre entière.

4

LUI

Deux mois plus tôt

Il allume son ordinateur, et passe une heure sur YouTube. Puis trente-quatre minutes sur Reddit. Vingt-sept minutes sur Pornhub. Mais même ses vidéos pornos préférées ne parviennent pas à lui remonter le moral – ni la bite, en l'occurrence. Enfoirés de Cormac et Jade, qui estiment pouvoir exercer un contrôle absolu sur l'endroit où il vit. Sur son environnement.

Jade était venue frapper à sa porte peu après qu'il était rentré dans sa chambre. Elle était restée debout, ses cheveux blonds noués en un chignon approximatif, vêtue de son pyjama court – celui qui dévoilait juste ce qu'il faut de ses cuisses douces et pâles – et de ce haut qui lui tombait sur l'épaule, laissant voir une bretelle de soutien-gorge rose clair en dentelle. Elle qualifiait cette tenue de *comfy* et adoptait ce look pour traîner à la maison. Parfois, il lui arrivait aussi de lui emprunter un de ses sweat-shirts XXL quand elle trouvait qu'il faisait un peu « frisquet ».

Jade adorait ça, parader en tenue provocante. Sous ses airs de sainte-nitouche, elle a clairement un côté putassier. Mais que personne ne s'avise à lui faire une remarque qui pourrait passer pour sexiste. Elle a beau donner l'impression de sortir du lit, et lui lancer des sourires qui sont de vrais appels au viol, la ligne de démarcation est gravée dans le marbre. Elle veut qu'on l'admire pour son intelligence, pas pour les courbes qu'elle exhibe pourtant sans réserve.

Il n'est pas tant dans la *friendzone* que dans la « coloczone », ce qui est pire. Bien pire en fait. En vérité, c'est même encore pire que ça. Il a l'impression d'être devenu celui qui tient la chandelle. Cormac et Jade couchent ensemble. Ou ils finiront par le faire. Il le voit à l'attitude qu'ils ont l'un envers l'autre, totalement détendue. Une telle intimité ne s'installe que lorsqu'on connaît l'autre intimement – et donc, sexuellement.

Ça le rend dingue.

Comme s'il ne l'était pas déjà assez, quand Jade était venue s'appuyer à l'embrasure de sa porte, une assiette de nourriture indienne à la main, pour le remercier de son attention.

— Tu es vraiment trop mignon, souffla-t-elle. C'est exactement ce qu'il me fallait pour m'aider à avancer dans le boulot.

— Tu veux que je t'aide à te préparer ? (La perspective de se retrouver à côté d'elle vêtue de cette tenue quasiment virtuelle provoquait chez lui une excitation qui se propagea aussitôt jusqu'à sa queue.) Si besoin, je peux passer en revue certaines de tes questions.

Elle sourit puis pencha la tête sur le côté. Elle semblait presque amusée.

— Oh, merci, c'est vraiment gentil. Mais Cormac me file déjà un coup de main. Le monde universitaire lui est davantage familier. Toi, ça t'ennuierait à mort ; déjà que tu semblais super stressé tout à l'heure. Tu devrais plutôt te reposer.

Il n'est pas du tout surpris d'apprendre que Cormac lui « file un coup de main ». Il résiste à la tentation de lui demander en quoi exactement consiste ce coup de main. Il voudrait aussi pouvoir lui dire que Cormac n'est pas un saint, et que comme tous les autres il a surtout envie de la sauter. Cormac ne s'intéresse pas plus à ses ambitions universitaires qu'au point de croix. Tout ce qu'il veut, c'est se la faire.

Juste avant de le laisser, Jade lui avait soufflé un baiser puis elle s'en était allée, son petit cul serré dans un minuscule short.

Il lui était déjà arrivé de penser à ce petit short en matant du porno, mais il n'arrivait jamais à aller au bout. Or là… c'est différent. Il ne pense pas tant au short qu'à ce qui s'est passé sur le chemin du retour. Il imagine que la femme à qui il a foutu les jetons est Jade, et non pas cette inconnue dont le visage est déjà en train de s'effacer de sa mémoire.

Il l'imagine presser le pas, le souffle court, la sueur perlant sur son front au maquillage impeccable. Voilà un fantasme qui devrait le faire kiffer. Et le fait que ce soit si tabou – se taper un shoot d'endorphines en faisant flipper des nanas – le fait encore plus bander.

C'est son nouveau trip. Et un trip très addictif. Il cherchera forcément à remettre ça. Que ce soit avec Jade ou avec une autre inconnue – ça ne fera aucune différence. De toute façon, elles sont toutes les mêmes. Elles n'ont qu'une idée en tête : castrer les mecs comme lui. Les bons gars, travailleurs, que les nanas adorent allumer. Et après elles se foutent de leur gueule. D'abord elles te font le coup de la pauvre demoiselle en détresse puis elles se cassent en ricanant, quand elles ne te menacent pas avec leurs clés en te traitant de pervers et en se disant en danger du simple fait de l'existence des hommes.

Les choses seraient bien différentes, songe-t-il, s'il était sportif et musclé comme Cormac. Et s'il n'était pas si maladroit socialement. Ou s'il était capable de se trouver des fringues qui le mettent en valeur au lieu de porter des vêtements informes qu'il ne remplit qu'à moitié. Et aussi, peut-être, s'il avait des cheveux dignes de ce nom au lieu de cette tignasse parfaitement indomptable, quoi qu'il fasse. Ou encore, s'il possédait une voiture tape-à-l'œil ou flambait tout son fric dans les fringues de créateurs, les bijoux bling-bling et les dîners au champagne. Ce n'est pas mentir que de dire que pour retenir l'attention d'une femme il vaut mieux être riche ou séduisant. La « beauté intérieure » est une vaste connerie: elles se comptent sur les doigts de la main, les filles qui se sont suffisamment donné la peine de le connaître pour entrevoir sa beauté intérieure.

Il sent à nouveau la colère monter en lui. Il aurait besoin d'un exutoire. Il voudrait que quelqu'un reconnaisse l'extraordinaire injustice de cette situation. Il veut juste se sentir entendu et compris.

Mais à qui peut-il bien s'adresser? Il se plonge à nouveau dans son téléphone, et recherche dans son historique de navigation les forums sur lesquels il est tombé une ou deux semaines plus tôt. Réservés aux hommes. Le genre de sites dont il craignait qu'ils ne soient qu'un festival de masculinité toxique, entre concours de bites et comparaison de performances à la salle de sport. Typiquement le genre d'endroit où il ne se sentirait pas à sa place.

Mais ce forum est différent. Dans un des salons, intitulé « Le Sexe faible », les hommes peuvent débiner leurs compagnes, leurs sœurs, leurs copines ou leurs cheffes. Ou encore déblatérer contre ces féministes radicales qui pensent que les hommes sont par nature de viles créatures. Ou contre les « chercheuses d'or » : ces femmes mercenaires qui s'offrent à quiconque possède une carte de crédit Platinum. Ici, il pourra s'en donner à cœur joie sans prendre le risque d'être accusé de misogynie. Il n'est pas misogyne. Juste réaliste.

Il passe en revue les différents fils de discussion du moment, et cherche ceux qui exprimeraient ses frustrations ou évoqueraient au contraire le trip qu'il a eu en rentrant du boulot.

Il ne trouve rien. Alors il respire un grand coup. Dans ce salon virtuel, il peut se cacher derrière un pseudonyme. En plus de travailler à partir d'un VPN, et il s'est créé une deuxième adresse mail pour protéger encore davantage son identité. Au cas où. Car il suffirait qu'une seule personne mal intentionnée tombe sur ce qu'il s'apprête à écrire pour que ça foute tout en l'air.

Il commence. Il parle de sa frustration, explique à quel point il déteste le fait que les hommes ne soient vus que comme des prédateurs, des geeks, ou des comptes en banque. Il raconte comment il a eu l'impression de retrouver un semblant de contrôle et de pouvoir lors de son retour à pied du boulot. Il ne se sent plus si impuissant. Cette nana qui avait cru voir en lui un prédateur, il lui avait fichu une sacrée trouille. Et il avait contrôlé sa peur jusqu'à ce qu'il la voie s'en aller.

Avec l'enthousiasme de quelqu'un ayant descendu trois bières sur son estomac vide, il écrit : « Peut-être que vous aussi vous devriez essayer. » Et il ajoute le hashtag de sa propre invention, et qui lui est venu comme ça. Il le fait rire car il lui rappelle un personnage d'une bande dessinée de son enfance, qui n'arrêtait pas de prononcer ces mots : #JaiLePouvoir.

Bon, c'est vrai que c'est un peu un slogan de branleur, mais il reflète tout de même son état d'esprit à ce moment-là. Un sentiment de prise de pouvoir. Du même ordre que celui dont les femmes ne cessent de nous rebattre les oreilles. Si ça fonctionne pour les gonzesses, il n'y a pas de raison que ça ne fonctionne pas pour les mecs.

Il clique sur le bouton et publie son post. Puis il attend. Il se demande si ça fera rire. Il se demande si, même dans cet espace qu'il a jugé sûr, il pourrait se trouver des gens qui se foutront de lui. Et qui lui diront que son comportement est inapproprié, ou d'autres conneries de ce genre.

Arrive un premier « like ». Puis un deuxième. Et cela finit en véritablement déferlement. Ensuite viennent les réponses. Des types le félicitent. Lui disent qu'ils tenteront sûrement eux-mêmes. Ils ajoutent #PasTousLesMêmes et fustigent les amalgames dont sont victimes les hommes.

Il sait qu'il travaille, demain. Il sait qu'il devrait aller dormir. Mais il en est incapable. Le voilà à bloc. Mais dans le bon sens du terme. Il a mis le doigt sur un truc. Il a démarré quelque chose.

5

MARIAN

Lundi 1er novembre
Disparue depuis quatre jours

— Nous allons effectuer des vérifications sur son téléphone, sur ses cartes de crédit, ce genre de choses. Honnêtement, monsieur et madame Sweeney, la meilleure chose que vous ayez à faire pour le moment, c'est de rentrer chez vous. Si tout va bien, Nell rentrera tranquillement après avoir fait la fête – ou autre – pendant ces quatre jours, mais quand bien même ce ne serait pas le cas, soyez assurés que nous veillons au grain. Nous allons tout mettre en œuvre pour la retrouver.

D'un signe de tête, j'acquiesce à ce que vient de dire la capitaine King. J'entends ses mots, mais j'ai du mal à croire qu'ils sont réels et me sont adressés. Et qu'ils concernent ma fille.

L'angoisse doit se lire sur mon visage car la policière prend ma main dans la sienne.

— Madame Sweeney, je sais que la situation est des plus inquiétantes et qu'il est difficile de ne pas penser au pire, mais gardez à l'esprit que Nell est une adulte. Il y a encore une chance qu'elle se soit rendue quelque part de son plein gré. Elle a pu vouloir se retrouver un peu seule, ce sont des choses qui arrivent.

Je secoue la tête.

— Ça ne lui ressemble pas. Jamais elle ne ferait une chose pareille. Elle saurait que nous nous ferions un sang d'encre.

Elle me regarde, le visage empreint d'une profonde empathie. Je me demande combien de parents lui ont déjà affirmé qu'ils auraient remarqué si leur enfant avait été malheureux, alors qu'en vérité ils n'avaient aucune idée de qui il était réellement.

— Nous allons vous affecter un agent de liaison avec les familles dans les meilleurs délais. Cette personne sera là pour vous apporter tout le soutien nécessaire et servira d'intermédiaire, entre vous, la famille, et les agents chargés de l'enquête. Mais vraiment, si j'étais vous, j'essaierais de me reposer.

Stephen émet un rire bourru qui se mue aussitôt en sanglot.

— Comment voulez-vous que nous nous reposions? Notre fille a disparu. Or jamais elle ne ferait une chose aussi irresponsable. Je n'ai aucune intention de dormir. Je vais prendre ma voiture et partir la chercher moi-même, annonce-t-il.

— Stephen, dis-je d'une voix insistante. (Il a le teint blafard, les traits tirés, l'air anéanti. Il n'est en aucun cas en état de conduire, et surtout pas de quadriller la ville en se rongeant les sangs.) Ça ne servira à rien. Elle n'est sûrement pas en train d'errer dans les rues. Elle n'a plus seize ans. Tu ne vas pas la retrouver au pied des remparts en train de boire du cidre avec ses copains. Ça reviendrait à chercher une aiguille dans une botte de foin. Faisons à nouveau le tour de ses amis. Et reposons-nous un peu.

Nous serons davantage en mesure de nous rendre utiles demain.

Je le vois qui se lève, faisant cliqueter ses clés de voiture dans sa poche. Il me lance un regard noir.

— Repose-toi si tu veux, mais moi je ne vais certainement pas rester à me tourner les pouces. Capitaine, si vous n'y voyez pas d'inconvénient, je vais maintenant vous laisser et partir chercher ma fille.

— Je vous invite à la plus grande prudence, lui dit la capitaine King, d'une voix qui se veut prévenante, mais ferme.

— J'en prends note. Mais je pense que je vais quand même y aller.

Son ton est abrupt, sans réplique. Je voudrais m'excuser de son impolitesse, mais je n'ose rien dire. Quand Stephen a une idée en tête, il ne faut pas s'aviser à le contredire. M'avouant vaincue, et embarrassée par la façon dont il vient de s'adresser à la policière, je le regarde passer devant le grand major – celui qui a emprunté la photo – puis franchir la porte. Je baisse à nouveau les yeux sur le beau visage de ma fille. Elle arbore un grand sourire. Le ciel derrière elle est bleu azur. Elle avait adoré ces vacances. « Les meilleures qu'elle ait jamais eues. » Comme je lui avais donné un peu d'argent de poche avant son départ, pour me remercier elle m'avait rapporté de ravissantes boucles d'oreilles artisanales en céramique. En portant la main à mes oreilles, je m'attends presque à les y trouver.

Mais, tout comme Nell, elles ont disparu. Je le ressens comme un très mauvais présage, et une onde de panique menace de me submerger. Je suffoque. Je n'arrive plus du tout à respirer. Je n'y tiens même pas. J'aurais envie de me recroqueviller sur moi-même et de disparaître. Ou alors de me réveiller et de constater que tout ceci n'est qu'un cauchemar. Combien avant moi, alors qu'ils traversaient l'enfer, ont nourri ce même espoir : que ce ne soit qu'un mauvais rêve. Mais si tel était le cas, je n'aurais aucun problème à respirer. Je ne sentirais pas cette douleur qui me lance tout au fond de la poitrine. Je ne serais pas si terrifiée. Quelque chose – un infime détail – clocherait et me signalerait que rien de tout cela n'est réel. Mais en l'occurrence, je ne remarque rien de bizarre. En revanche, tout me paraît horrible et je sens au fond de mes tripes que tout est on ne peut plus réel.

Et là, une voix, celle de Clodagh, affleure à ma conscience et couvre les battements de mon cœur – sans doute le premier son perçu par Nell.

— Ça va aller, madame Sweeney. Vous faites une crise de panique. Tout ira bien. Respirez calmement et écoutez-moi. Concentrez-vous sur ma voix.

Le regard embrumé, je distingue son beau visage juvénile – en tout point semblable à celui de ma fille. Elle me donne ses consignes pour que je reprenne mon souffle.

— Voilà, inspirez profondément et comptez : un, deux, trois et quatre. Puis soufflez lentement : cinq, six, sept, et huit.

Pendant que j'applique ses instructions, elle m'assure que je suis en sécurité. Mais mon cœur se serre néanmoins à l'idée que ma fille, elle, ne le soit pas.

6

LUI

Deux mois plus tôt

Il est à cran aujourd'hui, et peine à se concentrer sur son travail. Ce n'est pas qu'il n'aime pas ce qu'il fait – loin de là. Ce travail est très gratifiant ; il aide les gens. Il a vraiment l'impression d'apporter une contribution significative à la société et ne se sent pas aussi minable que ce que lui dit sa petite voix intérieure. D'habitude, son travail lui change les idées.

Mais pas aujourd'hui. Aujourd'hui, il n'a qu'une envie, c'est aller sur le forum. Il veut voir comment évoluent les réactions à son message. Quand il a regardé, ce matin, avant d'aller bosser, ç'avait explosé pendant la nuit. On en était à 300 commentaires. Plus de 700 *likes*, et seulement une poignée d'émoticônes « pouces baissés ». Il est content d'avoir fait mouche.

Il voudrait ajouter quelque chose, prolonger la discussion, mais il veut auparavant lire tous les commentaires, prendre le temps de savourer chacun d'eux. Il n'en a tout simplement pas le temps quand il est au travail.

Il ne peut même pas se connecter à partir d'un ordinateur du bureau. Les autorités ont fait installer des traceurs et des logiciels espions sur toutes les machines pour s'assurer que les sous-fifres n'accèdent qu'aux sites autorisés. Il y a bien sûr quelques exceptions, justifiables au nom de la recherche de documentation, mais en l'espèce ce serait trop risqué. Il ne veut pas qu'on lui pose des questions. Surtout maintenant qu'une idée vient de germer dans son esprit.

Il veut recommencer. Il veut trouver une autre femme marchant seule dans la rue et hâter le pas derrière elle. Il veut savoir si son kif de la veille restera isolé. Pourrait-il s'agir en effet d'une de ces expériences qui ne sont jamais aussi bonnes que la première fois ?

Ce n'est pas qu'il n'aime pas les femmes, se dit-il. La plupart du temps, il a pour elles le plus grand respect. Seulement, il pense qu'on est face à une tendance dangereuse. Un mouvement qui ne cherche pas l'égalité avec les hommes, mais qui souhaite au contraire démontrer que les femmes leur sont supérieures. Et qu'elles peuvent se passer d'eux. Elles se moquent, les méprisent, les accusent de misogynie, et dans leur dos elles jactent sur eux en tirant à boulets rouges sur leur virilité, et gloussent en se faisant de petits signes complices. Elles réduisent les hommes à la taille de leur bite. Ou à celle de leur compte en banque. Ou bien encore à la part des tâches ménagères dont ils se chargent.

Ces femmes ne se sont jamais posé la question de savoir si les choses n'avaient pas changé un peu trop vite pour les hommes, au point qu'ils aient du mal à trouver leurs marques désormais. Tu te montres prévenant ? On t'accuse de « *mansplaining* ». Tu laisses libre cours à tes émotions ? On te demande d'« être un homme ». Tu veux être sympa ? Tu te retrouves affublé d'un hashtag #MeToo et tu es complètement blacklisté.

Il le sait, pour l'avoir vu de ses propres yeux à de nombreuses reprises. Dans sa vie, ou dans son travail. Il a vu ces femmes utiliser leur statut de « sexe faible » pour commettre leurs crimes impunément, tout en étant bien plus calculatrices que la plupart des hommes qu'il a eu l'occasion de rencontrer. Des hommes qui, comme lui, essaient simplement de s'adapter à ce monde qui change.

On aurait pu penser qu'elles seraient plus à même de comprendre le sentiment d'oppression. Qu'elles feraient preuve de davantage d'empathie. Mais non. Ça ne leur suffit pas de faire changer les choses. Elles tiennent aussi à punir tous les hommes, un à un, pour tous les péchés commis par leurs ancêtres.

La sonnerie de son téléphone, l'arrachant à ses pensées ainsi qu'à sa fureur grandissante, le ramène dans le moment présent. Il doit réfléchir. Se concentrer. Sa récompense viendra à point nommé ; quand il aura remis ça.

Il répond à l'appel et repasse en mode professionnel. Personne ne pourra mettre en cause ses compétences. Ni son dévouement à son travail. Il suffit qu'il garde son calme pendant quelques heures de plus. Il en est capable. Il le sait.

7

MARIAN

Mardi 2 novembre
Disparue depuis cinq jours

Nous n'avons pas fermé l'œil. Comment aurait-il pu en être autrement ? Jusqu'ici, chaque nuit, nous savions à peu près où se trouvait notre fille. Si elle était en Irlande ou en vacances. Si elle dormait dans sa chambre universitaire ou bien chez sa meilleure copine. Nous savions qu'elle vivait sa vie, quelque part.

Plus maintenant. Nous ne savons rien et cette ignorance me crucifie. Je me souviens de ce que me disait ma grand-mère quand Nell était toute petite et qu'elle me rendait à moitié folle, à rester en permanence cramponnée à moi : il fallait que je profite de ces années-là. De cette proximité. Du fait de savoir, à chaque instant, où elle se trouvait. C'est quand ils ont quitté le nid familial qu'arrivent les vraies insomnies, me disait-elle. À l'époque, je lui avais ri au nez : Nell ne faisait quasiment jamais ses nuits. On la surnommait le « bébé qui ne dort jamais ». Quand je parlais d'elle à mes copines, en avalant un énième café et en priant pour ne pas faire une crise cardiaque, j'avais toujours une anecdote à leur raconter sur la façon dont elle se réveillait, en pleine nuit et en pleine forme, prête à attaquer une nouvelle journée. Même quand il était à peine minuit.

J'avais beau être totalement épuisée, au fond de moi je savais que j'attendais chaque nuit l'occasion de revoir ce petit sourire. Plus tard, quand elle a été un peu plus grande, j'adorais sentir ses petites mains me caresser le visage tandis qu'elle me suppliait : « Maman, réveille-toi ! » Ainsi que son petit souffle chaud sur ma peau, quand elle grimpait dans le lit pour s'installer entre Stephen et moi m'ouvrir les yeux de force si jamais j'osais les fermer plus longtemps qu'il n'en faut pour un battement de paupières.

Jamais à cette époque je n'aurais pensé regretter un jour ces réveils nocturnes ni que je serais prête à échanger tout ce que je possède pour en subir ne serait-ce qu'un de plus.

Je suis en train de boire un café déjà tiède quand la sonnette retentit. D'effroi, mon cœur se fige aussitôt. Stephen et moi échangeons un regard de part et d'autre de la table de la cuisine, les yeux écarquillés. Il est encore tôt. Le ciel, gris foncé, n'a pas encore totalement chassé la nuit. Il est trop tôt pour recevoir de la visite, et de toute façon personne ne passe jamais sans nous appeler au préalable.

Personne, sauf Nell. Je reprends espoir un très court instant, mais déchante aussitôt. Nell aurait utilisé sa clé, bien sûr. Je reste pétrifiée sur ma chaise. Mes jambes refusent de se mettre en mouvement. Quand bien même je le voudrais, je suis incapable de me lever.

Stephen le fait à ma place. Je le vois quitter la pièce ; j'entends le bruit de ses pas tandis qu'il gagne le vestibule. Je voudrais écouter, mais en même temps je suis tétanisée de peur.

Dans ma tête résonnent déjà les premiers mots de la conversation fatidique : « Je suis vraiment désolé… » Mon corps a déjà décidé de la façon dont il allait réagir. Je sens naître un hurlement dans mon arrière-gorge. Un voile noir obscurcit ma vision. Je voudrais crier pour que tout s'arrête, comme si mes mots pouvaient avoir le moindre impact sur ce qui est sur le point d'advenir.

La voix de Stephen parvient à mes oreilles en un chuchotis que je ne peux déchiffrer.

Une voix féminine lui répond, plus distinctement – mais ce n'est pas celle de Nell. Le bourdonnement dans mes oreilles m'empêche de comprendre ce qui se dit.

Je perçois des bruits de pas. Je distingue d'abord Stephen, puis une policière en tenue – cheveux châtains, la trentaine – qui me regarde avec empathie.

— Est-ce que vous l'avez retrouvée?

Ma voix semble venir d'ailleurs.

— Pas encore, me répond-elle. Mais nous sommes entièrement mobilisés.

Elle se présente: brigadier Heather Williams. Elle sera désormais notre «agent de liaison avec les familles», en charge de nous apporter tout le soutien nécessaire pendant que ses collègues poursuivent leurs recherches. Je la soupçonne aussi d'être ici pour se faire discrètement une idée sur notre intimité, et pouvoir ainsi découvrir un indice de notre implication éventuelle dans la disparition de Nell. Ou que nous sommes du genre à nous faire des ennemis facilement.

À mon avis, notre grande banalité risque fort de la décevoir. Stephen lui prépare un café. Je n'y aurais même pas songé. Je suis toujours en robe de chambre, incapable de me lever.

Elle sourit à Stephen en le remerciant pour le café, puis elle s'assied afin de nous donner plus de précisions sur son rôle. La capitaine King, nous dit-elle, passera probablement nous voir un peu plus tard pour nous tenir informés de l'avancée de l'enquête. D'après ce que je comprends, elle-même n'a aucune information à nous communiquer, si ce n'est son nom et son grade.

J'apprécie cependant son attitude, pleine de bienveillance. Elle m'apporte un peu de réconfort. Sa voix est douce et son ton moins tranchant que celui d'Eve King. Elle maîtrise à la perfection la petite inclinaison de la tête si souvent employée pour témoigner compassion et compréhension.

Je baisse les yeux sur le toast posé devant moi. Je ne me rappelle pas l'avoir préparé, ni que Stephen s'en soit chargé pour moi. De toute façon, il est hors de question que je le mange. Il me resterait en travers de la gorge, ou alors je le rendrais aussitôt.

Je n'ai pas mangé depuis hier midi, mais bizarrement, je n'ai pas faim. Manger est le cadet de mes soucis.

— Nell est votre fille unique ? demande Heather. (Elle a insisté pour que nous l'appelions par son prénom.)

Elle s'installe à notre table et commence à boire son café. Son uniforme a l'air aussi encombrant qu'inconfortable, et semble signifier que le maintien de l'ordre, en Irlande du Nord, exige une certaine rigueur. L'espace d'un instant, je songe au fait qu'elle porte une arme. Une arme, chez moi.

— Oui, répond Stephen. Peut-être que nous aurions pu avoir d'autres enfants, mais ça ne s'est pas fait, pour diverses raisons.

Je hausse les sourcils. Non, nous n'en avons jamais voulu d'autres. Pas moi en tout cas. J'avais eu une grossesse très difficile, pour Nell. J'avais été tellement malade que je m'étais juré avant même les premières contractions de ne plus jamais m'infliger ça.

De toute façon, Nell m'a toujours suffi. Elle me procure un sentiment de complétude que personne d'autre ne pourra jamais m'offrir. Si on me posait la question, je répondrais sans hésiter que Nell est l'amour de ma vie. Et ce malgré le fait que je sois une mère un peu moins présente depuis qu'elle est adulte. J'ai abandonné depuis longtemps l'espoir que Stephen et moi retombions à nouveau amoureux l'un de l'autre. Ce n'est pas au visage de mon mari que je penserai sur mon lit de mort. Nell restera toujours le plus grand amour qu'il m'ait été donné de connaître.

— Elle suffisait à notre bonheur, dis-je, à peine audible.

Ma voix est sur le point de se briser, mais je m'interromps juste à temps pour prendre une grande inspiration afin de retrouver mes esprits. Si je cède à l'angoisse et au chagrin maintenant, je risque tout bonnement de m'effondrer et je ne pourrai plus me relever.

— Moi, je n'ai pas d'enfants, déclare Heather sans que nous ne lui ayons posé la question. Un jour, peut-être. Mais alors il faudra sûrement que je change de travail.

— Je suis pourtant sûr qu'il doit y avoir de nombreuses mamans dans la police, en Irlande du Nord…

— Oh oui, bien entendu. Mais c'est parfois plus difficile pour les femmes, vous savez. Imaginez, quand vous devez ajouter un bébé à l'équation.

Le silence s'installe à nouveau entre nous, et l'attente reprend. Nous attendons du nouveau. Que Nell franchisse le pas de la porte. Ou qu'un promeneur et son chien tombent sur une scène de crime atroce au bord d'un chemin. Je ferme les yeux de toutes mes forces. Non. Je refuse de laisser mon cerveau s'aventurer dans cette direction.

— Elle n'habite plus chez vous depuis longtemps ? demande Heather.

— Elle est partie à l'âge de dix-huit ans. D'abord à Belfast, pour ses études d'infirmière, et lors de son retour à Derry l'année dernière, elle a choisi de prendre une colocation avec Clodagh au lieu de revenir s'installer chez nous. Elles sont copines depuis des années.

— Comment avez-vous vécu son départ ?

Je hausse les épaules.

— Elle est adulte. Je veux qu'elle soit heureuse et indépendante. Franchement, j'étais plutôt fière de la voir si confiante et sûre de ce qu'elle voulait. Je ne peux lui reprocher de ne pas vouloir revenir chez papa et maman. Il y a beaucoup plus branché que nous.

Je souris faiblement et tortille ma boucle d'oreille. D'après Stephen, c'est le geste qui me trahit quand je suis stressée – ou que je mens.

— Elle est très heureuse d'être en coloc avec Clodagh, ajoute Stephen. Elle vient dormir à la maison de temps en temps. C'était le cas à Noël, et aussi quand elle a eu sa grippe, pour que sa mère puisse s'occuper d'elle.

Heather esquisse un sourire.

— C'est vrai qu'on a tous besoin de notre petite maman quand on traverse un coup dur.

Je sens mon estomac se nouer. Nell est-elle en train de m'appeler à l'aide, quelque part ? A-t-elle besoin d'être réconfortée ? Ou bien son cas est-il déjà désespéré ?

J'ai beau avoir le ventre vide et n'avoir bu que deux gorgées à peine de mon café froid, je me lève en m'excusant et me rends aux toilettes, où je vomis le peu de bile qui subsistait au fond de mon estomac.

Jamais je n'ai ressenti une telle douleur. Je me sens totalement impuissante.

8

LUI

Deux mois plus tôt

Il a remis ça. En rentrant du travail. Pas sur la même portion du trajet, bien sûr. Il doit faire preuve de prudence. Il n'en est qu'à ses premiers pas.

Il fait froid ce soir-là. Il pleut, il y a du vent. Il n'était pas sûr de croiser qui que ce soit sur son chemin dans ces conditions. Mais elle était apparue. Cette fois c'était différent. La fille n'était pas tout à fait nette. Elle titubait un peu, en équilibre précaire sur de hauts talons qu'elle semblait porter pour la première fois.

Elle était vêtue d'une jupe et d'une doudoune, toutes deux courtes. Ses cheveux virevoltaient en tous sens. Le vent et la pluie fouettaient ses jambes nues. Elle devait être frigorifiée.

Au début, elle n'avait pas accéléré. Le bruit du vent devait étouffer celui de ses pas, s'était-il dit. À voir sa démarche, il avait pensé qu'elle avait bu, ou bien consommé de la drogue.

Il aurait très bien pu profiter de la situation pour passer à la vitesse supérieure et se rapprocher d'elle. Il n'aurait eu aucune difficulté à la toucher, à l'attraper par le bras.

Il l'aurait alors vue se retourner, paniquée. Il lui aurait souri en s'excusant, prétextant qu'il cherchait son chemin ou quelque chose dans ce goût-là. Dès qu'il aurait lu la peur dans ses yeux, il aurait eu ce qu'il voulait.

Mais pour finir, il avait décidé de s'abstenir. Ce n'était pas encore le moment. Il s'était contenté de suivre exactement le même scénario que la veille. Et tout avait fonctionné à merveille. Exactement comme il l'avait espéré.

Enfin, pas tout à fait. Car en essayant de s'écarter de lui, elle avait perdu l'équilibre sur ses talons vertigineux. Il l'avait vue se tordre la cheville et se réceptionner *in extremis* sur les mains pour amortir sa chute. Il avait entendu un bruit sourd quand elle était tombée sur le bitume humide du trottoir.

Il avait dû choisir. Soit il lui venait en aide, soit il passait son chemin. Il l'avait vue, sous une pluie battante, se redresser pour s'asseoir puis se frotter la cheville. Et là, il avait décidé qu'il n'irait pas plus loin. Il n'avait rien fait de mal, si ce n'est s'approcher un peu trop près d'elle à son goût. Comme prévu, elle avait tout de suite vu en lui une menace. Elle n'avait pas besoin de lui pour se relever.

Mais il avait kiffé, se dit-il en tournant la clé dans la serrure pour rentrer chez lui. Il avait adoré la voir à ce point vulnérable. Elle n'avait eu que ce qu'elle méritait, et ça lui faisait bien plaisir. Il faut dire qu'elle avait vraiment été conne, de rentrer chez elle à pied tard le soir, habillée comme une pute. À quoi s'attendait-elle, au juste ?

Il ne fait pas le détour par la cuisine, et évite également de jeter un œil dans le salon pour voir si Jade et Cormac sont devant la télé. Il y a de fortes chances qu'ils soient en train de baiser dans la chambre de Jade ou, vu l'heure, de dormir. Il est tenté d'ouvrir la porte de la chambre de Jade, rien que pour vérifier s'ils y sont tous les deux. Il l'a déjà fait – ouvrir sa porte de chambre en pleine nuit, à une heure où il la savait endormie. Il était resté quelques instants dans l'obscurité à la regarder : allongée sur le côté, sa chevelure éparse sur l'oreiller, elle était à moitié découverte, une de ses jambes longues et fermes enserrant la couette. Elle ne portait rien d'autre qu'un débardeur du genre minimaliste et sa culotte. Il avait passé un bon moment à admirer son cul cambré, à scruter l'ombre entre ses cuisses.

Mais non, il ne remettra pas ça ce soir. Il ne veut pas prendre le risque de la réveiller, ou de mettre en rage Cormac. Il compte faire durer son trip un peu plus longtemps. Alors il file tout droit dans sa chambre et allume son portable, puis se connecte au forum.

Il s'empresse de faire le récit de ce qui vient de se produire. Il s'en tient aux faits, sans fioritures. De toute façon, il n'a pas besoin de les enjoliver. Il utilise à nouveau le hashtag #JaiLePouvoir et clique sur « ENVOYER ». C'est seulement maintenant qu'il part se doucher, imaginant toutes les réponses qui l'attendront à son retour sur le forum.

Il se sent bien.

Il a le contrôle.

Vêtu d'un caleçon et d'un vieux T-shirt, il s'assied à son bureau et consulte les réponses reçues. Il se sent dopé par les encouragements, par les commentaires disant de lui qu'il est une « légende ». Mais aussi par les types qui indiquent vouloir l'imiter.

Mais il y a tout de même un post qui le contrarie. Quand il en commence la lecture, il s'attend à de nouveaux éloges, mais au lieu de cela il tombe sur un mème du logo de *Questions pour un champion*, barré de ces mots en caractères blancs : « Je choisis le thème "récits imaginaires". »

Il a envie de demander à l'auteur du commentaire ce qui le fait douter de sa sincérité, voire de lui dire d'aller se faire foutre. Il pourrait aussi lui donner des dizaines d'arguments prouvant qu'il se trompe. Mais il s'aperçoit que le commentaire obtient une poignée de *likes*. Le mystérieux commentateur n'est pas le seul à mettre en doute la véracité de son récit.

Il va devoir agir, et vite, pour leur prouver à tous qu'il ne ment pas. Qu'il n'est pas un mytho. Et que tout ce qu'il écrit est le strict reflet de la réalité.

Une fois qu'il les aura convaincus, ils rigoleront moins. Encore faut-il qu'il trouve un moyen pour y parvenir.

9

MARIAN

Mardi 2 novembre
Disparue depuis cinq jours

Il y a davantage de questions que de réponses. J'aurais sûrement dû m'en douter. Heather se met en quatre, prépare thé ou café. À un moment, elle s'est même éclipsée pour aller acheter des biscuits au chocolat. Je me suis retenue pour ne pas lui dire que ses biscuits, elle pouvait se les mettre où je pense, tant cette attention me semblait totalement déplacée. Tout sonnait faux.

J'ai réussi à me doucher et à m'habiller, ce que Stephen appréciera, j'en suis sûre – et il ne sera probablement pas le seul. Mais je me suis contentée d'une toilette de chat, comme aurait dit ma mère. Et je ne me suis ni maquillée ni séché les cheveux. Je suis propre. Je porte des vêtements propres. J'ai fait le minimum syndical.

La capitaine King est arrivée une demi-heure plus tôt. Elle semble porter le même tailleur que la veille. Cela dit, je ne suis pas vraiment en état de me souvenir de tous les détails. Je note cependant qu'elle a l'air fatiguée. Bizarrement, ça me rassure un peu.

Elle me confirme que Nell n'est pas allée au travail ce matin. Dans l'espoir que tout cela ne soit qu'une tempête dans un verre d'eau, le commissariat a appelé l'hôpital, au cas où elle aurait pris son service. Mais non. Ma fille reste introuvable.

Ils ont retrouvé la trace du fameux « Rob » et un officier se rend en ce moment même à son travail pour l'interroger. Son casier judiciaire est vierge, nous indique la capitaine. A priori, c'est un fonctionnaire sans histoires. Cela dit, les prédateurs sexuels se baladent rarement avec une pancarte les identifiant comme tels. Pour la plupart, ils mènent leur petite vie, jusqu'au jour où…

Ils ont parlé aux supérieurs de Nell, vérifié ses comptes bancaires, consulté l'administration de l'hôpital, au cas où elle y aurait été admise. Mais non, ce n'est pas le cas. J'ai envie de leur dire que c'était quand même prévisible, dans la mesure où elle y travaille. Elle portait sa blouse médicale la dernière fois où elle a été vue. Si on l'avait amenée sur un brancard, vêtue de sa tenue d'infirmière, je suppose qu'ils auraient deviné qu'elle travaillait chez eux.

Commence alors le feu des questions. A-t-elle des amis ou des membres de sa famille chez qui elle aurait pu se rendre ? Nous sommes-nous disputés, la dernière fois où nous nous sommes parlé ? En temps normal, comment étaient nos relations ? A-t-elle déjà fait une chose pareille par le passé ?

Stephen leur raconte la fois où elle avait pris le bus pour Belfast et séché l'école toute une journée, quand elle avait dix-sept ans. Le coup de téléphone que nous avions reçu de l'école nous avait passablement inquiétés. Je lance un regard furieux à Stephen. Ça n'est pas du tout comparable. Et en plus, ça date d'il y a cinq ans. Autant dire une éternité, pour quelqu'un de son âge. Elle était très jeune et avait agi sur un coup de tête. C'est d'ailleurs la seule fois où elle est sortie du droit chemin. À l'époque, j'en avais presque ressenti une certaine fierté. Ça m'avait fait plaisir, de voir qu'elle pouvait se montrer un peu rebelle. Mais je ne tiens pas à ce que la police, la pensant coutumière du fait, relâche ses efforts pour la retrouver. Je ne peux pas m'empêcher d'intervenir :

— Non. Ça ne lui ressemble pas du tout. Certes nous ne sommes pas toujours fourrées l'une chez l'autre, mais non, elle n'a jamais disparu plusieurs jours de suite. Ça ne lui ressemble *vraiment* pas du tout. Jamais elle ne ferait une chose pareille.

Nous passons donc ensuite aux ennemis éventuels. Aux secrets de famille. À tous ceux qui pourraient avoir le moindre motif de lui en vouloir. Ou à nous. Nous avait-elle, par exemple, rapporté un incident avec un patient mécontent ? Avec un ancien camarade de classe ? Un amoureux éconduit ? Je fais non de la tête. Rien de tout ça n'est plausible. Nell n'est tout simplement pas le genre de personne à se faire des ennemis ou attirer les griefs. Sans être une sainte, elle vit somme toute une vie assez banale : elle effectue son travail correctement, elle sort avec ses amis, pense à sa carrière. Et c'est une fille attentionnée.

Je ne vois vraiment pas qui pourrait avoir quoi que ce soit à lui reprocher. Bizarrement, je préférerais avoir quelqu'un en tête. Nous aurions ainsi au moins une piste à explorer. Pour l'heure, j'ai l'impression que nous cherchons une aiguille dans une botte de foin – une énorme botte de foin.

Quand j'entends Stephen s'éclaircir la voix, je me prépare psychologiquement à ce qui va suivre. Car je sais fort bien ce que signifie ce raclement de gorge. D'une voix claire, il prend la parole ; il parle un peu trop fort. Il tient à ce qu'on l'entende. À imposer son ascendant.

— Nous perdons notre temps à répondre à vos questions stupides. Vous m'avez dit qu'il y avait peu d'utilité à ce que je prenne ma voiture pour aller chercher ma fille. Pourtant, à ce que je vois, personne n'a l'air de la rechercher activement. Comment procédez-vous ? Où menez-vous vos recherches ? Et quand vous nous dites que « vous veillez au grain », j'aimerais bien savoir ce que signifie ce baratin.

Je voudrais me glisser dans un trou de souris. Je devrais lui dire de se calmer. Il ne faut surtout pas nous mettre la police à dos. Il n'est pas question de les contrarier.

Mais bien sûr, je ne dis rien. Ça risquerait de mal finir. Davantage encore que la police, je ne veux surtout pas me mettre Stephen à dos.

— Nous avons toute une équipe dédiée à la recherche de votre fille, dit la capitaine. Nous devons néanmoins vous rappeler que Nell étant adulte, elle n'est pas d'emblée considérée comme étant en situation de vulnérabilité. Des gens disparaissent chaque jour, sans forcément que cela relève d'une activité criminelle. Mais dans la mesure où son comportement semble tout à fait inhabituel, nous prenons sa disparition très au sérieux. Il faut que vous sachiez une chose, monsieur et madame Sweeney : vous ne serez pas nécessairement au courant de tout ce que nous faisons, mais nous porterons à votre connaissance toute avancée significative de notre enquête. De même que nous comptons sur vous pour répondre le plus sincèrement possible à nos questions, il est important que vous nous laissiez faire notre travail comme nous l'entendons.

Il faut lui rendre justice, la capitaine King ne s'est pas départie de son calme. Mais je ne suis pas dupe : elle est on ne peut plus sérieuse.

— En fait, nous sommes morts de peur, dis-je dans un murmure.

Je viens pour la première fois d'exprimer de vive voix l'angoisse qui me ronge. On est au-delà de l'inquiétude. Au-delà de la simple peur. C'est une peur froide, implacable et suffocante qui m'étreint. Je suis terrifiée.

— On le serait à moins, dit la capitaine d'une voix douce, tandis qu'Heather hoche la tête avec bienveillance. Et notre but n'est pas de vous rudoyer. Mais il est important que nous puissions vous poser toutes les questions que nous jugerons utile de vous poser, et tout aussi important que vous y répondiez sincèrement. Je sais que le procédé peut paraître un peu abrupt, quand il s'agit de son propre enfant. Mais c'est en recueillant un maximum d'informations que nous pourrons cibler au mieux nos efforts, afin de vous permettre de la retrouver au plus vite.

Stephen ne réagit pas. Le visage sombre, il hoche la tête et se frotte le menton. J'entends sa barbe naissante crisser sous ses doigts. Il aurait besoin de se raser. Et aussi d'une bonne douche. Je comprends qu'il porte les mêmes vêtements qu'hier. Une légère odeur de sueur flotte dans l'air. Je me penche vers lui pour poser ma main sur son genou, qui ne cesse de s'agiter. Il redevient immobile. L'espace d'un instant, j'ai le sentiment que nous sommes réellement soudés dans cette épreuve, et que nous parviendrons, en mettant de côté tout le reste, à œuvrer main dans la main pour retrouver notre fille.

— Et donc, je vous repose la question. Vous ne voyez vraiment pas qui aurait des raisons d'en vouloir à votre fille ?

— Non, dis-je. Elle ne s'est fait aucun ennemi. Si vous la connaissiez, vous comprendriez que ce n'est pas son genre.

— OK, répond la capitaine. Et maintenant, qu'en est-il de ses petits copains, ou de toute autre relation amoureuse ? Est-ce que quelqu'un en particulier vous vient à l'esprit ? Y a-t-il selon vous quelqu'un que nous devrions interroger ?

Je pense à ma fille. C'est au fond une grande romantique. Elle adore les films sentimentaux, Taylor Swift, les romans à l'eau de rose. Mais, à son grand dam, elle n'a pas encore trouvé l'homme de ses rêves. Elle a bien eu un ou deux petits copains avec qui elle est sortie pendant quelques semaines, voire quelques mois, mais rien de très sérieux. Je lui disais de ne pas s'inquiéter, qu'elle finirait par trouver. Elle est encore si jeune.

— Elle n'a personne de sérieux, répond Stephen. Je pense qu'elle attend d'avoir un vrai coup de cœur.

Je me revois, à l'âge de Nell, me jeter corps et âme dans mon idylle avec Stephen, pour qui j'avais eu un coup de foudre. Je sursaute quand il pose sa main sur mon genou et qu'il le serre un peu trop fort à mon goût.

— C'est une brave fille, ajoute-t-il.

L'expression me fait me hérisser. Nell n'est pas un chiot, bon sang. C'est notre enfant. Une enfant devenue adulte. Je prends une grande respiration.

— Je n'en doute pas, dit le major Black.

Ce sont les premiers mots qu'il prononce. Depuis le début, il est resté en retrait debout près de l'évier, à nous observer. J'imagine que c'est son boulot. Il est là pour scruter les lieux et les personnes, à la recherche d'indices, en quête du moindre signe qui nous trahirait. Je me demande s'il a perçu la tension qui existe entre Stephen et moi. Probablement. Elle crève les yeux.

Stephen se tourne vers lui, comme surpris de le voir ici. Depuis la veille, nous avons vu défiler dans cette même pièce un nombre incalculable de gens dont il nous faut tant bien que mal essayer de mémoriser le titre ou la fonction. Tous ces visages inconnus me donnent le tournis. Je suppose qu'il en est de même pour mon mari.

Mais le major est passé à autre chose. Il regarde son téléphone, et je le vois hausser insensiblement les sourcils. Il s'excuse et sort. Moi aussi je sais lire les indices. Je suis devenue une experte en décryptage des variations d'humeur, aussi infimes soient-elles. L'envie me prend de le suivre, car au plus profond de moi, j'ai le pressentiment qu'il s'agit de notre fille. Et quoi qu'en dise la capitaine King, l'idée qu'un élément nouveau puisse faire l'objet de conciliabules en dehors de notre présence me semble parfaitement absurde. Je sens que je vais avoir du mal à accepter la règle qu'elle nous a imposée sur le fait de n'être mis au courant que des « avancées significatives » de l'enquête.

— Nous savons que vous traversez un moment extraordinairement difficile, dit la capitaine. Moi aussi je suis maman. J'imagine ce que vous devez vivre. Mais il faut me faire confiance : nous devons utiliser tous les angles possibles. Aussi allons-nous diffuser un avis de recherche, accompagné de la photo de Nell, dans l'espoir que quelqu'un se manifeste et nous indique où elle se trouve. Nous le posterons sur les réseaux sociaux, en plus des organes de presse traditionnels. Bien sûr, nous espérons surtout que Nell est parfaitement saine et sauve quelque part, peut-être en train de s'amuser. Auquel cas, cet avis lui fera prendre conscience que tout le monde s'inquiète pour elle et elle nous contactera. Mais en aucun cas ça ne signifie que nous ne ferons pas tout notre possible par ailleurs pour la retrouver.

La conversation est interrompue par le retour du major dans la pièce. Il fait un signe de tête à la capitaine, qui s'excuse à son tour.

Comme dans une comédie éculée, Heather prend aussitôt sa place.

— Essayez de ne pas tirer de conclusions trop hâtives.

J'ai presque envie de rire. Comment pourrions-nous faire autrement?

Mais je n'ai pas le temps de rire ou de pleurer, ni même de lever les yeux au ciel, car la capitaine est déjà de retour.

— OK, nous venons de visionner un enregistrement de vidéosurveillance. On y voit un véhicule, peut-être un taxi, passer prendre Nell à son travail, jeudi dernier. Nous sommes en train d'essayer de localiser le chauffeur pour savoir où il l'a déposée. Nous vous laissons avec Heather pendant que nous examinons cette piste.

J'entrevois une lueur d'espoir. La première pièce du puzzle est en place.

Je me tourne vers mon mari, désireuse de partager avec lui ma joie d'avoir enfin quelque chose de tangible à quoi se raccrocher. Mais il a les yeux baissés, la tête entre ses mains. Je fais un bond quand il se lève en faisant crisser sa chaise contre le carrelage.

— Il faut que j'y aille, dit-il.

— Monsieur Sweeney, il serait raisonnable..., commence Heather.

— Vous ne pouvez pas m'obliger à rester ici, n'est-ce pas? J'ai donc le droit de sortir si j'en ai envie.

— Stephen, je t'en supplie. Heather essaie juste de nous aider. Et si jamais Nell cherche à nous joindre? Tu ne veux pas être là?

— Oh, bon sang, Marian! hurle-t-il. Elle ne va pas chercher à nous joindre. Soit qu'elle ne le veuille pas, soit qu'elle ne le puisse pas. Ce n'est quand même pas compliqué à comprendre, Marian, tu n'es pas débile.

Son ton est si cinglant que j'ai les joues en feu, comme s'il m'avait effectivement giflée. Qu'il me parle ainsi dans la stricte intimité de notre famille dysfonctionnelle, passe encore, mais devant des tiers ?

Heather risque de comprendre que la tension qui existe entre nous est ancienne. Ce énième emportement n'est pas un simple accès de colère soudain. Il exprime un sentiment profond. C'est ce qu'il pense de moi. Il sort de la pièce en trombe et dès que j'entends claquer la porte d'entrée, je sens les larmes me monter aux yeux.

— Tous les couples sont soumis à de fortes tensions dans ces circonstances, dit Heather d'une voix douce et pleine de compassion. Je le constate souvent. Je ne suis pas ici pour vous juger.

Je me tourne vers elle. Je ne crois pas un mot de ce qu'elle me dit sur son intention de ne pas nous juger. Que rapporte-t-elle au juste à ses supérieurs de ce qu'elle voit ici ? Elle ne pense tout de même pas que nous sommes naïfs au point de croire que sa présence ici a pour seul but de nous épauler.

Je hoche la tête malgré tout. Ça me semble approprié. Je sens venir un début de migraine. J'ai l'impression d'avoir la tête prise dans un étau. Moi aussi j'aimerais pouvoir sortir en trombe. J'ai besoin de prendre l'air. Je ferais même mieux d'aller travailler pour me changer les idées et moins penser à ce cauchemar. Mais je ne suis pas certaine qu'Heather comprendrait. Ne suis-je pas une mère désespérée ? Et de toute façon, comment pourrais-je faire passer les intérêts de mes clients en quête de logement avant ceux de ma fille ?

— Je crois que j'ai besoin de m'allonger un peu, lui dis-je. Vous n'y voyez pas d'inconvénient ?

— Bien sûr que non, acquiesce-t-elle. Je vous réveillerai si besoin. Il faut que vous repreniez des forces.

Je me lève, les jambes flageolantes.

— Heather, dis-je me tournant vers elle. Vous avez déjà vécu ce type de situation ?

— Oui, répond-elle.

— En vous basant sur votre expérience… pensez-vous qu'elle soit en danger ? Est-ce qu'elle va revenir d'elle-même ?

Je scrute son visage pour y déceler la moindre réaction. Elle marque une pause, reste parfaitement impassible.

— Objectivement, ce ne serait pas juste de ma part de faire des conjectures, madame Sweeney. C'est encore beaucoup trop tôt.

Je n'ai pas la force d'insister.

— Je vais m'allonger, dis-je avant de monter l'escalier.

Rien n'est juste dans tout ça – absolument rien.

10

MARIAN

Mardi 2 novembre
Disparue depuis cinq jours

L'avis de recherche vient d'être diffusé. Je le sais car mes tentatives déjà infructueuses pour trouver le sommeil sont définitivement anéanties par le grésillement incessant de mon téléphone. Je me dis que j'aurais dû l'éteindre, avant de comprendre que je ne l'éteindrai probablement plus jamais. En tout cas, pas avant que Nell soit de retour, saine et sauve.

Je fais défiler l'écran de mon téléphone, cherchant à tout prix à m'assurer que je n'ai pas manqué un appel ou un message de sa part au milieu du déluge de « Ça va ?? » et de « Mais non ?! » qui inondent ma messagerie SMS. Comme si « Mais non ?! » pouvait être le genre de message à envoyer à quelqu'un dont la fille a disparu. On n'est pas dans un *reality show*. On est dans la vie réelle. On ne peut plus réelle.

Il n'y a aucun message de Nell. Je vais sur le site Web du *Chronicle*, m'attendant à voir sa photo surgir à l'écran. Mais elle n'y est pas. Je suis obligée d'explorer tout le site pour trouver l'avis, long de quelques lignes à peine, qui demande à Nell, ou à quiconque l'aurait vue, de se manifester.

Un certain David Bradley, un commandant de police que je n'ai pas rencontré et dont j'ignorais qu'il participait à l'enquête, qualifie le comportement de Nell d'« inhabituel » mais ses mots ne laissent pas entendre que la situation soit particulièrement préoccupante.

Reste que l'information est désormais publique. Aucun doute là-dessus. Mais à l'évidence, il n'y a pas le moindre élément nouveau. Heather n'est pas venue frapper à ma porte pour me parler. Je me demande si Stephen est rentré. Bizarrement, je ne suis pas à l'aise à l'idée de descendre dans mon propre salon sans savoir s'il est présent non. Est-ce qu'Heather est encore là ? Avec son arme et sa matraque ? Si ça se trouve, elle est installée sur mon canapé, à regarder la télé pendant qu'Harry Styles ronronne de contentement sur ses genoux. Comment s'occupe-t-elle, quand nous ne sommes pas assis en face d'elle à nous tordre les mains d'inquiétude ? Peut-être qu'elle joue les fouines, observant tout autour d'elle.

Ne ferait-elle pas mieux d'aller chez Nell s'occuper de Clodagh ? Entourée des affaires de Nell, elle serait davantage susceptible d'y trouver des indices sur sa vie. Ici, elle ne découvrira pas grand-chose qui lui permette de comprendre ce qui lui est arrivé. Je devrais peut-être le lui suggérer quand je sortirai de ma chambre. Je lui dirai de venir avec moi chez Nell, pour qu'elle se fasse une meilleure idée.

Mon téléphone bipe à nouveau. Le son métallique résonne dans ma tête, qui me donne toujours l'impression d'être pressée dans un étau. Je baisse les yeux et vois le nom de Clodagh s'afficher sur l'écran, ainsi qu'une notification indiquant la réception d'un nouveau message.

Quand j'y pense, depuis que Clodagh et Nell sont en colocation, j'ai dû recevoir en tout et pour tout deux messages de ce numéro. Le premier me demandait de dire à Nell qu'elle avait oublié son portable à la maison. Quant au deuxième, il avait en fait été rédigé par Nell, qui me faisait savoir qu'elle avait laissé son téléphone au travail mais que je pouvais passer par Clodagh pour la joindre.

Et si ce message aussi était de ma fille ? Peut-être qu'elle a égaré son téléphone au cours d'un week-end complètement débridé – même si cela ne lui ressemble guère – et que maintenant, épouvantée par la diffusion de l'avis de recherche, elle a décidé de revenir.

Un coup d'œil aux premiers mots du message (« Mme Sweeney ») m'indique cependant qu'il n'a pas été envoyé par Nell. Mes espoirs se brisent aussitôt.

Je lis le SMS : « Mme Sweeney, est-ce qu'on peut se voir ? Il faut qu'on parle de quelque chose. »

Dans un premier temps, j'ai envie de couvrir d'injures ce téléphone qui refuse de m'en dire davantage. Il n'y a pas plus exaspérant que l'expression « Il faut qu'on parle ». Ainsi laissée en suspens, elle ne fait que véhiculer menaces, promesses et peur.

Dans un second temps, je tape aussitôt ma réponse : « Bien sûr. » Et j'ajoute : « Je fais au plus vite. »

J'enfile mes chaussures et, jetant un œil dans le miroir, je note que j'ai toujours la mine aussi défaite qu'avant ma pseudo-sieste, mais je choisis de ne pas tenter d'y remédier. Je n'en ai tout simplement pas l'énergie. Au lieu de quoi, je descends l'escalier à pas feutrés et j'annonce à Heather que je dois sortir.

Elle hausse un sourcil mais se retient de me demander où je vais.

— Ça ne vous pose pas de problème, si ?

— Bien sûr que nous, me répond-elle. Je suis ici pour vous apporter mon soutien, pas pour vous retenir prisonnière. Vous avez vu que l'avis a été diffusé ?

J'acquiesce d'un signe de tête et je lui parle du déluge de SMS que j'ai reçus.

— N'oubliez pas de nous prévenir si vous pensez qu'il y a quoi que ce soit dans ces messages qui pourrait nous aider à localiser Nell.

À mon tour de hausser un sourcil. Qu'est-ce qu'elle croit ? Que je suis stupide ou égoïste au point de ne pas faire tout ce qu'il faut pour retrouver ma fille ?

— Bien sûr, dis-je.

— Écoutez, je vais faire un saut au commissariat pour voir s'il y a du nouveau. Je repasserai un peu plus tard pour vous faire un compte rendu. On dit dans une heure ? Au fait, si des journalistes vous contactent directement, renvoyez-les à notre service Communication. Ils se chargeront de répondre à leurs questions.

— Entendu, dis-je en attrapant mon sac.

Je laisse Heather sortir puis je ferme la porte derrière moi avant de sauter dans ma voiture. Je devrais peut-être appeler Stephen pour lui dire où je vais. Mais a-t-il pris la peine de me dire où il était, lui ? Et avec qui ? Rien de nouveau cela dit. Si d'ordinaire ça ne me contrarie pas – j'ai dépassé ce stade –, je ne peux pas en dire autant aujourd'hui. Il faut dire que là, tout ce qu'il fait me contrarie. Au fond, je dois lui en vouloir de ne pas être capable de la retrouver. Ce devrait être à lui de s'en charger. On devrait *tous les deux* être capables de la retrouver.

Clodagh non plus n'a pas l'air d'avoir dormi. Elle a toujours les yeux rouges et elle n'est pas maquillée, ce qui souligne sa pâleur naturelle et montre que sa peau est toujours sujette à des poussées d'acné.

Elle porte un bas de survêtement et un sweat-shirt bien trop grand pour elle, dont elle serre les poignets dans ses poings. Elle fond en larmes dès qu'elle me voit, essuie ses larmes et son nez qui coule d'un revers de manche.

— Madame Sweeney, dit-elle d'une voix tremblante. Entrez.

Elle me précède dans la cuisine – la cuisine de ma fille – où j'aperçois, près de l'évier, deux tasses de thé à moitié bues. Clodagh les désigne d'un signe de la tête.

— Je n'arrive même pas à avaler mes tasses de thé. Elles finissent toutes par refroidir avant que j'arrive au bout. Je vous fais un thé ?

Elle allume la bouilloire avant même que j'aie eu le temps de répondre. Tout ce qui m'intéresse, c'est qu'elle me dise pourquoi elle m'a fait venir.

— Clodagh, est-ce qu'on peut aller droit au but ? Tu avais quelque chose à me dire.

Elle se tourne vers moi, dépitée, et pose sur moi un regard de chien battu. Mon ton devait être trop sec.

— Désolée, marmonne-t-elle.

Je remarque que sa main tremble tandis qu'elle verse de l'eau bouillante dans un mug avant d'y plonger un sachet de thé. Elle me tend la tasse, et bien que je ne lui aie pas dit si j'en voulais une ou pas, je la saisis et la pose sur la table. Elle finira probablement, comme les autres, par tiédir. Elle s'assied, se triture les mains et lève la tête vers moi. Ses grands yeux marron de cocker triste se sont emplis de larmes.

L'espace d'un instant, je la revois telle qu'elle était, à douze ans, quand je l'ai rencontrée pour la première fois. C'est à cette époque qu'elle et Nell sont devenues inséparables à l'école.

— Clodagh, dis-je en me forçant à parler d'une voix douce et dénuée de la moindre agressivité. S'il te plaît, si tu as quelque chose à dire, dis-le-moi tout de suite.

— Je ne voulais pas vous cacher quoi que ce soit. Mais j'étais tétanisée, et la police était là. Et puis je ne voulais pas que vous ayez une mauvaise opinion d'elle. Mais maintenant il faut que vous le sachiez, et la police aussi, car j'ai super peur.

Une larme roule sur sa joue, suivie d'une deuxième, et elle s'essuie à nouveau le visage avec sa manche de sweat-shirt détrempée. Mon cœur se met à palpiter à tout rompre, je sens les battements de mon sang contre mes tempes. J'ai hâte de savoir ce qu'elle va me dire, et en même temps, je ne veux pas le savoir. Je redoute le pire.

— Clodagh…

— Écoutez, j'avais l'intention de prendre contact avec vous car je ne savais pas vers qui me tourner. En fait, depuis quelque temps, c'était un peu tendu, avec Nell.

— Comment ça, tendu ?

— Elle avait beaucoup changé. Ça a commencé quand elle s'est mise à sortir en pleine semaine, une ou deux fois par semaine. Elle disait qu'elle avait de nouveaux amis, et qu'elle voulait sortir avec eux. Des gens qui travaillent à l'hôpital, mais elle ne m'a jamais dit qui c'était. Si je commençais à lui poser trop de questions, elle me disait que je faisais ma jalouse, et que ça ne me réussissait pas.

Clodagh rougit légèrement. Je suis incapable de prononcer le moindre mot.

— Puis elle s'est mise à découcher. Au début, elle ne me prévenait pas. J'essayais de l'appeler mais ça sonnait dans le vide, ou bien je tombais directement sur sa messagerie. Elle finissait toujours par rentrer à la maison. Dans la matinée, ou alors dans l'après-midi. Parfois, je la voyais à la cantine ; elle avait l'air décalquée. Ça ne lui ressemblait pas du tout, mais bon, vu qu'on est jeunes, je pensais qu'elle s'était peut-être lassée de moi et de notre amitié, ou bien que c'était un pétage de plombs passager. Je me disais qu'elle finirait par se calmer.

— Mais... ? dis-je, tout en m'efforçant de confronter le portrait qui vient être dressé de Nell avec la jeune femme que je connais et que j'aime de tout mon cœur.

— Elle ne s'est jamais calmée. Elle découchait de plus en plus, séchait régulièrement le boulot plusieurs jours de suite. Il y a deux semaines, elle a manqué deux jours sans prévenir personne de son absence. Ça lui a même valu un avertissement.

Je sens que je m'empourpre. J'ai honte pour ma fille. Et dire que les flics ont déjà interrogé ses supérieurs... Ils savent peut-être qu'elle est dans leur collimateur.

— Du coup, quand elle n'est pas rentrée jeudi, continue Clodagh, j'ai cru qu'elle était tout simplement en train de cuver une énième cuite. Et pour être franche, comme j'étais déjà super en colère contre elle, je n'étais pas mécontente de ne pas la voir pendant quelque temps.

— Pourquoi lui en voulais-tu ?

Clodagh baisse les yeux vers la table, puis me regarde à nouveau. En la voyant prendre une grande respiration, je comprends à quel point cette conversation la met mal à l'aise.

— Elle me doit de l'argent. Pour le loyer. Ça fait deux mois qu'elle n'a pas payé l'intégralité de sa part. En fait, elle n'a pratiquement rien payé. Je lui ai demandé de s'occuper de la facture d'électricité, vu que c'était à son tour de la payer, mais j'ai reçu une énième relance au courrier.

Quand je lui ai demandé ce qu'elle faisait de son argent, elle m'a ri au nez en me disant de me détendre. Elle allait trouver une solution, m'a-t-elle dit. Avant d'ajouter qu'on n'avait qu'une vie et qu'elle comptait profiter de la sienne. Selon elle, j'étais déjà vieille dans ma tête. Elle me disait ça de plus en plus souvent.

Visiblement, ces propos l'ont profondément affectée. Ça ne ressemble tellement pas à Nell. Du moins, à celle que je croyais connaître. Mais l'ai-je jamais vraiment connue ? Jusqu'ici, je n'aurais eu aucune hésitation à dire d'elle qu'elle était une « gamine raisonnable », et j'étais fière de son mode de vie responsable et discret. J'aurais pu ajouter que jamais elle ne m'avait causé le moindre souci, et que j'avais une chance inouïe de l'avoir.

Ça ne cadrait pas du tout avec cette nouvelle version donnée par Clodagh : une Nell qui avait des dettes, qui séchait des journées de travail, qui recevait un avertissement. Et qui prenait des cuites. Et pendant ce temps-là, je pensais qu'elle menait la même vie qu'avant.

— On se fritait de plus en plus souvent. Enfin, on se disputait, quoi. Elle était même de plus en plus feignante au niveau des tâches ménagères. Elle ne faisait plus sa part du boulot. Au début, je ne voulais pas vous en parler, me dit Clodagh. Mais quand j'ai vu qu'elle ne rentrait pas, et maintenant que la police est à sa recherche… Alors j'ai compris que je devais vous mettre au courant, ainsi que la police.

— Avec qui sortait-elle ?

Clodagh hausse les épaules.

— Avec des infirmières du boulot au début, puis avec des amis à elles. Et aussi quelques rencards Tinder. Des gens que je ne connaissais pas. Elle ne les appelait jamais par leur nom. Elle disait juste « mes nouveaux potes ». Je ne sais pas s'ils ont quelque chose à voir avec sa disparition, mais c'est possible. Peut-être qu'elle est avec eux ?

Une lueur d'espoir. Si ça se trouve, elle est juste en train de cuver une cuite plus carabinée que les autres. Maintenant, j'en veux à Clodagh de ne pas m'avoir tout raconté hier soir. Les flics auraient pu interroger ses copines infirmières. Peut-être auraient-ils pu trouver avec qui traînait Nell, et peut-être même la retrouver.

On n'en serait pas là aujourd'hui.

— Donne-moi leurs noms, dis-je en sortant mon portable de mon sac. On va appeler la capitaine King pour qu'elle s'en occupe.

— Est-ce que je risque d'avoir des ennuis ? s'inquiète Clodagh. S'ils la trouvent, est-ce qu'on me reprochera d'avoir fait perdre du temps à la police ?

— Si on la retrouve, je ferai en sorte qu'on ne t'embête pas, dis-je en sachant très bien que ce ne sera sûrement pas de mon ressort.

Je tape le numéro que la capitaine m'a donné la veille et je fais un signe de la tête à Clodagh quand j'entends la sonnerie et que l'appel aboutit.

— Capitaine King, Marian Sweeney à l'appareil. Je suis avec Clodagh, l'amie de Nell. Écoutez, elle a des informations à vous communiquer. Est-ce que je peux vous la passer ?

— Bien sûr, répond-elle.

Je tends mon téléphone à Clodagh et je l'écoute raconter à la policière à quel point ma fille a disjoncté ces deux derniers mois. La capitaine doit avoir une bien piètre opinion de moi. Quelle mère suis-je, pour si mal connaître ma propre fille ?

Je ne sais ni ce qu'elle a fait, ni ce dont elle est capable, ni le genre de problèmes dans lesquels elle a pu se fourrer. Je suis envahie par un sentiment de culpabilité, mêlé à une immense amertume vis-à-vis de ma fille. Elle me déçoit tellement.

II

LUI

Deux mois plus tôt

L'idée lui est venue la nuit suivante, quand il était dans son lit à chercher le sommeil. Elle l'avait taraudé toute la journée, le rendant plus irascible que d'habitude. Par deux fois au moins on lui avait dit de garder son calme et, les deux fois, il avait dû faire un effort surhumain pour ne pas répondre: «Ta gueule!» Ça n'aurait rien donné de bon. On l'aurait accusé d'intimidation, de harcèlement sexuel ou d'autres conneries de ce genre.

Avant d'aller au travail, il était retourné sur les forums de discussion en essayant de ne pas se laisser emporter par la colère grandissante qu'il éprouvait envers ceux qui l'accusaient de mentir. Ces forums le fascinaient car ils lui faisaient voir les choses d'une tout autre manière. Il avait l'impression de pouvoir enfin mettre un nom sur ce sentiment persistant de ne plus être en phase avec l'environnement dans lequel il vivait. Un monde de plus en plus injuste envers les hommes. On lui demandait de se montrer fort et masculin – mais surtout qu'il ne s'avise pas d'être trop viril. Car virilité pouvait vite rimer avec toxicité.

Or, personne ne semblait vraiment savoir où se trouve la frontière entre les deux. Il pouvait pleurer, mais ne pas montrer ses émotions. S'affirmer, mais ne pas être une brute. Faire preuve de leadership, mais aussi écouter les femmes. L'heure est au dénigrement systématique des hommes. Les hommes sont nazes. Ils sont débiles. Ils déclenchent les guerres. Les hommes ne savent pas s'occuper de leurs propres enfants. Ils sont agressifs. Tous les hommes sont des violeurs. Tous les hommes sont sexistes.

Il sent la colère monter en lui. Il voudrait hurler que tous les hommes ne sont pas comme ça, mais on lui rirait au nez.

C'est alors qu'il lui vient une idée pour leur prouver à tous qu'ils se trompent.

Ils veulent des preuves ? Il va se faire un plaisir de leur en donner. Il pourrait utiliser la caméra GoPro qu'il emporte quand il fait du vélo. Il pourrait tout enregistrer, puis poster la vidéo en ligne pour qu'ils puissent voir par eux-mêmes. Ça les moucherait.

Il exulte. C'est si simple qu'il se demande pourquoi il n'y a pas pensé plus tôt. Il avait peut-être besoin d'un moment de calme pour réfléchir. Et pour ça, rien de tel que les premières heures du matin. S'il pensait avoir la moindre chance de trouver quelqu'un dans les rues à une heure pareille, il se lèverait, s'habillerait et se mettrait en chasse illico.

Mais il sait que tout le monde dort. Il lui faudra attendre d'être sorti du boulot. Aussi frustrant cela soit-il, cette perspective lui servira toujours de carotte pour survivre à sa journée de travail. Elle lui donnera le punch nécessaire pour supporter ses collègues. Pour supporter le fait d'être constamment rabaissé. D'être mené à la baguette par une cheffe qui est à peine plus âgée que lui mais qui, selon lui, ne lui arrive pas à la cheville. Mais bien sûr, c'est elle qui a obtenu la promotion. Les quotas passent avant le mérite.

Sentant son moral redescendre en chute libre, il respire un grand coup. Il est hors de question qu'il se laisse envahir par des pensées négatives. Il va au contraire se concentrer sur sa vidéo. Dès qu'elle sera faite, il la mettra en ligne et attendra que les *likes* affluent. Il est certain que ce sera le cas. Il sait aussi qu'elle lui vaudra un concert de louanges. Les types qui échangent sur ce site sont en colère. Tout ce qu'ils veulent, c'est pouvoir se raccrocher à quelque chose qui s'apparente à une victoire. Et ça, il sait qu'ils le verront comme une victoire, car c'est déjà ce qu'il ressent lui-même.

Il doit simplement réussir à accomplir sa journée de boulot, et après il pourra prouver aux gens qu'il n'est pas un *loser* qui s'invente des histoires dans sa chambre. Non, il est quelqu'un qui mérite le respect.

Le lendemain, juste après 20 h 30, il enfile un jeans noir et un pull gris anthracite. Comme il fait froid, il s'emmitoufle dans sa doudoune bleu marine et met ses gants et son bonnet noirs. Malgré cette panoplie des plus sombres, il n'a pas particulièrement l'impression de détonner. Nombreux sont les hommes qui ne ressentent pas le besoin de revêtir toutes les couleurs de l'arc-en-ciel avant de sortir dans la rue. Il dirait même qu'ils sont une majorité.

Il y a une bande blanche sur ses Vans, petite concession aux tons clairs. Son choix de vêtements n'est pas motivé par une quelconque volonté de rôder dans la nuit. Il veut juste qu'ils soient confortables et chauds. Et qu'ils lui permettent de se fondre dans la masse.

Il a beaucoup réfléchi à l'endroit où il veut aller. Il faut que ce soit un endroit où il ait des chances de croiser une femme marchant seule. Si possible un peu pompette après avoir pris un ou deux verres à la sortie de son travail. Ça serait parfait : il aurait encore plus l'avantage, et le jeu n'en serait que plus amusant. Pour être honnête, ça lui permettrait aussi de soulager sa conscience. Car si une nana, à l'époque actuelle, décide de se mettre minable puis de rentrer seule chez elle à pied tout en considérant que les hommes sont tous d'horribles prédateurs, alors c'est un peu sa faute, non ? Qu'elle ne dise pas ensuite qu'elle ne l'a pas cherché. Il a bien conscience que ce qu'il dit n'est pas politiquement correct, mais ça n'en est pas moins vrai pour autant.

Il choisit de flâner dans Waterloo Street – une rue bien connue à Derry pour ses nombreux pubs. Elle se trouve même à proximité immédiate d'une station de taxis. Si une femme préfère rentrer à pied au lieu de sauter dans un taxi pour plus de sécurité, on ne pourra pas l'accuser d'avoir profité de sa bêtise.

Après tout, se justifie-t-il, il ne lui fera aucun mal. Il se contentera de lui faire peur, en lui faisant comprendre à quel point elle a été stupide. Si on y réfléchit bien, on pourrait presque dire qu'il lui rend service. Elle y réfléchira sûrement à deux fois, avant de prendre à nouveau un tel risque. Car il se pourrait bien qu'elle ne soit pas aussi chanceuse la prochaine fois.

Sachant qu'il devra peut-être attendre un moment avant de trouver sa proie, il se verrait bien prendre une pinte au Peadar O'Donnell's. Assis au bar, il regarderait autour de lui et tenterait de repérer une fille qui l'intéresse. Cela dit, le Peadar's étant tout petit, il aurait de fortes chances de se retrouver sur les images des caméras de surveillance.

Non, il restera à l'extérieur, hors de portée des caméras, et patientera avec gourmandise en attendant le moment opportun. Sa GoPro rangée dans la poche extérieure de son blouson, l'objectif dépassant de la fente, il est à l'affût. Il avise un groupe de filles âgées d'une vingtaine d'années, qui sortent du bar collées les unes aux autres en rigolant, bras dessus, bras dessous. L'une d'elles se tourne vers lui et il se demande si elle va lui sourire, voire lui dire bonjour. Un rapide coup d'œil lui indique qu'elle n'est pas vraiment son genre, sans avoir non plus un physique totalement repoussant.

Elle serait mieux avec des cheveux plus courts et une jupe plus longue. Une chose est sûre : elle montre beaucoup trop d'assurance à son goût. Mais elle pourrait quand même faire l'affaire, s'il se forçait un peu. Ses yeux croisent les siens et elle ouvre la bouche, s'arrêtant net de marcher et stoppant par la même occasion la progression des deux dindes hilares qui l'accompagnent.

Il hausse les sourcils et se demande s'il devrait sortir de l'ombre pour lui dire bonjour, se présenter. Après tout, qui ne tente rien n'a rien. Mais non, il doit rester concentré sur sa mission. La probabilité que cette gonzesse à la crinière volumineuse et dorée aux UV finisse par le faire grimper au septième ciel est infime, et elle pèse bien peu par rapport au kif qu'il prendra à pouvoir prouver à sa communauté virtuelle qu'il n'est pas un menteur.

Le débat qui l'agite intérieurement est vite interrompu quand la fille lui adresse la parole :

— Hé, toi, connard ! mugit-elle. Fous le camp, espèce de sale pervers.

Elle parle d'une voix rauque et grinçante qui rappelle le crissement d'une craie sur un tableau noir. C'est une voix nasale. Vulgaire.

Il se retient de lui répondre qu'elle prend ses rêves pour des réalités, et que même pour un million il ne la toucherait pas avec des pincettes. Il ressent une humiliation cuisante quand elle s'éloigne, sous les cris de joie hystériques de ses copines. C'est à croire qu'elles la prennent pour une suffragette des temps modernes qui aurait vaincu le patriarcat d'une simple repartie.

Mais son humiliation vire vite à la colère, et cette colère le rend encore plus déterminé à reprendre le contrôle. Quand la porte du bar s'ouvre à nouveau, laissant sortir une femme seule qui lance un regard nerveux à droite puis à gauche, tous ses sens se mettent en éveil.

Elle paraît très effacée, comparée à la folle furieuse qui vient de l'interpeller. Il mettrait sa main à couper qu'elle est venue directement après le travail. Pantalon gris, escarpins noirs : la panoplie classique de l'employée de bureau. Elle porte un sac à main noir sans fioritures sur un manteau en laine, ainsi qu'un bonnet rose duquel dépassent des cheveux blonds et raides. Elle a l'air triste et vulnérable. Une cible parfaite, en somme.

Il allume sa GoPro et commence à la suivre. Elle remonte la rue, dépasse la station de taxis au croisement avec William Street, et continue. Pour le moment il reste au moins vingt pas derrière elle, conscient qu'il respire bruyamment, sous l'effet de l'excitation. L'adrénaline aidant, il accélère, les mains enfoncées dans ses poches. Il sifflote, juste assez fort pour être sûr qu'elle l'entende, et remarque pour son plus grand plaisir qu'elle se met elle aussi à hâter le pas.

Alors il marche encore plus vite, réduisant la distance qui les sépare. Quand elle jette un œil derrière son épaule, il lit la peur dans ses yeux – une peur patente, malgré la pénombre et la pluie. Il baisse la tête mais ne s'arrête pas. Tandis qu'elle traverse la rue, il ralentit légèrement. Il veut lui donner l'illusion qu'elle est en sécurité, et lui faire croire que, tout compte fait, il ne la suit pas.

Et c'est là qu'il passe à l'action. Il traverse la rue et arrive presque à sa hauteur. Il est maintenant assez près d'elle pour distinguer la buée qui sort de sa bouche et entendre une certaine oppression dans son souffle. Il la voit plonger la main dans son sac pour en sortir un jeu de clés. Elle l'agite frénétiquement devant lui, comme si cela pouvait suffire à le faire fuir.

Il est à deux doigts d'éclater de rire. Tout fonctionne exactement comme il l'avait espéré. Elle pousse un petit cri à peine audible, expression involontaire de sa terreur. Il a eu ce qu'il voulait, pense-t-il. Pas besoin d'en faire plus.

Il avance d'un pas supplémentaire, de sorte qu'il se trouve maintenant juste à côté d'elle. Et là, elle se retourne. Contrairement à la première fille, elle n'exprime aucune colère. Elle n'est pas prête à lui sauter dessus pour lui arracher les yeux avec ses clés.

— Je vous en supplie, l'implore-t-elle d'une voix tremblante. Ne me faites pas de mal.

Elle est en pleurs. Pendant un instant, il en perd ses moyens. Il ne s'attendait pas à ça.

Il la regarde. Ses yeux sont agrandis par la terreur qu'elle éprouve.

— Je vais juste chercher ma voiture, répond-il. Je ne voulais pas vous faire peur.

Elle ne le quitte pas du regard. Alors il s'arrête, lève un bras en l'air.

— Désolé, ajoute-t-il. Je vais partir de mon côté, si ça peut vous rassurer.

Elle hoche la tête mais ne dit rien. Elle se contente de reprendre son chemin, d'un pas toujours aussi rapide.

Comme écrasée par la peur, elle a la tête rentrée dans les épaules. Il entend un sanglot dans la nuit.

Il s'attend alors à être submergé par la culpabilité. Il sait qu'il devrait se sentir mal d'avoir fait pleurer cette jeune femme. Mais en fait, non. Pas du tout.

Au contraire, il se sent encore plus fort que la dernière fois. Son sentiment de puissance est décuplé. Cette fois, c'était différent. La peur éprouvée par la fille était bien réelle. Viscérale. Il en a ressenti – et c'est encore le cas maintenant – une véritable ivresse.

Il tapote sa GoPro, impatient d'être de retour chez lui pour mettre sa vidéo en ligne. Ils verront ce qu'ils verront, ces connards ! se dit-il, un sourire triomphant sur les lèvres. Ça leur en bouchera un coin !

12

MARIAN

Mardi 2 novembre
Disparue depuis cinq jours

Les questions sont tombées en rafale. Pour la plupart, je suis incapable d'y répondre. À force de faire non de la tête et de hausser les épaules, j'ai l'impression d'être une petite vieille en train de faire sa gym pour prévenir les torticolis. À chaque « Je ne sais pas » qui sort de ma bouche, je sens que je m'enfonce un peu plus, écrasée par le regard réprobateur de la capitaine. Mais ce n'est rien par rapport à la façon dont Stephen me fixe.

C'est moi qui avais la responsabilité de l'éducation de notre fille. La question avait été entendue dès le lendemain de mon retour de la maternité, alors que, incontinente et sujette à des pertes de sang, je faisais tout mon possible pour finir la journée sans tuer ce minuscule être humain par mon incompétence.

Stephen, lui, était retourné au travail sans le moindre scrupule et nous avait laissées, Nell et moi, nous débrouiller toutes seules. Ceux qui disent que les nouveau-nés dorment tout le temps n'ont à l'évidence jamais connu Nell bébé. Car même quand elle n'était âgée que de quelques jours, elle ne dormait – et encore, d'un sommeil agité – que sur de courtes périodes. En tout cas, c'est l'impression que j'en avais. J'avais fini par perdre toute notion du temps et j'errais dans notre maison, encore sonnée par cette expérience brutale qu'est l'accouchement. Rien ne peut vous préparer à une telle sauvagerie, où se mêlent sang, merde et envie de mourir. À la perte totale de contrôle sur son propre corps, que l'on sent se contorsionner dans tous les sens pour expulser cette petite créature hurlante. Vous n'avez plus qu'à essayer de comprendre ce qui vous arrive.

« Dès que j'ai tenu mon bébé dans mes bras, j'ai oublié les douleurs de l'accouchement. » Voilà le plus gros mensonge que l'on puisse faire aux femmes, et prononcer ces mots devrait être puni par la loi.

Quoi qu'il en soit, à partir de cet instant, il est évident que Nell s'est retrouvée sous ma responsabilité. Durant son enfance, Stephen s'est contenté d'apparitions furtives – octroyant un cadeau par-ci, un câlin par-là – puis il est devenu son allié lors des conflits qui nous ont opposées au cours de son adolescence. Tout en évitant soigneusement de se coltiner le sale boulot – les crises de colère ou de pleurs –, il a réussi, dans ces premières années, à gagner le trophée si convoité de parent préféré. Nell a même tenu à dire « Papa » en premier. Il a fallu que j'attende au moins six mois pour entendre mon premier « Maman ».

— Bon sang, comment se fait-il que tu n'aies pas été au courant ? hurle-t-il, le visage cramoisi, tandis qu'Heather fait semblant d'être absorbée dans la préparation de son thé. Tu es sa mère, bordel !

— Et toi son père ! hurlé-je à mon tour.

— Ce n'est pas pareil, dit-il avec une telle conviction que je comprends alors qu'il le croit sincèrement.

— C'est une adulte, Stephen. Voilà quatre ans qu'elle n'habite plus chez nous. Je ne surveille pas tous ses faits et gestes. Je te rappelle que le cordon ombilical a été coupé à sa naissance !

— Tu crois vraiment que c'est le moment pour tes blagues débiles ? raille-t-il.

Je le regarde, et je me demande si je connais vraiment cet homme que j'ai côtoyé durant plus de la moitié de mon existence. Cet homme dont je partage la vie – bons et mauvais moments inclus. Cet homme que j'ai juré d'aimer jusqu'à ce que la mort nous sépare. J'observe ses sourcils qui, de plus en plus broussailleux et grisonnants, ont fini par se rejoindre. Je vois aussi les bajoues qui lui sont apparues de part et d'autre du menton, l'âge aidant. La veine apparente au-dessus de son œil droit. Mais aussi… la déception qui se lit sur son visage. Oui, c'est bien de déception dont il s'agit, mêlée d'une pointe d'irritation.

Depuis le temps, je devrais sans doute être habituée à cet air-là.

Je respire un grand coup et j'entends le bruit de l'eau bouillante qu'on verse dans le mug « Meilleur Papa du monde » qu'il tient à utiliser pour boire son thé. L'émail intérieur en est ébréché. Je me suis souvent demandé s'il finirait par attraper une méchante bactérie à cause de ça. Il paraît que ça arrive.

Non. Il faut que j'évite de me mettre en colère contre lui. Nous devons rester pleinement mobilisés pour Nell. Car cette idiote a beau avoir complètement disjoncté, et le cordon être coupé depuis longtemps, je me sens toujours attachée à elle par un fil invisible.

— Je ne blague pas, dis-je, dépitée. C'est juste que je n'ai pas plus de réponses que toi. Je n'ai aucune idée de l'endroit où elle peut se trouver. Si seulement… Crois-moi, je préférerais être au courant de toutes ses frasques des dernières semaines ; ça me permettrait de savoir où elle est aujourd'hui. Mais non. Je n'en sais strictement rien, Stephen. Et je peux te dire que ça me fait complètement flipper. Alors, s'il te plaît…

Il faut croire que le calme de ma voix, ainsi que le choix de mes mots finissent par lui faire entendre raison.

— Je suis désolé, répond-il d'une voix brisée. Moi aussi j'aimerais pouvoir dire où elle se trouve en ce moment.

Tandis qu'il s'assied, son mug de thé est déposé devant lui par Heather, qui veille au grain en silence. Un deuxième mug, arborant le titre de « #CaffeineQween » en gros caractères noirs avec une couronne dorée un peu délavée juchée en équilibre instable sur le « n » final, est placée devant moi. Nell adore détester cette tasse, dénichée dans une boutique « tout à 1 £ » par un collègue de boulot et dont j'ai hérité lors du tirage au sort du Père Noël Secret l'an dernier. Elle s'était esclaffée en la découvrant. Il faut dire qu'elle n'a pas grand-chose pour elle, entre les couleurs qui déteignent sur l'émail et la faute d'orthographe. On s'était dit que ce « w » à la place du « u » était sûrement censé plaire aux enfants. (Ou plutôt, « aux *zenfants* avec un *z*, maman », m'avait dit Nell en rigolant.)

J'enveloppe la tasse de mes deux mains, appréciant la chaleur de ce thé que je serai incapable de boire, et je prie intérieurement pour me réveiller de ce cauchemar.

Nous restons silencieux une minute ou deux. Stephen non plus ne touche pas à son thé. Heather, qui s'en est également préparé un, prend bruyamment une gorgée pour tester la température du breuvage. Cela ne fait même pas vingt-quatre heures qu'elle est ici et j'ai déjà envie de l'envoyer se faire voir.

— Et maintenant, que fait-on ? demande Stephen calmement en se tournant vers Heather, qui grimace en regardant le contenu de sa tasse.

— Je crois que ce lait a tourné, dit-elle.

Je jette un œil dans le mug et je constate en effet la présence de grumeaux caillés à la surface du thé. Elle a sûrement raison. Il faudra que je retourne en acheter. Ainsi que des sachets de thé, indispensables en situation de crise – même quand on ne boit pas de thé en temps normal.

Heather vide la tasse dans l'évier.

— Eh bien, les collègues sont en train de traiter les informations fournies par Clodagh et ils interrogent les nouveaux amis de votre fille. L'appel à témoins est toujours diffusé.

— Des gens y ont-ils déjà répondu ? demande Stephen.

La question paraît un peu stupide. Si quelque chose d'utile avait été découvert, nous en aurions sûrement été informés.

— Je ne pense pas. Mais l'équipe d'enquêteurs nous tiendra au courant s'ils apprennent quoi que ce soit de significatif.

— Et la voiture qui est passée la prendre jeudi ? Le taxi ? demande Stephen.

— Je crois que le véhicule a été repéré par un lecteur LAPI, c'est-à-dire de « lecture automatique des plaques d'immatriculation ». Je peux me renseigner.

Stephen hoche la tête et, sans y penser, porte sa tasse à ses lèvres. Lui aussi fait la grimace.

— Ce lait est caillé, me dit-il, comme s'il n'avait pas entendu Heather quelques instants plus tôt.

— Je vais sortir en racheter, dis-je.

En vérité, j'ai besoin de prendre l'air. Ma propre maison est devenue oppressante.

Il se contente d'un hochement de tête pour toute réponse, puis il se tourne à nouveau vers Heather :

— Et quand est-ce qu'on passe à la vitesse supérieure ? demande-t-il. Quand méritera-t-elle davantage qu'un simple avis de « disparition inquiétante » ? Dans la mesure où elle n'utilise ni ses cartes bancaires ni son téléphone et que personne ne l'a vue, ne devriez-vous pas en faire davantage ?

— Le commandant Bradley va nous tenir informés par téléphone. C'est lui qui dirige cette enquête. Il est le supérieur de la capitaine King. Si vous le souhaitez, je peux lui demander de venir passer vous voir.

— Vous feriez ça ? En effet, j'ai besoin de m'assurer que les meilleurs enquêteurs sont à sa recherche.

Il faut reconnaître qu'Heather, et c'est tout à son honneur, ne bronche jamais devant le ton employé par Stephen pour lui parler. Il s'adresse à elle comme si elle était son laquais, et pas une seule fois elle ne l'a envoyé balader, ni ne lui a demandé de surveiller ses manières.

— C'est infernal, de devoir rester ici sans rien faire, dis-je sans m'adresser à quiconque en particulier.

— Je sais que c'est difficile, dit Heather d'une voix apaisante et en usant de sa fameuse inclinaison de la tête. Mais une équipe d'enquêteurs chevronnés est à sa recherche. Et les informations fournies par Clodagh tout à l'heure leur seront sûrement d'une grande aide. Essayez de…

Elle est interrompue par la sonnerie de son téléphone et, avant même de nous dire qu'elle doit vraiment prendre cet appel, elle baisse les yeux et quitte la pièce, nous laissant Stephen et moi sans autre compagnie que nous-mêmes.

Nous aurions beaucoup de choses à nous dire, je le sais, mais ni lui ni moi n'ouvrons la bouche. Stephen rompt le silence en se levant, les pieds de sa chaise crissant sur le carrelage, pour aller vider sa tasse de thé dans l'évier. Puis, sans un mot, il fait de même avec la mienne.

Je le remarque aussitôt qu'Heather revient dans la pièce : son visage est livide, et paraît presque gris par contraste avec le vert peu flatteur de son uniforme de la PSNI[1]. Je devine une certaine panique dans ses yeux. Elle reprend son mug et avale une gorgée de thé, ayant manifestement oublié qu'il était imbuvable.

— Je sors acheter du lait, dis-je en me levant.

Il *faut* que je sorte. Ayant le pressentiment que quelque chose d'horrible va arriver, il est hors de question que je reste ici. Je repère mes clés et mon portefeuille sur le plan de travail, là où je les ai laissés un peu plus tôt. Je suis en pantoufles mais ça n'a aucune importance. Je vais juste faire un saut chez Spar. Je m'en fiche, si quelqu'un me voit avec mes chaussons en fourrure rose. Je pourrais sortir toute nue s'il le fallait, du moment que je me tire d'ici.

— Monsieur et madame Sweeney, dit Heather d'une voix douce.

Je note aussitôt la fameuse inclinaison de la tête, censée nous témoigner sa compassion. J'essaie de me lever mais mes fichues jambes refusent de bouger. Elle se dirige vers la table et s'assied, tandis que j'adjure intérieurement mon corps soit de se mettre en mouvement, soit de se refermer sur lui-même, soit de tomber raide mort. J'ai les oreilles qui bourdonnent à nouveau.

Je vois ses lèvres bouger et son visage empreint de sérieux, mais je ne saisis rien de ce qu'elle dit. Sa voix est

1. Service de police d'Irlande du Nord.

toute déformée, comme celle de l'instituteur de Charlie Brown. Je me tourne vers Stephen pour voir sa réaction, alors qu'au fond de moi je ne le veux pas. Mais comme pour un accident de voiture, je suis incapable de détourner les yeux.

Il blêmit d'un coup. Tout en lui semble s'affaisser. Heather lui prend la main. Je note que le vernis de ses ongles est d'un rose très pâle. C'est précisément la couleur de la couverture dans laquelle Nell était enveloppée quand je l'ai ramenée de la maternité. Tandis que j'ai les yeux rivés sur sa main qui serre celle de mon mari, je sens que, de l'autre, elle prend la mienne. Je suis aussitôt ramenée à la réalité.

— Le commandant Bradley et la capitaine King seront là d'une minute à l'autre. Même si ce n'est pas ce que nous voulions entendre, il ne faut surtout pas en tirer des conclusions trop hâtives.

Ce que « nous » voulions entendre ? Ce « nous » m'écorche les oreilles. On n'est pas en train de parler de son enfant à elle.

Stephen donne un grand coup sur la table. Son poing serré cogne le bois si violemment que nous sursautons toutes les deux, Heather et moi. Il se lève et envoie sa chaise valser derrière lui. Elle percute le mur et retombe sur un flanc tandis qu'il s'approche de la fenêtre pour regarder dehors. Surpris par ce vacarme, Harry Styles bondit de son espace réservé sur l'appui de fenêtre et s'enfuit. J'entends Stephen qui marmonne quelque chose, entre deux sanglots.

Je suis hébétée. Je n'ai pas entendu ce qu'a dit Heather. Non, c'est faux. J'ai bien entendu ses paroles, mais mon cerveau a refusé d'en enregistrer le sens. En l'occultant, dans l'espoir qu'elle disparaisse d'elle-même, j'ai simplement tenté de faire barrage à l'horreur absolue contenue dans cette information. Mais petit à petit, profitant d'une brèche, je la sens qui s'insinue dans les interstices de ma conscience, pour finir par l'envahir tout entière en étreignant mon cœur et mon âme.

On a retrouvé un corps.

13

MARIAN

Mardi 2 novembre
Disparue depuis cinq jours

Heather ne peut guère nous en dire davantage. C'est le corps d'une femme. C'est tout. Voilà tout ce qu'elle peut nous dire – ou consent à nous dire. À sa place, j'attendrais moi aussi que les gradés se coltinent le sale boulot. Ce n'est certainement pas de son ressort.

Nous avons beau la harceler de questions, cherchant à savoir où le corps a été retrouvé, quels vêtements il portait, l'âge approximatif de la victime, Heather se contente de nous répondre qu'elle n'en sait pas plus. Je sais que nous l'embêtons. Entre la première et la troisième fois où nous l'interrogeons, elle n'a matériellement pas pu obtenir la moindre information supplémentaire à nous communiquer. Mais cela ne nous empêche pas de revenir à la charge.

Si je persiste à poser inlassablement ces questions, c'est que, lorsque je m'interromps ou quand je l'entends nous dire qu'elle n'est pas en mesure de pouvoir nous répondre, le silence s'installant à nouveau, mon esprit me ramène à d'atroces conjectures.

Qu'est-il arrivé à cette femme qui pourrait être ma fille ? Dans quel état se trouve le corps ? Est-il mutilé ? Pendu à un arbre ? A-t-il été meurtri lors d'un de ces stupides et néanmoins tragiques accidents « qui-n'auraient-pas-pu-être-évités » ? A-t-il été violenté – que ce soit de son vivant, sous les assauts d'une brute infâme, ou une fois mort, dévoré par des bêtes sauvages ?

Soudain, la vision d'un cadavre verdâtre rongé par les vers s'impose à mon esprit et je cours vomir dans l'évier.

Je sens une main me tapoter délicatement le dos. Exactement comme je l'aurais fait avec Nell dans son enfance, quand elle était malade et qu'elle avait besoin d'être réconfortée par sa maman. Je ne sais pas si c'est Stephen ou bien Heather. Peu importe. Je voudrais que ce soit Nell.

— Je sais que je vous demande l'impossible, me dit Heather. Mais attendons de voir ce que le commandant Bradley a à nous dire.

— Ils ne nous enverraient pas les huiles s'ils doutaient un instant que le corps qu'ils ont retrouvé soit celui de notre fille, dit Stephen d'une voix sourde et rauque, comme s'il était à bout de souffle et ne parvenait plus à respirer normalement.

Je lui en veux de ne pas s'accrocher à l'infime espoir qui nous restait. Je lui en veux aussi car, par cette remarque frappée au coin du bon sens, je sens qu'il a aussitôt anéanti ce qui subsistait en moi de cet infime espoir.

Heather ne le contredit pas. Elle se contente de répondre que ce commandant Bradley, le gros bonnet que nous n'avons pas encore rencontré, en saura davantage. Il serait malvenu de sa part de chercher à deviner de quelles informations il dispose.

— J'ai raison, n'est-ce pas ? dit Stephen d'une voix empreinte de colère mais dont le calme, inquiétant, indique qu'il a renoncé à tout espoir. Pourquoi un officier aussi gradé ferait-il le déplacement pour nous répéter ce que vous venez de nous dire ? Il ne doit plus avoir le moins doute.

Heather est visiblement mal à l'aise – ce qui peut se comprendre. Pour un peu, elle me ferait de la peine, mais je reprends vite conscience de ce qui est en train d'arriver. La réalité revient me frapper de plein fouet, telle une vague s'écrasant sur le rivage. Ballottée au gré du flux et du reflux de ma conscience, cette réalité s'écrasera encore un million de fois sur moi pour finir par m'anéantir totalement.

— Le commandant Bradley est un excellent policier ; c'est un de nos meilleurs officiers. Et il tient à s'investir personnellement dans ses enquêtes. Je pense qu'il avait prévu de venir vous voir aujourd'hui quoi qu'il arrive. Mais bien sûr, cette découverte a accéléré le processus.

— « Cette découverte a accéléré le processus » : voilà une manière bien alambiquée de dire que « les recherches seront sûrement stoppées avant même d'avoir réellement commencé ».

Je suis prise de frissons alors qu'il ne fait pas froid. Heather balaie la pièce du regard et, avisant le sofa dans la véranda attenante à la cuisine, repère le plaid rouge dont il est recouvert. En moins de temps qu'il n'en faut pour le dire, elle s'en saisit et l'enroule autour de mes épaules, puis elle s'accroupit devant moi pour me frictionner les bras. J'ai envie de lui hurler que je n'ai pas froid, mais je n'arrête pas de grelotter. Mon corps tout entier est secoué de spasmes si violents que j'en ai les mâchoires douloureuses à force de claquer des dents.

— Ça va, Marian ?

Je n'ai pas entendu une telle inquiétude dans la voix de Stephen depuis des années.

— Elle est en état de choc, dit Heather. Un bon thé chaud bien sucré lui ferait du bien.

— Mais le lait…, observe Stephen. Je sors en chercher.

— Monsieur Sweeney, je ne pense pas que vous soyez en état de conduire. Je peux faire le nécessaire pour qu'on vous en apporte.

Bien entendu, Stephen fait comme à son habitude en période de crise. Il attrape son manteau et ses clés et sort malgré tout. Quant à moi, sous l'emprise de mon malaise, je suis incapable de lui demander de rester. J'ai de plus en plus de mal à respirer. J'ai le souffle court, saccadé. Chaque bouffée d'air me demande un effort considérable. J'ai des picotements dans les lèvres, la tête qui me tourne.

J'entends Heather qui m'invite à me concentrer sur sa voix. À respirer doucement, profondément. Un souvenir me revient à l'esprit… Nell s'est accroupie près de moi, exactement comme Heather vient de le faire. Ses mains chaudes sont posées sur les miennes. « Respire, maman, me dit-elle. Regarde-moi, et respire avec moi. »

Ma fille a toujours réussi à apaiser mes crises d'angoisse, sachant déceler les signes indiquant que j'étais sur le point de partir en vrille. Mon Dieu, j'ai fait porter, dès son plus jeune âge, une telle responsabilité sur ses épaules !

Je m'autorise à imaginer que ma fille a remplacé Heather. C'est Nell que j'entends, comme par le passé. Je la laisse me guider jusqu'à ce que je retrouve mon souffle et que, les confins nébuleux de ma conscience finissant par s'éclaircir, je revienne au moment présent.

J'entends la voix de ma fille.

« C'est bien, maman. Continue comme ça. Ça va aller. Tout va bien se passer. »

Mais très vite, beaucoup trop vite, j'entends à nouveau :

— C'est bien, madame Sweeney. Inspirez, puis expirez. Comptez avec moi.

Ça y est, Nell a de nouveau disparu.

— Je ne suis pas sûre d'y arriver, dis-je. Mettez-vous à ma place : vous venez de m'annoncer la mort de ma fille, et il faudrait aussitôt que j'accepte le fait qu'elle est partie pour toujours ? C'est parfaitement impossible.

Sûrement à court d'arguments, Heather se contente de presser doucement ma main dans la sienne, n'ayant à m'offrir qu'un soutien purement tactile. Quel boulot de merde ce doit être. Tenter de rassurer des gens quand tout s'écroule autour d'eux, devoir les réconforter quand ils fondent en larmes. Se faire hurler dessus. Assister, impuissant, à la dévastation provoquée par la perte d'un être cher.

Je lève la tête. Ses yeux ont une teinte étrange ; mi-noisette, mi-verts. Avec des reflets dorés. Nell a les yeux bleus – un bleu perçant, presque gris. Pendant son adolescence, elle a eu une phase durant laquelle ça l'embêtait. Elle trouvait ça « naze », d'avoir les yeux bleus. Elle aurait voulu les avoir verts, comme des émeraudes.

— Je suis désolée, dis-je à Heather.

Je n'ajoute rien, supposant qu'elle comprendra. Je suis désolée d'avoir eu une crise d'angoisse. Désolée que Stephen se soit montré si grossier et qu'il soit sorti en trombe. Je suis désolée pour tout.

— Vous n'avez pas à être désolée.

Mais elle ne sait pas tout. Elle ne sait pas que c'est moi qui ai demandé à ma fille de déménager, lui disant qu'il fallait qu'elle vive sa vie. Je ne voulais plus qu'elle subisse les tensions étouffantes entre son père et moi. Je pensais alors que c'était la meilleure chose à faire. Comment aurais-je pu deviner un seul instant que cela allait aboutir à ça ? Il n'empêche, je ne pourrai probablement jamais me le pardonner.

14
LUI

Deux mois plus tôt

Il est ravi – mais guère surpris – que sa vidéo cumule des centaines de vues en quelques heures à peine. Et ce d'autant plus que l'un des plus virulents sceptiques de la veille a fini par rendre les armes et s'excuser.

« Tu es un bon, toi », a concédé le contempteur anonyme.

Ça lui avait suffi. Mais il sait aussi que ça ne sera pas toujours le cas ; il en est très vite persuadé. L'euphorie qu'il a éprouvée tout au long de cette séquence – depuis le moment où il a posté la vidéo jusqu'à la lecture des commentaires élogieux, dont ces excuses – ne durera pas éternellement.

Il voudrait aller plus loin la prochaine fois. Mieux s'y prendre. Il voudrait faire en sorte de ne pas se faire insulter par une bande de putes complètement torchées. Il voudrait aussi approcher d'un peu plus près de la fille qu'il chasse.

« Chasse » lui semble être le bon terme. Ça colle.

Et s'il allait jusqu'à essayer de la toucher ? Comment pourrait-il s'y prendre ? En emportant quelque chose, peut-être, comme un rouge à lèvres qu'il volerait dans la chambre de Jade. Il tendrait le bras pour toucher sa proie, et il la verrait se retourner, morte de trouille, les yeux écarquillés, sa bouche formant un « o » parfait. Rien que d'y penser, il sent sa queue s'agiter en imaginant la fille à genoux devant lui.

Est-ce que le fait que ça l'excite signifie qu'il est un pervers ? Un déviant ? Non. L'excitation sexuelle est quelque chose de tout à fait normal. C'est une réaction biologique ; on ne peut pas toujours la contrôler. Il n'est pas en train de dire qu'il serait prêt à passer à l'acte. Non, il n'est pas un violeur. Il est juste en train de fantasmer.

Tout ce qu'il veut, c'est un contact physique. Il pourrait lui demander si elle a fait tomber son rouge à lèvres, en lui mettant sous le nez le tube rouge putassier de Jade ? Il la verrait secouer la tête puis s'éloigner. Tout ce qu'il veut, c'est voir la peur de très près, ne serait-ce qu'un bref instant. Suffisamment près pour voir ses lèvres s'entrouvrir, ses pupilles se dilater.

Il le sait : ses tergiversations sont d'ores et déjà superflues. Il va le faire. Et quand il postera la vidéo, les autres membres du forum le glorifieront encore plus. Il ne lui reste plus qu'à savoir quand.

Il retourne voir son post, constate que le nombre de *likes* ne cesse d'augmenter. Il y a quand même une voix discordante dans le lot. Un certain BigMan, qui se cache derrière un avatar ayant les traits d'Austin Powers.

« Mec, je sais pas trop. C'est un peu glauque, ton truc. Tu ne les connais pas ces nanas que tu traques. Tu ne sais pas ce qui peut se passer dans leur vie. Pourquoi traumatiser quelqu'un juste pour le plaisir d'avoir des *likes* ? »

Ça le fait réfléchir un instant. Et si ce BigMan (pathétique, ce pseudo) avait vu juste ? Ne fait-il ça que pour les *likes* ? Est-ce que ça peut être traumatisant pour la fille ?

Mais les autres participants accourent aussitôt à sa rescousse. Ce n'est pas un forum pour mauviettes. On sait très bien où on met les pieds en venant ici. On est dans les bas-fonds les plus glauques du *dark Web*. Un endroit où les types comme lui doivent pouvoir se sentir libres de dire et faire ce que bon leur semble. Et Dieu sait si on y trouve bien pire que ses fantasmes.

Il lit les réponses.

Dépuceleur : « Espèce de chochotte. Traumatisant ? Il ne fait que marcher près d'elles. Les hommes ont encore le droit de marcher à proximité des femmes ! Elles ne nous ont pas encore enlevé ça. Alors, aie des couilles et arrête d'emmerder les vrais mâles. »

AllezLesRouges : « Elles veulent tout avoir. Être sur un pied d'égalité avec nous, mais aussi qu'on garde nos distances, de peur qu'on les traumatise ! Lâche-nous, BigMan. »

4Vérités : « À un moment donné, il faut qu'une riposte s'organise. Qui s'émeut des traumatismes que nous subissons, nous les hommes, quand on nous enlève progressivement tous nos droits ? »

Chacune de leurs remarques se tient, se dit-il. Une riposte s'impose en effet. Ça lui paraît encore plus évident quand il repense à ces traînées qui ont osé l'insulter en titubant à la sortie du pub. Ce n'est pourtant pas lui qui portait une tenue provocante. Ce n'est pas lui qui était tellement bourré que n'importe qui aurait pu abuser de lui. Ce n'est pas lui qui hurlait des insanités en pleine rue et insultait des inconnus. Il n'avait rien d'un pervers. Il était juste resté quelques minutes devant l'entrée d'un pub.

Il tape une réponse. « Je suis d'accord. Une riposte s'impose. #JaiLePouvoir. »

S'ensuit un déluge de *likes*. Un des modérateurs du forum poste un message pour dire qu'il a exclu BigMan, ajoutant qu'ici : « Soit tu es avec nous, soit tu es contre nous. »

Il va se chercher une bière dans le frigo. Il l'a bien méritée. Il est surexcité. Au point que lorsque Cormac et Jade rentrent du pub – pompettes, ils rigolent et parlent un peu trop fort –, il ne file pas se carapater dans sa chambre, mais reste prendre un verre avec eux. Il rit, plaisante. Pour un peu il se sentirait presque à sa place. Il reprend confiance en lui. Il sent qu'il n'est plus du tout le même homme. Ou, plus exactement, il est devenu celui qu'il aurait toujours dû être.

Après trois bières, jugeant qu'il est de nouveau assez calme pour pouvoir s'endormir, il leur fait savoir qu'il va se coucher. Sourire aux lèvres, il emporte ses canettes vides pour les jeter dans la poubelle de recyclage. Puis il met en route le lave-vaisselle, passe un coup d'éponge sur les plans de travail et éteint les lumières. Au moment où il passe devant la porte du salon, il entend leurs voix, toujours un peu trop fortes.

— J'ai bien cru qu'il allait rester avec nous toute la nuit, dit Jade.

Cormac éclate de rire.

Il a beau savoir qu'il ne devrait pas rester pour écouter la suite – ça ne peut rien apporter de bon –, il reste quand même posté près de la porte.

— En même temps, il me fait un peu pitié, dit Cormac. On ne peut pas dire qu'il ait une tonne d'amis, hein ? À part aller au boulot le matin et en revenir le soir, il ne fait pas grand-chose. Il ne sort jamais. Il ne ramène jamais personne ici – ni fille ni garçon…

— Il est sûrement un peu timide, dit Jade.

Il y a dans sa voix une pointe de douceur qui agit comme un baume sur les blessures que vient de lui infliger Cormac.

— Arrête, proteste Cormac. Depuis un an qu'il vit ici, il n'a jamais ramené un seul pote. Ce n'est pas normal. Il y a truc qui cloche chez ce mec. Tu ne trouves pas?

— J'essaie juste de lui accorder le bénéfice du doute.

— Tu es trop gentille. Tu vois bien qu'il est super chelou. Non seulement chelou, mais aussi égoïste. La preuve: quand il a foutu la musique à fond l'autre soir alors qu'on était tous les deux en train de bosser. C'est tout lui, ça.

— OK, OK, dit Jade. Mais il n'est pas si terrible que ça. Il participe aux tâches ménagères, et il nous a laissé sa bouffe indienne pour s'excuser.

— Tu es trop gentille, insiste Cormac. Ce type est tordu, et ça ne s'arrange pas avec le temps.

Après une pause, Jade enchaîne:

— Tu as raison, dit-elle, mais peut-être qu'on ferait mieux de ne pas se le mettre à dos. Je n'ai pas envie qu'un jour on se réveille avec une tête de cheval sur nos lits, ou alors qu'on découvre que toutes les portes et fenêtres ont été verrouillées.

Elle éclate de rire, aussitôt imitée par Cormac.

Leur hilarité agit comme une déflagration qui le transperce de part en part. Il repense au post de 4Vérités. «À un moment donné, il faut qu'une riposte s'organise.» Le moment est peut-être arrivé, ici et maintenant. Il respire un grand coup pour retrouver son calme. Il veut réussir son coup. Avec le maximum d'impact.

Il ouvre la porte du salon et voit aussitôt leurs visages s'empourprer, passant des rires à la gêne.

— Je ne fais que passer, dit-il en traversant la pièce. J'ai oublié mon bouquin.

Il se tourne vers la bibliothèque où se trouvent quelques livres. Il n'est en train d'en lire aucun, mais ils ne sont pas censés le savoir.

— Qu'est-ce qu'il y avait de si drôle, au fait ? demande-t-il mine de rien, en gardant une intonation légère alors que leurs rires ont définitivement cessé. Vous parliez d'une tête de cheval ?

Il pose la question en prenant un air tout à fait innocent. Ses yeux font des allers et retours entre Jade et Cormac. Incapable de soutenir son regard, Jade baisse la tête.

— On était juste en train de déconner, dit Cormac. On disait n'importe quoi.

— L'alcool nous est monté à la tête, marmonne Jade.

— D'accord, mais tu dois bien t'en souvenir quand même ; tu viens de le dire. Je vous ai entendus discuter depuis la cuisine, puis quand je suis passé dans le couloir. Il était question de quelqu'un que vous trouviez chelou ?

Il sait évidemment qu'il est en train d'être chelou en disant ça. Mais le pire, c'est que ça lui plaît. Ils ne savent plus où se mettre ; c'est jouissif. C'est une immense satisfaction car lui n'a qu'une envie, c'est de leur dire d'aller se faire foutre. En fait, non, ce n'est pas tout à fait vrai. Ce qu'il voudrait surtout, c'est défoncer leurs petites gueules prétentieuses – par n'importe quel moyen.

Il n'est pas quelqu'un de violent, mais il y a toujours des exceptions.

— Je parlais à Cormac d'un collègue de la fac. Un type vraiment collant. Super chelou, dit Jade, toujours infoutue de le regarder dans les yeux.

Il n'est pas débile ; il sait reconnaître quelqu'un qui ment. Il sait aussi ce qu'il a entendu.

Il s'installe sur le canapé. Il se dit que ça pourrait être marrant de leur mettre encore un peu plus la pression.

— Ah oui ? Raconte-moi. Les types comme ça, il faut les avoir à l'œil.

Jade secoue la tête.

— Il n'y a pas grand-chose à en dire. Il a les mains un peu baladeuses, tu vois le genre ?

— Est-ce que tu as noté toutes les fois où il s'est mal conduit ? C'est important de garder des preuves.

Il peut très bien jouer la carte du type qui a le sens de l'écoute. Putain, c'est vrai qu'il sait faire preuve d'empathie. Il est un mec bien. Pas un mec tordu. Après tout, ce n'est pas lui qui a menti. Il est juste en train de profiter de leur malhonnêteté.

— Je ne pense pas que ça soit si grave, dit Jade.

Là, c'est le moment de mettre la pression sur Cormac.

— Cormac, dis-lui, toi, qu'elle devrait tout consigner par écrit. Je suis sûr que toi comme moi on se ferait un plaisir de venir lui parler. En fait, ça passerait mieux si ça venait de moi, tu ne penses pas, Cormac ?

Cormac se décide enfin à le regarder.

— Si Jade considère que ce n'est pas si sérieux, alors c'est que ça ne l'est pas.

— Le harcèlement sexuel est pourtant à prendre très au sérieux, insiste-t-il. Je pense vraiment qu'il ne faut pas laisser passer ça, Jade.

Leur gêne le fait jubiler.

— Peut-être, dit-elle.

Il se demande s'il ne devrait pas enfoncer un peu plus le couteau dans la plaie.

— Tu ne devrais même pas te poser la question. Imagine s'il s'en prend à la mauvaise personne. Qu'est-ce que tu disais déjà ? Que quelqu'un pourrait se réveiller avec une tête de cheval sur son lit, ou découvrir que toutes les portes et fenêtres ont été verrouillées ?

Ni Cormac ni Jade ne disent quoi que ce soit.

Il éclate de rire.

— Ça y est, ça me revient. Tu disais non seulement qu'il était chelou, mais aussi égoïste. D'ailleurs c'est bizarre, mais à la façon dont vous en parliez tous les deux, j'aurais presque dit que c'était quelqu'un qui habitait ici plutôt qu'un obscur collègue de la fac.

Il voit ses deux colocataires échanger un regard. Il est désormais le seul à rire. Son rire est bref, sarcastique.

— Écoute, dit Jade. On déconnait. On ne pensait pas ce qu'on disait ; on avait bu. Tu sais que je suis en plein stress en ce moment avec ma soutenance qui approche. Et Cormac aussi croule sous le boulot… On avait un peu trop bu et…

— Pas de souci, dit-il. Y a pas de mal.

Mais ses mots ne sont pas en accord avec le ton de sa voix, qui laisse transparaître une colère froide. Il ne va pas s'en arrêter là. En fait ils ont du souci à se faire. Car le mal a bien été fait.

15

MARIAN

Mardi 2 novembre
Disparue depuis cinq jours

Le commandant David Bradley affiche un air solennel. Je scrute son visage ainsi que le moindre de ses gestes dans l'espoir d'y déceler un indice sur ce qui m'attend. J'ai beau n'être qu'à quelques instants de la révélation de l'atroce vérité, j'ai quand même besoin de m'y pré parer.

Il est vêtu d'un costume élégant ; ses cheveux poivre et sel sont soigneusement coupés. Il a le teint buriné de quelqu'un aimant passer du temps à l'extérieur. Je repère sur le revers de sa veste une petite tache visqueuse. On dirait la trace d'une main d'enfant. La fatigue qui se lit sur son visage est-elle imputable aux nombreuses heures qu'il consacre à cette enquête ou bien due à la présence chez lui d'un enfant en bas âge ?

J'ai un flash. Je revois Nell, âgée de quatre ans, qui court vers moi dans l'allée du jardin, les bras grands ouverts, prête à me sauter au cou. Tandis qu'elle s'approche, je vois que sa robe est maculée de farine et de beurre. « On a fait un gâteau ! » fanfaronne-t-elle. Sa voix résonne encore dans mes oreilles. J'entends son petit zézaiement. Son souffle sur ma joue est comme une caresse.

— Madame Sweeney.

Je comprends que le commandant Bradley me tend la main. Je fais de même. Sa poignée ferme et chaude me replonge aussitôt dans l'ici et maintenant.

— Je suis navré de vous rencontrer dans pareilles circonstances, dit le commandant.

J'ai envie de lui hurler : « Quelles circonstances ? Allez droit au but ! » Et en même temps, je voudrais ne jamais sortir de ce moment – l'avant. Car je sais qu'il y aura bientôt un avant et un après. Plus rien ne sera plus jamais pareil.

— M. Sweeney est sorti acheter du lait, dit Heather.

Au ton de sa voix, je comprends qu'elle est ennuyée de ne pas avoir réussi à l'en dissuader.

— L'épicerie est au bout de la rue. Il n'en a pas pour longtemps, parviens-je à bredouiller. Mais je vous en supplie, vous n'êtes pas obligée de l'attendre. Dites-moi ce que vous savez. Est-ce que c'est elle ? Vous avez retrouvé Nell ?

— Nous avons trouvé le corps de ce qui semble être une jeune femme. D'après ce que nous savons de Nell – sa taille, sa corpulence et son âge –, nous sommes en mesure de dire qu'il correspond à ces caractéristiques. Mais en raison de l'état dans lequel se trouve la dépouille, toute identification formelle est à ce stade impossible.

Mon estomac se noue.

— Je vais venir avec vous. Je saurai si c'est elle. Nous pouvons y aller maintenant.

Je sens une main se poser sur la mienne. Celle d'Heather, avec son vernis rose pâle.

— Madame Sweeney.

— Marian. S'il vous plaît, appelez-moi Marian, dis-je. Je sais que vous ne me pensez pas assez forte pour la voir. Mais il faut absolument que je la voie. Je vous en supplie. Je dois la voir de mes propres yeux. Il faut que je sache si c'est elle.

— Marian, dit le commandant. Je crains que ce ne soit pas possible.

Je le regarde en plissant les yeux.

— Pourquoi ? Pourquoi ne serait-ce pas possible ? N'avez-vous pas besoin d'une identification officielle ? Vous ne la connaissez pas. Moi, oui. C'est mon bébé.

Ma voix trébuche sur le mot « bébé ». Je me rends compte que je tremble de tout mon corps. Ma jambe est secouée de spasmes si violents que mon pied frappe le sol de manière répétée.

— Je suis vraiment désolé mais l'état du corps que nous avons découvert rend impossible toute identification. Il semblerait qu'on ait tenté de le faire disparaître. En le brûlant. Je suis désolé mais vous ne pourriez pas la reconnaître.

Une torpeur vient à point nommé engourdir chacun de mes membres. Hébétée, je n'arrive plus à réfléchir ; tous mes sens sont anesthésiés. J'ai besoin de me couper de toute cette horreur. Je sens des remparts se dresser autour de moi, en guise de protection. J'enfouis la douleur induite par ce que je viens d'entendre. Je ravale la bile qui me brûle l'œsophage. Cette douleur, je l'enterre au plus profond de moi car si je m'autorise à la ressentir, elle me détruira totalement. J'en mourrai, je le sais. Je prends conscience que le commandant est en train de me parler. Je vois ses lèvres bouger, mais je n'entends pas ce qu'il me dit. Des ombres bougent autour de moi. Ce sont des gens qui vont et viennent. J'entends vaguement une sonnerie de téléphone. À moins qu'il ne s'agisse de la sonnette. Je ne saurais dire. Tout est flou, et je suis incapable de bouger.

Ce n'est que lorsque Stephen se tient devant moi, méconnaissable, le visage déformé par le chagrin, que je me reconnecte vraiment au réel. Je me suis parfois demandé, en voyant une personne s'effondrer au sol, ou hurler, ou battre l'air de ses bras à l'annonce d'une mauvaise nouvelle – dans un journal télévisé ou un téléfilm –, comment je réagirais dans pareille situation. Le fait est que jamais je n'aurais imaginé que je serais paralysée.

Tandis que je garde les yeux rivés sur Stephen, les bruits ambiants reprennent réalité. Je comprends alors que le grondement que j'entendais n'était ni le vent, ni un camion passant à proximité, ni le tonnerre, mais mon mari.

— Ce n'est peut-être pas elle, dis-je à voix si basse que personne ne m'entend. Si le corps ne peut pas être identifié, ce n'est peut-être pas elle.

— Marian ? dit Heather en me fixant des yeux. Vous avez dit quelque chose ?

— Vous nous avez affirmé que tant que rien n'était certain, il ne fallait pas paniquer. À l'instant présent, nous ne savons toujours pas de façon certaine que c'est notre Nell. Alors il ne faut pas paniquer. Pas encore. C'est ce que vous nous avez dit.

Elle penche la tête sur le côté. Pense-t-elle que je me berce d'illusions ? C'est sûrement le cas, mais je n'ai pas d'autre choix. Je peux encore me le permettre pendant un très court instant.

— Marian, je pense qu'il faut désormais vous préparer au pire, dit-elle.

— Quand le saurez-vous ?

Alors que je pose la question, je remarque que le commandant Bradley est assis en face de moi. Je ne l'avais pas vu s'asseoir.

— Nous espérons pouvoir utiliser les informations de la denture, répond-il. Nous aurions besoin du dossier dentaire de Nell.

Tandis que j'acquiesce d'un signe de tête, j'entends Stephen qui sanglote à mes côtés. Ses pleurs me serrent le cœur. Je donne au commandant le nom du dentiste de Nell.

— Merci, ça nous sera très utile.

— Mais j'ai raison, n'est-ce pas ? dis-je en le suppliant du regard. Ce n'est pas forcément elle ? Après tout…

— Marian, dit-il d'une voix douce. On ne peut pas totalement écarter cette éventualité, mais il faut que vous sachiez qu'aucune autre femme répondant aux caractéristiques physiques et à l'âge de Nell n'a récemment été portée disparue.

J'acquiesce à nouveau de la tête et accuse le coup. Les remparts qui me protègent gagnent en hauteur. Sans un mot, je me lève et je monte à l'étage pour rejoindre l'ancienne chambre de Nell. Elle n'a rien d'un sanctuaire. Nous ne l'avons pas conservée telle qu'elle était quand Nell est partie, avec ses posters aux murs et ses boîtes de maquillage usagées sur la coiffeuse. Nous l'avons réaménagée il y a deux ans pour en faire une chambre d'amis. Lit deux places, papier peint et rideaux Laura Ashley. Nell détestait cette décoration, qu'elle jugeait « complètement ringarde ».

— M'enfin, maman, vous ne pourriez pas choisir quelque chose d'un peu plus moderne ? m'avait-elle dit.

Ce qui ne l'avait pas pour autant empêchée de m'aider à poser les rideaux, à faire le lit. Dans l'espoir de sentir sa présence, je m'allonge sur ce lit alors même que je sens aussitôt que je ne retrouverai rien d'elle ici.

Elle n'a – elle n'avait – que vingt-deux ans. À son âge, tant de jeunes filles vivraient encore chez leurs parents. J'ai de nombreux amis qui se plaignaient que leur progéniture ne manifestait pas la moindre intention de quitter le nid familial pour voler de ses propres ailes. Leur fille ou leur fils, disaient-ils, compterait toujours sur eux à trente ans pour laver leur linge sale et préparer leurs repas. En mon for intérieur, je me disais qu'en fait ça leur faisait bien plaisir d'avoir leurs enfants sous la main, et de toujours savoir où ils étaient. Ils pouvaient s'occuper d'eux, les chouchouter. Mais aussi s'assurer qu'ils étaient en sécurité. Mais Nell avait suivi mon conseil et était partie dès qu'elle avait pu. Le fait qu'elle se soit construit sa propre vie m'avait rendue – non, me *rend* – fière d'elle. Quand on fait tout à la place de ses enfants, on ne leur donne pas la résilience dont ils auront besoin dans la vie.

Mais si elle était restée ici, elle aurait peut-être évité ces mauvaises fréquentations dont m'a parlé Clodagh ; je l'aurais peut-être empêchée de filer un mauvais coton. Et aujourd'hui, elle serait en sécurité et je ne serais pas en train de prier de toute mon âme pour que les restes calcinés de cette malheureuse ne soient pas ceux de ma fille.

J'essaie de me fier à mon intuition. Car on dit que ce genre de choses se ressent dans sa chair – si son enfant ou l'être aimé est mort. Il paraît qu'on le sait aussitôt, de manière instinctive. On ressentirait l'extinction de leur énergie, ou de leur âme, ou que sais-je encore. Il en résulterait une sorte de modification du cosmos – à supposer qu'une seule personne puisse avoir autant d'importance dans le grand ordre de l'univers.

Je suis là, dans la chambre où elle a grandi. J'essaie de toutes mes forces de trouver son énergie, même si je ne suis pas sûre de l'avoir jamais ressentie. J'en suis réduite à prier pour que le cosmos, ou dieu, ou ce qu'il reste de Nell sur cette terre m'envoie un signe pour me faire savoir qu'elle est saine et sauve.

Je suis assise sur le lit quand Stephen entre dans la pièce. Sa respiration est toujours aussi hachée. Je n'ai pas besoin de le regarder pour savoir qu'il tremble de tout son corps. Le lit s'affaisse quand il s'assied à mes côtés. Il prend ma main dans la sienne mais je n'ai pas envie de sentir sa peau contre la mienne. Je refuse qu'on me touche. Je refuse que quiconque vienne briser cette torpeur protectrice que j'ai érigée autour de moi.

— Il faut qu'on se prépare, me dit-il comme s'il s'agissait de se préparer pour des vacances, pour un pique-nique ou pour aller à un réveillon de Noël.

Je sais fort bien comment m'occuper de tels préparatifs. Ce que j'ignore en revanche, c'est comment me préparer à la mort de mon enfant. Comment se préparer à une chose pareille ? Impossible, même quand on sait qu'on ne pourra y échapper.

Je reste mutique.

— Si c'est elle, il faudra que nous soyons forts, continue-t-il, la voix chancelante. Il faudra que nous soyons forts pour découvrir ce qui est arrivé et pour nous assurer que cela n'arrive à personne d'autre.

Je me tourne vers lui. Comment peut-il me sortir ces phrases toutes faites ? Me débiter de pareils clichés ? « S'assurer que cela n'arrive à personne d'autre. »

— Je me contrefous que ça arrive ou non à quelqu'un d'autre, ne puis-je m'empêcher de rétorquer d'un ton brusque.

Il me regarde comme si je venais de le gifler. C'est que j'ai juré, voyez-vous. Il n'y est pas habitué. Et il n'aime pas ça.

— Stephen, quoi que nous disions, quoi que nous fassions, des choses horribles continueront d'arriver à d'autres gens. Mais ce n'est pas mon problème pour le moment. Là, tout ce qui m'importe, c'est ma fille.

— Notre fille, dit-il d'une voix douce.

— Nous avons failli à notre devoir de parents. Nous avons tout raté. Tout.

— Nous avons fait du mieux que nous pouvions, dit Stephen.

Je lui lance un regard furieux. Pense-t-il vraiment ce qu'il dit ? Croit-il vraiment que nous ayons fait du mieux que nous pouvions ?

Tout en secouant la tête, je sens sa main posée sur la mienne. Je la libère aussitôt.

— Non, lui dis-je. C'est faux. Nous sommes pour ainsi dire responsables de ce qui lui est arrivé.

— C'est absurde. Nous avons toujours fait de notre mieux.

Son ton se veut conciliant mais j'ai envie de hurler. Je dois vraiment fournir un effort surhumain pour m'en empêcher. Nous n'avons pas fait de notre mieux. Et certainement pas Stephen, qui n'a jamais fait de son mieux ni pour elle ni pour moi. Et je ne lui en ai jamais tenu rigueur. J'ai montré à ma fille que c'était normal de tout lui passer.

Tout est notre faute. Pire encore : tout est *ma* faute.

16

LUI

Cinq semaines plus tôt

Il a pris la décision de déménager. Il a tout raconté à ses potes virtuels, qui l'ont encouragé à se barrer. Selon eux, Jade est une salope manipulatrice qui tient probablement Cormac par les couilles.

« Fous-les dans la merde. Fais tes valises et barre-toi. Tu seras mieux ailleurs. Trouve-toi ton propre appart ! Tu mérites mieux qu'une piaule dans une coloc merdique. Tu vaux mieux que ces deux crétins », a écrit 4Vérités.

« Arrête de te prendre la tête. Venge-toi ! lui a conseillé AllezLesRouges. Et la meilleure vengeance, c'est de vivre ta vie. Largue-les, mon pote. Passe à autre chose. Tu mérites mieux que ces têtes de nœud de toute façon. Préviens-nous pour la pendaison de crémaillère. On apportera de l'alcool et des gonzesses. »

Les autres réponses, du même acabit, l'encourageaient toutes à aller de l'avant. Et en fait, c'est exactement ce dont il a envie. En optant pour la coloc, il s'était dit qu'il apprécierait de ne pas vivre seul. Il avait pensé aux jours heureux de ses années étudiantes, aux dîners où tout le monde se retrouvait autour d'une bonne plâtrée de spaghettis à la bolognaise et d'une bouteille de vin premier prix, pour raconter sa journée. Il avait rêvé de fêtes le week-end, de conversations spirituelles. Il espérait forger des liens indestructibles. Mais, à l'évidence, la réalité avait été tout autre.

À cause de cette colocation, il s'était senti mal dans sa peau. Castré. À l'appart, Jade jouait les proprios. Elle n'arrêtait pas de faire des réflexions sur son hygiène, et elle ne partageait pas du tout son goût pour les spaghettis à la bolognaise. Elle était constamment au régime. Ou alors elle allait au resto. Ou bien elle dînait avec Cormac. Elle prétextait qu'il avait des horaires différents des leurs pour, de fait, l'exclure.

— J'ai besoin de dîner plus tôt le soir, disait-elle. Je ne peux pas t'attendre, tu rentres trop tard. Tu as toujours des horaires à rallonge.

Il lui avait fait remarquer qu'elle pouvait peut-être lui mettre de côté une assiette et la laisser dans le micro-ondes. Mais elle avait éclaté de rire :

— Bien tenté, avait-elle dit, son sourire radieux exhibant une denture parfaite, d'un blanc étincelant. Mais je ne suis ni ton esclave, ni ta mère. Alors tu peux te faire à manger toi-même !

Il s'était tourné vers Cormac, pensant qu'il allait le soutenir, mais lui aussi s'était marré.

— Le moins qu'on puisse dire, lui avait dit son coloc, c'est que tu ne manques pas de couilles !

— Ne t'inquiète pas, avait continué Jade en rigolant, je penserai à te sortir l'ouvre-boîte pour que tu puisses te préparer tes toasts aux haricots blancs. Et je te mettrai sur la porte du frigo des prospectus de restos proposant la livraison à domicile.

Depuis ce jour-là, il l'avait détestée. Là, il la détestait encore plus. Ses potes virtuels avaient raison : il serait mieux sans ces deux connards. Ils pouvaient continuer à baiser comme des lapins ; il n'en avait plus rien à battre. Il n'aurait plus à supporter leurs roucoulades. Quant au loyer, il fallait le payer la semaine suivante : s'ils espéraient qu'il allait payer sa part, ils se fourraient le doigt dans l'œil !

Ils étaient tous les deux au boulot le lendemain quand, après avoir rassemblé ses affaires – prenant l'ouvre-boîte avec lui, par pure rancune –, il était parti. Il avait choisi d'aller à l'hôtel le temps de se trouver un appart. Il a des économies. Beaucoup d'économies, en fait. Il travaille beaucoup, mais sort peu. Il a les moyens de se trouver un logement à côté duquel celui-ci lui paraîtra encore plus minable.

Il va suivre à la lettre les conseils de ses nouveaux potes et en faire sa garçonnière. Il est grand temps pour lui de se remettre sur le marché. De repartir en chasse. Dieu sait si les salopes du style de Jade ne manquent pas, prêtes à écarter les cuisses en échange d'un dîner bas de gamme et du retour en taxi tous frais payés. Mais il ne veut pas de rendez-vous galants. Il s'en fout si elles profitent de lui. Lui aussi profitera d'elles. Deux fois plus.

Et s'il installait une de ses caméras dans sa chambre ? S'il arrive à faire venir une chaudasse pour une petite baise rapide, il pourrait filmer leurs ébats et tout balancer sur le forum. Il prouverait ainsi à Dépuceleur, qui se considère manifestement comme un mâle alpha pour utiliser un pseudo aussi obscène, qu'il n'est pas une chochotte.

Il se sent beaucoup mieux. Le voilà installé dans sa chambre d'hôtel, ses affaires en partie dépaquetées, et il s'est fait livrer une bière et un burger par le room-service.

Quel soulagement de ne plus avoir à entendre le rire agaçant de Jade et de ne plus subir l'enthousiasme tonitruant de Cormac quand il regarde une émission de sport à la télé. Là, il va juste pouvoir profiter de son lit *king size* hyper confortable et du wifi de l'hôtel.

Il s'assied sur le lit et, depuis son téléphone, se connecte au forum, où il tombe sur une tonne de messages en attente de lecture. Ils sont bien plus nombreux que d'habitude. Jamais il n'aurait imaginé en recevoir autant. Avec un mélange d'excitation et d'appréhension, il clique pour les ouvrir.

Les yeux écarquillés, il constate qu'un truc est en train de se produire, qu'il n'avait pas du tout anticipé. Plusieurs fils de discussion ont été ajoutés, chacun constitué de multiples réponses. Tous commencent de la même manière, par un post d'un type avouant qu'il n'avait pas pu résister et qu'il avait dû essayer cette technique par lui-même pour vérifier que c'était aussi kiffant qu'il le leur avait dit. Et apparemment, ça l'était, pour la majorité d'entre eux.

« Vous auriez vu sa tête », écrit un des membres du forum en ponctuant son message d'une émoticône souriant.

« Pour moi, c'était vraiment une affaire de pouvoir. Je savais que je finirais par la laisser tranquille. Pas elle. C'est ça qui était jouissif. J'avais un avantage sur elle », écrit un autre.

« Il est clair que je vais recommencer. Et cette fois je filmerai, pour pouvoir tout revoir plus tard. Un kif pareil, je veux en garder une trace », témoigne un troisième.

Le hashtag foireux qu'il avait inventé sans trop y penser fait un vrai buzz sur le forum. Comme l'écrit un membre, #JaiLePouvoir est « un cri de guerre pour tous les hommes qui en ont assez ».

Un cri de guerre ? Ça lui plaît. Il aime l'idée d'être à l'origine d'un mouvement qui fout la trouille – mais rien de plus – aux gonzesses. Rien de bien méchant, se dit-il. Il ne peut être tenu responsable des années d'oppression ou d'agressions subies par les femmes, qui font qu'elles craignent désormais de croiser un homme quand elles rentrent seules du travail.

Il ouvre un nouveau fil de discussion pour exposer son point de vue. Que les choses soient claires, leur dit-il, il n'y a rien de mal à faire ce qu'ils font. En fait, si les hommes ne se mobilisent pas dès maintenant, autant qu'ils se coupent eux-mêmes les couilles pour s'en faire des boucles d'oreilles.

Il repense au petit sourire suffisant de Jade, tellement imbue d'elle-même. Elle est persuadée de lui être supérieure ; ça le ronge de l'intérieur.

> Ça ne pose de problème à personne que les femmes se mobilisent. Elles clament haut et fort qu'elles refusent de modifier leurs habitudes. Elles entendent pouvoir aller où bon leur semble, vêtues des vêtements de leur choix. Et agir à leur guise. Il faut que les hommes comprennent que cela ne signifie pas pour autant qu'elles « sont en demande ». Et nous alors ? Nous n'avons jamais demandé à être perçus comme des prédateurs du simple fait que nous empruntons la même rue qu'elles. Pourquoi devrions-nous avoir honte de notre carrure ? De notre puissance ? De notre force ? Ces caractéristiques biologiques sont constitutives de ce que nous sommes. Nous ne pouvons rien y changer. Pas plus que les femmes nous ne devrions avoir à nous déplacer en binôme. J'en ai marre d'être toujours relégué en deuxième position. Marre qu'on me fasse passer pour un déviant du simple fait que je suis un homme.

Il clique sur « ENVOYER » et publie son message. Tandis qu'il commence à lire les réponses qui affluent, une première vidéo est postée à la suite de la sienne. Une rue sombre apparaît à l'écran, avec en fond sonore le ronronnement distant de la circulation, ainsi qu'une respiration haletante. Et des bruits de pas. Il aperçoit en arrière-plan une silhouette, de dos, qui avance d'un pas pressé. La caméra s'en approchant, il constate que c'est bien une femme. Elle porte un bonnet à pompon et un duffel-coat noir duquel dépasse sa jupe en tartan. Collants noirs. Talons hauts. Elle a les mains enfoncées dans ses poches. La caméra se rapproche encore un peu plus d'elle. La respiration de l'homme invisible à l'écran se fait de plus en plus haletante. Elle se retourne subrepticement et accélère le pas avant de traverser la rue.

L'homme qui tient la caméra émet alors un petit rire très calme, à peine perceptible, avant de traverser à son tour. Il accélère lui aussi jusqu'à ce qu'il se retrouve suffisamment près d'elle pour constater que la fille a le souffle de plus en plus court. Manifestation physique de sa panique, des volutes de buée s'échappent de sa bouche avant de se fondre dans la nuit.

Elle continue de hâter le pas, au point qu'elle finit par courir aussi vite que le lui permettent ses hauts talons. L'homme à la caméra accélère dans son sillage jusqu'à ce qu'il entende les sanglots étouffés de la fille. C'est alors qu'il s'arrête et qu'il la laisse continuer son chemin. Il fait demi-tour et filme la rue qu'ils viennent d'emprunter.

« Trop cool, dit-il, essoufflé, avec un accent de Newcastle. Vraiment trop cool. »

Il éclate de rire, et l'écran devient noir.

Dans sa chambre d'hôtel de Derry, celui qui est à l'origine de tout ça porte sa bière à ses lèvres. Il comprend alors qu'il ne s'est pas senti aussi détendu depuis des années. Non seulement détendu, mais aussi puissant, et respecté.

Il sent monter en lui une irrésistible envie de sortir et de revivre ça lui-même.

17

MARIAN

Mardi 2 novembre
Disparue depuis cinq jours

Stephen et moi étions mariés depuis cinq ans, et Nell en avait trois, la première fois que j'ai découvert que Stephen avait donné un coup de canif dans le contrat – façon polie de dire qu'il avait fait voler en éclat le fondement même de notre mariage.

Ayant décidé de ranger la cuisine, je triais la pile de papiers qui s'était accumulée sur le micro-ondes. Dans le salon, Nell dansait en chantant devant les Tweenies, sans lâcher sa tétine. Ses gazouillis me faisaient fondre de bonheur.

Et là, tout mon monde s'était effondré ; j'avais senti la terre se dérober sous mes pieds. Un reçu. Pour une chambre d'hôtel. Quel cliché ! Un hôtel proche de la maison, pour une nuit où il n'avait pas été en déplacement. C'était presque pire, je crois ; le fait que ça ait eu lieu en pleine après-midi. Les employés de l'hôtel avaient forcément compris de quoi il s'agissait. En les voyant sortir quelques heures plus tard, ils en auraient eu la confirmation.

Je lui avais bien sûr demandé des explications à son retour du travail. J'avais prié pour qu'il y ait une explication parfaitement innocente et qui m'aurait échappé, même si, au fond de moi, je savais fort bien de quoi il retournait. Au début il avait nié, et pendant quelques instants j'avais réussi à me convaincre de le croire quand il m'avait dit ne pas se rappeler ce que c'était. Comme si prendre une chambre d'hôtel en pleine journée pouvait être un acte à ce point anodin qu'on puisse en oublier les circonstances particulières.

Quand j'avais insisté, il m'avait sorti une excuse bidon, m'expliquant qu'un client avait eu besoin de rester dormir sur place après une réunion professionnelle et que Stephen, en partenaire commercial zélé qu'il était, avait alors payé la facture.

Mais quand je lui avais demandé davantage de détails – qui ? pourquoi ? comment ? – son histoire avait vite révélé des incohérences et nous avions fini tous les deux en pleurs, évoquant la pression qui pesait sur nos épaules de jeunes parents et qui nous avait fait nous éloigner l'un de l'autre.

C'est quand même amusant que nous en soyons si vite arrivés à ça. Que la conversation ait tout de suite tourné autour de notre enfant. J'étais, paraît-il, « obnubilée » par Nell, au détriment de notre mariage. Lui aussi avait des besoins, m'avait-il dit. Lui aussi avait besoin de se sentir aimé.

J'avais du mal à croire que ce qui s'était passé dans cette chambre d'hôtel ait eu quoi que ce soit à voir avec de l'amour.

J'avais aussitôt été submergée par le chagrin et la culpabilité. J'étais dévastée par sa trahison, mais convaincue qu'il avait raison. C'était ma faute.

J'avais ravalé ma colère de peur qu'il ne s'éloigne davantage de moi. J'étais déterminée à lui prouver que je pouvais les aimer l'un et l'autre, lui et Nell. Cette décision s'était accompagnée chez moi d'un cas de conscience. Allais-je trahir mes convictions féministes en devenant une femme de Stepford ?

Dès lors, il avait pu se mettre les pieds sous la table chaque soir à son retour à la maison, même lorsque j'avais eu une journée harassante ou que Nell avait été particulièrement collante. J'ai arrêté de mettre un survêtement et un sweat-shirt – ou mon pyjama – dès que je rentrais du travail. Au contraire, je me refaisais une beauté et j'enfilais quelque chose d'élégant et près du corps, voire un peu sexy. Et je me mettais du rouge à lèvres. Je cumulais tous les clichés. Je riais à toutes ses blagues et je l'écoutais religieusement me faire le récit assommant de ses journées de boulot.

Mais pour la profane que j'étais, les questions d'ingénierie épuisaient vite le peu de connaissances que j'avais sur le sujet, ainsi que mon intérêt pour les conversations s'y rapportant.

Lui aussi avait fait des efforts. Du moins à cette époque. Il me faisait livrer des bouquets de fleurs. M'offrait du parfum, des bijoux. Nous avions convenu de passer une soirée par semaine « en amoureux », mes parents ayant accepté de garder Nell ce soir-là, même si cela me fendait le cœur de la savoir loin de la maison. Il m'emmenait au resto, ou me cuisinait des petits plats. Il se confondait en excuses, me disant qu'il avait été faible car il s'était senti négligé. Mais, me jurait-il, il avait conscience d'avoir complètement merdé. Il avait fondu en larmes plus d'une fois, à telle enseigne que je m'étais retrouvée à devoir le réconforter et lui dire que tout irait bien. Alors qu'en réalité c'était surtout moi qui aurais eu besoin d'être rassurée.

— Un jour, avec le recul, nous arriverons à considérer qu'il ne s'agissait que d'un simple accident de parcours, m'avait-il dit.

Pour autant, il ne m'a jamais révélé le nom de cette inconnue qui avait couché avec mon mari dans un hôtel. Parfois, quand nous sortions, il m'arrivait de le surprendre en train de lorgner une fille assise au bar, ou de croiser le regard d'une femme qui traversait la pièce. À chaque fois, je me demandais si c'était elle. Ou, pire, s'agissait-il de quelqu'un de mon entourage ? Je commençais à regarder nos amies avec de plus en plus de suspicion, jusqu'au jour où il m'avait dit que je devais me montrer raisonnable et « ne plus parler de ça ».

— C'est derrière nous, il faut qu'on aille de l'avant. On ne peut pas passer le reste de notre vie à ressasser ce qui a eu lieu, avait-il ajouté d'un air contrit.

Et, un autre jour :

— Je ne peux pas te dire en permanence que je suis désolé.

Or, ce qu'il refusait de comprendre, c'est que j'avais précisément besoin de ça, qu'il me le dise et me le répète. Je lui avais accordé une confiance absolue et il l'avait trahie. Alors qu'il était censé être mon partenaire pour la vie, il avait fauté dans les grandes largeurs, sans la moindre hésitation.

Cela dit, hormis le jour où j'avais découvert le pot aux roses, je ne pleurais jamais devant lui. Mais c'était une tout autre histoire en son absence. Je sanglotais en poussant des hurlements, à la suite de quoi je pouvais rester plus d'une heure à regarder dans le vide pendant que Nell jouait à mes pieds. Au bout d'un moment, elle grimpait sur mes genoux pour me faire un câlin.

— Ne pleure plus, maman, me disait-elle en me tendant son nounours.

Du haut de ses trois ans, elle ressentait le besoin de me venir en aide, et moi, par faiblesse autant que par égoïsme, je la laissais faire.

Je suis redescendue au rez-de-chaussée. Le commandant Bradley est en train de me parler. Il me donne les dernières informations dont il dispose. Ils ont retrouvé le chauffeur du taxi qui est passé prendre Nell. Étant donné que son véhicule était équipé d'une caméra embarquée, ils ont pu vérifier qu'après l'avoir déposée en ville, près du centre commercial Foyleside, il avait effectivement enchaîné sur sa course suivante. Ils étaient donc obligés d'abandonner cette piste.

Des agents ont interrogé un certain nombre des personnes dont Clodagh nous a parlé. Elles ne se sont pas révélées très communicatives.

— Elles craignent probablement de s'attirer des ennuis, a ajouté la capitaine, vu ce que nous a dit Clodagh sur leurs frasques et sur leurs habitudes en matière de consommation de drogues. Mais nous allons leur tirer les vers du nez. Il nous reste encore deux ou trois membres du groupe à interroger.

— Et ce Rob ? Ne deviez-vous pas lui parler ?

Je vois la capitaine King s'agiter sur sa chaise.

— Eh bien, un de nos agents s'est effectivement déplacé pour l'interroger, mais apparemment il n'était pas à son travail aujourd'hui. Arrêt maladie. Un autre agent a été envoyé chez lui.

— Et que vous a-t-il dit ?

J'ai vraiment l'impression de devoir lui arracher les vers du nez.

— Hum, il n'était pas non plus chez lui. En revanche nous avons pu parler à Jenny, l'infirmière qui l'a vu samedi, et elle a confirmé qu'ils avaient bien passé la nuit ensemble.

— Mais ça, c'était samedi. Or Nell a disparu jeudi. Rassurez-moi, vous êtes toujours à sa recherche ?

— Oui, nous sommes résolus à l'interroger. Nous avons laissé des messages à son travail, à son domicile, ainsi que sur son téléphone portable – mais il semblerait qu'il l'ait éteint.

J'acquiesce d'un signe de tête, mais au fond de moi j'ai vraiment envie de leur hurler dessus. Ce n'est pas en lui laissant des messages qu'ils le retrouveront – ou Nell. J'ai besoin de croire qu'ils ne l'ont pas encore trouvée, et que ce cadavre est celui de quelqu'un d'autre. Envisager l'inverse est impensable. Je ferme les yeux et tente de chasser l'image qui vient de s'imposer à mon esprit : Nell gisant carbonisée à la morgue. Mais cette image est, bien sûr, gravée dans ma tête. Elle ne va pas partir de sitôt.

— Où a-t-elle été retrouvée ?

Je me demande pourquoi je n'ai pas posé la question plus tôt.

— À Culmore, près de la frontière, répond la capitaine. Un agriculteur inspectait des bâtiments désaffectés situés en bordure de son terrain quand il est tombé sur des restes humains. A priori, la victime n'a pas été tuée sur place. Nous ne pensons pas non plus que le corps ait été brûlé là-bas. Nous sommes en train de passer au peigne fin les champs environnants.

Le cœur au bord des lèvres, j'acquiesce d'un signe de tête.

Ce jargon est vraiment perturbant. En parlant de la découverte du fermier, elle n'a pas dit « elle », mais utilisé les termes de « corps » et de « restes humains ». Qui que ce soit, et même si ce n'est pas Nell, cette dépouille mérite bien mieux que ces appellations.

Un silence gêné et lourd de sous-entendus s'installe. Nous nous préparons au pire. Ils nous ont demandé si nous souhaitions faire venir quelqu'un, pour nous tenir compagnie. Je crois que c'est la pire idée qui soit. La situation est déjà bien assez désagréable à six : quand nous ne nous regardons pas dans le blanc des yeux, nous nous posons des questions dont personne ne veut vraiment connaître la réponse. Je n'ai pas besoin que mes amis, ou la famille de Stephen, ou qui que ce soit d'autre s'inquiète pour moi. D'une certaine manière, je n'ai même pas envie qu'ils soient au courant – ce qui est absurde dans la mesure où je veux que tout le monde se mobilise pour la retrouver. Mais si ma famille est au courant – ainsi que mes collègues et mes amis – alors tout ça deviendra bien réel. Or c'est bien la dernière chose que je souhaite.

Une sonnerie de téléphone retentit. Le commandant Bradley sort son portable de sa poche et regarde l'écran. Tandis qu'il jette un coup d'œil à la capitaine en se levant pour sortir, je sens que Stephen s'apprête à me prendre la main. D'instinct, je m'écarte. L'idée que quelqu'un me touche me répugne, tant je suis à cran.

Je refuse de regarder le visage de la capitaine King, de peur d'y déceler le moindre indice. Je voudrais me boucher les oreilles pour être certaine de ne pas entendre ce que dit le commandant Bradley. Ce genre de nouvelles peut attendre. Indéfiniment.

Je sens l'assise du canapé s'affaisser légèrement au moment où Heather s'assied à côté de moi. Tout en étant animée des meilleures intentions, on ne peut pas dire qu'elle soit très subtile. Je l'imagine déjà me donner une boîte de Kleenex et des prospectus pour des entreprises de pompes funèbres.

Rien que d'y penser, j'éclate de rire. C'est le genre de fous rires totalement inappropriés qui frisent l'hystérie. Après que j'ai tout fait pour les refouler, mes émotions récentes, mêlant inquiétude, terreur et colère, ont besoin d'un exutoire. L'air de dégoût absolu que je vois sur le visage de Stephen me fait rire encore plus fort, au point que j'en ai bientôt mal aux côtes et que les larmes me montent aux yeux. Mais ces larmes laissent vite place à des sanglots hystériques. J'enfouis ma tête dans mes mains. Je voudrais mourir. Ici et maintenant. Car la douleur qui m'étreint est insoutenable.

— Marian, dit le commandant Bradley, interrompant mes funestes pensées.

Je sens sa main s'approcher de la mienne. Levant les yeux, je m'aperçois que cet officier chevronné est accroupi devant moi, ses yeux noirs plongés dans les miens.

— Ce n'est pas elle, me dit-il. Ce n'est pas Nell.

18

LUI

Quatre semaines plus tôt

Il ne s'est jamais vu comme un mec que les gens pouvaient admirer. Jusqu'ici, ça ne le préoccupait pas vraiment – mais c'est différent, maintenant. Il a lancé un mouvement qui prend de l'ampleur. Maintenant, pas un jour ne se passe sans qu'il ne constate, en rentrant du travail, qu'il a été cité dans plusieurs posts, dont certains ont des allures de manifestes pour les droits des hommes. D'autres sont des diatribes à peine intelligibles : d'énormes pavés dénués de toute ponctuation et à l'orthographe des plus minimalistes.

Des gars ont filmé leurs propres vidéos, dont ils postent des extraits où l'on voit des filles terrorisées marchant dans des rues sombres. Il prend son pied en les regardant, c'est sûr. Mais pas autant que lorsque c'est lui qui filme. Cela dit, il sait qu'il doit désormais se montrer prudent. Derry n'est pas une grande ville. Elle compte à peine plus de cent mille habitants. Ici, on a l'impression que tout le monde se connaît. Il n'y a pas six degrés de séparation, à Derry. Deux ou trois, tout au plus. Vous n'avez pas besoin de fournir beaucoup d'efforts pour apprendre tout ce que vous voulez savoir sur vos voisins.

Les nouvelles se répandent comme une traînée de poudre ; c'est bien connu. Grâce au bouche-à-oreille, les rumeurs ne tarderaient pas à circuler : les femmes discuteraient par-dessus les haies à la sortie des écoles ; les hommes en faisant la queue à l'assurance chômage. À Derry, tout ou presque était caché, mais seulement en surface. Il suffisait de gratter un peu pour tout mettre à découvert.

Ainsi, il n'est pas sans savoir qu'on commence déjà à parler d'un type au comportement un peu louche, dans le centre-ville. Mais bien sûr, personne ne sait exactement de quoi il retourne. Ce n'est pas comme s'il commettait quoi que ce soit d'illégal. Après tout, il ne fait rien d'autre que de marcher dans la même rue que ces femmes. Il se contente de rentrer chez lui après le boulot.

Il ne se montre jamais explicitement menaçant – ni implicitement, d'ailleurs. Ce n'est donc pas spécialement sa faute si ces femmes sont terrorisées. Il reste qu'il ne tient pas à s'attirer des ennuis. Il sait très bien qu'on ferait de lui un bouc émissaire et qu'il deviendrait l'exemple de tout ce qu'il y a d'abominable chez les hommes d'aujourd'hui. Il perdrait son boulot. Dieu sait ce qu'on dirait de lui, ou ce que les gens seraient prêts à inventer pour se faire mousser.

Par ailleurs, s'il est tout à fait honnête avec lui-même, il lui faut quelque chose de plus, maintenant. Voilà maintenant quatre semaines qu'il a entamé sa croisade. Il a fait dix vidéos. Dans les trois dernières, il est allé jusqu'à toucher les femmes qu'il suivait. Juste une petite tape sur leur épaule, accompagnée d'un : « Excusez-moi, je crois que vous avez fait tomber ça. » Elles faisaient non de la tête puis détalaient comme des lapins.

Il avait certes kiffé, mais pas autant que les premières fois. Il a envie de passer à la vitesse supérieure. Maintenant qu'il a son propre appartement, il se demande parfois s'il ne pourrait pas ramener une de ces filles chez lui. Il jouerait les gentlemen pour gagner leur confiance. Il leur ferait la cour en leur offrant des fleurs, des chocolats, et toutes ces conneries dont les femmes ont besoin pour se sentir valorisées. Il attendrait qu'elles se sentent en confiance, et c'est à ce moment-là qu'il prendrait le contrôle. Juste ce qu'il faut pour laisser une marque indélébile dans leur mémoire. Une sensation trouble et confuse entre bien-être et malaise. Entre consentement et contrainte.

Est-ce mal, se demande-t-il, d'être excité en imaginant un tel scénario ? Ça le fait bander. Ce n'est qu'un fantasme après tout. Et fantasmer n'a jamais fait de mal à personne. Mais il a de plus en plus envie de réaliser les siens.

Il n'a pas arrêté d'y penser aujourd'hui, au travail. D'autant plus que sa cheffe a été sur son dos toute la journée, à rôder autour de lui avec son chemisier échancré à la limite de la provocation. Il y a pensé dès le matin, quand elle s'est foutue de lui lors de leur réunion quotidienne, en lui disant qu'il pouvait mieux faire. Qu'il devrait être plus performant, depuis le temps qu'il occupe son poste. Et un peu plus tard, dans la cuisine du personnel, elle s'était adossée au plan de travail, sa tasse de café en main, et elle l'avait regardé par-dessous sa fine frange blonde. Pour un peu, il aurait presque cru qu'elle l'aguichait et lui donnait le feu vert. Mais si ça se trouve, elle ne lui avait décoché ce regard putassier que pour le déstabiliser. Quelle salope, une vraie allumeuse.

Il n'y avait personne d'autre dans la pièce. Il aurait très bien pu se lever, attendre qu'elle se retourne pour poser sa tasse dans l'évier, et se coller à elle par-derrière pour lui faire sentir sa trique. Il n'aurait eu aucun mal à la maîtriser. Tout en la clouant contre le plan de travail, il lui aurait plaqué une main sur la bouche, tandis que de l'autre il l'aurait pelotée. Puis il aurait ouvert son chemisier pour libérer ses seins en se frottant à elle. Ce serait un jeu d'enfant de la dominer, vu son tout petit gabarit. Le combat ne serait pas vraiment équitable. Mais au moins, ça lui servirait peut-être de leçon. Elle éviterait peut-être de se moquer de lui à l'avenir.

Le soir venu, dans son nouveau chez-lui, il repense à ce fantasme. Il éprouve un mélange d'excitation et de honte. Il n'est pas misogyne, et il sait discerner le bien du mal. Mais la frontière entre les deux serait moins poreuse s'il était traité avec le même respect que celui qu'il est censé témoigner à ses collègues féminines.

Fantasmer n'a jamais fait de mal à quiconque, se répète-t-il. Ça ne veut pas dire qu'il envisage vraiment de passer à l'acte, n'est-ce pas ? Cela dit, le simple fait d'y penser le revigore et l'excite.

Il commence à prendre goût à ces shoots d'adrénaline. Il aime flirter avec l'interdit. Mais ça le maintient aussi dans une agitation permanente. Fantasmer ne fait de mal à personne, certes, mais on ne s'en satisfait pas toujours.

Il se change – pantalon et veste sombres –, met son bonnet, et prend sa GoPro. Puis il enfile ses gants en se disant qu'il sort faire un tour. Une simple promenade pour éliminer la tension nerveuse qui bouillonne en lui depuis l'épisode de la cuisine du personnel, et qui n'a fait que décupler après sa connexion au forum. Il entend aussi atténuer le sentiment de honte qui taraude sa conscience, or le seul moyen d'y parvenir serait de le noyer avec des sensations encore plus fortes.

Le temps est pluvieux, ce soir-là. Des torrents d'eau ruissellent sur les trottoirs avant de s'engouffrer dans les caniveaux. Une odeur de feu de bois flotte dans l'air, il pense à tous ces gens raisonnables reclus dans le confort douillet de leurs vies parfaites, pelotonnés sur leur canapé devant la télé, ou attablés en famille pour le dîner. Par un temps pareil, il faut vraiment avoir un besoin impératif de sortir pour s'aventurer dehors, les bourrasques de pluie se faisant de plus en plus persistantes.

Plus il avance, et plus il se dit que cette virée a peu de chances d'être fructueuse. Les rues aussi sont désertes ; pratiquement aucune voiture ne passe. Un homme âgé, emmitouflé dans un long manteau de laine, marche devant lui. Il jette un œil autour de lui et poursuit son chemin.

Ne voulant pas s'avouer vaincu, il traverse la rue et longe le fleuve, dans l'espoir de croiser des gens sortis promener leurs chiens sur ces berges habituellement très fréquentées. Non seulement les chiens se moquent du mauvais temps, mais ils ont besoin de se dépenser. Le visage dégoulinant, il s'éloigne du centre-ville. Il est maintenant trempé jusqu'à la moelle et le froid commence à se faire sentir. Et là, il l'aperçoit, sa doudoune rouge éclairée par un réverbère. Elle a la tête baissée, une main enfoncée dans sa poche tandis que de l'autre elle tient en laisse un petit chien – emballé dans un imperméable jaune ridicule – qui trottine à ses pieds.

Maintenant qu'il a trouvé sa proie, il se met en chasse. Il allume sa GoPro et accélère le pas. Son sang battant contre ses tempes, c'est à peine s'il entend encore les trombes d'eau. Il a vraiment bien fait de sortir. Il arbore le plus grand des sourires.

19

MARIAN

Mardi 2 novembre
Disparue depuis cinq jours

Le soulagement de savoir que le corps sans vie gisant dans la morgue n'est pas celui de ma fille est de courte durée.

Elle reste portée disparue. Il n'y a toujours aucune trace d'elle. Aucune activité sur ses cartes bancaires ou sur sa ligne téléphonique. Personne ne l'a vue nulle part. Et la police n'a aucune piste concluante. Quant à ce Rob, il est toujours introuvable.

Et, bien sûr, la police se retrouve désormais avec une affaire beaucoup plus sérieuse à gérer. La découverte d'un cadavre carbonisé est sans conteste un problème plus urgent qu'une disparition. J'en ai bien conscience.

— Je peux vous assurer que nos recherches pour retrouver Nell sont toujours en tête de nos priorités, dit la capitaine. Ne pensez surtout pas que nous allons réduire nos efforts.

— Pensez-vous qu'il puisse y avoir un lien entre ce qui est arrivé à cette pauvre femme et la disparition de Nell ? demande Stephen. Est-ce qu'elle pourrait être entre les mains de celui qui a fait ça ?

Je scrute le visage des policiers présents dans la pièce. Ils restent de marbre.

— Pour le moment, rien ne suggère que ce soit le cas, mais nous ne négligerons aucune piste. Nous gardons l'espoir de vous ramener Nell saine et sauve, dit le commandant.

Il me paraît plus confiant que moi, à moins qu'il sache vraiment bien bluffer. Je hoche la tête en silence, car il n'y a vraiment rien à dire. Le cauchemar dans lequel nous sommes plongés suscite en moi des sentiments contradictoires. Bien sûr, je désire plus que tout retrouver Nell et pouvoir la serrer dans mes bras, mais j'ai également envie de lui voler dans les plumes à cause de ce qu'elle nous fait vivre. Bon sang, je veux qu'elle me dise ce qu'elle a fabriqué. Je veux qu'elle sache que ça m'a rendue malade, littéralement, de la croire morte, d'imaginer son corps mutilé. Mais surtout, je voudrais tout effacer. Tout. Je ne peux pas continuer à vivre avec toutes ces émotions – angoisse, colère, chagrin, amour – portées à leur paroxysme. Elles finiront par me tuer.

Je me demande si, comme moi, Stephen est rongé par la culpabilité. Cette culpabilité de l'avoir laissée partir et de ne pas avoir su la protéger. En fait je me demande, et ça m'attriste de le penser, si ça lui a même traversé l'esprit.

Il est debout, à l'autre bout de la pièce. Si seulement les choses étaient différentes entre nous. Si au moins je sentais une véritable connexion entre nous, réconfortante. Au lieu de quoi il me donne l'impression de se laisser porter par les événements, de se contenter du minimum syndical. Sans réelle implication. Habituellement, cela m'aurait rendue extrêmement triste. Mais là, j'éprouve surtout une colère grandissante à son égard.

Tout m'exaspère. L'air préoccupé qu'il affiche. Sa sortie précipitée pour aller acheter du lait. Ses démonstrations d'amour et d'inquiétude disproportionnées à l'égard de Nell. Ça ne suffit pas. Ça arrive trop tard.

Mon Dieu, il se peut vraiment qu'il soit trop tard.

— Vous pouvez être franc avec moi, dis-je au commandant Bradley tout en priant pour qu'il ne le soit pas. Qu'en pensez-vous ? Quelle est la probabilité que nous la retrouvions saine et sauve ? Épargnez-moi la version édulcorée. J'ai vu assez de séries policières pour savoir que vous disposez d'informations, et que les premières quarante-huit heures sont cruciales, etc.

— Bon sang, Marian, m'interrompt Stephen. Tu parles de fiction. Or nous ne sommes pas dans un épisode des *Experts*.

Je me raidis. Je voudrais lui hurler que je ne suis pas stupide. Mais je sais qu'il y a une part de vérité dans ce que décrivent ces séries.

— Ce sont les premières soixante-douze qui sont importantes, dit la capitaine King. Mais nous ignorons précisément depuis quand Nell a disparu. Il est possible qu'elle soit repassée par chez elle à un moment donné, à l'insu de Clodagh. Nous devons donc partir des éléments dont nous sommes certains, à savoir qu'elle ne s'est pas présentée à son travail hier, et que ses comptes ne présentent aucune activité depuis jeudi. La prochaine étape consistera donc à faire remonter l'affaire au bureau des disparitions inquiétantes. Mais surtout, gardez à l'esprit que nous n'avons aucune preuve qu'il est arrivé quoi que ce soit de grave à Nell. Il est tout à fait possible que votre fille se soit rendue quelque part de son propre chef – d'autant plus que nous savons de sources concordantes qu'elle fréquentait de nouvelles connaissances, récemment.

— Je ne pense pas qu'il soit ni utile ni opportun de spéculer, dit le commandant en lançant un regard noir à la capitaine, qui donne aussitôt l'impression de vouloir se terrer dans un trou de souris. Essayons de rester concentrés sur les faits, en espérant qu'ils finissent par nous mener à elle.

— Bien sûr. Désolée, bredouille la capitaine. Le commandant a entièrement raison.

En voyant son visage cramoisi, j'ai un peu de peine pour elle. Après tout, c'est moi qui ai posé cette question stupide alors que je savais pertinemment qu'ils ne pourraient pas me répondre franchement.

Ne sachant plus quoi dire, je me contente de hocher la tête. La fatigue me gagne. Je commence à subir les effets de ma nuit blanche. Je rêverais de tout oublier le temps d'une bonne nuit de sommeil réparateur, mais ne serait-ce pas trahir ma fille que de dormir sur mes deux oreilles pendant qu'elle-même se trouve je ne sais où ? Quelle sorte de mère agirait ainsi ?

— Marian ? (La voix d'Heather met fin à mes ruminations. Je me tourne vers elle en plissant les yeux.) Je sais que vous traversez une épreuve redoutable, mais croyez-moi, nous mettons tout en œuvre pour la retrouver. Vous avez l'air épuisée. Pourquoi n'iriez-vous pas vous reposer un peu ? Je reste là. Je vous réveillerai s'il y a du nouveau.

Je secoue la tête.

— Non, je veux rester réveillée.

Accroupie à mes pieds, Heather me parle comme à une enfant, en me tenant la main.

— Nous ne sommes qu'au début des recherches. Elles vont peut-être prendre un certain temps, me dit-elle. Vous ne rendriez aucun service à Nell en vous effondrant dès maintenant. Vous devez reprendre des forces afin d'être en forme pour nous aider à la retrouver.

Je hoche la tête, mais mes membres sont trop lourds pour bouger. Un poids immense pèse sur mes épaules et je sais que si je cède, il finira par m'écraser. Et, comme le dit Heather, nous n'en sommes qu'au début. Je ne sais pas comment je vais faire pour tenir. J'ai envie de hurler à pleins poumons, de crier son nom. J'ai tant besoin de l'entendre me dire, de vive voix, qu'elle est en sécurité. J'en ai autant besoin que de respirer.

J'ai déjà entendu des gens affirmer qu'ils avaient eu le sentiment de s'écrouler. Sur le moment, je n'avais pas vraiment compris. Maintenant, oui. J'ai l'impression d'être en train de me désintégrer. Je ne peux pas exister sans elle.

Je ne veux pas exister sans elle.

— Marian, dit Heather. Je vais vous accompagner jusqu'à votre chambre. Dormir un peu vous aidera à reprendre des forces.

Je m'exécute, non par choix, mais parce que je n'ai pas l'énergie de résister.

20

LUI

Quatre semaines plus tôt

Il se sent pousser des ailes. Entre ses promenades nocturnes et sa popularité grandissante au sein de sa communauté virtuelle, sa confiance en soi s'est accrue. Il en fait le constat tous les jours. Quand il se lève le matin et qu'il se regarde dans le miroir de la salle de bains, ce qu'il voit ne le dégoûte plus.

Fini le temps où il se sentait spectateur de sa propre vie, où il était mal dans sa peau. Il a l'impression de renaître. Il se sent l'étoffe d'un leader. En vérité, il sait qu'il en est un : au sein de sa communauté virtuelle, des gens sont suspendus à ses faits et gestes. Des gens – des hommes – lui disent qu'ils ont suivi son exemple et que leurs efforts se voient récompensés.

De nouvelles vidéos apparaissent chaque jour sur le site. Elles sont postées par des individus de tous horizons, qui indiquent avoir relevé le « défi ».

L'un d'eux a même instauré un palmarès pour comptabiliser les scores. Dix points si la fille crie, vingt si le type réussit à s'approcher suffisamment pour la toucher. Aucune culpabilité. Après tout, ils ne commettent rien de répréhensible. À proprement parler, ils ne font aucun mal aux femmes qu'ils suivent. Et si une fille est assez bête pour marcher seule dans un endroit désert à la nuit tombée, elle doit bien se douter qu'elle prend un risque.

« Peut-être qu'elle a le goût du risque ? » se demandait un certain VraiMec en ponctuant sa question d'une émoticône « clin d'œil ».

Cette question lui trotte dans la tête depuis qu'il l'a lue. Dans son domaine professionnel, il en a vu, des comportements stupides ou inconscients – de la part d'hommes comme de femmes. Sans être psychologue, il a le sentiment que certaines personnes prennent un certain pied à jouer avec le feu. Elles savent que ça pourrait mal finir, mais elles y vont quand même. Ça en dit long sur la nature humaine. Nous sommes peut-être tous conditionnés pour prendre des risques. Ce serait une façon de nous sentir vivants. Et pour le coup, il se sent revivre. Il a vraiment l'impression de renaître.

Il n'est pas le seul à avoir remarqué que quelque chose a changé en lui. Contre toute attente, il semblerait qu'il intéresse quelqu'un au travail. Une des nouvelles, arrivée depuis à peine six mois. Il est évident qu'elle passe de plus en plus souvent le voir à son poste. Elle a beau dire vouloir apprendre le boulot avec lui, il sent bien qu'il y a autre chose.

Alors que Jade le regarde toujours d'un air dédaigneux, il voit des étoiles dans les yeux de la jeune Natalia – quel joli prénom. Il la trouve pétillante. Il irait même jusqu'à dire que c'est une très belle fille. Et intelligente, qui plus est. Pas le genre de nana à se risquer dans des ruelles sombres à la nuit tombée. Elle a plus de jugeote que ça.

Elle l'écoute quand il parle, et il est certain qu'elle a fait exprès de s'asseoir un peu trop près de lui tout à l'heure quand il voulait lui montrer un truc sur son ordinateur. Elle aurait très bien pu voir l'écran d'un peu plus loin, mais elle avait tenu à rapprocher sa chaise – si près de lui qu'il avait pu sentir la chaleur qui irradiait de son corps et réchauffait son propre épiderme. Quand il s'était tourné vers elle pour lui parler, son visage s'était retrouvé à quelques centimètres à peine du sien. L'étincelle qu'il avait alors ressentie entre eux n'était pas le fruit de son imagination. Il en était certain. Il pourrait très bien lui proposer d'aller prendre un verre un soir. Mais s'il commence à sortir avec quelqu'un, se demande-t-il, n'aura-t-il pas des scrupules à poursuivre ses virées nocturnes ? Qu'en penserait Natalia ?

Il faudra qu'il y réfléchisse. Qu'il pèse le pour et le contre des deux options : soit demander à Natalia de sortir avec lui – la belle Natalia aux yeux marron foncé et à la peau mate –, avec la probabilité que cela impliquait qu'ils finissent par vivre une vraie histoire tous les deux. Soit continuer à jouir de son statut de héros virtuel. En matière d'histoires amoureuses, son palmarès n'est guère glorieux. Ça se limite à deux ou trois flirts peu aboutis ; de simples liaisons occasionnelles – du moins avaient-elles été vécues comme telles par ses partenaires. Lui en revanche s'y était toujours investi à fond, mais l'expérience lui avait montré que lorsqu'il dévoilait sa vraie personnalité, elles prenaient vite leurs jambes à leur cou.

Avec Natalia, il a l'intuition que ce serait différent. Peut-être est-ce dû à son regain de confiance en soi, ou alors au fait qu'il a l'impression qu'elle pourrait être la fameuse « âme sœur » dont tout le monde parle. Elle rit à toutes ses blagues, même les plus pourries. Surtout à ses blagues pourries, d'ailleurs. Elle a l'air impressionnée par son travail, lui pose une tonne de questions et, même au réfectoire, il a remarqué qu'elle s'assied en face de lui dès qu'elle le peut. Elle est prévenante. Elle lui témoigne du respect. Avec elle, il se sent important.

Mais c'est quand même risqué, et les femmes sont notoirement inconstantes. Au sein de sa communauté virtuelle, ils sont nombreux à avoir décidé de tirer un trait sur les femmes. Du moins ont-ils renoncé à l'idée de s'installer dans une relation durable. Ils sont persuadés que la société est injuste envers les hommes en général, et qu'elle traite particulièrement mal ceux qui ne sont ni riches, ni beaux, ni bouffis de confiance en eux.

Parmi ses amis virtuels, certains se disent « *incels* » – abréviation de « célibataires involontaires », en anglais. Il les comprend. Qui supporterait de se faire humilier à chaque fois qu'il ouvre son cœur à une femme ? Pour elles, les hommes comme lui ne sont qu'un pis-aller en attendant de rencontrer le bon numéro. Voilà bien longtemps que ces femmes ont pris la grosse tête.

Il regarde Natalia. Elle est à son poste à l'autre bout du bureau, concentrée, sourcils froncés. Elle est belle. Trop belle pour lui, se dit-il. Elle lève les yeux, surprend son regard et lui sourit. Ce sourire radieux et sincère lui réchauffe le cœur.

Il faut vraiment qu'il y réfléchisse. Rencontrer la fille parfaite suffira-t-il à apaiser sa colère ? Sera-t-il capable de la croire différente des autres femmes qui déroulent leur programme féministe sans penser aux dégâts qu'elles infligent à toute une génération d'hommes ?

Le bonheur d'avoir trouvé la fille parfaite égalera-t-il le shoot d'adrénaline que lui procure le sentiment d'avoir de l'emprise sur quelqu'un ? Que veut-il au juste ? Être avec elle, ou bien la contrôler ?

Il baisse les yeux et tente de se concentrer sur son travail. Il repensera à tout ça plus tard, quand les choses seront moins floues dans son esprit.

Ce n'était pas du tout prévu.

Le soir venu, en se connectant au forum, il constate qu'il a un grand nombre de messages privés en attente. Il parcourt des yeux les premiers de la liste pour voir si certains valent le coup d'être lus.

Ces derniers jours, il a reçu plus de cent messages. Des types le félicitent, lui envoient leurs vidéos, ou lui demandent s'il n'a jamais envisagé de s'en prendre à une femme, pour de vrai. Certains lui confient leurs fantasmes. Des fantasmes où ils vont beaucoup plus loin que lui n'est jamais allé. Il y en a qui sont vraiment tordus. Rien à voir avec lui. Tout ce qu'il veut, c'est remettre les idées en place à ces femmes. Mais il n'est en aucun cas un psychopathe. Il n'a pas réellement l'intention de faire du mal à qui que ce soit. À part à sa cheffe, et peut-être aussi à Jade. Et encore, car il ne pense vraiment pas qu'il aurait les couilles de les violenter. En tout cas, pas de la manière dont l'envisageraient ces types, qui décrivent leurs forfaits imaginaires avec force détails – des détails d'une précision clinique terrifiante. Ils parlent d'agressions, de viols, de meurtres, de profanation des corps de leurs victimes. Des actes odieux par lesquels ils rêveraient de les traiter comme de la viande. Le vocabulaire qu'ils utilisent est abject – traînées, salopes, pute à jus – et déshumanise les femmes. Ils font l'apologie du viol, comme s'il s'agissait de quelque chose de parfaitement normal et d'acceptable. Pour eux le sexe est un droit fondamental, auquel doivent pouvoir prétendre tous les hommes. Car ces derniers ont des besoins sexuels. Dès lors, du moment qu'une femme a déjà vu le loup, il serait parfaitement normal qu'on la force à écarter les cuisses pour que ces besoins soient assouvis. Il y a des scènes de torture particulièrement réalistes, au cours desquelles des femmes sont défigurées. Un message appelle même à l'exécution publique des femmes adultères, et à l'instauration d'une nouvelle forme de charia qui imposerait à la gent féminine des restrictions d'une ampleur inédite.

La teneur de ces messages le met mal à l'aise. Il ne s'agit plus du tout de chercher de l'excitation en foutant la trouille à une nana. On est à des années-lumière du gars qui se fait des films douteux, tout seul dans sa chambre. Choisissant d'ignorer les messages les plus violents, il s'apprête à refermer sa messagerie privée quand un pseudo attire son attention. Doire92. « Doire » étant l'orthographe de Derry en irlandais. Même s'il s'agit peut-être d'une coïncidence, la première ligne du message l'intrigue :

« Est-ce que je peux te poser une question ? »

Il clique dessus et poursuit sa lecture :

> J'ai regardé tes vidéos. Bravo, mon pote. C'est vraiment du bon boulot. Je ne pense pas me tromper si je te dis que tu es à Derry, n'est-ce pas ? J'ai reconnu certains des endroits qu'on aperçoit dans tes vidéos. Je dois dire que tu as vraiment des couilles, mec. Respect. Il était temps que quelqu'un remette à leur place les pétasses qui pullulent dans cette ville. Entre leurs extensions capillaires, leur bronzage artificiel et la tonne de maquillage qu'elles se foutent sur la tronche, tout est en toc chez elles. Elles se lamentent en disant qu'elles veulent un mec bien, mais ça ne les empêche pas d'écarter les cuisses devant le moindre connard encore plus hâlé qu'elles et pourvu d'un gros compte en banque. Il faut les voir, habillées comme des putes mais pleurnichant parce

qu'on ne les respecte pas. Ça me fout la rage. Tu m'as donné des idées, mon pote. Moi aussi je veux vivre le même kif. Je vais suivre ton exemple. Peut-être qu'on pourrait se croiser ? Histoire que tu me files quelques tuyaux. On pourrait même partir en chasse ensemble. Tu imagines le truc ? On enverrait la nana courir d'un côté, et là elle se retrouverait nez à nez avec l'un de nous deux, prêt à la cueillir. Du grand art. Fais-moi signe, camarade. Ça serait top.

Il clique sur le profil de Doire92 et constate qu'il s'agit d'un nouveau membre. Son inscription sur le forum ne date que d'une semaine, et il n'a encore rien posté de public. Son avatar est une photo recadrée de Jürgen Klopp, l'entraîneur du FC Liverpool. Sa bio est vide.

Il commence à avoir des sueurs froides, et se demande s'il s'agit d'un coup monté. Aurait-il été repéré par une de ses connaissances ? Chercherait-on à le piéger pour le démasquer ? Peut-être que ces rumeurs au sujet d'un type louche qui importune des femmes ont pris trop d'ampleur.

Et c'était sans compter ce post circulant sur internet en ce moment – publié par la nana qui promenait son chien sous la pluie – et qui s'était transformé en diatribe pour le droit des femmes à marcher seules dans la rue quand ça leur chante.

Ce message avait attiré des réponses assez diverses, mêlant la voix de femmes fustigeant la bassesse de ces pervers à celle de types qui, à l'évidence, pensaient qu'ils parviendraient plus facilement à conclure s'ils exprimaient leur soutien à la gent féminine. On pouvait aussi lire les commentaires d'âmes charitables qui faisaient savoir à l'autrice du post qu'elle devrait se montrer plus prudente. Les hommes, disaient-elles, ne changeraient jamais.

Dans un autre commentaire, une femme rendait compte d'une expérience similaire, ayant eu lieu une semaine plus tôt. Il s'agissait très probablement d'une de ses expéditions. La photo de profil de la femme en question lui disait bien vaguement quelque chose, mais pas assez pour qu'il en soit sûr. Il avait tenté d'accéder à son compte Facebook, mais elle l'avait totalement verrouillé.

Quoi qu'il en soit, ni l'un ni l'autre de ces deux posts n'avaient déclenché de chasse à l'homme ni donné envie à des esprits vengeurs de le traquer. À moins, bien sûr, que Doire92 ne soit un vengeur solitaire. En aucun cas il ne peut écarter cette hypothèse.

Quelque chose lui dit que celui qui voudrait être son complice existe bel et bien, et il ne sait pas trop quoi en penser. Ce qu'il y a de sûr en revanche, c'est qu'il ne va pas s'associer à qui que ce soit. Dès le début, cette affaire fait partie de son jardin secret. C'est une aventure solitaire. S'il faisait équipe avec ce type, les choses prendraient une dimension qui le mettrait très mal à l'aise. Par ailleurs, quelque chose le gêne chez ce Doire92. Il a un mauvais pressentiment. Même s'il ne s'agit pas d'un piège, cette idée d'association sent mauvais. Rien de bon ne pourrait en résulter.

Il clique à nouveau sur le message pour le relire, puis il l'efface. Son doigt reste suspendu sur le bouton « BLOQUER ». Il n'a vraiment pas besoin de ce type dans sa vie. Instinctivement, il est convaincu que moins il aura à faire avec lui, mieux ce sera.

Il clique sur le bouton et éteint son ordinateur. Mais il est tendu. Très tendu. Alors il décide de sortir courir. Sans GoPro ni portable pour filmer quoi que ce soit. Il entend juste relâcher la tension en foulant le pavé, foulée après foulée, kilomètre après kilomètre.

21

NELL

Lundi 1er novembre
Disparue depuis quatre jours

Je crois que ça fait quatre jours. Peut-être cinq ; difficile à dire. En tout cas, c'est mon premier jour seule ici.

Elzbieta était ici aussi, jusqu'à hier. Bien sûr, je ne l'ai jamais vue, mais j'ai entendu sa voix. Je l'ai entendue dès mon premier jour ici. Quand je me suis réveillée dans cette… dans cette cellule. Je me suis mise à hurler, à enfoncer mes ongles dans les parois pour tenter de me hisser hors de mon cachot. C'est là que j'ai entendu une voix, provenant de je ne sais où dans le bâtiment.

— Personne ne peut t'entendre, m'a-t-elle dit avec un fort accent et d'une voix qui m'était familière. Ça fait des jours que je hurle, a-t-elle ajouté, l'air résignée. Il est le seul à venir ici, et il vient quand ça lui chante.

Tout en l'écoutant, j'ai compris d'où je la connaissais. Elle avait travaillé dans le même service que moi pendant des mois, et voilà qu'on se retrouvait ici toutes les deux. Ce premier jour – avant qu'il ne vienne – nous avions pu parler. Elle m'avait raconté comment elle s'était fait kidnapper. Il n'avait même pas fait semblant de l'inviter à dîner, elle. Il s'était contenté de la faire entrer de force dans sa voiture – brutalement, en la menaçant. Elle avait ajouté qu'il lui avait dit s'en vouloir. Il pensait avoir merdé. Or il devait s'en tenir aux règles du jeu. Il n'a que ça à la bouche. Son jeu ; ses règles. Il n'arrête pas de répéter que son jeu le rendra célèbre. Et qu'il nous rendra nous aussi célèbres. Notre sacrifice est censé servir une cause supérieure.

Mon sang s'était figé.

Mais Elzbieta était forte. Même si je savais qu'elle devait être terrorisée, c'était une dure à cuire. Elle croyait dur comme fer qu'elle allait s'en sortir vivante. Et moi avec elle. Il nous suffisait de jouer le jeu, me disait-elle. Si nous jouions le jeu et respections le règlement à la lettre, nous gagnerions assez de temps pour trouver une solution pour nous tirer d'ici.

Mais ce jour-là, en nous parlant, nous n'avions pas compris que nous étions déjà en train de les enfreindre. Nous n'avions pas eu de repas ce soir-là. Telle avait été notre punition. La conséquence de nos actes, m'avait-il dit. Puis je l'avais entendu tenir quasiment mot pour mot le même laïus à Elzbieta, d'une voix accusatrice, autoritaire et qui exprimait du dégoût. Ce serait pire la prochaine fois, avait-il décrété. L'une de nous deux en pâtirait.

Nous n'avions plus jamais osé nous adresser la parole. Mais il nous arrivait parfois de fredonner quelques paroles d'une chanson ou de réfléchir à haute voix, en sachant que l'autre nous entendrait. C'était autant de petits messages d'espoir. D'infimes fragments de compassion, auxquels je me raccrochais.

Sans eux, sans elle, c'est pire. Le silence est bien plus terrifiant maintenant que je me retrouve seule. Complètement seule.

Pour tenir, il ne me reste plus qu'à espérer qu'elle aille bien. Je sais que c'est probablement naïf de ma part. Ou peut-être pas tant que ça. C'est une technique de survie. J'ai besoin de me convaincre qu'elle va bien, sinon plus rien n'a de sens.

Il est venu la chercher hier soir. Je l'ai entendu grommeler de sa voix grave dans la pièce d'à côté, quand il lui parlait. Elle avait fondu en larmes – mais il m'avait semblé que c'étaient des larmes de joie. Si elle est libre, je sais qu'elle fera tout pour me venir en aide. Cette aide pourrait arriver à tout instant. Il suffit que je sois patiente. Et que je me tienne à carreau en évitant à tout prix de m'attirer des ennuis avec lui.

Il refuse de m'expliquer en quoi consiste le règlement. Je lui ai posé la question, lui disant que c'était la moindre des choses que je le sache. Il s'est contenté de cligner des yeux en se tapotant la tempe, pour me faire comprendre que tout était dans sa tête. Selon lui, c'est tout ce qui compte. Il n'a pas besoin de me dire quoi que ce soit. Ce serait moins drôle si je connaissais les règles, me dit-il.

Si je les avais connues, je n'aurais jamais emporté mon téléphone dans la salle de bains le soir où je dînais chez lui. D'après lui, si je l'avais laissé dans mon sac, je continuerais à vivre ma vie normalement. Nous serions peut-être, dit-il, en train de programmer notre deuxième rendez-vous. Je n'aurais pas encore découvert de quoi il est vraiment capable.

Si j'avais pris mon téléphone, c'est uniquement parce que j'avais compris que personne ne savait où j'étais. Clodagh aurait sûrement pensé que j'étais avec Rob, vu que je n'avais pas encore eu l'occasion de lui dire que cette histoire avait pris fin avant même de commencer. Il ne cherchait rien de sérieux. Alors que moi j'avais cru bon de suivre, tête baissée, mon foutu instinct manifestement détraqué.

Je me suis toujours considérée comme quelqu'un de raisonnable. Voire de trop raisonnable. C'est en tout cas l'avis de maman.

« Ne fais pas la même erreur que moi, m'a-t-elle dit un jour après avoir bu deux verres de vin pendant le dîner. Ne te mets pas en ménage trop vite. Profite de la vie ! »

Elle avait l'air triste. Agacée, j'avais eu envie de lui dire que c'était à elle de vivre sa vie, que tout allait bien de mon côté. Mais ses mots étaient restés dans un coin de ma tête, ainsi que la tristesse que j'avais lue dans ses yeux. Ma mère mène une vie tranquille et banale, entièrement dévouée à mon père. Leur couple est très déséquilibré. Elle souhaite autre chose pour moi.

Du moins le *souhaitait*-elle. Je suis à nouveau prise d'une bouffée d'angoisse. Je ne la reverrai peut-être jamais. Elle doit être morte d'inquiétude, depuis ma disparition. Mais encore faudrait-il qu'elle soit au courant. Pourvu que Clodagh ne m'imagine pas en train de faire la bringue quelque part.

Mes frasques de ces derniers mois n'ont pas été sans conséquence sur notre amitié. J'avais juste envie de vivre un peu. Besoin de me rebeller. C'était sûrement aussi une façon de faire un doigt d'honneur à mon père, qui n'a jamais laissé ma mère s'épanouir.

Je l'aime autant que je le déteste, mon père. Là, il me manque atrocement. Je voudrais tellement le voir débarquer ici, furieux, pour me passer un énorme savon après la frayeur sans nom que je leur ai causée. Puis il me traînerait jusqu'à sa voiture et nous roulerions en silence jusqu'à la maison. Je voudrais être privée de sortie et obligée de rester dans ma chambre, malgré mes vingt-deux ans. Je veux reprendre ma petite vie, avec papa et maman. Je veux aussi m'excuser auprès de Clodagh. Je voudrais revenir en arrière, tout changer.

Mais c'est impossible. Je ne peux pas sortir d'ici. C'est lui qui le décidera. Je suis à sa merci. Je suis furieuse contre moi-même. Tellement furieuse que j'ai du mal à respirer. J'ai la poitrine oppressée, la gorge nouée, le cœur lourd.

Je pensais pourtant que je savais faire attention à moi. Ça m'avait servi de leçon. J'avais décidé de prendre moins de risques après la fois où ce cinglé m'avait traquée et m'avait collé sa caméra sous le nez quand je m'étais retournée pour le défier. Son regard m'avait effrayée. J'avais alors compris que j'avais pris des risques inconsidérés. Et pour quoi, pour qui ? Pour des potes qui ne juraient que par la défonce ? Pour Rob, dont le mode de vie flamboyant mêlant bons vins, sexe intense et drogues dures m'avait donné l'illusion d'échapper à moi-même.

Cette mésaventure m'avait totalement fait flipper et je m'étais alors juré d'être beaucoup plus prudente à l'avenir.

J'avais simplement voulu appeler Clodagh. C'était la seule raison qui m'avait poussée à emporter mon téléphone dans la salle de bains. Vu que c'était tendu entre nous, j'avais eu envie de lui dire que j'allais bien et que je passerais plus de temps avec elle. Je commençais à en avoir marre de dépenser tout mon argent en sorties et de finir le mois sans avoir de quoi payer le loyer.

Eddie m'avait déjà clairement fait comprendre qu'il ne supportait pas de voir des couples le nez dans leurs téléphones au restaurant au lieu de discuter. La façon dont il me l'avait lancé m'avait mise mal à l'aise. Ce n'était pas la seule chose, chez Eddie, qui me mettait mal à l'aise. Jusque-là je ne m'en étais jamais rendu compte, quand on travaillait ensemble. Mais là, chez lui, il s'était révélé carrément flippant. Comme je ne voulais pas faire d'histoires, je m'étais promis de finir le dîner gentiment et de partir au plus vite.

Mais en fait, je n'ai même pas réussi à parler à Clodagh, ni à lui laisser un message, ni même à lui envoyer un SMS.

Le réseau était pourri, chez lui, et alors que j'arpentais la pièce pour essayer de capter une barre supplémentaire, il s'était mis à tambouriner à la porte de la salle de bains en me demandant si j'allais bien.

Le ton qu'il avait employé, ainsi que la violence avec laquelle il avait frappé à la porte, m'avaient glacé le sang. Mais à ce stade, bien sûr, il était déjà beaucoup trop tard.

Le premier jour a été le plus dur. Il avait dû verser quelque chose dans mon verre car même si je n'avais pas assez bu pour être saoule, je n'arrivais pas à garder les yeux ouverts. Des heures durant, j'ai été incapable de savoir si je rêvais ou si j'étais éveillée. Un nombre incalculable de fois, j'ai tenté de reprendre conscience avant de déclarer forfait et de sombrer définitivement.

C'était comme si j'avais essayé de m'extraire d'un puits profond. À chaque fois que j'entrevoyais la lumière du jour, je lâchais aussitôt prise et je retombais au fond du trou. Pendant toutes ces heures de semi-conscience mêlée de rêves étranges, je savais au fond de moi que quelque chose ne tournait pas rond du tout. Mais j'étais incapable de comprendre ce que c'était. J'avais perdu toute lucidité.

J'avais l'impression de refaire un de mes rêves récurrents – celui où j'essaie en vain de passer un appel téléphonique. À chaque fois que je tente de composer le numéro sur l'écran, je me trompe de chiffres, ou ces derniers se mettent à danser, ou alors ils se transforment en autre chose. Ma panique augmentait après chaque échec. Mais quand enfin j'ai repris conscience, c'était sans le sentiment de soulagement qui suit habituellement ce cauchemar aussi frustrant qu'angoissant. Car mon retour à la réalité était loin d'un retour à la normale, c'est le moins qu'on puisse dire.

Tout ce dont je me souviens confusément, c'est d'avoir dîné, puis de m'être sentie un peu bizarre. Il y avait eu un grand fracas. Peut-être mon verre qui se brisait. Je m'étais ensuite retrouvée allongée sur le canapé, la nuque douloureuse. Je me souviens que mon cou était tordu dans une position très inconfortable, et que j'avais de violents élancements dans le crâne. Quelqu'un s'était penché sur moi. Non, quelqu'un était *sur* moi. Lui. Eddie.

Je l'ai supplié à de multiples reprises. Chaque fois que la porte s'ouvre et qu'il fait glisser un plateau de nourriture dans l'embrasure. Quand il entre et se penche au-dessus de moi pour me demander si je suis enfin prête à être réglo. À chaque fois je l'ai supplié. J'ai hurlé, tenté de l'amadouer, pleuré. J'ai essayé en vain de déceler en lui une once d'humanité, de retrouver le garçon timide avec qui je discutais, au travail. Et que je croyais inoffensif.

Je l'avais cru inoffensif au point d'accepter cette invitation au débotté à dîner chez lui, jeudi dernier. Je ne sais même pas pourquoi j'ai accepté. Eddie n'est pas mon genre. Il ne l'a jamais été, et ne le sera jamais.

J'en voulais sans doute à Rob – et sûrement aussi à Clodagh. J'étais certes un peu à côté de mes pompes et, à l'hôpital, le rythme de travail était harassant, mais tout de même, ce n'était pas une bonne idée. C'est du moins ce que la raison aurait dû me faire entendre. Mais il m'avait dit que ce serait juste une soirée entre amis, entre collègues : un bon verre de vin, un dîner mitonné par ses soins – qu'aurais-je bien pu craindre, de toute façon ?

« Après tout, ce n'est pas comme si tu ne me connaissais pas. Je n'ai pas vraiment le profil d'un *serial killer* », avait-il ajouté dans un éclat de rire.

Bêtement, j'avais ri moi aussi et je l'avais cru. Je pensais en effet le connaître, cet Eddie qui semblait si inoffensif. Toujours serviable, toujours prêt à me donner un coup de main quand j'avais besoin de retrouver un dossier de patient, ou de planifier un rendez-vous de suivi médical. Toujours fiable, cet Eddie qui, bien que travaillant à l'administration, passait fréquemment dans mon service et prenait toujours le temps de s'arrêter pour discuter.

J'ai été tellement stupide. Si seulement j'avais été plus prudente. Si seulement j'avais décliné son invitation et prétexté que je devais rentrer pour régler un problème d'intendance avec Clodagh.

Mon Dieu, comme elle me manque. Ma meilleure amie me manque, ainsi que son bon sens, grâce auquel elle a toujours le mot juste et fait les bons choix en toutes circonstances. Comme j'aimerais être à la maison, avec Clodagh à mes côtés qui me tendrait un bol de chocolat chaud en me disant que tout va bien, et que je suis en sécurité.

Mais non, je ne suis pas en sécurité. Rien que d'y penser, j'en ai la gorge serrée. Car je n'ignore pas que je cours un grave danger. J'ai beau espérer qu'Elzbieta s'en est sortie, je sais très bien que j'essaie surtout de me rassurer, refusant d'envisager le contraire. Je ne peux me résigner à l'idée que les règles de ce jeu pervers puissent être entièrement biaisées contre moi et que, quoi que je fasse – ou non – le résultat soit le même. Il ne me lâchera jamais, maintenant que je sais tout de lui – son visage, son nom, le lieu où il travaille.

Je me recroqueville sur moi-même, les genoux au menton, pour tenter de me réchauffer. Il fait un froid glacial et humide. Je sens l'humidité de l'air envahir mes poumons et s'incruster dans mes vêtements. Mêlée à la crasse et à la poussière ambiante, elle se loge sous mes ongles et sur ma peau et finira, je le sens, par m'ensevelir, par minuscules couches successives.

Les murs sont composés de simples parpaings bruts. J'ai les mains en sang et les ongles à moitié arrachés à force d'avoir naïvement tenté de creuser le ciment entourant chaque bloc, dans le vain espoir de déceler la moindre faille dans les interstices de cette tombe.

J'ai l'impression de me trouver dans une habitation à moitié en dur. Un bungalow, peut-être ? Quand il arrive, je n'entends pas de bruit de pas gravissant un escalier. La pièce où je suis enfermée est munie de deux portes. Celle qu'il emprunte pour entrer et sortir est verrouillée par un gros cadenas, qui a parfois tendance à se bloquer. Je l'entends parfois jurer quand il farfouille la serrure, agacé qu'elle lui résiste.

Dans ces cas-là, je ne sais pas ce que je voudrais le plus : qu'il ne parvienne pas à ouvrir la porte, ou l'inverse. Je ne veux pas le voir et en encore moins qu'il me touche. Mais l'idée d'être abandonnée ici sans aucune échappatoire est digne des pires cauchemars. Je n'aime pas me retrouver dans le noir, maintenant que je me retrouve complètement seule.

La deuxième porte mène à une minuscule salle de bains, heureusement pourvue d'un WC en état de marche. Dans cette pièce, suspendue à des chevrons de bois, une ampoule nue de faible puissance offre un éclairage plus que succinct – insuffisant, en tout cas, pour lutter contre l'obscurité de la pièce principale. Il s'agit probablement d'une ampoule de quarante watts tout au plus, mais je m'estime quand même chanceuse de l'avoir.

Le mur le plus proche de l'endroit où je me trouve possède une ouverture ménagée pour une fenêtre, mais l'embrasure en a été condamnée par des planches de bois. J'ai l'épaule tout enflée à force d'avoir essayé de les défoncer en prenant mon élan. Elles n'ont pas bougé d'un pouce, ni même craqué. Je suis totalement piégée.

La seule lumière naturelle que je voie – et qui me permette de faire la distinction entre le jour et la nuit – filtre sous la porte principale ; celle par laquelle il entre. Pour la voir, je dois m'allonger par terre, joue contre sol. C'est le seul moyen qu'il me reste pour garder foi en l'existence d'une réalité en dehors de mon cachot. Si je place ma tête dans la bonne position, je peux même sentir un léger souffle d'air.

Je ne sais jamais quand Eddie viendra. Parfois c'est très tôt le matin – sa voix m'arrache alors au peu de sommeil agité que j'ai réussi à glaner. Le premier jour, alors que j'essayais de comprendre ce qui m'arrivait, il n'est pas venu avant la nuit. À moins qu'il soit déjà passé plus tôt, quand j'étais encore trop groggy pour m'en rendre compte.

J'étais tellement dans les vapes qu'il avait pu me transporter de son canapé douillet à cet endroit sinistre. Et je m'étais retrouvée sur ce divan défoncé, garni de coussins froids et humides et d'une couverture rêche.

Il m'a dit qu'une de ses règles voulait que je lui réserve toujours un accueil chaleureux, quelle que soit l'heure à laquelle il viendrait – matin, après-midi, ou milieu de la nuit. Il fallait que je le respecte. Car c'est lui qui décidait de tout : de ce que je mangerais et boirais ; s'il me laisserait l'ampoule dans la salle de bains ou s'il me donnerait une couverture pour me réchauffer un peu.

Il m'apporte une bouteille d'eau de deux litres chaque jour. Ce qui me permet de boire et de me laver. Je dispose d'une serviette, qui est désormais en train de moisir, pendue au clou grossièrement planté dans un mur. Elle ne sèche jamais, et sent très fort le renfermé. Rien n'est vraiment jamais sec, ici.

La seule source de chaleur consiste en un vieux radiateur à gaz, qu'il n'allume qu'en sa présence. L'appareil dégage certes de la chaleur mais aussi une écœurante odeur qui n'est certainement pas très saine. Malgré le froid glacial, je suis contente quand il l'éteint. Ma tête cesse alors de tourner et je retrouve ma lucidité. Ainsi que mes sensations. Ce qui est à la fois une bénédiction et une malédiction. Car, comme ma mère se plaît à le répéter, j'ai toujours été très frileuse. Du genre à me coller au radiateur dès que j'en vois un. Mais je ne pense pas avoir déjà eu aussi froid. C'est au-delà de tout.

Et en plein milieu de la nuit, quand je claque des dents si fort que j'en ai mal au crâne, quand je sens l'air glacial envahir la pièce, le radiateur est là, à me narguer, hors d'atteinte.

Car ici, figurez-vous, je suis enchaînée comme un animal. Une énorme chaîne est attachée à ma cheville, dont l'autre extrémité est fixée au plancher par un épais anneau fiché dans le sol bétonné. J'ai, bien sûr, également tenté de gratter ce béton, avec aussi peu de succès que j'en ai eu avec le ciment entourant les parpaings.

Aucune de mes affaires ne se trouve ici. Je n'ai ni mes chaussures, ni mon sac, ni même mes vêtements. Je suis vêtue d'un survêtement – bas de gamme et léger. Sale et humide, il sent ma propre transpiration.

Il me donne des couverts en plastique et des assiettes et gobelets en carton quand il m'apporte à manger, mais s'empresse de les reprendre quand il repart. Il n'est pas stupide, je dois au moins lui accorder ça. Il fait en sorte de ne rien me laisser que je puisse utiliser comme arme ou outil.

Je prie pour que Clodagh ait signalé à quelqu'un que j'ai disparu. Pourvu qu'elle ne m'en veuille pas à mort d'avoir été la pire copine qui soit ces derniers temps et qu'elle ne profite pas simplement de se retrouver tranquille. J'espère aussi qu'elle ne me pense pas partie en virée avec mes nouveaux amis – qui n'en sont pas vraiment.

Je prie pour que quelqu'un soit à ma recherche, car il m'est insupportable d'imaginer que je puisse vivre tout ça sans que quiconque se soucie de moi. Je ne vais pas pouvoir endurer cet enfer encore bien longtemps. Je m'y refuse. Je veux juste rentrer à la maison. Je veux retrouver ma maman.

Je me recroqueville sur le lit, je serre la couverture contre moi, comme si cela pouvait faire la moindre différence, et j'essaie de me souvenir si j'en suis à quatre ou cinq jours.

22

MARIAN

Mercredi 3 novembre
Disparue depuis six jours

J'ai dormi. Grâce aux cinquante milligrammes de Xanax. J'ai probablement trop bien dormi, mais heureusement je n'ai pas fait de rêve. Allongée dans mon lit, j'entends la respiration lente, profonde et régulière de Stephen. Il est toujours endormi. Je me demande s'il a lui aussi pris un Xanax. Je ne pense pas. Les médicaments, ce n'est pas son truc. Il considère que c'est une béquille – un aveu de faiblesse. C'est probablement toujours le cas aujourd'hui.

Hier, Julie-Anne, une de mes plus vieilles amies, a toqué à ma porte, l'air grave, munie d'une tablette de pilules magiques prélevées sur ses propres réserves. Il était trop tard pour obtenir une ordonnance de mon médecin. J'ai eu droit à un sermon de la part de Stephen, qui a tenu à me rappeler qu'il était illégal de prendre des médicaments sans ordonnance. « Nous avons assez de soucis comme ça », avait-il ajouté. Il n'était pas utile d'en rajouter en se shootant avec les médicaments de ma copine alors qu'une policière séjournait chez nous.

Je lui ai dit d'aller se faire voir. Mais dans un registre moins châtié. J'ai songé à cacher les pilules, dans l'éventualité où il lui aurait pris l'envie d'en avaler une avant de se coucher. Mais je ne suis pas si cruelle.

Julie-Anne m'a serrée très fort dans ses bras et j'ai sangloté comme jamais sur son épaule.

— Maman a allumé un cierge, a-t-elle murmuré. Elle me charge de te dire qu'elle prie pour toi. Et pour Nell.

Les yeux embués de larmes, je lui ai adressé un demi-sourire. Les cierges de la mère de Julie-Anne sont une bénédiction. Ils sont même légendaires au sein de notre groupe d'amis. Réputés pour faire des miracles en toutes circonstances, ou presque. Mais je ne pense pas que leur efficacité ait déjà été à ce point mise à l'épreuve.

Je lui ai proposé de rester prendre un thé mais elle a répondu non d'un signe de tête.

— Tu es épuisée, m'a-t-elle répondu. Tu tiens à peine debout. Avale une de ces pilules et va te coucher. Tu ne seras d'aucune aide à Nell si tu n'es pas opérationnelle. Rien ne sert de trop tirer sur la corde. Mais si tu as besoin de moi pour quoi que ce soit, tu peux compter sur moi, n'importe quand.

J'adore Julie-Anne. De tout mon cœur. Il n'y a pas grand-chose qu'elle puisse faire, mais j'apprécie ses efforts. Elle a beau se sentir impuissante, elle m'aide comme elle peut : en faisant allumer des cierges et en me fournissant des cachets sous le manteau.

Il faut que j'appelle le médecin pour obtenir ma propre ordonnance. Ensuite, je rendrai ses médicaments à Julie-Anne. Il est plus facile de me concentrer sur les petites tâches, allongée dans mon lit, que d'essayer de réfléchir aux plus gros problèmes. De plus, mon cerveau est toujours embrumé. La disparition de ma fille est bien sûr une pensée obsédante, mais cette réalité effroyable est comme dissimulée derrière un voile, logée dans une zone que mon cerveau sait identifier sans vraiment la ressentir.

L'horreur reviendra bien assez vite. Je ne l'ignore pas. Je prends petit à petit conscience que j'ai non seulement bien dormi, mais que personne n'est venu me réveiller dans la nuit. Personne n'est venu m'annoncer qu'on l'avait retrouvée. On ne m'a conduite ni dans un commissariat ni dans un hôpital pour que je puisse la prendre dans mes bras et lui dire que je l'aime.

À contrecœur, je prends une grande inspiration. Puis j'expire. Doucement. Tout doucement. Si personne ne m'a réveillée pour m'annoncer qu'on l'a retrouvée, cela signifie aussi que personne ne m'a réveillée pour m'annoncer qu'elle est morte. Elle est donc peut-être toujours vivante.

Je prends mon téléphone et je cligne des yeux le temps de réussir à lire l'heure. Il est 7 heures à peine passées. Des notifications s'affichent sur l'écran, mais aucune d'elles ne contient l'information attendue. Aucune ne provient de Nell. Je rédige un bref message sur le groupe WhatsApp que je partage avec mes amis. Tout en les remerciant pour leur soutien, je leur demande de ne pas m'envoyer de messages. Je ne supporte plus de sursauter à chaque notification – chaque *bip* me causant une montée d'espoir et d'angoisse, immédiatement suivie par un mélange de déception et de soulagement. Je leur dis que je les tiendrai au courant dès que j'aurai du nouveau. Puis je clique sur « ENVOYER », je copie-colle le message et je l'envoie sur tous les autres groupes WhatsApp présents sur mon téléphone. Je me déconnecte de Facebook. De ma boîte mail professionnelle. Et de tout ce dont je n'ai pas besoin, afin de réserver mon téléphone exclusivement aux appels importants.

En me dégageant de la couette, je sens le froid matinal qui m'encercle. La chaudière ne s'étant pas encore mise en route, la chambre est glaciale. Je me demande si, là où elle est, Nell a froid. Puis je secoue aussitôt la tête, comme si ce geste pouvait à lui seul chasser les questions douloureuses.

Dans la cuisine, je me bats avec le thermostat jusqu'à ce que la chaudière finisse par vrombir et se mettre en route. Après avoir allumé la bouilloire, je remarque que le linge que j'ai mis à la machine il y a deux jours est en train de moisir dans le tambour. Je remets deux doses de poudre et je lance un nouveau cycle de lavage. La maison reprend vie au son du ronronnement de la machine.

J'allume la radio juste à temps pour les infos de 7 h 30. Sans surprise, le bulletin fait sa une sur la découverte du cadavre. J'ai beau savoir que c'est parfaitement normal, je me hérisse. En quoi cette une fera-t-elle avancer les choses ? Elle ne ramènera certainement pas cette pauvre femme à la vie. Tous les regards devraient être braqués sur la disparition de Nell.

Au lieu de quoi Nell est reléguée au quatrième sujet du journal, dans une brève d'à peine dix secondes.

« La police lance un appel à témoins pour l'aider à localiser Nell Sweeney, une infirmière. La jeune femme, âgée de vingt-deux ans, a disparu depuis jeudi soir. »

C'est tout. Elle n'a droit à rien de plus. J'éteins la radio. Aujourd'hui, je me rendrai personnellement à l'hôpital s'il le faut. Je veux parler à ses fameux nouveaux amis. Je veux qu'ils me le disent en face, qu'ils ne savent rien – à moi, la maman certes terrorisée mais déterminée. Qu'ils osent me dire qu'ils sont désolés mais qu'ils ne peuvent pas m'aider. On verra s'ils ont le cran, sans sourciller, de voir ma souffrance de près. Quelqu'un sait forcément quelque chose. C'est obligé. Ils savent peut-être ce qu'est devenu ce Rob.

Je me demande si la police accepterait de me donner le nom du chauffeur de taxi. Ou, au moins, celui de la compagnie pour laquelle il travaille. Je pourrais peut-être aller lui parler ? Est-ce qu'on a vérifié son casier judiciaire ? Sont-ils certains qu'il ne ment pas ? Je ne pense pas que j'aurais écarté la piste de son implication aussi rapidement que ne l'a fait la police. Je demanderai ses coordonnées à Heather quand elle arrivera – à supposer qu'elle vienne. À supposer qu'elle ne soit pas, en ce moment même, auprès des proches de cette pauvre femme assassinée, tenant leurs mains dans la sienne pour essayer d'atténuer leur douleur.

Après avoir éteint la radio, je regarde autour de moi en me demandant ce que je pourrais faire. Il faut que je m'occupe. Hors de question que je reste assise comme un zombie à ruminer non-stop. Je me demande si je ne devrais pas retourner travailler, histoire de me changer les idées. Mais cela risquerait de me causer encore davantage de stress. J'imagine déjà mes collègues me regarder d'un air apitoyé en me demandant comment je vais. Quant à moi, non seulement je sursauterais à chaque sonnerie de mon téléphone, mais j'aurais aussi à gérer les questions des clients qui, aussitôt franchie la porte de l'agence, chercheraient à savoir si j'ai un lien de parenté avec la « petite Nell Sweeney ». Rien que d'y penser, j'en frémis d'avance.

Existe-t-il un protocole en la matière ? Et si jamais elle ne revenait pas, et que nous ne la retrouvions jamais ? Y a-t-il un délai de prescription au-delà duquel des parents sont censés faire le deuil d'un enfant, même lorsque la mort de ce dernier n'est pas absolument certaine ? Attend-on de moi, à plus ou moins long terme, que je reprenne le cours normal de ma vie, comme si de rien n'était ?

Ce qu'il y a de sûr, pour le moment, c'est que j'ai besoin de me dépenser. Alors je décide de m'habiller. J'enfile mes chaussures de marche et je sors. Je vais aller faire un tour du côté de la réserve naturelle de Bay Road et me promener le long du fleuve. Ça sera encore calme, si je me dépêche. Je devrais y arriver avant que la circulation ne commence à s'intensifier sur Foyle Bridge, quand tout le monde part au travail ou à l'école. La proximité du fleuve me permettra, je l'espère, de reprendre pied. J'ai vraiment besoin de pouvoir me raccrocher à quelque chose, car je sens que je suis au bord du gouffre.

Je prends un pull et un jeans dans la corbeille posée sur le sèche-linge, puis j'enfile une paire de chaussettes appartenant à Stephen car je n'en trouve aucune à moi ici et je ne veux pas le réveiller. Je n'ai pas envie de lui parler ni d'avoir à subir les questions qu'il ne manquera pas de me poser à son réveil. Je ne veux surtout pas l'entendre me demander s'il y a du nouveau, et devoir secouer la tête en répondant que non.

Téléphone et clés en main, je me mets en route d'un bon pas, au risque de le regretter dans cinq minutes. Quand retentit la sonnerie de mon portable, mon sang se fige et je reste pétrifiée sur place, car je sais que je ne peux désormais m'attendre qu'à recevoir des appels importants. Je prends une grande inspiration avant de regarder l'écran, et je vois le nom de Julie-Anne qui s'affiche. J'ai envie de hurler mais je sais très bien que Julie-Anne ne m'appellerait pas si elle pouvait l'éviter. Mon cœur fait un bond dans ma poitrine – et si, par miracle, Nell était venue sonner à sa porte… ?

Je tente d'appuyer sur la touche « RÉPONDRE » mais mes gants m'empêchent d'utiliser l'écran tactile. Tout en jurant, j'en enlève un, je clique sur le bouton en espérant ne pas avoir manqué l'appel et je demande précipitamment :

— Est-ce qu'elle est avec toi ? Est-elle allée chez toi ?

S'ensuit un blanc – une pause durant laquelle des dizaines de scénarios défilent dans ma tête, la plupart sinistres. Si Nell était chez Julie-Anne, il n'y aurait pas ce blanc. Elle répondrait aussitôt « oui » et je me précipiterais chez elle en courant – oui, en courant, malgré mes capacités physiques calamiteuses – pour serrer ma fille dans mes bras…

Je ne sais pas ce qu'il y a de pire entre : devoir me rendre à l'évidence que, non, bien sûr, Nell n'est pas chez elle, ou la culpabilité qui m'étreint d'avoir mis Julie-Anne, l'être le plus doux qui soit, dans la position de devoir me le confirmer.

— Non, je suis désolée, dit-elle, sincèrement peinée. Et je suis désolée de t'appeler, mais figure-toi que j'ai trouvé quelque chose. Enfin, pas moi, mais Mia. Sur Facebook. C'est une vidéo. De Nell. On la voit en train d'être traquée, ou quelque chose comme ça.

— Quoi ? Comment ça, traquée ? Qu'est-ce que c'est que cette vidéo ?

— Je pense qu'il faut que tu la voies, et sûrement aussi que tu en parles à la police. Ce n'est… Ce n'est pas très agréable.

Je sens aussitôt l'adrénaline me fouetter le sang, chaque battement de mon cœur injectant dans mon organisme un surcroît d'angoisse absolue. Je voudrais lui demander ce qu'elle veut dire, savoir exactement ce qu'elle a vu et comment ça s'est retrouvé sur Facebook. Mais je suis incapable de parler. Aucun mot ne parvient à sortir de ma bouche.

— Marian, je suis tellement désolée, reprend Julie-Anne, rompant le silence. Mia me dit qu'il y a plusieurs vidéos similaires qui circulent, où l'on voit d'autres filles – pas Nell. Un genre de défi débile, qui consiste à harceler des passantes pour obtenir des *likes* sur internet. Je lui ai passé un savon quand elle m'a dit que ce n'était pas très grave. Ça l'est forcément, maintenant que ta fille a disparu, non ?

— Peux-tu m'envoyer le lien ?

— Je vais demander à Mia de le faire, dit Julie-Anne. Ou, mieux : et si je revenais ici avec elle ? Elle pourrait te la montrer elle-même.

J'ai honte mais sa proposition me donne envie de hurler. Je n'ai aucune envie de voir Mia, ma filleule, à peine âgée de quelques années de moins que Nell. Je ne supporterais pas de la voir assise en face de moi, chez moi, à ma table – à la place de Nell. Je ne veux en aucun cas avoir affaire à une jeune femme qui ne soit pas ma fille. Il faut que je visionne cette vidéo, c'est tout. Ça me fait peur, mais je n'ai pas le choix. La police aussi doit la voir.

— Non, dis-je, gardant pour moi mes réflexions irrationnelles. Non, c'est inutile. Tu n'as qu'à m'envoyer le lien. Je le transmettrai à la police.

— Est-ce que Stephen est avec toi ? demande Julie-Anne. Ou alors la policière dont tu m'as parlé ? Heather, si je me souviens bien. Tu es dans le jardin ? J'ai l'impression que tu es dehors. Je ne veux pas que tu sois seule quand tu regarderas cette vidéo. Elle ne contient rien de violent, mais elle est plutôt lugubre.

Je lui mens :

— Stephen est là. Oui, je viens de sortir, pour prendre un peu l'air. Ça va aller, je t'assure. Je suis bien entourée. Demande juste à Mia de m'envoyer ce lien, s'il te plaît.

— D'accord. Promis, me répond-elle.

Et avant même que je ne raccroche, je l'entends dire à Mia de s'exécuter.

Je suis pétrifiée. Un joggeur passe à côté de moi, crachotant des volutes de buée blanche dans l'air frais du matin. Il souffle tant et plus, muscles des mollets tendus. Je suppose que cela fait partie de sa routine matinale. Pour lui, c'est un jour comme un autre, tout ce qu'il y a de plus normal.

« Normal ». Ce mot ne veut plus rien dire pour moi. J'ignore si je me sentirai un jour à nouveau normale.

Je me force à mettre un pied devant l'autre et je me dirige vers le banc le plus proche. Une fois assise, je scrute mon portable jusqu'à ce qu'apparaisse une notification. Mia m'a envoyé le lien, accompagné d'un bref « Désolée ». Comme si cela pouvait être sa faute.

Voir l'image s'animer à l'écran est en soi une forme de torture. La vidéo a été tournée de nuit, par temps pluvieux. L'objectif a dans sa mire une personne qui marche à quelque distance, mais celui qui tient la caméra ne met pas longtemps à la rattraper. Elle – ma fille. Car, de même que je reconnaîtrais son visage entre mille, je reconnais sa silhouette. Et aussi sa démarche. Je reconnais la forme de ses épaules enveloppées dans son manteau vert, ainsi que l'écharpe colorée que je lui avais achetée chez Monsoon, enroulée autour de son cou. Elle porte le pantalon sombre de sa tenue d'hôpital, ainsi que son sac à dos noir. On aperçoit son visage, fugitivement, lorsqu'elle tourne la tête pour voir qui la suit. Je voudrais pouvoir caresser sa peau, sentir la douceur de ses joues au bout de mes doigts, mais elle se retourne aussitôt et hâte le pas. Avec en fond sonore la rumeur de la circulation mêlée au crépitement de la pluie, une respiration haletante se fait entendre. Elle n'est pas seulement due à l'effort. Elle semble aussi être le fruit d'une certaine excitation.

Je voudrais dire à ma fille de crier à l'aide. De sortir son portable de sa poche et de filmer celui qui tourne la vidéo, afin de le prendre sur le vif. Je voudrais la voir se retourner et, d'un air plein de défi, le menacer de lui donner un coup de genou dans les couilles s'il ose s'approcher davantage. Je voudrais hurler pour lui dire de rester en sécurité.

Mais c'est trop tard. Je vois bien que la vidéo n'a pas été diffusée en direct. Impossible de savoir quand elle a été enregistrée. Ce que je sais, en revanche, c'est que je lui ai acheté cette écharpe en septembre dernier, pour son anniversaire. La vidéo est donc relativement récente. Daterait-elle de jeudi dernier ? S'agirait-il de la dernière fois où ma fille chérie a été aperçue ?

Tétanisée, je la vois tourner lentement la tête en roulant des yeux effarés vers la caméra, le teint livide, tandis qu'il continue de s'avancer vers elle. L'épouvante se lit sur son beau visage.

— Fiche-moi la paix ! hurle-t-elle avec une certaine assurance.

Je suis fière de son aplomb. On entend bafouiller le connard qui tient le téléphone. J'ai envie de le frapper. Jamais je n'ai autant eu envie de frapper quelqu'un.

Puis je la vois hâter le pas et s'éloigner. Tandis qu'elle se retourne une dernière fois, je voudrais crier pour lui dire de revenir. La mettre en garde. Lui dire que je l'aime, tout simplement.

Prise d'un haut-le-cœur, je sens le café que j'ai pris un peu plus tôt remonter dans mon œsophage et, avant même que je m'en rende compte, je suis pliée en deux de douleur et je le régurgite. Je ne saurais dire si les larmes qui coulent le long de mes joues sont dues à la violence de mes spasmes ou bien à mon angoisse. Quoi qu'il en soit, je pleure abondamment avant de me redresser sur le banc. Le joggeur repasse devant moi, toujours aussi concentré sur sa course. Je ne sais pas s'il a remarqué ma détresse, mais en tout cas il n'en montre rien.

Je baisse à nouveau les yeux sur l'écran pour lire les commentaires sous le post. Je suis horrifiée par ce que je découvre : smileys rieurs, messages dithyrambiques, « EXCELLENT » écrit en majuscules. Plusieurs internautes trouvent la vidéo « chanmé ». Certains se montrent au contraire sévères : « Ce n'est pas drôle, les gars. Imaginez, si c'était votre petite copine, votre sœur, ou votre mère ? »

Il y a aussi un gentil message de Mia, assez bref : « C'est la fille de la meilleure amie de ma mère. Elle a disparu. La police a lancé des recherches. Ce n'est pas drôle du tout. »

Sous le post de Mia, 283 personnes ont cliqué sur la petite émoticône « choqué ». 400, sur l'emoji « triste ». 54 internautes ont choisi le smiley rieur. Je clique sur leurs profils et je lis les excuses bidon de tous ces connards. C'est un mélange pathétique de types en chasubles de foot tenant leur canette de bière à la main et de filles au maquillage outrancier s'affichant sur des photos lourdement retouchées. Leurs posts sont railleurs et méprisants.

« Sa lui apprendra », écrit l'un d'eux.

Je suis à deux doigts de le reprendre sur son orthographe et de le traiter de tous les noms. Si je pouvais retrouver sa trace, je lui demanderais ce qu'il y a de si drôle au fait que ma fille a disparu.

Je vais en toucher deux mots à Heather. Lui demander qu'elle s'occupe de ces misérables connards qui osent faire de pareilles blagues. Ils feront sûrement moins les malins quand ils trouveront la police sur le pas de leur porte.

En cherchant à remonter jusqu'à celui qui a posté la vidéo en premier, je me retrouve, de post en post, renvoyée vers une multitude de liens et de commentaires bourrés de fautes de syntaxe. Et je finis par tomber sur un montage de vidéos mises bout à bout. Les filles ont beau être différentes d'un extrait à l'autre, elles ont toutes, à des degrés divers, l'air terrorisées. Si je reconnais certains quartiers de Derry, d'autres rues me sont inconnues. Dans le coin supérieur droit de l'image, je lis le hashtag #JaiLePouvoir.

Dans quel monde de détraqués vivons-nous ?

23

LUI

Trois semaines plus tôt

Le message suivant arrive cinq jours plus tard. D'un pseudo différent. Manifestement, Doire92 est devenu Doire69.

Il ne pensait pas avoir de ses nouvelles après l'avoir bloqué sans ménagement de son profil mais, comme le chiendent, le voilà qui refait surface dans sa messagerie.

> Mec, je ne sais pas ce qui s'est passé, mais je n'ai pas réussi à t'envoyer un nouveau message. Bizarre, non?
>
> Sûrement un bug informatique. Mais celui-ci devrait te parvenir. Je me demandais si tu avais réfléchi à ma proposition. Ce serait vraiment top de s'associer. Je me suis lancé: j'ai fait une sortie de mon côté. Tu veux voir la vidéo? Elle est extra! J'ai kiffé. Maintenant je comprends pourquoi tu fais ça. C'est le shoot d'adrénaline assuré, hein? Tu aurais dû voir la tête de la fille hier soir. Je me suis approché tout près d'elle sans qu'elle ne se rende compte de rien. Elle avait ses oreillettes – c'était nickel.
>
> J'ai même pu tirer sur sa queue-de-cheval; elle a flippé sa race. Quand elle s'est retournée, elle était prête

à m'en coller une. Pauvre petite chose, qu'est-ce qu'elle croyait. LOL. J'ai joué les innocents, et quand elle a continué son chemin de son côté, elle n'avait aucune idée de ce qui s'était passé.

J'ai ajouté le lien à la fin de mon message. Je le mets bientôt sur le forum.

Regarde, et fais-moi signe si tu veux passer à la vitesse supérieure. Sérieux, mec, on pourrait faire un tabac. Les gens en parleront pendant des années. #JaiLePouvoir

Malgré le mauvais pressentiment qui l'assaille, il clique sur le lien que Doire a posté. Mal à l'aise, il a la main qui tremble un peu. Jusqu'ici, la journée s'était plutôt bien passée. Pendant la pause de l'après-midi, il s'était posé avec Natalia dans la salle de repos et ils avaient papoté. Il n'avait ressenti aucune gêne, n'avait pas flippé. Leur conversation avait été plutôt fluide. Après avoir discuté du boulot, puis des programmes qu'ils regardaient à la télé, ils avaient parlé des programmes qu'ils avaient dévorés sur Netflix. Elle aussi aime les séries policières classiques, ainsi que la version américaine de *The Office*. Il lui avait recommandé une vieille série qu'elle ne connaissait pas et elle lui avait dit qu'elle y jetterait un œil. Quelque chose dans son regard lui avait suggéré qu'elle ne verrait aucun inconvénient – loin de là – à ce qu'il se joigne à elle pour la regarder.

Natalia est vraiment très belle. Très féminine, sans pour autant être vulgaire. Elle n'aguiche pas les mecs. Elle ne s'habille pas comme si elle allait en boîte plutôt qu'au travail. Elle est toujours convenable. Oui, c'est le mot. Convenable. Et respectueuse. Avec elle, il se dit que trouver l'amour n'est peut-être pas une mission si impossible que ça. Toutes les femmes ne sont pas des allumeuses. Ce n'est pas du tout le genre de Natalia.

Il n'est pas sorti chasser depuis plusieurs jours. Il ne ressent plus le besoin de courir après cette excitation particulière. Il continue certes de regarder le forum et de lire les messages. Il s'enorgueillit toujours un peu des louanges qu'il reçoit, mais pas tout à fait autant qu'avant. Ils sont de plus en plus nombreux à l'avoir imité. De plus en plus de types, comme Doire69, cherchent à aller plus loin. Trop loin, selon lui. Ils ne sont plus très loin des fantasmes pervers que lui-même avait. Natalia le détesterait si elle pouvait lire ce qu'il a dans la tête. Il ne veut surtout pas qu'elle sache qu'il a ça en lui.

Il a l'impression que quelque chose est en train de se passer entre eux, et il ne veut pas prendre le risque de le compromettre. Il a eu droit à une deuxième chance. Il se sait chanceux. La plupart de ceux qui ont regardé ses vidéos n'ont aucune idée de qui il est, ni de l'endroit où il se trouve, et jusqu'ici, il avait plutôt l'impression de maîtriser la situation. Dans son esprit, il sait exactement où se situe la ligne rouge à ne pas franchir. Il pensait qu'il pourrait décider quand faire une pause – et quand tout arrêter.

Cela dit, désormais dépassé par les événements, il a le sentiment de ne plus maîtriser la situation. Et si le contrôle lui échappe, impossible de contenir le mouvement.

Il se lève pour se servir un verre puis, après s'être rassis, il appuie sur le bouton « PLAY ».

Une rue sombre apparaît à l'écran. On dirait Magazine Street – la rue parallèle aux remparts, au cœur du centre historique. Malgré le faible éclairage des réverbères, il reconnaît les pavés, ainsi que la déclivité menant au Tower Museum.

La petite silhouette élancée, penchée en avant et enveloppée dans un manteau en laine gris, se trouve à environ vingt mètres devant la caméra. La fille porte un béret couleur crème, une écharpe, une jupe courte et d'épais collants noirs. La caméra se rapproche de plus en plus d'elle, sans qu'elle n'accélère ni ne change de direction. Ce n'est pas le principe du jeu. L'idée, c'est de jouer avec leurs nerfs, et de leur faire croire qu'elles vont se faire agresser. Mais pas de les agresser pour de vrai. C'est mal.

Il voit une main qui s'approche de la queue-de-cheval brune brillante, et son estomac se noue quand il comprend que la fille n'a aucune idée de ce qui se trame. Ce n'est pas du tout le jeu du chat et la souris, qu'il a lancé. Ça n'a rien d'un « passe-temps innocent ». Il ne ressent aucune euphorie, mais de l'effroi, quand la main gantée se saisit de la masse de la queue-de-cheval. Ce que Doire appelle « tirer les cheveux » est un euphémisme. La fille se retrouve violemment tirée en arrière, trébuche et tombe, sa chute créant un épouvantable bruit sourd. Le type tient toujours fermement la queue-de-cheval : il la tire, enroule les cheveux autour de son poignet, tordant le cou de la fille en arrière tandis qu'il la domine de toute sa hauteur en plongeant ses yeux dans les siens. La vidéo a beau être sombre, il la voit, les yeux épouvantés, tenter désespérément de reprendre appui sur les pavés glissants, sur un fond sonore mêlant respiration haletante, pleurs et supplications.

Et soudain, tout s'arrête, aussi vite que ça avait commencé – Dieu merci. Tandis qu'il relâche son emprise, la tête de la fille est projetée en avant avec une telle force que son front percute ses genoux qu'elle avait remontés vers elle en essayant de retrouver son équilibre. La caméra se retourne alors brusquement et Doire remonte la rue en sens inverse, d'abord en marchant, puis en courant. Sa respiration haletante cède la place à de grands éclats de rire. Hystérique et froid, ce rire lui glace le sang.

Cet homme est dangereux. Ce qu'il ne sera jamais lui-même. Il se rend compte que cette affaire prend une très mauvaise tournure. Il sait qu'il a merdé, et il n'a absolument aucune idée de la façon dont il peut se sortir de ce cercle vicieux. Surtout, il se demande comment éviter que Doire ne récidive.

Il se hâte de finir son whisky-coca en espérant que l'alcool fasse vite effet. Quand il ferme les yeux, l'image de la fille, le visage déformé par la terreur, est toujours là. Il comprend alors d'un coup qu'il n'avait jamais pris conscience de la gravité de ce qu'il faisait lors de ses virées. Même s'il n'était jamais allé aussi loin. Car lui ne s'en était jamais pris physiquement à quiconque. Pour lui, ce n'était qu'un jeu. Il n'a rien à voir avec Doire. Il ne joue pas du tout dans la même division. Doire n'est pas un activiste de la cause des hommes ; c'est un prédateur. Après avoir vu cette vidéo, il sait que ce qu'il a fait était réellement *mal*.

À peine s'est-il fait cette réflexion qu'une notification lui annonce l'arrivée d'un nouveau message. Doire est de retour.

> Alors, tu as aimé ? Génial, non ? J'aurais pu m'amuser un peu plus avec elle s'il n'y avait eu personne à proximité, mais j'ai entendu des voix – sûrement des gens qui se baladaient sur les remparts. Hors de question que je prenne le moindre risque. J'ai déjà fait de la taule, et je ne tiens pas à y retourner. Il faut vraiment qu'on se capte, et que je te parle de l'idée que j'ai eue d'un nouveau jeu, d'une tout autre dimension. Dis-moi : tu as déjà pensé à kidnapper une de ces gonzesses ? T'imagines le truc ?
>
> Mais non, je rigole, tkt.
>
> Mais, vraiment, il faudrait qu'on parle.

Le cœur lourd, il télécharge la vidéo. Il en aura peut-être besoin. Il sait qu'il devrait la montrer à la police, mais cela impliquerait aussi qu'il avoue ses propres forfaits. Il serait alors impossible de revenir en arrière. Totalement impossible.

S'il le pouvait, il effacerait tout, pour revenir au point de départ. « J'ai le pouvoir ? » Autant qu'il sache, il n'a plus le moindre pouvoir. Avec sa « blague », qui n'en est probablement pas une, Doire lui a volé tout son pouvoir, en un seul et bref message.

24

MARIAN

Mercredi 3 novembre
Disparue depuis six jours

— Il faut que vous enquêtiez là-dessus. Sans tarder. Vous devez appeler la capitaine King, ou Bradley, pour leur dire de chercher qui a posté ça, dis-je à Heather, qui est en train de visionner la vidéo sur mon téléphone.

— Bien sûr. Je les appelle tout de suite.

Elle ne parvient pas à dissimuler la stupeur qui la saisit quand elle passe de la séquence avec Nell au montage.

— Je me demandais… commence-t-elle avant de marquer une pause. OK, je vais les appeler.

— Vous vous demandiez quoi ?

— Non, rien. Écoutez, je vais passer cet appel dehors.

Sur quoi, elle me rend mon téléphone et prend le sien, sans croiser mon regard. Je dirais même qu'elle évite alors soigneusement de me regarder.

— J'ai parlé avec ma filleule après avoir vu ça, lui dis-je tandis qu'elle s'apprête à quitter la pièce. Elle m'a dit que ces vidéos – ainsi que le hashtag qui les accompagne – circulent depuis environ une semaine. Sur TikTok et Facebook. Mais elle n'y avait pas vraiment prêté attention, jusqu'à ce qu'elle remarque que celle-ci avait l'air d'avoir été filmée à Derry.

— Nous allons dire tout ça à la capitaine et au commandant, m'assure-t-elle. Ils voudront sûrement interroger eux-mêmes votre filleule.

— Tout de même, celle-ci n'a été postée qu'hier soir. Le jour même où l'identité de Nell a été révélée à la presse. Ça ne peut pas être une coïncidence. Vraiment pas. Il faut que vous trouviez qui l'a postée. Et si c'était le type qui l'a kidnappée ? Est-ce que ça ne nous conduirait pas directement jusqu'à elle ? Si ça se trouve, c'est ce fameux Rob qui est derrière la caméra. Il y a forcément un moyen de le découvrir, non ? En fouillant son téléphone ?

Je n'arrive plus à m'arrêter. Je suis convaincue que s'ils parviennent à retrouver celui qui a publié ça – l'auteur de la vidéo –, ils retrouveront également Nell. Et ce, avant qu'elle ne finisse comme la pauvre inconnue qui gît en ce moment même à la morgue.

Heather revient sur ses pas jusqu'à moi.

— Je vous en prie, Marian, essayez de reprendre votre calme. Oui, il s'agit d'une piste très sérieuse, que mes collègues vont examiner avec soin. Faites-nous confiance, s'il vous plaît. Nous allons faire notre travail. Et cela inclut le fait que je puisse appeler la capitaine King.

Elle hoche la tête et m'adresse un léger sourire plein de compassion. Je me demande si on leur apprend ça durant leur formation, à adopter des expressions du visage adéquates en fonction des situations. Cela dit, elle a beau sourire, je sais que je commence à l'ennuyer, avec ma logorrhée et mes réclamations incessantes. En fait, je m'en fiche complètement. Je me bats pour ma fille.

— Nous ferons tout notre possible pour remonter jusqu'à l'auteur de cette vidéo, mais sachez tout de même qu'il faut se montrer réaliste : elle a été partagée plus de 5 000 fois ces douze dernières heures, ajoute Heather avant de se mordre la lèvre. Et ça ne cesse d'augmenter d'heure en heure. Ça revient à chercher une aiguille dans une botte de foin. À l'heure actuelle, la vidéo cumule sûrement déjà des dizaines de milliers de vues. Et encore, si elle n'a été relayée que sur Facebook.

Elle pointe du doigt sur l'écran de son téléphone le nombre de partages qui s'actualise en temps réel : en quelques secondes, on passe de 32 000 à 33 000 vues.

— Et alors ? Vous n'avez qu'à retrouver celui qui l'a partagée en premier. Il vous suffit de partir de là. Bon sang, je ne suis pas détective, mais ça paraît évident. Et sinon, s'agissant de tous ces gens qui ricanent et postent leurs ignobles commentaires ?

Je tapote sur mon téléphone pour essayer de retrouver les messages mais j'ai les mains qui tremblent et je sens des gouttes de sueur perler sur ma nuque. Au bout de trois tentatives, je retrouve enfin le post que je cherchais.

— Tenez, celui-ci ose dire que « Ça lui apprendra ». Regardez : d'après son profil, il habite à Derry. Il travaille au garage à Waterside. Il ne doit pas être bien difficile à trouver.

— Ce n'est pas le rôle de la police de sanctionner les posts mal intentionnés sur Facebook.

— Même quand on y voit une personne disparue, et susceptible d'être en danger ? Vous n'avez pas exclu que la pauvre petite qu'on a retrouvée hier puisse avoir un lien avec la disparition de ma fille. Vous avez peut-être affaire à un tueur en série. Et vous n'avez toujours pas mis la main sur ce Rob, qui reste introuvable. Et s'il était avec elle en ce moment même ? Ces posts pourraient nous permettre de les retrouver tous les deux ! Mon Dieu, ne sommes-nous pas en train de perdre du temps ? Il est peut-être en train de lui faire du mal !

J'ai conscience que ma voix a des accents de plus en plus hystériques, mais je m'en moque. Je ne compte pas essayer de me contrôler.

Aussi calmement que possible, mais aussi avec beaucoup de fermeté, Heather m'informe qu'elle va appeler les officiers chargés de l'enquête. Elle doit s'en occuper dès maintenant, ajoute-t-elle. Elle me rappelle aussi qu'elle est avec moi. Avec Nell.

— Merci, dis-je, ayant soudain perdu tout aplomb. J'apprécie.

Elle hoche la tête, quitte la pièce et, après avoir traversé la buanderie, sort dans le jardin. À ce moment précis, Stephen entre dans la cuisine, en chaussettes, l'air endormi.

— Je vous ai entendues hausser la voix, dit-il d'une voix hésitante. Tout va bien ?

Incapable de prononcer le moindre mot, je fonds en larmes. Je suis tétanisée à l'idée de lui parler de la vidéo. Mais je n'ai pas le choix. Lui aussi devra supporter le poids de cette ignominie sur ses épaules.

— Marian ! Tu m'inquiètes, que se passe-t-il ?

Il s'approche de moi et me prend par le bras en essayant de croiser mon regard. Mais je ne veux surtout pas le regarder dans les yeux quand je lui annoncerai qu'un cinglé s'est amusé à traquer notre fille. Et que des milliers de personnes peuvent la voir, vulnérable et terrorisée, sur une vidéo qui circule sur internet – quand ils ne se moquent pas d'elle.

— Il y a une vidéo, dis-je en balbutiant, prononçant ces mots à contrecœur.

Quand enfin je me résous à soutenir son regard, je sens ma propre terreur se refléter sur son visage.

— Julie-Anne m'a appelée pour me dire que Mia l'avait vue sur Facebook.

— Mia ? Mais de quoi parles-tu ? Quelle vidéo ?

— Apparemment, c'est quelque chose qui fait le buzz sur internet en ce moment. C'est épouvantable, Stephen. On voit quelqu'un la pourchasser jusqu'à ce qu'elle soit terrorisée.

— Qui ça ? Celui qui l'a kidnappée ?

— Je... Je ne sais pas. C'est possible. Heather est au téléphone avec la capitaine King, pour la mettre au courant. C'est un phénomène récent : des types, aux quatre coins du pays, s'amusent à ficher la trouille à des femmes en filmant leur réaction, puis ils postent la vidéo sur internet.

Stephen lâche mon bras.

— Donc tout compte fait, ce ne serait peut-être pas du tout une piste ? dit-il, sans que je sache si cette hypothèse le met en colère ou, au contraire, le soulage.

— Ce serait quand même une sacrée coïncidence que cette vidéo ait été mise en ligne au moment même où Nell a disparu, et que son nom a été révélé à la presse, tu ne crois pas ?

Il se retourne brusquement et s'éloigne de moi d'un pas lourd et bruyant. Puis il fait volte-face à nouveau et se passe la main dans les cheveux.

— Donc, la police peut retrouver l'auteur de cette vidéo ? Qui l'a postée ?

— Je ne sais pas... Tu sais que je ne suis pas très douée avec les nouvelles technologies.

— Bon Dieu, Marian, il suffit de suivre le lien. Montre-moi ça !

Je lui tends mon portable et il tapote sur l'écran comme un pro. Je n'avais jamais remarqué que mon mari maniait les réseaux sociaux avec autant d'habileté. Il fronce les sourcils et regarde à nouveau mon téléphone.

— Celui qui a posté ça en premier, dit-il en levant les yeux vers moi, l'a fait à partir d'un compte « troll ».

Il agite l'écran devant mon visage, sans me donner le temps d'accommoder mes yeux sur les mots et les images. Le profil ne contient aucune photo personnelle. Il s'agit d'un nouveau compte, sans le moindre « ami ». Les paramètres de sécurité sont invisibles. En fait, il n'y a tout simplement aucune information. Il fait défiler l'écran vers le haut, vers le bas, puis il finit par cliquer sur la vidéo, qu'il a évité de regarder jusqu'ici. Je le vois se décomposer quand il en découvre la teneur. Le regard sombre, il touche l'écran, comme si le fait d'effleurer l'image pixélisée de notre fille pouvait lui donner l'illusion de caresser son visage pour de vrai.

J'écoute la bande sonore : les bruits de pas, la respiration haletante, la pluie qui martèle le macadam. Le cri étouffé de Nell lorsqu'elle se retourne vers la caméra. Je n'ai pas besoin de voir les images pour savoir ce qui est en train de se passer : elles sont désormais gravées dans ma mémoire. Elles y resteront pour toujours.

Stephen fait quelques pas en direction de la table et s'assied sur l'une des chaises de la cuisine. La tête enfouie entre ses mains, il ne dit pas un mot. C'est à peine s'il produit le moindre son. Quant à moi, pétrifiée, je ne sais pas si je dois essayer de le réconforter, ou bien le laisser tranquille.

— Qui peut bien vouloir faire une chose pareille ? finit-il par dire en levant les yeux vers moi.

Je hausse les épaules et essuie la larme qui coule sur ma joue, juste avant qu'une autre ne prenne sa place.

— Tu penses qu'ils arriveront à identifier celui qui a posté ça ? dis-je. Même si c'est un… Comment as-tu appelé ça, déjà ? Un compte « troll » ?

Il me répond d'une voix abattue.

— Je ne sais pas. Ça dépend de plusieurs choses. Je suppose qu'ils peuvent retrouver l'adresse IP. Mais il existe des moyens de l'éviter. En utilisant un VPN, par exemple.

— Qu'est-ce que c'est?

Stephen me parlerait en chinois que je ne verrais pas la différence.

— Un réseau privé virtuel, me répond-il, sans que cela ne m'éclaire le moins du monde.

Je ne comprends rien à tout ce jargon. Me voyant perplexe, Stephen ajoute, dans des termes plus explicites :

— Il existe des moyens de dissimuler son identité sur internet. Ou, à défaut, de faire en sorte qu'il soit plus difficile de se faire localiser. Il faut être un peu calé en informatique pour le faire correctement, mais c'est loin d'être impossible. Tout n'est pas reluisant, sur internet.

Il plonge à nouveau son visage dans ses mains et se frotte le menton. Avec le temps, la peau de son visage est devenue moins souple. Au contact de ses doigts, elle paraît flasque et se plisse. Quand il relève la tête, il me donne l'impression d'avoir vieilli de dix ans en l'espace de deux jours. Je ne cherche pas à savoir comment il a découvert ces combines. Il travaille dans le secteur des technologies – au niveau des ventes. Si ça se trouve, la capacité à brouiller les pistes est un atout de nos jours. Et Dieu sait si Stephen est un maître en la matière, avec ou sans ordinateur.

Sans dire un mot, je lui prépare une tasse de café – surtout parce que j'ai besoin de m'occuper. J'ai besoin d'être en mouvement, quand bien même ce ne serait que pour soulever une bouilloire. Car je sais que si je reste debout à ne rien faire, je risque de m'effondrer, et je ne suis pas certaine de pouvoir me relever.

— Tu crois vraiment que ça pourrait être celui qui l'a kidnappée ? me demande-t-il. On aurait affaire à une espèce de détraqué qui poste les vidéos ?

Je pose la tasse de café devant lui, mais je reste mutique. Je suis incapable de parler. Mon cerveau ne cesse d'échafauder des scénarios plus affreux les uns que les autres, chacun d'entre eux débutant au moment où se termine la vidéo. Nous sommes tous les deux figés dans un silence horrifié, à un mètre l'un de l'autre, sans parvenir à échanger le moindre mot – et encore moins à nous réconforter –, quand Heather revient dans la pièce. Tels des suricates effarouchés, nous nous tournons vers elle en même temps, nos yeux écarquillés la suppliant de nous apporter de nouvelles informations.

— Est-ce que vous avez parlé à la capitaine ? lui demande Stephen. Que vous a-t-elle dit ?

— Je ne lui ai pas parlé directement, répond-elle. Je pense qu'elle s'est rendue à l'hôpital pour prendre la déposition des nouveaux amis de Nell. Mais j'ai quand même du nouveau. Le Rob en question, lui, a fait sa déposition ce matin au commissariat de Strand Road. Ces derniers jours, il était à Belfast, en visite chez ses parents – ce qui nous a été confirmé par ses parents, ainsi que par le serveur d'un restaurant où ils sont allés dîner ensemble. Il est donc hors de cause.

Une immense déception me submerge. Nous n'avons jamais été aussi loin de la retrouver. Le fait de savoir que ce type était sorti avec une autre infirmière le week-end dernier ne m'avait pas empêchée de tenter de me convaincre, au prix d'intenses cogitations, qu'il avait pu se trouver avec elle. Qu'il était « normal », et Nell, en sécurité – malgré l'accumulation d'éléments tendant à montrer qu'il n'en était rien.

— Eh bien, je pense que la capitaine devrait concentrer ses efforts sur la vidéo qui circule au lieu de perdre son temps à l'hôpital avec ces abrutis, dit Stephen d'un ton sec en se redressant sur sa chaise.

Je me retiens de lui rappeler qu'Heather n'est pas notre ennemie – même si je n'ai moi-même pas été très tendre avec elle quelques instants plus tôt.

— Je suis convaincue que ce sera sa priorité dès qu'elle la verra, dit Heather. Elle est très occupée ce matin, mais on la lui montrera dès que possible.

Quelque chose m'intrigue dans la façon dont parle Heather, comme si elle nous cachait quelque chose. Peut-être est-ce le choix de ses mots, un peu trop convenus, ou bien le ton de sa voix, qui sonne faux. Le fait est que je pressens quelque chose.

— Vous ne nous dites pas tout.

Ma remarque est une affirmation, et non une question. Elle se tourne vers moi, impassible, comme si elle ne savait pas très bien comment réagir.

— Vous avez du nouveau ? Est-ce qu'ils ont quelque chose ?

Je n'ose autoriser mon esprit à s'engouffrer dans le trou noir qui consisterait à demander s'ils ont retrouvé notre fille. Ils savent peut-être déjà qu'elle n'est pas en sécurité. La capitaine King n'est peut-être même pas à l'hôpital. Elle est peut-être avec Nell en ce moment même. Ou, avec ce qu'il reste de Nell.

— Je ne suis pas en mesure de vous le dire, dit Heather.

— C'est pourtant votre boulot, observe Stephen d'un ton sec. Vous êtes notre agent de liaison avec les familles. Vous êtes censée nous informer des moindres éléments nouveaux de l'enquête.

— Monsieur Sweeney, répond-elle, et je note que si elle m'appelle désormais par mon prénom, elle donne toujours du « monsieur » à mon mari. Comme nous vous l'avons indiqué précédemment, toutes les informations ne peuvent vous être communiquées en temps réel, et ce, pour des raisons de procédure. Nous devons tout vérifier en amont. D'autres personnes sont impliquées. Je comprends votre frustration, mais nous avons de bonnes raisons d'agir ainsi.

Elle a beau me parler d'une voix douce, voire, apaisante, je ne suis en rien apaisée.

— Donc il y a bien quelque chose, dis-je. Si ce n'était pas le cas, vous me répondriez juste « non ». Vous seriez tout à fait en mesure de le faire.

Heather plisse les yeux. Je vois d'ici les rouages de son cerveau s'activer tandis qu'elle s'efforce de trouver la meilleure réponse.

— La capitaine King va venir vous voir au plus vite. Je sais que ça doit être frustrant, mais elle dispose des éléments nécessaires pour vous tenir au courant des derniers développements. La pire chose que je pourrais faire à ce stade serait de vous communiquer des informations erronées.

— Répondez au moins à cette question : est-ce qu'ils l'ont retrouvée ? demande Stephen d'une voix à peine audible. S'agit-il de l'élément nouveau que vous évoquiez ?

Heather secoue la tête.

— Je suis désolée, mais non. Nell est toujours introuvable.

L'espace de quelques secondes, je suis prise d'un énorme soulagement. S'ils ne l'ont pas retrouvée, cela signifie aussi qu'il n'y a pas de nouveau cadavre.

Jetant un coup d'œil furtif à Stephen, je le sens très tendu. Il a les mâchoires crispées, et je sais qu'il fait tout ce qu'il peut pour maîtriser ses émotions. Je l'ai déjà vu faire cette tête des millions de fois, et je sais exactement ce qui se produit quand il n'y parvient pas.

— OK, dis-je pour tenter de ramener un peu de calme dans la pièce. C'est sûrement une bonne chose, non ? Pas de nouvelles, bonnes nouvelles ?

Heather reste de marbre. Contrairement à moi, elle ne pense pas que l'absence de corps constitue un élément positif auquel il faille se raccrocher. Elle ne dispose d'aucune statistique qui puisse me rassurer. Nous savons tous les trois que la situation est grave. Nous savons fort bien que lorsqu'une personne disparaît pendant plus de six jours sans qu'aucune activité n'apparaisse sur ses cartes bancaires, sur son téléphone ou ses réseaux sociaux, cela n'augure rien de bon. Mais aucun de nous n'étant prêt à le dire de vive voix, nous nous gardons bien de prononcer le moindre mot et restons muets. Heather marche jusqu'à la fenêtre et regarde dehors. Je l'entends rouspéter.

— Bon sang, mais ce n'est pas possible, maugrée-t-elle avant de se retourner vers nous.

J'entends une portière de voiture claquer.

— Qui est-ce ?

Je pose la question en essayant de regarder par-dessus son épaule. Il est peu probable que la capitaine King soit déjà là. Et si c'était King, je doute fort qu'Heather aurait pesté de la sorte. Elle se serait probablement réjouie de pouvoir nous confier à quelqu'un d'autre pendant quelque temps.

J'aperçois une femme remonter notre allée – blonde, mince, la trentaine. Son visage me dit vaguement quelque chose, mais je n'arrive pas à la remettre.

— Ingrid Devlin, répond Heather avec un air de dégoût. La journaliste.

Ça me revient. Je sais où je l'ai déjà vue : à la télé, dans le *Late Late Show*, où elle s'entretenait de son dernier livre avec Ryan Tubridy. Elle m'avait paru plutôt rusée. J'avais d'ailleurs cru comprendre qu'elle se consacrait désormais surtout à ses livres. Je m'apprête à demander à Heather ce qu'Ingrid Devlin peut bien venir faire chez nous quand elle me dit de ne pas bouger. Qu'elle s'en occupe. Sur ce, elle quitte la pièce et ferme la porte derrière elle.

Des éclats de voix ne tardent pas à se faire entendre – des éclats de voix certes fort professionnels, mais des éclats de voix quand même.

— Écoutez, dit Ingrid, je pense que c'est très important, et il me semble que les Sweeney ont le droit d'être au courant. Ça ne me dérange pas de publier mon papier sans leur témoignage, mais c'est moi qui ai découvert cette info. La source m'a contactée directement.

— Si je puis me permettre, Ingrid, c'est un moment particulièrement éprouvant pour la famille. Nous attendons l'arrivée de la capitaine King pour les mettre au courant, et il me paraît opportun que ce soit elle, et non une journaliste, qui leur transmette l'information. Je suis sûre que si vous contactez notre service Presse, ils vous…

Elle est interrompue par un grand éclat de rire dédaigneux.

— Allons, Heather, vous savez fort bien que le service Presse ne sert à rien. Les Sweeney vont vouloir qu'un maximum de gens se mettent à la recherche de Nell, surtout maintenant.

— Il faut laisser les autorités compétentes s'en charger, dit Heather.

— J'ai comme l'impression que les autorités compétentes sont en train de piétiner, sachant que la jeune femme a disparu depuis jeudi…

— Madame Devlin, inutile d'insister. Les Sweeney ne parleront pas à la presse, tranche Heather.

Au même moment, je perçois du mouvement derrière moi puis je vois Stephen s'avancer vers la porte et l'ouvrir.

— Je pense que c'est aux Sweeney d'en décider, non ? dit-il. Est-ce que vous avez appris quelque chose, madame Devlin ? Avez-vous des infos à nous communiquer ?

Manifestement, il n'en faut pas plus à Ingrid pour qu'elle se sente en droit d'entrer chez nous. Ce qu'elle s'empresse de faire, sans un regard pour Heather.

— Monsieur Sweeney, je suis vraiment désolée de venir vous déranger en pareilles circonstances. Vous devez être particulièrement éprouvés. Contrairement à ce que le PSNI voudrait vous faire croire, les médias veulent réellement vous aider à retrouver Nell.

— Je vous ai entendue dire que vous disposiez de nouveaux éléments, dit Stephen. Que savez-vous ?

— Il est sans doute préférable que nous parlions à l'intérieur, dit Ingrid en avançant d'un pas.

Mais Heather fait également un pas en avant de son côté pour l'empêcher de franchir le seuil.

— Madame Devlin, s'il vous plaît, l'implore Heather.

Son ton est sincère.

— Avez-vous vu les vidéos qui circulent sur les réseaux sociaux ? demande Ingrid. Nell figure sur l'une d'entre elles. L'avez-vous vue ?

— Si c'est tout ce que vous êtes venue nous dire, vous perdez votre temps. Oui, nous avons vu cette vidéo. Ce matin, dis-je, dépitée. Ce n'est pas vraiment une nouveauté.

— Est-ce que le nom d'Elzbieta Kowalski vous dit quelque chose ? demande Ingrid.

— Madame Devlin, je pense vraiment que vous devriez laisser le PSNI s'occuper de ça. Il s'agit d'une étape sensible de l'enquête.

Je détecte une pointe de panique dans sa voix.

— Non, dis-je en lançant un regard à Stephen, qui secoue la tête. Qui est-elle ?

— Une source m'a fait savoir que les restes humains découverts hier sont ceux d'Elzbieta Kowalski.

— Madame Devlin ! dit Heather en haussant le ton, déterminée à se faire entendre. La capitaine King va arriver d'une minute à l'autre et, je le répète, il convient que cette information soit transmise par l'enquêtrice principale.

— Nous n'avons jamais entendu parler de... Comment dites-vous ? Elizabeth Kowalski ?

— Elzbieta, mais il semblerait que certains de ses amis l'appellent Eliza, répond Ingrid tout en se hissant sur la pointe des pieds pour regarder par-dessus l'épaule d'Heather.

Elle s'apprête à ajouter quelque chose quand le bruit d'une voiture se garant dans la rue attire notre attention. Je reconnais aussitôt le véhicule de la capitaine King, que je vois accompagnée du major Black. Ils sortent tous deux, suivis d'un agent en uniforme qui était assis à l'arrière.

— Ingrid Devlin, dit aussitôt la capitaine. J'aurais dû me douter que vous n'alliez pas tarder à débarquer ici. Rien ne vous échappe, n'est-ce pas ?

— Rarement, en effet, répond Devlin. J'aimerais pouvoir en dire autant du PSNI, ajoute-t-elle en souriant.

Les deux ont à l'évidence des comptes de longue date à solder, mais je suis à deux doigts de leur dire de se taire. Ce n'est ni le lieu ni le moment pour leurs prises de bec. Tout ce qui m'importe, c'est de savoir qui est cette Elzbieta Kowalski, et ce qu'Ingrid Devlin a à nous dire – ou la capitaine. À dire vrai, je me fiche de savoir qui me fournira l'information, du moment que quelqu'un s'en charge, et vite.

— Soit, dit la capitaine King, le visage impassible. Monsieur et madame Sweeney, voulez-vous bien nous laisser entrer, pour que nous échappions à notre chère journaliste locale ? Nous avons en effet des informations à vous communiquer.

Je me tourne vers Ingrid, qui ne quitte pas Stephen des yeux. Sans trop réfléchir, je fais un pas de côté pour laisser passer les policiers, mais je ne me retourne pas tout de suite pour les suivre. J'observe Ingrid, qui cligne des yeux avant de se détourner de mon mari, puis je sens une main presser la mienne. C'est Heather, qui m'invite délicatement à rejoindre le salon.

— Elzbieta Kowalski travaillait à l'hôpital. Dans le même service que Nell, dit Ingrid en haussant le ton tandis que le major Black lui ferme la porte au nez. Je reste ici, au cas où vous souhaiteriez me parler.

25

LUI

Une semaine plus tôt

Au début, il est soulagé que Doire ne le contacte plus. Il se dit que sa soif de vengeance s'est peut-être laissé distraire par quelque événement dans la vie réelle, qui l'aura détourné de son obsession pour les forums *incels*. Après tout, c'est tout à fait possible. N'est-ce pas ce dont il a lui-même fait l'expérience, avec Natalia ?

Certes, elle n'a pas réglé tous les problèmes du monde, mais grâce à elle, il a le sentiment d'avoir trouvé sa place. De compter pour quelqu'un. D'avoir de l'importance. Mais surtout, grâce à elle, il ne se sent plus invisible. Il a remarqué la façon qu'elle avait de sourire quand il la regardait. Une fois, même, elle l'a attendu dans la salle de repos rien que pour lui dire bonjour, avant de rincer sa tasse et de la déposer sur l'égouttoir. Elle lui avait tendu un mug de thé, préparé exactement à son goût, ayant très vite compris qu'il l'aimait avec un nuage de lait et deux sucres. C'est le genre de petites attentions qui comptent.

Qui sait, Doire a peut-être trouvé quelqu'un comme Natalia. Tous les soirs, il jette un œil au forum pour voir s'il y a de nouvelles vidéos – et s'assurer que Doire n'a rien publié. Il pousse un soupir de soulagement à chaque fois qu'il constate qu'il n'y a rien de nouveau.

C'est silence radio pendant cinq jours, jusqu'à ce qu'un message apparaisse dans sa boîte de réception, ayant pour objet : « Prêt pour le grand jeu ? »

Avant même de l'ouvrir, il sait que ce message ne présage rien de bon. Il pressent que ce qu'il contient est sinistre et fera l'effet d'une bombe sur ce forum d'hommes d'en colère. Et, surtout, que son contenu fera l'effet d'une bombe au sein de la gent féminine, qui ne se doute encore de rien. Sans compter que, vu la localisation de Doire, il sait que ce sont les femmes de Derry qui en feront les frais en premier. Des femmes comme Natalia – qui n'ont rien de froid ou de haineux, et qui ne se prennent pas pour le nombril du monde, contrairement à Jade. Des femmes bienveillantes et attentionnées.

En fait, il estime ne rien avoir à faire avec ça. Il se demande s'il ne devrait pas de nouveau bloquer Doire – voire supprimer son propre compte et faire comme si ce fâcheux épisode n'avait jamais existé et qu'il ne s'était agi que d'une regrettable erreur de parcours. Un genre de dépression, en quelque sorte, qui expliquerait qu'il ait pu avoir des agissements aussi éloignés de sa personnalité.

Mais il sait qu'il ne peut pas faire ça. Il a peut-être fait de grosses conneries, mais il n'est pas con. Il sait qu'il vaut mieux connaître son ennemi. Car il ne fait plus aucun doute que Doire en est un. Ils ne sont pas pareils. Ils ne le seront jamais. L'âme de Doire est bien plus sombre.

Il clique sur le message, qu'il découvre long et devine tortueux. L'estomac noué, il entame la lecture.

> Mec, tu vas vraiment t'en vouloir de ne pas m'avoir suivi sur ce coup-là. Ça promet d'être énorme. Les gens

vont en parler. La presse aussi, probablement. Si ça se trouve, ils en feront même une série télé ou un film. Ce sont mes quinze minutes de gloire à moi. Sauf que ça va durer bien plus longtemps que quinze minutes. J'ai de la ressource.

Pas comme toi. Toi, tu te tires et tu disparais au moment où ça devient vraiment sérieux. Tu voulais vraiment que ça change, ou tu es juste bidon ? Ha ha ! Pas besoin de me répondre. Toi et moi on connaît déjà la réponse.

Ou alors tu penses que tu vaux mieux que moi ? C'est ça ? Tu es du genre à prendre les autres de haut ? Tu te crois supérieur parce que tes petits hashtags de merde font le buzz ? En fait, tu es peut-être tout simplement jaloux, car tu sais que tu n'auras jamais les couilles de faire comme moi. Moi, j'ai la capacité de passer à un niveau supérieur.

C'est le seul moyen pour attirer l'attention des gens. Pour de vrai. Pour qu'ils comprennent qu'on ne plaisante pas, et que ce n'est pas une blague. Voilà trop longtemps qu'on nous prend pour des cons, nous, les hommes. Trop longtemps qu'on se laisse castrer par toutes ces féministes qui se croient en droit de décider de tout, tandis que nous, nous devrions nous excuser d'être nés avec une bite.

Regarde-les, toutes ces nanas qui nous jugent et se foutent de nous : elles vont bientôt en prendre pour leur grade. Elles vont se rendre compte que ce n'est pas notre faute, et qu'elles aussi ont leur part de responsabilité. Toute action entraîne une conséquence, mon ami. On récolte ce que l'on a semé.

Tu aurais pu faire partie de l'aventure. Tu aurais pu écrire une page de l'Histoire. Peut-être que tu voudras toi aussi participer à mon jeu – quand tu verras comment ça se passe, et que tu verras ce que je fais. Mais ça sera trop tard. Tu arriveras trop tard. Tu as loupé le coche, mon pote !

Mais bon, peut-être que j'aurai pitié de toi. Après tout, je te suis redevable. Dans un certain sens, c'est toi qui as lancé le mouvement. Tu as préparé le petit bois pour le brasier, et tu as confié aux autres le soin de l'allumer. Mais si tu demandes gentiment. Si tu me supplies. Oui, c'est ça – je voudrais t'entendre me supplier de te laisser rejoindre cette révolution. Tu vois qui a le pouvoir maintenant, hein ?

Ce ne sera sûrement pas toi, quand tu seras à genoux, à me supplier de te laisser une deuxième chance. Ha ha ! T'inquiète, je rigole – ou peut-être pas. Je viens peut-être de te donner un petit indice. En tout cas, tu le sauras, quand j'aurai pris le pouvoir. Tout le monde le saura.

Tu te souviens de ces « histoires dont vous êtes le héros », où chaque option menait le lecteur à une fin différente ? J'adorais ces livres quand j'étais gamin. Je revenais toujours en arrière pour changer la fin si je n'aimais pas la tournure que prenait l'intrigue. Eh bien, c'est exactement ce que j'ai décidé de faire. Je change la fin. Et les filles aussi, elles vont changer la façon dont ça finit. Sauf qu'elles, elles n'en sauront rien.

Elles ne sauront même pas qu'elles font partie du jeu. C'est ça le plus drôle, non ? Elles se croient gagnantes depuis toutes ces années, alors qu'en fait, elles jouent mon jeu. Notre jeu.

Il relit plusieurs fois le message, en essayant d'imaginer à qui il a affaire. Ce Doire est-il sérieux ou, comme on dit à Derry, « tout en gueule mais sans pantalon » ? Ils sont légion, ces types qui parlent fort mais ne font jamais rien de notable.

Mais il sait fort bien qu'il se leurre en supposant que ce type ne fera rien de plus. Il sait que Doire a déjà donné libre cours à ses impulsions, s'étant imaginé qu'il avait reçu le feu vert pour réaliser tous ses fantasmes. Ce n'est pas comme s'il n'avait pas déjà publié cette vidéo de la fille qu'il fait tomber en la tirant par les cheveux.

Le message lui ayant coupé la soif, il repose sa bière et passe en revue les conversations du forum. Il cherche des indices qui lui permettraient de deviner ce que Doire a en tête. Si seulement il trouvait le moyen de le traquer sans se faire repérer. Mais il a beau avoir le cerveau en ébullition, il n'en voit aucun.

Il parcourt les messages de Doire pour se faire une idée de ce qu'il a publié dernièrement. Il y trouvera peut-être une piste lui permettant de l'empêcher de passer à la prochaine étape de son « jeu ». Après le message qu'il vient de lire, ce qu'il découvre achève de le convaincre que Doire est un psychopathe. Pourtant, il tente désespérément de se persuader qu'il n'y a aucune raison de s'inquiéter, dans la mesure où, à l'évidence, la plupart des types qui hantent les bas-fonds de l'internet ont des tendances psychopathes. Ce qui ne veut pas dire pour autant qu'ils passent tous à l'action : en général ils se contentent de déverser leur rancœur. N'avait-il pas fait la même chose ? Mais il n'avait pas réellement fait de mal à quiconque. Ni enfreint aucune loi.

L'estomac noué, il se replonge dans les différents fils de conversations du forum. Sa colère s'étant dissipée, il peut désormais les considérer d'un nouvel œil. Ces messages, se dit-il, expriment bien plus que de la frustration. Ils sont remplis de haine. Il n'y a pas d'autre mot. Une haine sans filtre, brutale et viscérale. Et au milieu de cette fange haineuse, il retrouve Doire, qui se livre à la description de ses fantasmes les plus vils et dont la créativité dans ce domaine lui vaut de nombreuses louanges. Doire qui attise la curiosité des membres du forum en leur promettant l'arrivée d'un truc énorme.

Se sentant emprisonné dans un piège qu'il aurait lui-même posé, il ne sait que faire. Il choisit néanmoins de ne pas répondre tout de suite. Il doit d'abord soigneusement réfléchir à ce qu'il veut dire. Il ne faudrait surtout pas qu'il aggrave la situation.

Mais il ne peut pas rester naïf plus longtemps. Il doit se préparer au pire, si Doire décidait effectivement de tenir ses promesses.

Il ouvre un nouveau fichier sur son ordinateur, où il enregistre un document Word sur lequel il a copié-collé les messages les plus virulents. Il fait des captures d'écran, note les adresses IP en lien avec les posts de Doire – même si ce n'est jamais deux fois la même. Il essaie non seulement de trouver des indices dans ce qu'a écrit Doire, mais aussi dans les vidéos qu'il a publiées. Il espère ainsi relever des détails qui pourraient lui permettre de l'identifier.

Après avoir relu l'intégralité des anciens messages – que ce soit ceux de Doire ou les siens –, il sent sa bière lui peser sur l'estomac. Car il se rend bien compte qu'il était lui-même près de sombrer dans la folie. Il est à deux doigts de supprimer tous les dossiers, fichiers et liens de ces appareils. Il est même tenté de détruire son disque dur et de se munir d'un nouvel ordinateur portable. S'il sait qu'il est impossible d'effacer l'intégralité de son activité sur internet, il peut en revanche se rendre plus difficilement repérable. Il songe à ses vidéos, notamment à celles où l'on entend sa voix. Ce détail suffirait-il pour qu'on le reconnaisse ? Et si les flics comparaient les vidéos avec les images de vidéosurveillance ? Pourraient-ils remonter jusqu'à lui ? Furieux contre lui-même, il se rend compte qu'il a complètement merdé. Dans les grandes largeurs, qui plus est. Il a pris des risques inconsidérés.

Maintenant, il sait qu'il doit trouver une solution pour se rattraper, car sinon, il risque de tout perdre : Natalia – et tous les espoirs qu'il a fondés sur leur rencontre –, son travail, ainsi que sa carrière. Rien de tout ça ne pourrait être sauvé si ses agissements étaient mis au jour, mais il ne sait pas comment s'y coller sans risquer de se faire démasquer.

Il s'agit désormais d'agir avec prudence, se dit-il. À un moment donné, il avait été question de respect. Ce Doire avait dit le considérer comme une légende, alors il devrait sûrement pouvoir prendre cet angle d'attaque : partir de l'admiration qu'il avait pour lui.

Tout compte fait, il n'a pas grand-chose à perdre. Alors il commence à taper sa réponse.

> J'ai regardé ton chef-d'œuvre. Du grand art. Ces filles ne sont pas près d'oublier la leçon. Elles y réfléchiront peut-être à deux fois maintenant avant de nous sortir leur baratin censé nous faire sentir comme des moins que rien. Il n'y a rien de mal à les remettre à leur place. Même fermement.
>
> Cela dit, si je puis me permettre – et c'est uniquement pour ton bien que je te dis ça –, tu devrais faire attention. Je sais que tu cherches tes quinze minutes de gloire, mais si tu prends ton temps, en adoptant une approche plus mesurée, tu pourras avoir un maximum d'impact. Ne sois pas une étoile filante – fais en sorte qu'on te prenne vraiment au sérieux, et non pour un psychopathe sévissant sur internet.
>
> Il faut que tu voies à long terme. Ne brûle pas toutes tes cartouches d'un coup. Fais preuve d'un peu de

patience. De stratégie. Il ne s'agirait pas que tu t'attires des ennuis – et que tout s'arrête avant d'avoir commencé.

Je te parle en ami.

Il appuie sur « ENVOYER » et se cale sur sa chaise. Il ne sait pas si ça va marcher, mais tout ce qu'il veut, c'est ralentir Doire le temps qu'il trouve un moyen de se sortir de ce guêpier. Peut-être Doire finira-t-il par reprendre ses esprits, songe-t-il. Après tout, personne n'est à l'abri d'un pétage de plombs. Tout le monde connaît un point de rupture. Mais personne n'est irrécupérable. S'il parvient à faire peur à Doire ou à le faire réagir – ou, au moins, à faire appel à sa part d'humanité, si tant est qu'il en ait une – alors le pire sera évité.

Il se rend compte avec épouvante que lui-même était tout près d'atteindre le point de non-retour. Parfois, quand il se réveille au beau milieu de la nuit, assailli par des images de femmes livides marchant dans la nuit sous la pluie, transies de peur, la voix tremblante, il se demande si, en vérité, il n'a pas déjà franchi ce cap. Alors il repense à Natalia, à son doux sourire, à leur relation naissante. À son oreille attentive. Elle est pure. Pure et digne. Elle pourrait être celle qui le sauvera. Elle lui donne envie d'être une meilleure personne.

Il a réussi à s'extraire du gouffre dans lequel il était tombé, alors il veut croire que Doire peut le faire aussi.

Perturbé, il allume d'abord la télé. Puis il essaie de lire, tente de se noyer dans le travail, pour finir par se plonger dans son moteur de recherche pour essayer de comprendre comment ces foutus forums parviennent à exister en toute impunité – même s'il sait fort bien que des pans entiers du Web se contrefichent des réglementations.

Il n'arrive pas à trouver le sommeil. Sa bière lui a laissé un goût amer et il n'a pour ainsi dire plus d'appétit. Quand Natalia lui envoie un SMS pour lui redemander le nom de la série qu'il lui a recommandée, il répond aussi succinctement que possible. Certes, elle pourrait le sauver, mais ce faisant, ne risque-t-elle pas d'y perdre des plumes s'il s'avère qu'il a le cerveau encore plus détraqué qu'il ne l'imagine ? Dans un autre monde – un monde où elle ne lui aurait pas souri ce jour où il était arrivé au bureau –, lui aussi aurait pu être Doire.

Il sursaute en entendant l'arrivée d'un nouveau message sur son ordinateur. Doire lui a répondu. En espérant que sa stratégie a fonctionné, il ouvre le message – et regrette aussitôt son geste.

> Tu n'as pas à me dire ce que je dois faire. N'essaie pas de me contrôler. Ce que tu n'arrives pas à encaisser, c'est que le mouvement ait maintenant beaucoup plus d'ampleur que tes pauvres petites vidéos merdiques. C'est MOI que les gars admirent désormais. C'est MOI qu'ils écoutent. Toi, tu fais partie de la préhistoire. Je n'ai pas besoin d'économiser mes « cartouches ». Ce que je veux, c'est tout faire péter. « Fonce dans le tas ou rentre chez toi », qu'ils disent. Alors voilà : moi je vais foncer dans le tas, et toi tu n'as qu'à rentrer chez toi.

C'est sans grande surprise qu'il constate que Doire le bloque juste après qu'il a lu son message. Il meurt d'envie de disparaître de ce forum une bonne fois pour toutes, mais il sait qu'il ne peut pas. Un truc énorme va se produire. Plus rien ne peut arrêter Doire.

Alors il se crée un nouveau compte, pour continuer de voir ce que publie Doire. Il n'a pas à attendre longtemps.

Ce qu'il découvre est une sorte de manifeste. Un appel à la mobilisation générale. Une invitation à le suivre.

Il plonge la tête entre ses mains, se demandant à quoi il a donné naissance. Il n'aurait jamais voulu que ça aille aussi loin.

> J'en ai marre de ces gonzesses qui passent leur temps à nous rabaisser et à nous dire qu'on est des moins que rien. Qu'on compte pour du beurre. Marre qu'elles nous mettent tous dans le même panier. Marre de #MeToo et de ces femmes qui lèvent les yeux au ciel quand on ose leur faire remarquer que tous les hommes ne sont pas comme ça. Non, nous ne sommes pas tous des pervers ou des oppresseurs. Nous n'avons pas choisi le monde dans lequel nous vivons. Nous ne sommes pas fautifs. Arrêtez de nous rendre coupables de tout ce qui cloche dans vos vies de merde. Arrêtez de vous foutre de nous. Arrêtez de nous éliminer avant même de nous connaître. Et, bordel, arrêtez avec le « deux poids, deux mesures ». Vous réclamez l'égalité, mais le moment venu, vous voulez encore qu'on vous traite comme des princesses.
>
> Il faut que les femmes comprennent qu'elles sont responsables de leurs actes. Qu'elles aussi ont leurs torts. Qu'à elles aussi il arrive de merder. C'est ce qu'on doit leur montrer. On doit le leur faire comprendre avant qu'on soit tous transformés en eunuques soumis.
>
> Je vais leur montrer, moi, que chacune de leurs actions entraîne une conséquence. Je vais leur montrer qu'elles ont poussé le bouchon trop loin. Il ne tient qu'à elles de faire marche arrière. Elles disent avoir le pouvoir ? Mais en fait nous en avons plus qu'elles. Juste retour des choses.
>
> Pour ce qui est de ces vidéos virales, disons que c'était un bon début, rien de plus. Des enfantillages. Il est

temps que les grands garçons prennent les choses en main. Le jeu va prendre une tout autre dimension – et c'est nous qui fixons les règles.

Je peux compter sur vous ?

Les réponses affirmatives fusent. Il n'est plus question d'arrêter la machine.

26

MARIAN

Mercredi 3 novembre
Disparue depuis six jours

Les policiers intensifient leurs efforts à l'hôpital. Ils effectuent des vérifications auprès du personnel, et s'intéressent notamment à celles et ceux dont Nell s'était rapprochée, avec qui elle travaillait, ou avec qui elle aurait pu être en contact. Ils sont à l'affût du moindre élément qui pourrait clocher ou du moindre indice qui pourrait révéler un comportement violent. Mais à nouveau, nous ont-ils mis en garde, nous ne devons pas nous faire trop d'illusions, l'ensemble des salariés de l'hôpital ayant fait l'objet de vérifications par le PSNI en amont de chaque entretien individuel. Leurs casiers judiciaires auront donc déjà été dûment contrôlés. Et vu le nombre considérable d'intérimaires et de visiteurs, rien ne permet de dire que nous ayons affaire à un salarié de l'hôpital. Chaque jour, des milliers de personnes franchissent les portes de l'établissement. Chacune d'entre elles est un suspect potentiel.

Mais c'est la seule piste à laquelle ils puissent se raccrocher pour l'instant. Je n'ai donc d'autre choix que de placer tous mes espoirs sur le fait qu'ils trouveront quelque chose – et vite. Il ne peut s'agir d'une simple coïncidence qu'Elzbieta ait également travaillé à l'hôpital. Il y a donc de très fortes chances que le monstre qui a profané son corps soit aussi celui qui détient Nell. Mon estomac se noue.

Il me démange de partir moi-même à sa recherche. J'ai besoin d'agir. De faire du porte-à-porte, d'inspecter les hangars désaffectés, de sonder les friches recouvertes de broussailles avec un bâton en criant son nom, jusqu'à ce que je l'entende me répondre : « Maman, je suis là ! »

Je voudrais tant la voir franchir le pas de ma porte, le visage rouge de honte. Je voudrais l'entendre me dire qu'elle n'avait jamais voulu nous inquiéter, mais qu'elle avait juste voulu prendre un peu l'air, et que des vacances de dernière minute s'étaient présentées, et qu'elle avait oublié son téléphone portable, mais que ce n'était pas un souci car son nouveau pote avait tout payé...

Mais j'ai aussi envie de l'engueuler. Et pas qu'un peu. Je voudrais qu'elle sache à quel point elle s'est montrée égoïste et immature ; que nous étions morts d'inquiétude, et que la police est à sa recherche depuis six jours. Je voudrais crier, hurler, lui sonner les cloches, avant de la prendre dans mes bras en sanglotant, et lui dire que j'avais cru l'avoir perdue à jamais, et que ç'aurait été la pire souffrance qui soit.

Je veux pouvoir être une maman-louve. Je veux prendre mon rôle de mère d'une adulte avec moins de distance pour, au contraire, surveiller de près tous les aspects de sa vie. Je veux que le visage de Stephen retrouve sa sérénité. Je veux que nous nous réunissions, en famille, et que nous abordions les sujets qui fâchent. Les fissures dans nos fondations. Les erreurs que nous avons commises. La part de responsabilité portée par chacun d'entre nous. Je veux que nous allions de l'avant, tous les trois. Je veux pardonner à Stephen, mais pour le laisser partir vivre la vie qu'il mérite.

Je ne veux pas qu'il se sente le devoir de rester pour moi, à l'approche de la vieillesse – sentiment qui serait exacerbé par la perte tragique de notre fille. Comment pourrions-nous nous séparer maintenant, dans les plus horribles des circonstances ? Et si sa colère ne faisait que décupler et qu'il reportait cette colère sur moi, comme il l'a déjà fait par le passé ? « Tu es vraiment une cible facile », m'avait-il lancé un jour où il s'était montré particulièrement cruel. « Tu n'as même pas le cran de te battre. » J'avais d'autant plus été touchée au vif que c'était vrai. Du moins était-il parvenu à me le faire croire. Son emprise psychologique sur moi était telle que j'avais fini par me persuader que je ne méritais rien d'autre qu'un châtiment éternel pour ne pas correspondre à l'idée qu'il se faisait de la perfection.

Il ne m'aime pas – pas plus que je ne l'aime. Je ne l'aime plus. Plus assez, en tout cas, et pas pour les bonnes raisons. Cela dit, de même que je n'ai pas eu le courage de me battre, il n'a jamais eu le cran de partir. Si nous sommes amenés à mobiliser tous ces efforts – se battre, faire preuve de courage – dans le simple but de survivre dans un monde sans notre fille, comment pourrions-nous prendre nos distances l'un vis-à-vis de l'autre, alors même que nous en avons tant besoin ?

Je voudrais lui dire que c'est fini. Que nous méritons tous deux mieux. Ma peine d'alors s'est estompée, submergée par la conviction que ce que nous devons affronter aujourd'hui est bien pire que tout ce que nous nous sommes fait par le passé. Également supplantée par l'amer constat que nous étions aussi, d'une manière ou d'une autre, coupables de ne pas avoir voulu voir l'abîme qui s'était depuis longtemps creusé dans notre couple.

Qu'en aurait-il été, si nous n'avions pas vécu enfermés dans cette cocotte-minute de souffrances et de rancœurs ? Peut-être que Nell ne serait pas partie si tôt. Elle serait toujours sous notre toit, et j'aurais pu m'assurer de sa sécurité. Peut-être que nous ne nous serions pas retrouvés dans cette situation : assis dans cet endroit épouvantable – la salle de séminaires d'un hôtel du centre-ville, impersonnelle au possible. Nous avons les yeux rivés sur cette longue et surréaliste table à tréteaux, derrière laquelle se trouvent quatre chaises. Les bannières portant les logos et les coordonnées du Service de police d'Irlande du Nord forment une toile de fond pour le moins sinistre.

Une photo de notre fille, en gros plan, a été placée sur un autre chevalet. Sous son nom, un numéro de téléphone invite les gens à appeler pour transmettre toute information utile à l'enquête. Je ne quitte pas la photo des yeux. Je tente d'enregistrer les moindres détails de son visage – les petits plis autour des yeux. Son nez parsemé de taches de rousseur. La minuscule cicatrice sur sa joue gauche – souvenir d'enfance laissée par la varicelle. Je regarde ses yeux bleus, mouchetés de vert et de gris. Je peux en distinguer les moindres nuances de couleur, maintenant que s'offre à ma vue son visage agrandi plusieurs fois. J'observe l'infime déviation d'une de ses incisives – qui ne justifie pas la pose d'un appareil dentaire mais constitue néanmoins un signe distinctif. Je m'empêche aussitôt de penser à Elzbieta Kowalski et au fait que son identité a été confirmée grâce à sa denture.

Je contemple le portrait de Nell, figé dans le temps, et je repense à toutes les versions que j'ai connues de cet être magnifique. Il y avait d'abord eu le minuscule nourrisson. Puis le bambin curieux et expressif. L'écolière timide. Ma fille. La jeune femme pompette après avoir bu un verre de vin en compagnie de Clodagh pour fêter leur entrée à l'école d'infirmières. La jeune femme me disant que j'avais le droit de le quitter. La jeune femme qui avait tant à offrir au monde. Je me demande ce que voit Stephen quand il la regarde.

La capitaine King a été très gentille avec nous après qu'Ingrid Devlin a été forcée, *manu militari*, de quitter notre domicile. Elle nous a appris qu'Elzbieta était une étudiante originaire de Pologne, et qu'elle faisait partie du personnel d'entretien de l'hôpital d'Altnagelvin. Elzbieta avait vingt-quatre ans. Elle était belle. Sans histoires. Consciencieuse.

Personne n'avait signalé sa disparition car elle fréquentait peu de monde et avait pris une semaine de vacances à ce moment-là. Constatant son absence au moment de sa prise de service lundi dernier, son supérieur avait tenté de la joindre par téléphone et lui avait laissé un message. Ses collègues avaient pensé qu'elle en avait eu assez, de jouer les femmes de ménage, et qu'elle était rentrée en Pologne. Elle avait le mal de pays, a ajouté la capitaine, ce qui m'a fendu le cœur. Son pays, elle n'a jamais pu le revoir.

Lorsque la police a lancé un appel à témoins détaillé dans le but d'identifier la femme dont le corps sans vie a été retrouvé hier, une de ses collègues de travail a contacté un policier qui interrogeait les employés de l'hôpital au sujet de Nell, pour lui dire qu'elle non plus n'avait pas repris le travail.

Elzbieta faisait le ménage dans le service de chirurgie, où travaillait également Nell. Une telle coïncidence a forcément attiré l'attention des policiers, leur a dit la capitaine King, et ils se sont alors rendus à son domicile, où ses colocataires leur ont révélé qu'aucun d'eux ne l'avait vue depuis plusieurs jours.

Un de ses colocataires leur ayant appris qu'Elzbieta s'était fait soigner une carie un mois plus tôt, les policiers ont été en mesure de confirmer son identité en utilisant ses données dentaires. J'essaie de ne pas songer à la conversation téléphonique – forcément pénible – qu'ils ont dû avoir avec sa famille en Pologne.

Au lieu de cela, je m'efforce de garder les yeux braqués sur la photo de ma fille, et j'évite de regarder, de l'autre côté de la table, celle d'Elzbieta, dont le visage pâle est encadré par ses cheveux châtain foncé. Son sourire est timide, mais chaleureux. Ses yeux sont d'un vert profond. C'était vraiment une très jolie jeune femme… Cette pensée m'est insupportable. Je sens la bile refluer de mon estomac. J'ai beau avoir le ventre vide, j'ai l'impression que je pourrais avoir la nausée à tout instant, comme s'il me fallait expulser ma douleur pour éviter qu'elle ne m'étouffe de l'intérieur.

Une pression sur ma main – celle de Stephen dans la mienne – me ramène à la réalité, et au fait que je suis en train de scruter le portrait de ma fille en espérant qu'il ne soit pas trop tard, et que nous la reverrons. Oh, mon Dieu, j'ai tant besoin de la revoir.

— Ça va ? me demande Heather.

Je secoue la tête. Quelle question stupide. Comment pourrais-je aller bien ? Mais Heather le sait, bien sûr. Elle sait que je suis dévastée, et veut simplement savoir en cet instant précis si je suis en état de faire ce qu'on attend de nous.

— Ça ira, oui, dis-je d'une voix à peine audible en saisissant le verre d'eau tiède devant moi pour boire une gorgée, car j'ai la bouche sèche et la gorge en feu.

Je repense à toutes les fois où j'ai regardé des conférences de presse de la police retransmises à la télé. Des parents et des conjoints, en larmes, supplient leur être cher de revenir à la maison, en faisant semblant de croire que la personne disparue, où qu'elle soit, est libre de partir et de sauter dans un bus pour retourner auprès d'eux. Comme si les larmes d'un parent suffisaient à faire changer d'avis un kidnappeur.

— Contentez-vous de parler de Nell, me dit le commandant Bradley. (Je me tourne vers lui en plissant les yeux, terrifiée par cette situation dantesque.) Le texte préparé par Stephen est parfait. Il dit tout l'amour que vous portez à votre fille, et rappelle à quel point elle est appréciée à l'hôpital. Surtout, ne vous emportez pas, ne laissez pas libre cours à votre colère contre le ravisseur – il y a de fortes chances que ce dernier soit un déséquilibré. Je sais bien que vous avez probablement envie de le tuer en cet instant, mais il est préférable de ne pas se le mettre à dos. S'il s'agit bien de celui qui a également kidnappé Elzbieta, alors nous savons qu'il est capable de tuer. Nous devons agir avec prudence, ajoute le commandant Bradley.

À l'évocation du mot « tuer », je me fige, comme si mes nerfs étaient à vif.

À l'évidence, ce n'est pas la première fois qu'il se livre à cet exercice. Ces mots ne l'affectent pas. Sa voix est grave, posée, rassurante. Je me demande s'il sort le même discours à chaque fois.

Stephen prend à nouveau ma main dans la sienne, que je sens chaude et moite. Il me la serre un peu trop fort. L'estomac noué, je comprends que si Nell ne revient pas, je n'aurai plus que lui. Il sera la seule personne en mesure de comprendre ce que je ressens. Ce n'est pas le genre de lien que je souhaite avoir avec quiconque.

— Mme Devlin posera la première question, m'informe le commandant, non sans une pointe de dégoût dans la voix.

J'ai entendu la capitaine King lui faire le récit de la visite impromptue d'Ingrid, ajoutant qu'il valait mieux essayer de ne pas se la mettre à dos. Moi, je la trouve plutôt polie, mais je ne suis pas la mieux placée pour juger, ne m'étant jamais retrouvée au milieu d'une tempête médiatique.

— Nous l'avons dûment mise en garde sur les questions qu'elle peut – ou non – poser, ajoute-t-il. Les questions venant de la presse nous seront adressées directement, à la capitaine et à moi-même. Vous n'aurez pas à y répondre. Tenez-vous-en à votre courte déclaration. Nous ferons en sorte que cela ne dure pas trop longtemps, car nous voulons que ça passe aux infos du soir. Toutes les rédactions voudront ouvrir leur journal avec, ce qui joue en notre faveur.

Je tente de rester concentrée sur Ingrid Devlin et sur ses confrères. Je veux tout mettre en œuvre pour que cette conférence de presse se passe au mieux. J'essaie de ne pas penser à tous ces gens qui vont scruter nos visages accablés de douleur en se demandant si nous dissimulons quelque chose. J'essaie de ne pas penser au ravisseur – car, en mon for intérieur, je sais qu'elle a été enlevée. Verra-t-il ces images ? Prendra-t-il un plaisir pervers à voir notre douleur ? S'amusera-t-il à les lui montrer, par pur sadisme ?

— Marian…

Je suis à nouveau ramenée à la réalité par la voix de Stephen. En me tournant vers lui, je constate qu'il se frotte la main avec laquelle il avait tenu la mienne, comme si elle était douloureuse. L'aurais-je un peu trop serrée en retour ? Peut-être. Dans un murmure, je lui dis que je suis désolée, car c'est exactement ce que je ressens. Je suis tellement désolée. Pour tout.

— Il est temps de s'y mettre, dit-il, sans relever.

J'acquiesce d'un signe de tête, je me lève et je m'avance vers le devant de la salle. Cette fois, il ne me prend pas la main. Tout devient flou à la périphérie de mon champ visuel. J'entends les appareils photo crépiter tandis que le silence se fait dans la salle. Je voudrais fuir. Mais je ne peux pas.

27

LUI

Mardi 2 novembre
Un jour plus tôt

Il a passé une horrible journée au boulot. S'il pouvait, il prendrait ses cliques et ses claques et il n'y remettrait plus les pieds. Il envisage sérieusement d'embarquer le strict minimum dans son sac à dos et de se casser. Il pourrait recommencer à zéro ailleurs et laisser derrière lui toute cette sombre histoire.

Il a dormi à peine une heure d'affilée depuis hier. Il sait qu'il est temps de mettre un terme à tout ça, et qu'il est en mesure d'empêcher que ça ne dégénère. Il peut arrêter le phénomène avant qu'il ne fasse davantage de dégâts. Après ce qu'il a vu aujourd'hui, il sent des nuages noirs s'amonceler au-dessus de sa tête.

— Ça va? lui a demandé Natalia juste avant qu'il ne rentre chez lui.

Il s'est tourné vers elle. Il ne savait pas comment lui répondre honnêtement, mais ne voulait pas non plus lui mentir. Il a secoué la tête.

— La journée a été rude; j'ai mal à la tête. Je pense que ça ira mieux après une bonne nuit de sommeil, a-t-il dit.

Il savait cependant fort bien qu'il n'avait aucune chance de trouver le sommeil.

Doire avait tenu promesse. Il avait commencé son jeu et faisait en sorte que les gens y prêtent attention.

Il avait espéré se tromper, mais quand il avait entendu qu'on avait retrouvé le cadavre d'une femme – calciné au point d'empêcher toute identification immédiate –, il avait eu envie de vomir. Car son instinct lui disait que Doire était impliqué.

Il avait mis son projet à exécution.

La boule au ventre, il se reconnecte au forum. Il est à peu près certain que si Doire, comme il le soupçonne, est derrière cette folie macabre, il sera incapable de rester silencieux. Les gens comme lui ont un besoin vital d'attirer l'attention sur eux, et n'a-t-il pas dit que son but était de se faire remarquer ? Il veut devenir célèbre – tristement célèbre – et qu'on se souvienne de lui.

Si seulement il l'avait vraiment pris au sérieux et agi en conséquence, au lieu de se contenter de réunir des adresses IP et des captures d'écran de ses propos délirants. Il aurait pu éviter le pire à cette pauvre jeune femme. Il se dit qu'il est peut-être encore temps de faire en sorte que cela ne se reproduise pas. Il y a, en effet, une autre jeune femme portée disparue. Se pourrait-il que Doire l'ait également séquestrée ? Il devrait en avoir le cœur net grâce au forum. Il passe en revue les nouveaux messages. Les types sont en transe. L'un d'eux a clairement lâché une bombe, et il ne tarde pas à la trouver. S'être constitué une véritable cour constitue sa vengeance : il se délecte de cette nouvelle notoriété.

> En voilà une à qui j'ai réglé son compte. Le jeu est ouvert, les gars ! Ça lui apprendra. Et les autres ne sont pas près d'oublier.

Pourtant, je n'ai pas arrêté de lui laisser sa chance. Mais elle persistait à faire les mauvais choix. Si seulement elle avait joué en respectant les règles – les choses auraient pu finir différemment. Mais voilà, il y a des gens qui ne veulent pas apprendre, n'est-ce pas ?

Désolé de ne rien avoir posté sur elle ces derniers jours. En fait, je préférais régler les derniers détails. Je ne savais pas exactement comment ça allait se passer. Elle aurait pu me la faire à l'envers.

C'est une fille intelligente, vous savez. Et sexy. Avec un de ces petits accents ! Ça me rendait dingue.

Sa première erreur a été de m'envoyer bouler quand je lui ai proposé d'aller prendre un verre. Si elle avait dit oui, ou au moins refusé poliment, ç'aurait été différent. Mais elle m'a quasiment ri au nez – comme si elle se croyait supérieure. Pourquoi tant de femmes se croient-elles supérieures à nous ? Pourquoi ne nous respectent-elles plus ?

Il est temps qu'on se fasse à nouveau respecter – par tous les moyens. Puisqu'elle avait enfreint une première règle, je n'avais pas d'autre choix que de l'emmener de force. Elle ne peut s'en prendre qu'à elle-même. Le règlement, c'est le règlement. Ce n'est pas négociable. Pas dans ce jeu en tout cas.

En plus, figurez-vous qu'elle a tenté de me résister. Elle était beaucoup plus coriace que je ne l'avais imaginé. Il faut au moins lui accorder ça. Si au moins elle avait été polie et docile, les choses n'auraient pas fini comme ça. Mais la petite garce m'a craché à la gueule ! Elle refusait de m'écouter. Les règles étant ce qu'elles sont, j'ai dû l'attacher. Putain, les gars, ç'a été le plus grand kif de ma vie – en revanche, elle n'a pas vraiment apprécié, c'est le moins qu'on puisse dire…

C'était pourtant écrit d'avance : chaque action entraîne une conséquence. Quand je le lui ai dit, elle s'est foutue de ma gueule. Encore une erreur.

> Vous voyez, ce n'est pas ma faute. Même si j'assume ce que j'ai fait. Et ça m'a plu. J'ai adoré en faire mon jouet. J'aurais adoré vous laisser jouer avec elle aussi. Je pense que vous auriez également kiffé. Peut-être que vous avez tous envie de rejoindre le jeu, maintenant. Qui sait, je pourrais tous vous inviter à participer – du moment que vous jouez en respectant les règles.

Il s'enfonce dans le canapé, sans quitter des yeux l'écran de son ordinateur. Son angoisse a cédé la place à la nausée. Ce type est taré. Il vient tout simplement d'avouer, à demi-mot, être responsable de la mort de la femme dont le corps repose actuellement à la morgue de l'hôpital d'Altnagelvin, en attendant d'être transféré à Belfast pour être autopsié. C'est forcément ce dont il parle. Laissant échapper un juron, il décide de répondre au message, tout en sachant que sa réponse risque d'être noyée dans le déluge de messages qui inondent l'écran. Voilà bien longtemps qu'il n'y a pas eu une telle activité sur ce forum – il n'y en a peut-être jamais eu autant.

Des types réclament davantage de détails. Des photos. Ils veulent savoir s'il a fait une vidéo. Se demandent ce qu'il veut dire quand il affirme lui « avoir réglé son compte » ? D'autres voient en lui une « légende », un « héros », font de lui un « dieu ». Mais aucun d'entre eux ne se doute de la monstruosité de ce qu'il a fait. Il a été suffisamment malin pour ne poster aucun détail qui permettrait de le confondre. Le forum est très bien protégé – dissimulé dans les profondeurs du *dark Web*, à l'abri des regards indiscrets de ceux qui s'évertuent à ne pas vouloir sortir du cadre strict de la loi.

« Est-ce que ça a quelque chose à voir avec le cadavre retrouvé aujourd'hui en Irlande du Nord ? » écrit-il en essayant de rester vague. Il préfère éviter que Doire ne le démasque, mais il voudrait en avoir le cœur net. Il voudrait l'amener à fanfaronner encore davantage, pour qu'il se trahisse et divulgue davantage de détails.

Il n'obtient aucune réponse. Il a beau vérifier son écran régulièrement à chaque fois que la page se rafraîchit, il ne trouve aucun nouveau message de Doire. Il sait qu'il n'a plus une minute à perdre : il doit aller à la police dès maintenant, avec les informations qu'il a en sa possession. Avant que ce cinglé ne fasse une nouvelle victime. Après tout, la petite Sweeney n'a toujours pas été retrouvée.

Son téléphone est posé à côté de lui sur le canapé. En un seul appel, il sait qu'il pourrait mettre en branle une série d'actions susceptibles de mettre un terme à ce jeu débile et dont il ignore tout. Les yeux rivés sur l'écran, il s'adjure intérieurement de trouver le courage pour passer à l'acte.

Il prend son téléphone, le déverrouille en apposant son doigt, puis prend une grande inspiration avant de faire défiler son répertoire, tout en réfléchissant à ce qu'il va dire.

« Alors, voilà, il y a un type sur internet – non, je ne connais pas son vrai nom. Ah, au fait, ça se passe sur le *dark Web*. Comment je suis au courant ? Alors, heu… Il se trouve que… Bon, il y a un type sur internet qui déteste les femmes. Il leur voue vraiment une haine absolue, et… Oui, je sais bien, c'est le cas de neuf hommes sur dix sur Twitter ; sauf que ça ne se passe pas sur Twitter, et que le type est du coin. Il habite ici. Il fanfaronne en disant qu'il prépare un truc énorme. Il veut en découdre avec les femmes. J'ai ses vidéos… »

Il voit d'ici la tête de sa cheffe. Son haussement de sourcil, l'air de dire qu'elle n'est guère surprise d'apprendre qu'il est un pauvre gars qui traîne sur le *dark Web* pour discuter avec des *incels* sur la masculinité toxique et sur les méfaits du féminisme.

Le voilà partagé. Tout compte fait, ce n'est pas un exercice facile, et il ne sait pas très bien quoi faire. Non, ce n'est pas vrai. Il sait exactement ce qu'il doit faire. Il n'y a qu'une seule chose à faire.

Mais voilà, il ne peut s'y résoudre.

Peut-être est-il, comme il le craignait, un être faible. Si ça se trouve, depuis tout ce temps, le problème ne venait pas de ces femmes qui se moquaient de lui. Ce n'est peut-être pas une voix féminine qui le narguait chaque soir pour fustiger ses défauts, qui sont nombreux. La voix prépondérante est peut-être la sienne, en fin de compte.

À bout de nerfs, il balance son téléphone qu'il voit se briser en éclats contre le mur puis tomber par terre.

— Putain ! hurle-t-il. Putain de merde !

28

NELL

Mercredi 3 novembre
Disparue depuis six jours

Je fais tout ce que je peux pour me réchauffer. J'arpente la pièce – ma cellule – de long en large, si bien que je me retrouve avec la cheville à vif à cause des frottements de la chaîne. Des traînées de sang creusent un sillon à travers la poussière qui recouvre mes pieds, avant de laisser des marques rouges sur le sol.

Je m'efforce aussi d'agiter les mains en tous sens, dans le but de rester en mouvement à tout prix pour stimuler ma circulation sanguine. À un moment donné, je me suis même retrouvée à danser, à moitié hystérique, en chantant « Can't Get You Out of My Head » de Kylie Minogue, en essayant de me rappeler la chorégraphie que nous avions mise au point, avec Clodagh.

J'avais été prise d'un fou rire, qui avait cependant vite dégénéré en sanglots mêlés de hurlements. Je me fichais éperdument de savoir que j'enfreignais ses foutues règles. Je n'allais quand même pas attendre les bras croisés qu'il s'en prenne de nouveau à moi. J'ai hurlé jusqu'à n'en plus pouvoir. J'en ai la gorge tout irritée. Je me suis époumonée dans le vide jusqu'à ce que je sois certaine que mes cordes vocales étaient sur le point de se rompre.

Mais personne n'était venu. Ni pendant les longues heures où mon cachot était resté plongé dans l'obscurité. Ni au moment où un infime rai de lumière avait filtré sous la porte et où je m'étais allongée, épuisée, tandis que je sentais souffler sur moi un courant d'air continu.

Personne n'est venu de la journée. Le radiateur à gaz me nargue. Je serais même prête à endurer son odeur pestilentielle si c'était le prix à payer pour avoir chaud. J'ai fini la bouteille d'eau qu'il m'a donnée hier. Je l'ai finie ce matin. J'ai bien tenté de la faire durer le plus longtemps possible, mais j'avais soif – et faim. Il ne me donne pas beaucoup à manger. Hier, il m'a juste laissé deux sandwiches industriels, datés de la veille. Eux aussi j'ai tenté de les faire durer, me contentant d'un demi-sandwich à chaque repas alors que j'étais si affamée que j'aurais aisément pu les engloutir tous les deux en une seule fois, sans pour autant être rassasiée.

Je n'ai rien avalé depuis le déjeuner. Ça, j'arrive encore à le gérer, mais je ne peux pas en dire autant du manque d'eau. J'ai la gorge si irritée que je donnerais tout pour une gorgée d'eau fraîche. Ces quelques gouttes me feraient un bien fou et, avec un peu de chance, j'en oublierais la faim qui me tenaille depuis un bon moment.

Je n'ai pas encore essayé, mais si je ne vois rien venir rapidement, je regarderai si j'arrive à soulever le réservoir des toilettes pour y prendre un peu d'eau fraîche. L'idée me soulève le cœur, mais après tout, c'est une source d'eau potable. Et vu le froid qu'il fait dehors, elle risque d'être suffisamment fraîche pour calmer la douleur que j'ai au fond de la gorge.

Dormir. Je voudrais tant pouvoir m'endormir. Et pas uniquement pour oublier le froid. J'ai la peur au ventre. Tout ceci est un épouvantable cauchemar. Mais voilà, que ce soit les élancements que je ressens dans mes os, les entailles sur mes chevilles ou la crasse et la poussière qui m'irritent les yeux, tout me rappelle que je ne suis pas en train de rêver.

Je suis parfaitement réveillée. Et j'attends.

« L'attente, c'est ce qu'il y a de pire. » Voilà ce que je dis tout le temps aux patients et à leurs familles. Aux patients, quand ils attendent que les brancardiers les emmènent au bloc, et aux familles, quand elles attendent que les brancardiers les ramènent.

Ils acquiescent toujours d'un signe de la tête. Souvent, nous échangeons aussi un sourire – minuscule geste de solidarité. Mais jusqu'ici, je ne pense pas que je réalisais vraiment ce que je disais. Après tout, je n'avais encore jamais eu à attendre quoi que ce soit de si important.

Rien qui soit lié à des questions de vie ou de mort, en tout cas. Pas comme ces familles qui doivent patienter pendant que leurs proches se font charcuter, se voient enlever tel ou tel organe, diagnostiquer telle ou telle complication, inciser de part en part, avant d'être recousus. Tout ça sur une table d'opération, leur vie livrée aux mains d'un étranger.

Un peu comme ma vie, en ce moment, tandis que j'ignore quand il reviendra – si tant est qu'il revienne. Le rai de lumière sous la porte s'est à nouveau obscurci.

Aussi étrange que cela puisse paraître, je suis tétanisée à l'idée qu'il ne revienne jamais. Même s'il me terrifie, et même si je lui voue une haine absolue, la possibilité qu'il me laisse tout simplement mourir de faim ou de froid me terrifie encore davantage. La température ne cesse de baisser – à moins que ce soit moi qui ne parvienne plus à me réchauffer. Affaibli par la faim et la fatigue, mon corps a épuisé toutes ses réserves. Pourtant, je refuse de mourir ainsi. Et si personne ne me retrouvait ? Et si cet endroit devenait ma tombe ?

J'ai tenté d'en appeler à ce qui peut subsister d'humanité en lui. Car je suis certaine qu'en cherchant bien, il est encore possible d'en trouver. Il paraissait tellement normal, au travail, voire sympa. Il était toujours poli, timide – parfaitement inoffensif.

Avec moi, il était toujours chaleureux, mais sans excès. Il avait tendance à rougir quand on parlait, ce que je trouvais plutôt mignon. Mais Lucy, une des élèves infirmières de troisième année, trouvait qu'il y avait quelque chose de louche chez lui. Notamment dans la façon qu'il avait de la regarder. « Il me fait grave flipper », avait-elle dit avec son accent belfastois à couper au couteau. Elle avait été si peu discrète qu'à mon avis il avait tout entendu. Il venait de sortir du bureau des infirmières et je suis sûre de l'avoir vu marquer une pause avant de continuer.

Quand j'y repense, je suis également certaine qu'Elzbieta aussi était là. Oui, sans aucun doute. Elle avait éclaté de rire en entendant l'expression et s'était amusée à la répéter, sans toutefois réussir à parfaitement imiter l'accent nord-irlandais.

— J'adore ta façon de parler, avait-elle dit.

J'avais lancé un regard noir à Lucy, mais elle m'avait ignorée et avait enchaîné sur son dernier rendez-vous amoureux. Lucy était frivole, dragueuse ; en bref, tout ce que je ne suis pas. Elle avait une confiance en elle à toute épreuve.

Je ne sais pas pourquoi, mais quand je l'avais vu la fois suivante, j'avais ressenti le besoin de m'excuser au nom de

Lucy. Il avait rougi en me disant que ce n'était pas grave. Puis, nous avions eu une conversation un peu laborieuse sur une nouvelle série policière qui avait débuté la veille à la télé. Il cherchait ses mots – plus que de raison –, ce qui n'avait fait qu'accroître ma pitié. À l'évidence, sa confiance en lui avait été sérieusement entamée par la remarque acerbe de Lucy.

Vu que je ne suis pas non plus très sûre de moi, il me semblait pouvoir comprendre ce qu'il ressentait. J'ai donc essayé d'être gentille avec lui, ce qui explique je n'aie pas osé décliner son invitation – de peur d'anéantir le peu qu'il lui restait d'amour-propre – quand il m'a proposé de venir dîner chez lui. Je n'ai pas dit à Lucy – ni à personne d'autre, en fait – où j'allais ni avec qui. Après tout, c'était censé être une soirée « en amis ».

Lucy et mes nouveaux « amis » (je réalise aujourd'hui que j'ai été stupide de les considérer comme tels) n'auraient pas compris. Ils se seraient carrément foutus de moi. Et Clodagh ? Eh bien, disons qu'il y avait de l'eau dans le gaz entre elle et moi, depuis que je m'étais mise à fréquenter Lucy et sa bande. J'avais eu besoin de vivre des choses différentes. D'être un peu moins sage. De prendre des risques.

Je suis en train de le payer. Et pas qu'un peu.

J'aurais envie de pleurer mais mes yeux restent secs. Mon ventre crie famine, et j'ai mal partout. J'ai tellement froid que je n'arrête pas de claquer des dents. Je me recroqueville tant que je peux malgré les chaînes qui entravent mes mouvements, je m'enveloppe dans la couverture humide et crasseuse, et ferme les yeux très fort en priant pour que quelqu'un vienne me délivrer. Je refuse de perdre espoir.

Le bruit métallique d'une clé qu'on insère dans le verrou de la porte me fait sursauter. Mes muscles se contractent encore un peu plus, comme s'ils voulaient que je me fasse la plus petite possible – minuscule et inattaquable. Chaque parcelle de mon corps est douloureuse.

Si seulement je pouvais me forcer à m'évanouir sur-le-champ. Autant perdre connaissance pour ne pas me rendre compte de ce qu'il va me faire subir. Je suis déjà en miettes.

Quand il entre dans la pièce, je suis aveuglée par une lumière – probablement la torche de son téléphone – qu'il braque sur moi.

Il fait un pas vers moi. Je voudrais me recroqueviller encore davantage sur moi-même. Il faut que je trouve un moyen de m'enfuir. Clignant des yeux pour regarder derrière lui, je vois qu'il a laissé la porte ouverte. L'adrénaline me fouette le sang. Si je parviens à me libérer de cette chaîne, puis à foncer sans qu'il m'attrape… mais comment faire ? Je n'ai pas la réponse.

La lumière se rapproche, de plus en plus aveuglante, au fur et à mesure qu'il s'avance vers moi en martelant le sol bétonné et glacial de ses grosses chaussures.

— Tu es devenue célèbre, me lance-t-il d'une voix grave et triomphante, la torche de son téléphone toujours braquée sur moi. Tu as été aux infos sur toutes les chaînes de télé et de radio, ce soir. Une vraie star.

Il me fixe des yeux, me mettant au défi de parler. Mais j'ai appris à mes dépens que ses règles m'interdisent de parler sans qu'il m'y autorise expressément. Je dois fournir un effort surhumain pour ne pas le supplier de me donner des informations. Est-ce qu'ils me recherchent ? Je suppose que oui. Si on parle de moi aux infos, c'est que la police doit désormais savoir que je ne suis pas où je suis censée être. Tout au fond de moi, je sens percer une toute petite lueur d'espoir.

— Pauvre Elzbieta, tu lui as volé la vedette avant même qu'elle ait pu avoir ses quinze minutes de gloire. C'est à se demander ce que doit faire une fille pour garder toute la lumière sur elle.

Son téléphone est toujours pointé sur moi, et je ne vois rien en amont du faisceau lumineux qui m'éblouit.

Je reste mutique. Il marque une pause, s'accroupit et prend mon menton entre ses doigts pour me forcer à le regarder.

— Tu n'es pas contente de me voir ? demande-t-il.

— Si, bien sûr, dis-je en manquant de m'étrangler. Tu m'as manqué.

Les mots m'arrachent la bouche mais je ne veux pas prendre le risque de le mettre en colère. Encore moins maintenant que je sais qu'on est à ma recherche.

— Elle aussi elle doit te manquer, ajoute-t-il.

J'acquiesce d'un signe de tête.

— À moi aussi. J'aurais peut-être dû lui laisser une deuxième chance, mais les règles sont les règles. Et vous, les femmes, est-ce que vous laissez souvent une deuxième chance aux hommes ? Vous nous éliminez avant même de nous regarder. Tout le monde doit vivre en assumant les conséquences de ses actes, y compris Elzbieta.

Il s'interrompt et a un mouvement de recul, son visage affichant soudain un rictus grotesque et méprisant. La caméra de son portable est toujours braquée sur moi. Je meurs d'envie de lui arracher l'appareil des mains et de les envoyer valser de toutes mes forces, lui et son téléphone. Il se met à ricaner, produisant d'abord une espèce de borborygme sourd avant de partir dans un grand rire si factice que j'en ai la chair de poule. Il plisse les yeux et se rapproche à nouveau de moi d'un pas lourd.

— C'est marrant que je parle de vivre en assumant ses actes, dit-il. Car ce n'est pas son cas. Vu qu'elle ne vit plus.

Ses mots me font l'effet d'un coup de poing dans le plexus, je me demande comment je parviens à me tenir tranquille. En mon for intérieur, je hurle. Elle ne peut pas être morte. C'est insensé. Je sais qu'il est fou, mais de là à la tuer ? Non, elle ne peut pas être morte. C'est impossible.

Ses yeux ne me quittant pas, je les sens qui me sondent et me supplient de lui offrir une réaction. Tenant toujours son téléphone à bout de bras, ce salaud filme chaque seconde de la scène. Je repense alors à ce type, le pervers qui m'avait suivie avec son téléphone et qui se marrait de me voir flipper. Lui aussi avait tout filmé. Le sentiment d'horreur qui s'est emparé de moi cède alors la place à la colère. Une colère si puissante que je dois serrer les poings de toutes mes forces, ce qui subsiste de mes ongles s'enfonçant dans mes paumes, pour ne pas exploser.

Car c'est ce qu'il attend de moi. En sortant de mes gonds, j'enfreindrais les règles. Et je devrais en assumer les conséquences. Comme Elzbieta.

Tout en gardant mon calme, je soutiens son regard puis je me tourne vers la lumière de son téléphone pour fixer directement l'objectif. Je n'ai aucune idée de qui verra ces images. Je ne sais pas non plus s'il les conservera pour son propre usage. Mais je décide de jouer le jeu. Je suis prête à tout pour me sortir de là et rendre justice à Elzbieta.

— Elle l'a bien cherché, dis-je à voix basse.

Pour me récompenser, il me tapote le haut du crâne en ajoutant : « C'est bien. » Je dois ravaler la bile que je sens refluer dans mon œsophage.

29

MARIAN

Jeudi 4 novembre
Disparue depuis sept jours

Harry Styles se frotte contre mes jambes. Il sent manifestement qu'il se passe quelque chose car, ces derniers jours, il passe le plus clair de son temps à l'étage, caché sous le lit dans l'ancienne chambre de Nell. Pourtant, aujourd'hui, il semble trouver un malin plaisir à venir se mettre dans mes pattes à tout bout de champ.

Je devrais sûrement le prendre dans mes bras. Je devrais le caresser et lui donner un peu du poulet que j'ai dans le frigo. C'est ce que je ferais en temps normal. Mais je n'ai pas la tête à ça. Je n'ai aucune envie de l'avoir près de moi ni de le sentir se frotter à moi en poussant régulièrement des miaulements censés m'apitoyer. Je ne veux pas avoir affaire avec ce chat débile en ce moment. Je ne veux rien voir, ni personne, dans mon espace vital. À part Nell.

Je ne sais pas très bien ce que j'attendais de la conférence de presse télévisée. Une avalanche de coups de téléphone, peut-être, suivie d'une intervention musclée de la police pour délivrer ma fille. On dit toujours que Derry est une petite localité. Une ville à l'esprit de village, où tout le monde se connaît, et où on ne peut rien faire sans que le monde entier soit aussi mis au courant.

Sauf, apparemment, quand il s'agit de kidnapper deux filles et d'assassiner au moins l'une d'elles.

Ce « au moins » constitue ma plus grande angoisse. Car si celui qui détient Nell a pu le faire une fois, rien ne dit qu'il ne récidivera pas – s'il ne l'a pas déjà fait. Nous pourrions très bien être en train de chercher un nouveau cadavre calciné, sans même le savoir.

J'ai les paupières lourdes à cause du manque de sommeil, mais je refuse de les fermer. Je n'ai aucun scénario heureux en tête. Quand je laisse mon esprit divaguer, ce n'est pas des retrouvailles émues qu'il imagine, mais plutôt l'anéantissement de mon univers. Ma fille – le plus grand amour de ma vie – m'a été arrachée et il n'y a rien que je puisse faire. Il n'y a aucune porte à laquelle je puisse frapper pour demander grâce. Personne que je puisse implorer de la laisser partir. J'ai fait ce que j'ai pu. J'ai joué le rôle de l'épouse dévouée et de la mère aimante, et fondu en larmes devant les caméras. Mais personne ne sait qu'il s'agissait de larmes de circonstance. Des larmes versées sur commande, pour la télévision. Ce n'est pas que je n'avais pas envie de pleurer. Bien au contraire. Mais si je m'étais laissée aller à verser les vraies larmes que je contenais au fond de moi, je me serais mise à hurler de douleur comme un animal blessé et personne n'aurait entendu ce que Stephen ou les policiers avaient à dire.

Et pourtant, ils n'ont pas dit grand-chose. Les photos parlaient d'elles-mêmes : deux jeunes filles souriantes dans la fleur de l'âge. Rien ne sert d'imaginer le pire – sauf que je n'ai que ça en tête.

J'ai l'esprit confus à cause du manque de sommeil. Si ça se trouve, j'hallucine la moitié du temps. Comme prévu, la maison – où nous sommes désormais rentrés – est désormais assaillie par une nuée de journalistes. Nous avons tiré les rideaux, comme si une veillée funèbre était en cours à l'intérieur. Nous sommes plongés dans la pénombre. La journée n'en paraît que plus surréaliste.

Stephen parle avec Heather. Le grand policier dégingandé – le major Black – est là lui aussi. Il est assis devant moi, plié en deux dans un fauteuil qui paraît bien trop petit pour accueillir sa haute stature. Il est tout en angles droits. Je me souviens que je disais la même chose de Nell quand j'étais enceinte. Elle n'arrêtait pas de gigoter en me donnant des coups de pied et de poing, ses petits membres poussant avec un tel acharnement que je pouvais les sentir quand je touchais mon abdomen. Je les voyais aller d'un côté puis de l'autre, mon ventre ondulant au rythme de ses assauts, grâce auxquels elle entendait revendiquer sa place dans le monde.

Je pose à nouveau ma main sur mon ventre, comme si je pouvais convoquer ces sensations anciennes en y pensant suffisamment longtemps.

— Je dois vous laisser, dit le major. (Je plisse les yeux pour accommoder mon regard sur lui.) Je vais rejoindre l'équipe en place à l'hôpital. Nous comptons beaucoup sur les images de vidéosurveillance pour trouver le lien existant entre Mlle Kowalski et Nell.

— Elles travaillaient dans le même service, lui fais-je observer. C'est ça, le lien. Pas besoin de la vidéosurveillance pour le découvrir.

Mal à l'aise, le major se contorsionne sur son fauteuil et se lève.

— Oui, bien sûr, bredouille-t-il. Mais nous cherchons à savoir s'il y a quelqu'un avec qui elles auraient toutes les deux été en contact, de près ou de loin. Si nous voyons l'une d'elles entrer ou sortir en compagnie de quelqu'un, nous tiendrons peut-être une piste.

Je secoue la tête. Ça revient vraiment à rechercher une épingle microscopique dans une botte de foin gigantesque. Chaque jour, des milliers de personnes passent par l'hôpital – que ce soit les personnels ou les patients, mais aussi les sous-traitants, les livreurs, les chauffeurs de taxi, etc.

— Nous perdons un temps précieux, dis-je. J'ai le pressentiment qu'il nous en reste vraiment très peu, et là, tout ce que vous nous proposez, c'est de regarder des images de vidéosurveillance et d'interroger ses amis et ses collègues. Ces mêmes amis et collègues qui n'avaient déjà probablement rien d'intéressant à nous dire hier, ou avant-hier.

Ma voix est rauque. J'ai conscience de bafouiller et de parler un peu trop fort. Alors que j'ai l'impression d'avoir de moins en moins prise sur la réalité, ce foutu chat s'entête à se frotter contre ma jambe. Je dois prendre sur moi pour ne pas l'envoyer valser d'un coup de pied. Je prends également sur moi pour ne pas hurler et tout casser tout autour de moi. À mon avis, c'est uniquement la fatigue qui m'en empêche. Le chat l'a échappé belle. Et à voir la tête du major Black, je pense que lui aussi se dit qu'il l'a échappé belle.

— Marian. (J'entends la voix apaisante d'Heather avant même que cette dernière n'entre dans la pièce.) Je sais que vous traversez une épreuve redoutable, mais vous devez me croire : nous faisons vraiment tout ce qui est en notre pouvoir pour vous ramener votre fille.

Je hoche la tête.

— Je n'ai aucun doute sur le fait que vous me la ramènerez, dis-je en clignant des yeux. (Injectés de sang, ils sont si secs que je sens le frottement de mes paupières à chaque fois que je les ouvre ou ferme.) Mais dans quel état ? Celui d'Elzbieta quand vous l'avez retrouvée ? Pourrai-je seulement serrer sa main, ou embrasser son front ? Et s'il ne revenait d'elle que quelques restes calcinés ?

— Marian ! (La voix sonore de Stephen me fait sursauter, et je tourne lentement la tête vers lui.) Je t'interdis de parler ainsi. Tu m'entends ? Je refuse que tu perdes espoir. Ça me rendrait dingue que tu la penses déjà morte alors que de notre côté nous faisons tout notre possible pour la retrouver.

Ses mots transpercent le brouillard qui embrume mon esprit. « De notre côté, nous faisons tout notre possible. » Qu'est-ce qu'il croit ? Que je me tourne les pouces ? Me croit-il vraiment capable de ne rien faire quand je sais que ma fille court le plus grand des dangers ? Une colère sourde monte en moi. Je la sens qui gronde et mûrit, prête à exploser. J'ai passé la plus grande partie de ma vie au service des autres, à tout mettre en œuvre pour simplifier la leur. Sans jamais faire de problèmes, et en m'assurant que chacun puisse vivre sa petite existence aussi confortablement que possible. Je repense à toute la colère, à toutes ces blessures que j'ai enfouies. J'ai envie de hurler et de lui dire que c'est sa faute. Pas la mienne.

Je comprends soudain que je culpabilise depuis trop longtemps. Je me sens coupable de ne pas être à la hauteur avec lui, expliquant ainsi le fait qu'il ait, si souvent, ressenti le besoin d'aller voir ailleurs. Coupable de ne pas avoir su taire mes angoisses. Coupable de ne pas avoir eu le courage de prendre la fuite. Coupable d'avoir compliqué la vie des miens au point de ne pas avoir supporté l'idée que ma fille apprenne, comme je l'avais fait avant elle, à marcher sur des œufs avec son père. Coupable, donc, de l'avoir laissée partir avant qu'elle ne soit prête.

Et pourtant, Dieu sait si j'ai essayé de faciliter la vie de chacun, à la maison. Je n'ai vraiment pas ménagé mes efforts pour que ça fonctionne. Or c'est Stephen qui n'arrêtait pas de me mettre des bâtons dans les roues, continuant de mener sa petite vie sans se soucier le moins du monde de l'impact destructeur que cela avait sur moi ni de la façon que cela risquait de faire fuir notre fille.

Je réponds d'abord calmement.

— Comment oses-tu, dis-je en murmurant presque.

Je le vois froncer le front et pencher très légèrement la tête, comme s'il avait du mal à croire que j'aie pu dire une chose pareille, et devant deux officiers de police par-dessus le marché. Il ouvre la bouche pour répliquer, mais je n'ai pas fini, et je sens la colère qui ne cesse de monter en moi.

— Comment oses-tu, merde !

Cette fois, je hausse le ton et ma voix est ferme. Pleine d'assurance.

Ses joues s'empourprent. Gêné que je me sois emportée, il fait comme à l'accoutumée dans ce genre de situations : il minimise mon ressenti et essaie de me faire passer pour une hystérique.

— Marian, tu es épuisée et à cran…, dit-il en levant la main pour me faire taire.

S'il pense que je vais me taire maintenant, il se fourre le doigt dans l'œil.

— Si je suis épuisée et à cran ? dis-je, en me demandant comment j'arrive à ne pas lui hurler dessus. Évidemment que je suis épuisée et à cran ! De toute évidence, notre fille a été enlevée par un meurtrier. Si ça se trouve, il l'a déjà tuée. Tu t'attendais à ce que je réagisse comment,

Stephen ? Tu pensais vraiment que je garderais mon calme, et que j'arriverais à taire mes angoisses ? Tu t'imaginais peut-être que je continuerais à supporter ton arrogance et tes discours à la con. Comment oses-tu sous-entendre que je suis la seule à ne pas faire mon maximum pour la retrouver. Tu peux me le dire ? Comment oses-tu suggérer que je suis hystérique ou que j'ai abandonné tout espoir ? Dieu sait si, au cours des vingt dernières années, j'aurais eu de nombreuses occasions de devenir hystérique ou de perdre espoir ; mais à aucun moment ça n'a eu quoi que ce soit à voir avec notre fille, et ça ne sera jamais le cas. Elle est toute ma vie – tu comprends ? Ça m'étonnerait. Toi, ta plus grande histoire d'amour, c'est celle que tu entretiens avec toi-même, espèce de connard égoïste et prétentieux !

En entendant la dureté de mon ton de voix, Harry Styles file se carapater sous le canapé. Pétrifié, le major Black a tout l'air d'avoir envie de l'imiter.

Stephen ne doit sûrement pas apprécier ce que je lui dis, mais je m'en fiche. J'exprime enfin ce que je mourais de lui dire depuis des années. Il n'est plus question pour moi de mettre mes émotions sous le tapis pour lui permettre de sauver la face. Je lis sur son visage un mélange de gêne et de colère. Il est visiblement outré que j'aie haussé le ton et osé l'insulter en présence d'Heather et du major. Il cligne des yeux, son visage devenu l'expression même de l'indignation.

— Marian… Stephen…, dit Heather. Je sais que l'épreuve que vous traversez est extraordinairement difficile, pour l'un comme pour l'autre, mais essayons de nous en tenir à nos efforts pour retrouver Nell.

Je suis à deux doigts de lui dire d'aller se faire voir, mais je me retiens. Ce n'est pas sa faute si mon mariage est bancal depuis des années.

— Certes, dis-je d'une voix calme, comme si je ne venais pas de donner libre cours à des années de colère et de frustration. Mais que puis-je faire ? Puisqu'il semblerait que je ne fasse pas encore tout mon possible…

Stephen ne pipe mot. Son silence me fait jubiler. Bien sûr, je risque de le payer plus tard, mais pour l'instant, je sais que j'ai marqué un point.

— Le mieux que vous puissiez faire pour le moment, c'est vous reposer. Prenez soin de vous, ménagez-vous l'un l'autre. Nous avons toujours l'espoir que la conférence de presse télévisée porte ses fruits.

Quand retentit une sonnerie de téléphone – un thème musical métallique que je n'arrive pas à reconnaître –, le brigadier hoche la tête et quitte la pièce en brandissant son portable en guise d'excuse. Je l'imagine sacrément soulagé de pouvoir partir.

— Stephen, dit Heather. (Je note au passage qu'elle ne l'appelle plus « monsieur Sweeney ».) Pourquoi n'iriez-vous pas allumer la bouilloire ? Votre voisine a apporté de délicieux *scones* faits maison. Et si nous prenions le thé ?

Toujours mutique, mon mari acquiesce d'un signe de tête et s'exécute. Heather se tourne vers moi et me regarde comme si elle me voyait pour la première fois.

— J'ai vu bien pire, dit-elle calmement. Dans ces situations, énormément de choses remontent à la surface.

Je ne m'excuse pas ni ne tente de minimiser les propos que je viens de tenir. J'ai besoin du peu d'énergie qui me reste pour tenir debout.

— Si au moins quelque chose de positif peut sortir de tout ça, dis-je du bout des lèvres au moment même où le major fait son retour dans la pièce.

— Pour l'instant, rien de probant du côté de l'hôpital, nous annonce-t-il. Les parents de Mlle Kowalski ont leur vol cet après-midi. Apparemment, ils souhaiteraient venir vous voir.

Je n'ai aucune envie de les voir. Ce n'est pas que je sois insensible à leur malheur – bien au contraire. Mais je n'ai aucune envie d'avoir un avant-goût de ce qui risque fort de nous arriver.

— Vous n'êtes pas obligée d'accepter, dit Heather – même si je n'ai pas l'impression d'avoir le choix.

— D'accord, nous les verrons, dis-je en hochant la tête, même si j'ai l'estomac noué rien que d'y penser. Mais je ne sais pas très bien en quoi nous pourrons leur être utiles. Nous ne connaissions pas leur fille. Je ne pense pas que Nell nous ait jamais parlé d'elle.

— C'est très gentil de votre part, dit le major.

À voir sa tête, j'ai la forte impression qu'il a bien du mal à contenir son émotion.

30

LUI

Jeudi 4 novembre

Les mains tremblantes, il monte dans sa voiture et met la clé dans le contact. Il a hâte de partir d'ici. Il veut fuir cette maison, cette rue, et ne pas avoir à affronter ce qui l'attend cette après-midi.

Bon sang, quand il y pense, c'est à peine s'il arrive à reprendre son souffle. Il avait eu un mal fou à garder son calme quand Natalia l'avait appelé. Il avait pourtant bien fallu qu'il garde une attitude professionnelle. Il ne pouvait pas laisser transparaître quoi que ce soit – même s'il savait que le temps était venu pour lui de prendre une décision lourde de conséquences.

Soit il se condamne à passer le restant de ses jours à culpabiliser – sachant qu'il a déjà du sang sur les mains et qu'il risque d'en avoir davantage avant que ce cauchemar ne se termine. Soit il s'arme de courage et il communique toutes les informations dont il dispose – y compris les preuves accablantes qui existent contre lui.

Ç'avait déjà été suffisamment difficile quand il avait visionné la vidéo devenue virale sur Facebook – celle dont Marian Sweeney avait exigé qu'on la regarde. Il avait cru tomber dans les pommes en reconnaissant son œuvre. Il n'en revenait pas de ne pas avoir fait le lien entre le portrait souriant de Nell sur la photo que les Sweeney leur avaient confiée et le visage terrorisé qu'il avait immortalisé sur son téléphone un soir où il était sorti chasser. La peur avait déformé son visage. Sur le coup, il avait eu un haut-le-cœur, mais par miracle il avait réussi à tenir bon. Il s'était alors persuadé qu'il trouverait un moyen de s'en sortir avant de tout foutre en l'air.

Il s'était dit qu'il suffirait de balancer une information à Ingrid Devlin, et qu'elle trouverait le bon angle pour la traiter sans que son nom soit divulgué. Mais il avait été stupide de penser ça.

Doire ne donne aucun signe de vouloir ralentir. Au contraire, son nouveau statut de célébrité semble le réjouir au plus haut point. Il est une idole aux yeux des types gravitant dans la sphère *incel*, et il sait qu'il tient les femmes de Derry en respect.

Rongé par le remords, c'est à peine s'il a dormi depuis que le corps d'Elzbieta Kowalski a été découvert et qu'il a lu le message bravache de Doire. Il s'est même montré un peu sec avec Natalia, et n'a pu s'empêcher de jurer au téléphone quand elle l'a appelé pour lui transmettre une consigne venant de la hiérarchie.

Et ce matin, en voyant la mère de Nell Sweeney hurler de chagrin, il avait pris sur lui pour ne pas prendre ses jambes à son cou. Marian Sweeney, se dit-il, est une femme impressionnante. Il était dans la même pièce qu'elle quand, ivre d'angoisse et de fatigue, elle s'était effondrée sous ses yeux, dévastée à l'idée de ne retrouver que les restes calcinés de sa fille. Il pensait savoir à quoi ressemblait le désespoir – Dieu sait que les occasions de voir des horreurs ne manquaient pas dans son travail –, mais là, ça allait au-delà de tout ce qu'il avait déjà connu. Voir une mère en proie à une telle détresse, minée par son incapacité à venir en aide à sa fille, et terrifiée à l'idée de ne jamais la revoir.

Il ne peut pas dire à Marian Sweeney qu'elle ne devrait pas s'inquiéter. Il sait mieux que personne à quel point la situation est gravissime, et qu'elle risque d'empirer. Il sait que pour Doire, tout ça n'est qu'un jeu. Un jeu suivi en ligne par des centaines d'adeptes. Des fanatiques qui n'attendent qu'une chose: que le sang coule, comme les Romains au Colisée. Il sait que Doire est convaincu du bien-fondé de son combat, car il pense que son geste est politique en étant l'auteur d'un violent manifeste fustigeant à la fois les féministes et leur concept de « masculinité toxique ». Il sait que les craintes de Marian Sweeney sont totalement fondées.

Mais le plus inquiétant dans tout ça, c'est qu'il sait exactement jusqu'où peut aller la folie sociopathe de ce Doire. Rien ne l'arrêtera. Il ne se lassera jamais ni ne prendra jamais conscience de sa folie. C'est son heure de gloire, et plus son auditoire s'élargira, plus il s'enhardira.

Assis dans sa voiture, il se sent au bord de la nausée. Si son but avait été que les femmes comprennent qu'elles aussi devaient assumer les conséquences de leurs actes – car elles aussi pouvaient prendre de mauvaises décisions –, c'est désormais à lui d'assumer les conséquences de ses propres actes.

Quand son téléphone avait sonné, il avait été soulagé de pouvoir échapper à l'orage qui couvait chez les Sweeney. Mais ce qu'il ignorait, c'est qu'un véritable cataclysme l'attendait à l'autre bout du fil. Il n'était plus question, comme il l'avait cru, qu'il retourne à l'hôpital pour reprendre les interrogatoires avec le personnel et visionner les images de vidéosurveillance. Non, il devait se rendre à l'aéroport international de Belfast pour accueillir les Kowalski et les emmener à l'institut médico-légal, où on leur montrerait ce qui subsistait d'une petite bague en émeraude – seul élément tangible permettant d'identifier leur fille aînée.

Il sera aux premières loges pour assister à leur douleur indicible et il se demande comment il pourra les regarder dans les yeux.

Le major Mark Black, qui a par mégarde ouvert les portes de l'enfer et laissé sortir « Doire », sait qu'il est coincé. Il est hors de question qu'il se retrouve nez à nez avec les Kowalski, sachant le rôle qu'il a joué dans la mort de leur fille, et il ne veut surtout pas que les Sweeney vivent les mêmes atrocités.

Il a eu beau tenter de raisonner Doire, ses messages sont tous restés lettre morte – à croire que Doire a totalement perdu la raison. Mettre Ingrid Devlin dans le coup – il la rencarde régulièrement depuis plusieurs années – n'a pas vraiment produit l'effet escompté. Il aurait dû s'en douter ; il ne lui a pas donné grand-chose. Il se demande s'il pourrait lui révéler toute l'histoire. Acceptera-t-elle de taire son nom s'il la met directement sur la piste du forum et de ce psychopathe ?

Non. Elle aime trop les scoops. Jamais elle ne passerait sous silence le fait qu'un officier du PSNI est à l'origine d'une vague de harcèlement à grande échelle – et encore moins quand elle saura que par un effet d'engrenage, ce mouvement a dégénéré et abouti à un meurtre et à deux enlèvements.

Il se rend compte qu'il n'a pas le choix. Il se retrouve dos au mur, et le seul moyen qui lui reste pour empêcher un nouveau massacre, c'est de prendre ses responsabilités. Les mains tremblantes, il déverrouille son portable et fait défiler son répertoire pour trouver le numéro de la capitaine King. Elle va adorer, pense-t-il avec amertume. N'a-t-elle pas toujours tenu ses distances avec lui, comme si elle savait depuis le début qu'il était détraqué ?

Il respire un grand coup et passe l'appel. Elle répond à la troisième sonnerie – son ton est sec, professionnel.

— Mark, dit-elle. (Dans sa bouche, son prénom ressemble à un soupir plein d'exaspération.) Il paraît qu'on t'envoie à Belfast. Je vais sûrement paraître très indélicate, mais fais en sorte que ça ne s'éternise pas trop, avec les Kowalski. On a besoin de toi ici. Je ne vois pas comment nous pouvons mener à bien cette enquête avec nos effectifs actuels. On aurait quand même pu espérer plus de moyens.

— Capitaine, dit-il. Est-ce que vous pourriez envoyer quelqu'un d'autre à Belfast ?

— Putain, Mark, tu n'ignores pas qu'on n'a personne. Le brigadier Williams serait tout indiqué pour ça mais tu sais aussi bien que moi qu'Heather doit rester avec les Sweeney en ce moment. Surtout depuis que cette vidéo de malheur a commencé à tourner sur Facebook.

Il l'interrompt, déterminé à dire ce qu'il a à dire avant que le peu de courage qui lui reste ne l'abandonne complètement.

— J'ai de nouvelles informations sur cette affaire. Et s'agissant de cette vidéo sur Facebook, ajoute-t-il, sa voix se brisant insensiblement.

À sa plus grande honte, il se sent sur le point de fondre en larmes.

— Quoi ? Tu as quoi ? lui demande sa supérieure, ne cherchant plus à dissimuler son irritation.

— Il serait sûrement préférable qu'on se retrouve au commissariat pour en parler, répond-il. En présence du commandant Bradley si possible.

— Bordel, tu ne peux pas aller droit au but ? Je dois absolument rester ici. J'ai autre chose à faire que de retourner au commissariat pour vous écouter me donner vos maigres indices.

Les mots et le ton dédaigneux de la capitaine le font grincer des dents. S'il y a une chose sur laquelle il ne s'est jamais trompé, c'est bien que la capitaine Eve King est une salope de première catégorie. Et ce n'est pas de la misogynie que de dire ça, songe-t-il. C'est un fait.

— C'est bien plus que de maigres indices, dit-il, prenant un plaisir un peu pervers à disposer de plus d'informations qu'il n'en aura jamais dans aucune enquête. Si vous voulez conserver la moindre chance de retrouver Nell Sweeney, retrouvez-moi au commissariat dans vingt minutes.

Et là-dessus, il raccroche. Elle sera furieuse, se dit-il. La capitaine King n'est pas du genre à recevoir des ordres, et encore moins de la part d'un subordonné. Elle serait tout à fait en droit de lui donner un blâme, mais ça ne l'inquiète guère. Il sait fort bien qu'il risque beaucoup, beaucoup plus qu'un blâme.

Son cœur tambourinant dans sa poitrine, il met le contact, se cale dans son siège et démarre, direction le commissariat de Strand Road, où il s'apprête à lancer une bombe dans son existence.

31

MARIAN

Jeudi 4 novembre
Disparue depuis sept jours

Une voix s'élève parmi la mêlée de journalistes postés au fond du jardin. Elle diffère des cris habituels qui réclament une nouvelle déclaration ou une photo de Nell enfant. Il ne s'agit pas non plus d'une tentative d'un journaliste pour prendre l'avantage sur ses confrères – tous cherchant à jouer sur la corde sensible de lecteurs qui ne vivent pas forcément près de Derry et qui, par conséquent, s'en foutent sûrement pas mal de savoir si on la retrouve morte ou vive.

— Monsieur et madame Sweeney, crie une voix masculine. J'ai une information importante à vous communiquer.

Je n'ai pas la force de me lever pour regarder par la fenêtre, contrairement à Stephen, qui écarte les rideaux. Ce simple geste suffit à déclencher des dizaines de flashes. Il cligne des yeux et recule aussitôt, comme si cette lumière aveuglante l'agressait. Tout semble nous faire souffrir en ce moment. Penser est douloureux. Respirer est douloureux. Tout comme le fait d'être coincé dans cette pièce, surtout avec le poids de ce que j'ai dit ce matin. Il ne m'a pas adressé la parole depuis, mais je suis trop fatiguée pour m'en émouvoir. De toute façon, je ne vois pas trop ce qu'on pourrait se dire.

J'ai pris un Xanax. Même la promesse d'« informations importantes » ne suffit pas à traverser le brouillard physique et mental dans lequel je suis plongée.

— Écartez-vous de la fenêtre, dit Heather d'une voix douce tout en guidant Stephen jusqu'au fauteuil, comme s'il était sénile et risquait de fuguer. Les agents en faction dehors vont parler à cet individu pour vérifier s'il est sérieux.

— Pourquoi ne le serait-il pas ? demande Stephen. Pourquoi prendrait-il la peine de venir ici pour se poster sous nos fenêtres, s'il n'est pas réellement en possession d'informations ?

— Dans ce genre de circonstances, les gens ne se montrent pas forcément sous leur meilleur jour. Ou alors certains veulent tellement se rendre utiles qu'ils feraient tout pour attirer l'attention des policiers, même s'ils n'ont rien de concret à nous communiquer. D'autres encore aiment tout simplement se retrouver au centre de l'attention, ajoute-t-elle en jetant un œil rapide par la fenêtre avant de refermer les rideaux.

— On n'est pas au cirque ! s'offusque Stephen.

Ça m'en a pourtant tout l'air. Notre mariage qui bat de l'aile se retrouve exposé à la vue de tous. Notre fille est à la une des infos en raison de sa disparition. Notre maison est assiégée par la presse et par des inconnus qui nous crient depuis la rue qu'ils ont « des informations importantes ».

— Bien sûr que non, dit Heather. Mais c'est pour cette raison que nous sommes ici. Pour vous protéger et vous soutenir au cours de cette épreuve. Vous n'êtes pas seuls.

Je la regarde, ainsi que mon mari. Je pense à Julie-Anne et à Mia. Je pense à mes collègues. À ma famille et à mes amis. Et je me dis au contraire que je suis très seule. En définitive, je suis une mère privée de son enfant. Comment pourrait-on se sentir plus seul ?

Quand la sonnette retentit, Heather nous fait signe de ne pas bouger et quitte la pièce en fermant la porte derrière elle. Stephen et moi échangeons un regard, sans nous parler. Je pense que nous nous sommes déjà tout dit. J'entends des voix – Heather, une voix d'homme, la clameur des journalistes. Je déteste cette pièce. Je déteste être coincée ici, à attendre que d'autres nous amènent des informations, sans pouvoir participer activement aux recherches. Sans parvenir à dormir pour oublier ce cauchemar, ne serait-ce que quelques minutes. Car j'ai trop peur de ne pas penser à elle, même pendant quelques minutes. Et j'ai encore plus peur de m'endormir et qu'on me réveille pour m'annoncer la pire des nouvelles.

Je n'ai pas encore pleuré. Pas pour de vrai en tout cas. Mais là, à ce moment précis, tandis que je suis assise dans la pénombre, totalement déconnectée de tout ce qui constituait ma famille, je lâche les vannes. Alors que j'entends des gens parler comme si cette tragédie n'était pour eux qu'un gros titre, je m'effondre. Une larme coule le long de ma joue sans que j'aie la force de l'essuyer ni de retenir la suivante. Et, sans crier gare, c'est un vrai déluge. Mes épaules sont secouées de soubresauts ; mon corps tout entier se contracte. Chacun de mes muscles est si tendu à cause du chagrin et de l'angoisse qu'il en est douloureux, et je ne vois pas d'autre solution pour atténuer cette douleur que de pleurer à chaudes larmes.

Je ne cherche même pas à rester stoïque. Je me fiche que l'on m'entende. Je donne libre cours à mes sanglots – et je hurle, car tout cela est aussi injuste qu'incompréhensible. Rien de tout ça n'aurait jamais dû arriver.

Si j'en avais la force, je casserais quelque chose, mais je me retiens. Tout ce que je voudrais, c'est me laisser glisser de cette chaise, m'allonger et crier de chagrin. Si seulement je pouvais me taper la tête contre les murs pour m'ôter la douleur et l'angoisse de la tête. Je n'ai aucune envie d'être ici. Je n'y arriverai pas. Je sais que je n'y arriverai jamais.

Tandis que je sanglote en gémissant, je sens des bras m'enlacer, m'aider à me relever et me serrer si fort qu'il m'est impossible de me débattre, même si j'en avais envie. Je sens la chaleur d'un corps chaud contre le mien et j'entends mon mari qui s'efforce de me réconforter. Lui aussi est en larmes. Je n'ai d'autre choix que de mêler mes sanglots aux siens.

Nous n'entendons pas la porte s'ouvrir ni ne remarquons qu'Heather est de retour dans la pièce. Je ne sais pas combien de temps nous restons ainsi debout l'un contre l'autre, mais quand nous relâchons notre étreinte, je me sens complètement épuisée. J'ai l'impression que je pourrais peut-être enfin dormir, ne serait-ce qu'une petite heure.

— Marian…, murmure Heather tout doucement, comme si elle craignait que je ne m'effondre à nouveau devant elle. Stephen, ajoute-t-elle.

Je reprends mon équilibre et me tourne vers elle. Elle est blême et je vois à l'expression de son visage que quelque chose de terrible est arrivé. Le mystérieux type aurait-il mis la police sur une piste importante ? L'ont-ils retrouvée ? Je sens la main de Stephen serrer la mienne et, malgré tout ce que nous nous sommes dit, ce geste me procure un certain réconfort et me donne des forces.

— Alors, ce type ? dis-je. Qu'est-ce qu'il voulait nous dire ?

— Oh, lui…, répond-elle en secouant la tête. Rien de sérieux. C'est juste un excentrique qui se disait médium. Non, il ne s'agit pas de lui. Je viens de recevoir un appel du commandant Bradley. Il va venir vous parler. Il est déjà en route.

— Ne recommencez pas, s'impatiente Stephen. Si vous avez quelque chose à nous dire, dites-le tout de suite.

Elle cligne des yeux. Je la sens anormalement ébranlée, mais mon esprit embrumé est incapable de deviner pourquoi.

— Oui. Du moins, je vais vous dire ce que je sais. Tout d'abord, elle est toujours portée disparue. Je ne veux surtout pas que vous vous fassiez des idées. Mais l'affaire a connu un rebondissement important.

— Comment ça ? dis-je en essayant toujours de déchiffrer les traits de son visage.

— Une information a été portée à notre connaissance, et elle pourrait nous aider à retrouver Nell.

— Alors c'est une excellente nouvelle, dit Stephen. N'est-ce pas ? C'est forcément positif d'avoir du nouveau. De quoi s'agit-il ? Vous pouvez nous en dire plus ?

L'air gêné, elle enfonce ses mains dans ses poches, puis les ressort.

— Le commandant vous donnera tous les détails, mais on nous a signalé l'existence d'un site internet où quelqu'un semble avoir revendiqué l'enlèvement d'Elzbieta et de Nell.

Mon cœur se met à battre la chamade. Il faut que ça nous aide. C'est impératif. Ils devraient être capables de remonter jusqu'au ravisseur en utilisant son adresse IP, ou que sais-je encore. Après tout, malgré ce que prétend Stephen, la police a forcément les moyens techniques pour remonter jusqu'à lui. Ce serait quand même un comble que ce type soit un génie de l'informatique.

— Qu'est-ce que c'est que ce site ? demande Stephen en lâchant ma main pour se saisir de son iPad, posé sur la table.

— Je ne dispose pas de cette information. En revanche je peux vous dire qu'il a avoué le meurtre d'une femme, et qu'à l'heure qu'il est, il dit en détenir toujours une deuxième. C'est bon signe, car nous avons ainsi de bonnes raisons d'espérer que votre fille est toujours en vie.

Sentant que je reprends espoir, je me tourne vers Stephen en guettant le reflet de mon optimisme sur son visage. Mais il ne m'adresse même pas un regard avant de s'asseoir et se met à pianoter frénétiquement pour faire des recherches sur internet.

— Stephen, ça m'étonnerait que vous découvriez le site. Il semblerait qu'il se trouve dans les bas-fonds du Web. Aux marges de la légalité, donc.

Mon estomac se noue à nouveau. *Aux marges de la légalité*. Je ne veux même pas savoir ce que cela peut vouloir dire.

— Et de qui tenez-vous cette information ? demande Stephen. Est-ce que quelqu'un a appelé le Numéro Vert ?

— C'est de cela que le commandant Bradley souhaite s'entretenir avec vous, répond-elle en affichant à nouveau l'air gêné qu'elle avait tout à l'heure.

Elle nous cache quelque chose.

— Vous ne pouvez pas nous le dire ? dis-je.

Heather secoue doucement la tête.

— Non, je suis désolée. Mais le commandant Bradley va arriver d'une minute à l'autre. Quoi qu'il en soit, et même si cela va sûrement sans dire, j'ai reçu pour instruction de vous demander de ne pas ébruiter ce que je viens de vous dire, ni de poster quoi que ce soit sur les réseaux sociaux pour le moment. Notre service Presse a pour fonction de s'occuper de tous les médias reliés à cette enquête, et nous souhaitons qu'il en soit ainsi.

Stephen laisse échapper un petit rire railleur.

— Ça alors, et moi qui allais me précipiter sur Facebook pour annoncer la nouvelle, lance-t-il, sarcastique.

— Stephen, je t'en supplie…, dis-je d'une voix calme. Heather fait simplement son travail.

Cela fait des jours, voire des semaines que je ne lui ai pas parlé sur un ton qui se voulait aussi apaisant.

Quand il pose son regard sur moi, je m'attends presque à ce qu'il décharge sa colère contre moi, mais il n'en fait rien. Il hoche doucement la tête, puis se tourne vers Heather.

— Excusez-moi, dit-il. Je retire ce que je viens de dire.

À mon grand étonnement, Heather a l'air d'être sur le point de pleurer. Je connais les signes avant-coureurs. Les yeux qu'on ouvre grand pour tenter de retenir les larmes qui luisent au bord des paupières ; le souffle qui s'accélère ; le « Il n'y a pas de mal » prononcé d'une voix étranglée. Et, enfin, la façon dont elle nous tourne le dos en nous disant :

— Je vais attendre dehors avec l'autre officier.

Là, la fêlure perceptible dans sa voix ne laisse plus aucun doute. Je doute fort que le sarcasme de Stephen soit la seule cause de son émoi. Non, il y a autre chose, et j'ai un très mauvais pressentiment.

32

LUI

Jeudi 4 novembre
Disparue depuis sept jours

La voix du commandant David Bradley résonne toujours dans ses oreilles, même après que l'officier supérieur est parti, accompagné de la capitaine King, les deux affichant un regard noir de colère.

Il sait qu'il mérite amplement ce qui vient de lui être dit, ainsi que tout ce qui va maintenant lui arriver. La suspension immédiate de toutes ses fonctions le temps de l'enquête interne, éventuellement suivie de poursuites pénales. Il a entravé la bonne marche d'une enquête criminelle, lui a signifié sans détour le commandant Bradley. D'un certain côté, il aurait voulu objecter qu'il n'a acquis la certitude qu'avant-hier soir que Doire était mêlé à tout ça. *Stricto sensu*, il n'est toujours pas sûr qu'il soit en cause. Il pourrait très bien n'être qu'un opportuniste revendiquant un crime qu'il n'a pas commis pour se faire mousser devant ses followers. Ce serait le meilleur des cas.

Mais en son for intérieur, s'il n'essaie plus de se voiler la face, il sait que Doire est le coupable. Ce qui veut dire que lui aussi est en grande partie responsable de ce qui s'est passé. S'il n'a pas lui-même enlevé Elzbieta et Nell, c'est bien lui qui a donné naissance à ce climat ambiant dans lequel les femmes sont devenues de simples pions dans un jeu. Ainsi déshumanisées, elles ne lui servaient qu'à lui fournir un sentiment de puissance. Une certaine notoriété sur les réseaux sociaux. L'illusion de les contrôler. Peu importe ses motivations. Peu importe sa frustration de voir les hommes traités comme des citoyens de seconde zone. Ce qui importe, c'est qu'à cause de ses vidéos débiles et de son hashtag foireux, un type sérieusement dérangé est sorti de nulle part.

Le commandant Bradley, qui avait pourtant la réputation de garder son calme en toutes circonstances, l'a perdu face à lui. Il lui a hurlé dessus avec une telle violence qu'à un moment donné il s'est même demandé s'il n'allait pas lui coller son poing dans la figure.

— Putain ! Mais qu'est-ce qui vous est passé par la tête ? a-t-il vociféré en criant si fort que sa voix a forcément porté jusqu'à l'*open space* où se trouvait, entre autres, le poste de travail de Natalia.

Mortifié, il n'a même pas jugé utile de tenter de s'expliquer. Aux yeux de ses collègues, rien ne pourrait justifier ce qu'il a fait. Sa vie ne sera plus jamais la même.

Il s'est contenté d'attendre que passe la tempête, le temps que le commandant le sermonne vertement en lui disant qu'il a, au minimum, jeté le discrédit sur le PSNI, « comme si on n'avait pas déjà un mal de chien à redorer notre blason auprès des habitants de cette putain de ville ». Le commissaire divisionnaire allait péter un plomb, et lui écoper de sanctions exemplaires. Il se sait néanmoins chanceux d'avoir échappé à l'humiliation suprême qu'aurait été son placement *manu militari* en cellule de garde à vue, devant tous ses collègues.

L'idée même de devoir sortir du bureau du commandant Bradley puis de traverser l'*open space* où ils sont tous en train de bosser le rend malade. À ce stade, ils ont dû comprendre qu'il avait merdé. Et bientôt, chacun d'entre eux ayant trimé toute la semaine dans l'espoir de retrouver Nell, ils voudront tous lui faire la peau.

Sans parler des enquêteurs qui ont reçu pour tâche de visionner des dizaines de vidéos associées à son hashtag débile #JaiLePouvoir. Ni du pauvre gus qui, en ce moment même, est en route pour l'aéroport de Belfast pour aller chercher les Kowalski – mission qu'il n'a pas eu le cran d'assurer lui-même. Il n'ose même pas imaginer comment le commandant Bradley trouvera les mots pour annoncer ça aux Sweeney.

Il a repensé à l'air dévasté de Marian Sweeney ce matin. Elle semblait avoir dépassé le stade du chagrin et de l'angoisse et paraissait comme éteinte. Comme si lumière et espérance avaient disparu de son monde…

Si seulement il…

Se prenant la tête dans ses mains, il se dit qu'il est inutile d'imaginer tout ce qu'il aurait pu ou dû faire. Ce qui est fait est fait et il devra vivre avec, quelles qu'en soient les conséquences, jusqu'à la fin de sa vie.

Il repense à la tête de la capitaine King quand il a fait ses aveux. Sa supérieure. Cette cheffe qu'il a autant admirée que détestée au fil des années. Il a probablement passé plus de temps en service avec qu'elle qu'avec quiconque. Ils ont travaillé ensemble sur de nombreuses affaires, et coincé plus d'un malfrat. Ensemble ils ont connu le meilleur, mais aussi le pire : la fatigue, le stress, la frustration. Bien qu'il en soit venu à la haïr, ces dernières semaines – à cause de cette habitude qu'elle a prise de le dénigrer quand il fait une connerie ; à cause de cette façon qu'elle a de lui faire sentir que sa carrière progresse bien plus vite que la sienne –, en somme, le fait qu'elle ait désormais perdu toute considération pour lui est sa plus grande humiliation.

Si Bradley a laissé exploser sa colère, Eve King est restée silencieuse. En temps normal, il se serait félicité de lui avoir cloué le bec. En temps normal, il aurait sûrement adoré scruter son visage pendant qu'elle lisait sa litanie de récriminations contre ces femmes qu'il fallait remettre à leur place. Il aurait sûrement adoré la voir lentement comprendre qu'il était davantage que ce grand flandrin censé le seconder. Il aurait sûrement adoré qu'elle découvre que, tandis qu'elle jouait les petits chefs et lui donnait des ordres comme s'il était un enfant, en levant les yeux au ciel, lui a créé quelque chose qui allait devenir un mouvement viral sur les réseaux sociaux.

Mais aujourd'hui, il n'en est rien. Car il se rend désormais compte des problèmes liés à cette viralité virtuelle – comme pour un virus, elle s'est propagée et a fini par muter, et bien que pour l'instant il n'y ait a priori qu'une seule victime à déplorer, trop de vies ont déjà été détruites.

Ce n'est pas de la colère qu'il a lue sur le visage d'Eve King ; ni même de la sidération. C'est une énorme déception. À ce moment précis, il a vu s'envoler le peu d'estime qu'elle avait pu avoir pour lui. Et au nom de quoi avait-il tout fichu en l'air ? Il ne fallait pas faire preuve d'un grand courage pour suivre une fille portant des écouteurs dans le but de lui faire croire que quelqu'un la suivait. Pas plus qu'il n'en fallait pour vitupérer sur internet à l'attention de connards acquis à sa cause. Mais il lui en a fallu, oui, pour entrer dans cette pièce et avouer ses errements – même s'il a attendu pour ce faire d'avoir compris qu'il n'avait plus d'autre choix, et qu'il ne pourrait pas vivre avec la mort d'une deuxième femme sur la conscience. Il avait acquis la conviction que les vidéos qui circulaient actuellement sur Facebook et TikTok finiraient forcément par conduire ses collègues jusqu'à lui – ce n'était qu'une question de jours, de semaines, ou de mois.

Et ce n'était qu'une question de temps avant qu'ils n'établissent que c'était lui qui avait filmé la vidéo où l'on voit Nell Sweeney, terrorisée, se faire harceler. Certes, il a supprimé la vidéo du forum et de son téléphone, mais une fois mis en ligne, tout contenu finit par vivre sa vie de manière indépendante. Il ne saura probablement jamais si Doire a reconnu Nell sur la vidéo. Est-ce l'expression de son visage qui lui a donné envie de l'avoir pour lui seul ? Le fait de voir une femme qu'il connaît l'a-t-il fait basculer ?

Il voudrait croire qu'il ne s'agit que d'une coïncidence – mais rien n'est jamais pure coïncidence. Depuis le temps qu'il est à la brigade criminelle, il sait que c'est très peu probable.

Il a reçu pour ordre de ne pas quitter la pièce où il se trouve jusqu'au retour de ses supérieurs. D'une minute à l'autre, il s'attend à voir surgir des collègues, qui auront la sinistre tâche de lire ses posts, d'identifier les adresses IP, etc. Il y a vraiment sur ce site des choses qui risquent de leur glacer le sang. Il n'aura d'autre choix que de voir leur visage se décomposer quand ils liront son manifeste débile. Quand ils le verront faire l'important à cause du succès – grâce à son hashtag aussi puéril qu'idiot – de ses vidéos tout aussi débiles. Cela ne fera aucune différence qu'il ait craché le morceau. Ni qu'il leur ait livré le nom de « Doire » pour faire avancer leur enquête. Car il sait très bien que c'est à la fois trop peu, et trop tard.

Ils ne lui ont pas confisqué son téléphone – pas encore. Ce n'est qu'une question de temps. Car celui-ci aura désormais le statut de pièce à conviction. Le moindre aspect de sa vie sera scruté à la loupe, et ses collègues découvriront tous ses petits secrets. Il déverrouille son téléphone et retourne sur le forum, dont le caractère parfaitement pathétique, avec le recul, lui saute aux yeux.

Et là, alors que la page s'actualise, un nouveau fil de conversation apparaît, lancé par Doire. Accusant le coup, il se serait écroulé s'il n'était pas déjà assis.

> Le jeu continue : *livestream* ce soir. Cette petite garce, je vais lui donner une bonne leçon.

Même si la seule idée de savoir ce qu'il contient lui répugne, il clique sur le fil pour lire le post en entier.

> Revenez ici à 20 heures pour voir le direct – ou alors cliquez sur le lien pour obtenir un aperçu.
>
> Ce n'est pas difficile de rendre une fille obéissante et respectueuse. Si elle refuse de se soumettre à la méthode, alors il faut passer à la méthode dure. N'oubliez pas : c'est vous qui avez le pouvoir !

L'onglet inséré juste en dessous est un visage en gros plan qu'il reconnaît aussitôt : c'est celui de Nell, affichant la même expression terrorisée que sur sa propre vidéo prise aux abords de l'hôpital. Elle se trouve dans un endroit sombre ; son visage est sale et baigné de larmes. Malgré la culpabilité qui l'étreint à nouveau, il clique sur « PLAY » et découvre des images de Nell Sweeney, tournées dans ce qui ressemble à une cellule de prison. Ses pieds sont nus et une chaîne est attachée à une de ses chevilles. Le type qui filme lui demande si Elzbieta lui manque et Nell fait tout son possible pour ne pas avoir l'air terrorisée.

Il est en train de regarder la vidéo quand la porte du bureau du commandant Bradley s'ouvre ; mais quand il se tourne pour voir qui c'est – s'attendant à ce que ce soit les gars du service informatique –, il se fige en voyant entrer Natalia, qui affiche un air de dégoût. Rouge de honte, il s'apprête à lui présenter quelque excuse, mais que pourrait-il bien dire ? Il se sait parfaitement inexcusable.

— On m'a chargée de te dire d'aller en salle d'interrogatoire numéro 1. Quelqu'un sera bientôt là pour toi.

Percevant un léger tremblement dans sa voix, il se contente d'acquiescer d'un signe de la tête.

— D'accord. Mais il faut déjà que je passe un coup de téléphone. Au sujet d'une nouvelle vidéo… qui vient d'arriver.

Sans prononcer un mot de plus, Natalia hoche simplement la tête et quitte la pièce en refermant la porte derrière elle.

Là-dessus, le major Mark Black prend son téléphone et appelle le commandant Bradley pour lui dire que, cette fois-ci, le temps presse. Plus que jamais.

33

NELL

Jeudi 4 novembre
Disparue depuis sept jours

À mon réveil ce matin, il était debout au-dessus de moi. Même dans la pénombre dans laquelle était plongée la pièce, j'ai aussitôt remarqué que son visage avait un air encore plus pervers que d'habitude.

Il m'a balancé un journal à la figure, *The Chronicle*, si bien que deux visages me dévisageaient, le mien et celui d'Elzbieta. Une troisième photo, celle de mes parents, le visage déformé par le chagrin et l'angoisse, m'a serré le cœur. Mes pauvres parents. Ma petite maman – elle avait l'air vieille, abattue. Jamais je ne l'avais vue aussi abattue. Je n'ai pas pu retenir mes larmes.

Il n'a pas apprécié. Pas du tout.

— Pourquoi pleures-tu ? a-t-il braillé. Tu es célèbre ! Est-ce que ce n'est pas ce que cherchent toutes les filles de ton âge, aujourd'hui ? La célébrité ? N'est-ce pas pour cette raison que vous passez votre temps à poser et à minauder sur les réseaux sociaux, en vous collant des filtres sur la tronche ? Vous êtes d'une vanité et d'une mièvrerie sans nom. Voilà, je t'offre la célébrité sur un plateau d'argent.

Ne sachant quoi répondre, je me suis contentée de hocher la tête. Je supposais qu'il valait mieux ne pas le contredire. En vérité, je n'avais pas l'énergie de faire quoi que ce soit d'autre que d'acquiescer à tout ce qu'il me disait.

— Je suis en train de t'offrir tout ce que tu voulais, a-t-il péroré. Je vais te rendre bien plus célèbre que ce que tu aurais pu imaginer. Encore plus célèbre que cette pauvre Elzbieta. Depuis le début, tu es ma préférée.

Je l'ai remercié pour sa prévenance. Je savais de façon certaine que c'était une de ses fameuses règles. Ne jamais le contredire. Lui dire merci. Ne pas le critiquer. Ne pas se rebeller.

Sur ce, il est parti, satisfait de mes réponses, et survolté par son grand projet visant à me rendre célèbre – même si j'ignore comment il compte s'y prendre. Mais je préfère ne pas y penser. Ça vaut mieux.

Non seulement tenaillée par la faim mais aussi en proie à la fatigue et au désespoir, je n'ai qu'une envie, c'est de retourner à la maison pour retrouver maman. Malgré l'épuisement, c'est à peine si j'ai dormi. À chaque fois que je ferme les yeux, je vois et j'entends Elzbieta. Je rejoue la conversation que nous avions eue à voix basse le premier soir – quand nous ignorions encore l'existence des règles. « Hé oh, il y a quelqu'un ? » avait-elle crié, et je lui avais répondu, d'abord soulagée d'entendre une voix. Dans l'état de confusion où je me trouvais, j'avais espéré que, contrairement à moi, elle était libre de ses mouvements et pourrait venir me libérer.

Elle n'avait pas tardé à me faire comprendre qu'il n'en était rien, et je pense qu'elle avait été tout aussi déçue que moi en comprenant que je n'étais pas ici pour lui porter secours.

Personne n'est jamais venu lui porter secours.

Je me plonge dans le journal qu'Eddie m'a laissé en essayant de comprendre ce que je lis. Les restes calcinés d'Elzbieta ont été retrouvés. Non seulement l'expression me retourne l'estomac, mais elle me met en colère. « Restes calcinés » : ces mots sont tellement impersonnels. Ils ne disent rien de la personne qu'elle était. Elzbieta était certes timide, mais elle avait beaucoup d'humour. Elle était très investie dans ses études, ainsi que dans son travail. Elle commençait tout juste à trouver ses marques à Derry, à se faire des amis. Et la voilà qui se retrouvait réduite au statut de « découverte macabre » et « tragique ».

Ses parents sont en route pour Derry, précise la journaliste, Ingrid Devlin, avant d'ajouter que mes parents sont « fous d'inquiétude ». Je poursuis ma lecture de l'article qu'elle a écrit.

> Visiblement très affectés, Stephen et Marian Sweeney étaient présents lors de la conférence de presse au cours de laquelle il a été demandé à quiconque serait en possession d'informations sur la disparition de leur fille Nell de se manifester. Nell Sweeney, leur unique enfant, a été décrite comme étant « une jeune femme aimante et attentionnée », « la pierre angulaire de la famille Sweeney ».
>
> « Nell, si tu nous entends, sache que nous sommes à ta recherche et que nous ne t'abandonnerons jamais. Si tu es libre de tes mouvements et que tu peux rentrer à la maison, alors s'il te plaît, contacte-nous. Nous ne te poserons aucune question. Tu nous manques trop », a supplié M. Sweeney. « Si vous êtes le ravisseur de notre fille, nous vous implorons de la laisser partir. Nous ne pouvons pas envisager de vivre sans elle. »

Cet appel me fend le cœur. Mon père n'est pas du genre à montrer ses émotions. Pas ouvertement. Il m'est parfois arrivé de le trouver froid, voire cruel. J'ai vu la manière dont il se comporte avec ma mère, cette façon qu'il a de ne jamais apprécier à sa juste valeur tout ce qu'elle fait pour lui. Et pourtant, le voilà qui épanche son cœur publiquement. C'est à se demander s'il ne me croit pas déjà morte, et s'il ne pense pas que je ferai moi aussi bientôt l'objet d'une découverte macabre. Serait-ce uniquement pour cela qu'il parvient à livrer ses émotions : afin de garder l'apparence d'un père qui adorait sa fille ? Peut-être que c'est moi qui suis froide et cruelle. Non : il m'aime sincèrement. Il ne veut rien tant que ma sécurité. L'amour que je lui porte s'est certes un peu émoussé à cause de son comportement vis-à-vis de maman, mais cela ne veut pas dire pour autant qu'il ne m'aime pas. Ou qu'il ne souhaite pas que je sois saine et sauve. Ce n'est pas un monstre.

Quand je regarde à nouveau la photo de maman et lui, je vois de la souffrance dans ses yeux. Mais ce n'est rien en comparaison avec ce qui se lit sur le visage de ma mère. Et pas seulement sur son visage, d'ailleurs, mais sur toute sa personne. Je la vois brisée. J'ai souvent vu cette femme se forcer à sourire contre vents et marées. Pour endurer l'humiliation que lui faisait subir mon père lors de ses nombreux « écarts » avec d'autres femmes. Pour supporter le fait qu'il la rabaissait constamment. Pour prendre le temps de guérir les maux dont elle pense que j'ignore tout. C'est la personne la plus forte que je connaisse, et je la vois brisée. Or, tout est ma faute.

J'étouffe un sanglot. Car j'ai beau être terrorisée à l'idée de ce qui pourrait m'arriver, je suis également terrifiée en imaginant ce qui pourrait arriver à ma mère. La vie l'a déjà bien souvent rudoyée, et ce que je m'apprête à lui faire endurer lui fera plus de mal que ce que mon père lui fera jamais subir.

Eddie m'a laissé une serviette de toilette propre et un savon. Ainsi qu'une robe, qu'il m'a dit avoir achetée lui-même. Elle m'a tout l'air de venir d'une friperie, mais au moins a-t-elle le mérite d'être propre et sèche. D'un style très sage, mi-longue, elle me tiendra peut-être un peu chaud, moi qui suis frigorifiée.

Je dois faire un brin de toilette avant son retour. Quand je lui ai fait remarquer que je n'avais aucun moyen de savoir l'heure, il m'a répondu que ce serait après la tombée de la nuit. Il n'a pas l'air de comprendre que dans cette pièce je ne vois jamais le jour. Il me faudra donc garder un œil sur le rai de lumière qui filtre sous la porte et veiller à être prête au moment où il aura disparu. Je dois me convaincre que si je respecte ses règles, il sera gentil avec moi.

Enfin, pas forcément gentil, mais moins cruel. Moins dangereux. Si je parviens à rentrer dans le moule et à me rapprocher de son idéal féminin, peut-être réussirai-je à m'en tirer. Avec un peu de chance, je tiendrai suffisamment longtemps pour que quelqu'un me retrouve. Car désormais, je sais que des gens sont à ma recherche.

Pourtant, je suis sûre que ça ne finira pas ainsi. Il n'y a personne aux alentours. Personne ne m'a entendue appeler à l'aide. J'ai le terrible pressentiment que c'est trop tard.

Eddie fait une fixation sur le fait de me rendre célèbre. « Plus célèbre que je ne pourrais jamais l'imaginer. » Ce n'est pas ça qui m'aidera à échapper à ce fou furieux. On devient célèbre quand l'image de soi que retiennent les gens est la photo datée et un peu floue d'une personne au destin tragique. L'image d'une victime. De quelqu'un dont le souvenir est ancré dans leur mémoire. Avec le temps, on sert d'exemple pour mettre les autres en garde.

« Personne n'a envie de finir comme cette pauvre Nell Sweeney, diront-ils. Quand on pense à ce qui lui est arrivé. »

34
MARIAN

Jeudi 4 novembre
Disparue depuis sept jours

— Nous vous déconseillons d'essayer de retrouver le site internet, nous met en garde le commandant David Bradley tandis que je m'efforce de rester concentrée sur son visage et sur sa voix. Je sais que vous devez être tentés de le faire mais le *dark Web* est un endroit des plus perturbants. Vous risquez d'y tomber sur des contenus choquants, or en ce moment nous devons vraiment rester focalisés sur les éléments positifs. Le fait de savoir où ont été postées les vidéos originales représente un gros morceau du puzzle, et nos meilleurs informaticiens sont en ce moment même sur ce dossier, pour essayer de remonter jusqu'à celui qui les a postées le premier. Nous sommes également en liaison avec nos collègues de la cybercriminalité à Scotland Yard pour identifier au plus vite les utilisateurs du forum. Ça reste un gros travail, mais la botte de foin dans laquelle se cache notre aiguille s'est considérablement réduite.

— De quelle manière avez-vous trouvé ce site? demande Stephen. Le *dark Web* n'est pas le genre d'endroit où on atterrit en tapant une recherche sur Google.

Je me demande comment il arrive à penser assez rationnellement pour pouvoir poser une question sensée. Moi, c'est à peine si je parviens encore à réfléchir à quoi que ce soit. Je crève d'envie de voir ce qui se dit sur ma fille dans tous ces messages dont le commandant Bradley, livide et grave, vient de nous parler.

— Un membre du forum nous a informés de son existence, répond-il en évitant de nous regarder dans les yeux.

J'ai comme l'impression qu'il ne nous dit pas tout – si j'en juge non seulement par son comportement mais aussi par la mine sombre de la capitaine King.

— L'enquête avance bien en ce moment ; c'est une bonne chose, dit-elle. Ce matin encore, nous avions très peu de pistes, mais nous sommes désormais au courant de l'existence de ce forum, dont nous savons qu'il a abrité des discussions mentionnant Elzbieta et Nell.

Son visage affiche un enthousiasme forcé qui ne fait que me conforter dans l'idée qu'ils nous cachent quelque chose. Je m'apprête à lui demander quoi, quand le commandant reprend la parole :

— Je crois qu'Heather vous a déjà expliqué que cette information ne doit en aucun cas être rendue publique pour le moment, dit-il. Ce dont nous sommes certains, c'est que celui qui détient Nell a une forte envie d'attirer l'attention sur lui. Dans ses messages, il insiste beaucoup sur son désir de célébrité. Il veut qu'on se souvienne de lui. On ne peut pas écarter l'hypothèse qu'il soit lui-même responsable de la diffusion en dehors du *dark Web*, sur les réseaux sociaux conventionnels, des premières vidéos mettant en scène des femmes harcelées par des individus masculins. Il veut que le maximum de gens parlent de lui, alors si nous le privons de l'oxygène de sa notoriété, nous aurons de meilleures chances de le faire taire.

— Ou de le conduire à des actions extrêmes, dit Stephen.

Il n'a pas besoin de développer. Je sais exactement ce qu'il veut dire.

— Il est vrai que nous ne pouvons pas totalement prévoir la façon dont il va réagir, mais nous voulons aussi essayer d'éviter tout effet de panique. Nous voulons être en mesure de concentrer tous nos efforts sur la recherche de Nell, et arrêter cet homme avant qu'il ne commette un nouveau meurtre.

— Mais pourquoi Nell ? dis-je. Ça n'a aucun sens. Pourquoi l'avoir prise pour cible ? Quel peut bien être son objectif en… s'en prenant à elle ? (Je ne peux me résoudre à dire « en lui faisant du mal » ou, pire, « en la tuant ». Je refuse que ces mots franchissent le seuil de mon cerveau.) Elle ne ferait pas de mal à une mouche. C'est une infirmière, bon sang. Elle a même accepté d'assurer des gardes supplémentaires pendant la crise du Covid, quand elle n'était encore qu'étudiante. Sa vie entière est consacrée à aider les autres.

— Nous ignorons pourquoi il a ciblé votre fille, ou Mlle Kowalski d'ailleurs, répond le commandant Bradley. Mais il est probable que la personne que nous recherchons soit, d'une manière ou d'une autre, liée à l'hôpital. C'est pourquoi nous concentrons pour le moment tous nos efforts de ce côté-là. Nos agents présents sur place sont actuellement en train d'interroger le personnel, contractuels et vacataires extérieurs inclus, et de passer les plannings au peigne fin pour voir si de potentiels suspects émergent. Ils cherchent aussi à savoir si quelqu'un a eu un comportement suspect, ou s'il existe un homme que les deux jeunes femmes auraient l'une et l'autre côtoyé. D'après ce qu'il est dit sur le forum, Nell aurait de son plein gré accepté de retrouver cet homme. Ils devaient donc avoir noué une relation quelconque. Soyez-en assurés, nos équipes sont entièrement mobilisées sur cette affaire et nous sommes tout aussi déterminés que vous à voir ce type mis hors d'état de nuire.

Je doute fort qu'ils puissent l'être autant que nous, mais je le garde pour moi. Stephen émet un petit toussotement, comme il le fait quand il entend ce qu'il juge être une absurdité. D'habitude, je trouve ça incroyablement impoli – mais pas cette fois-ci. Là, je sais que cela signifie qu'il pense exactement la même chose que moi.

— Et les autres membres du forum, se sont-ils contentés de l'encourager ? Comment se fait-il que personne ne l'ait dénoncé plus tôt ? C'est quoi, leur problème ? Je ne comprends pas. Ces gens étaient au courant de ses agissements, et ils n'ont rien dit ?

— Il semblerait qu'il se considère comme investi d'une mission plus large, dotée d'une dimension politique.

— Une dimension politique ? dis-je en me demandant ce qu'il peut bien y avoir de politique dans le fait de kidnapper ma fille et de tuer une jeune femme.

— C'est un mouvement de défense des droits des hommes, me répond la capitaine King sans parvenir à dissimuler son mépris.

— Quoi ? m'exclamé-je, incrédule. Vous voulez rire ! Toutes ces filles sont harcelées, kidnappées, et que sais-je encore, et au nom de quoi ? De prétendus droits des hommes ? Bon sang, on aura tout entendu !

— C'est un mouvement qui a pris beaucoup d'ampleur, précise le commandant Bradley. Et même s'il peut prêter à sourire, il ne faut surtout pas le sous-estimer. Ses membres se qualifient eux-mêmes d'« *incels* », c'est-à-dire qu'ils se considèrent comme des célibataires involontaires.

Jugeant que la société est allée trop loin dans la défense des droits des femmes, ils pensent que leurs propres droits fondamentaux sont bafoués, se disent victimes de discrimination et sont persuadés d'être rejetés par les femmes. Ce mouvement a d'ores et déjà donné lieu à plusieurs tueries de masse – dont les auteurs, pour certains, ont acquis le statut de martyrs auprès des autres membres. C'est probablement la raison pour laquelle personne sur ce forum ne nous a contactés. Ils croient dur comme fer à ce qu'ils font – pour eux, les femmes ne valent strictement rien. Ils ont donc encouragé cet individu. L'autre possibilité, c'est qu'ils savaient qu'en nous communiquant cette information, ils seraient liés à quelque chose de sordide et de dangereux.

— Ce n'est pas possible ! dis-je en essayant d'assimiler ce qui vient d'être dit.

— Vous êtes en train de nous annoncer que des minables qui n'arrivent pas à se trouver de petites copines considèrent qu'ils ont le droit ou le devoir de kidnapper des femmes, voire de les tuer ?

La voix de Stephen est pleine de colère, et je ne l'en blâme pas. Notre fille est en danger de mort à cause d'un connard qui se pense persécuté. Je secoue la tête.

— Ce n'est pas quelque chose que l'on voit beaucoup dans nos milieux mais des réseaux comme le *dark Web* permettent de fédérer des individus partageant les mêmes idées, qui peuvent ensuite échanger sur leurs théories et échafauder leurs propres manifestes. Jusqu'à récemment, il était possible de tomber sur des forums similaires sur les réseaux sociaux conventionnels, mais après une opération coup de poing des autorités, les plus militants de ces individus sont entrés dans la clandestinité. Inutile de vous dire que ça nous complique la tâche quand il s'agit de les surveiller ou de repérer une menace avant qu'elle ne soit mise à exécution.

Je passe mes doigts dans mes cheveux. Je sens une migraine poindre juste derrière mes yeux. C'est trop d'informations à intégrer d'un coup; tout ça me semble parfaitement incompréhensible. Ce qui a commencé comme une espèce de concours de vidéos débiles entre types s'amusant à faire peur à des femmes a viré au cauchemar.

— Malheureusement, de tels mouvements ont tendance à faire sortir du bois tous les tarés de l'univers. À l'évidence, nous avons affaire à un déséquilibré, ajoute le commandant Bradley.

Tout à coup, je veux savoir à quel point ce type est déséquilibré. Peu importe que les messages postés sur le forum soient choquants ou non, il faut que je les voie. J'ai besoin de voir écrit en toutes lettres qu'elle est vivante. J'ai besoin de ressentir ne serait-ce qu'un dixième de ce qu'elle ressent. J'ai besoin de comprendre ce qu'elle traverse et, qui sait, peut-être qu'en lisant ces messages je verrai quelque chose que personne d'autre n'a vu. Il n'y a rien de tel que l'intuition d'une mère. Il n'y a rien de plus fort sur cette terre que le lien qui unit une mère à sa fille. Peut-être que je m'accroche à un fétu de paille en imaginant qu'il puisse y avoir le moindre indice – un message secret ou un signe que je serais la seule à pouvoir déchiffrer – mais c'est forcément mieux que de rester assise les bras croisés.

— Je veux voir les messages du forum, dis-je.

Le commandant Bradley secoue la tête.

— Comme je vous le disais, je ne pense pas que… à ce stade de l'enquête… Disons que cela risque de vous faire beaucoup plus de mal que de bien, dit-il.

— De toute façon, je suis déjà au plus mal. Si au moins je savais exactement ce qui se passe… Si nous lisions ces messages, dis-je en me tournant vers Stephen, qui me regarde comme si j'avais perdu la tête, nous ne passerions plus notre temps à nous torturer l'esprit en imaginant ce qu'ils pourraient contenir. Il se pourrait même que nous arrivions à voir quelque chose qui vous aurait échappé. Après tout, c'est notre fille. Nous nous devons de faire quelque chose. Pourquoi ne nous donneriez-vous pas accès à ce *dark Web* ? Nous avons le droit de voir.

— Moi je préfère ne rien voir, dit Stephen calmement, à voix basse. Ni maintenant ni plus tard. Je pense qu'aucun parent ne devrait lire ce genre de choses, et je me demande comment tu t'imagines que je pourrais avoir envie de lire ce qu'ont écrit ces salauds, et comment tu peux en avoir envie toi-même.

À ce moment précis, ses mots me font l'effet d'une trahison. Je me sens jugée. Comme s'il pensait qu'il y avait vraiment quelque chose qui n'allait pas chez moi, et qu'au fond j'étais un peu tordue.

— Je veux essayer de comprendre, dis-je. Et pour ce faire, j'ai besoin de savoir ce que ces types disent d'elle. Je suis prête à tout, même si c'est douloureux ou désagréable, pour tenter de la retrouver.

Surprenant Bradley et King en train d'échanger un regard furtif, j'ai désormais l'absolue conviction qu'ils ne nous disent pas tout. Peut-être tentent-ils de nous protéger d'une réalité trop horrible pour être envisagée. Cette seule pensée me fait l'effet d'un coup de poing dans le ventre. Sont-ils en train de nous cacher la pire des vérités – que Nell est déjà morte ? A-t-elle déjà connu le même destin qu'Elzbieta ?

Je me tourne vers mon mari, dans l'espoir qu'il voie dans mes yeux mon besoin impérieux, coûte que coûte, de savoir. Je voudrais qu'il parvienne à dépasser sa propre terreur et comprenne pourquoi il me faut absolument lire ces messages, aussi sordides soient-ils. À sa naissance, nous avons fait la promesse tacite d'être à ses côtés tout au long de sa vie, quelles que soient les difficultés qu'elle rencontrerait au cours de son existence. C'est sûrement la meilleure définition du double adage : « Pour le meilleur et pour le pire ; dans la santé et dans la maladie. » Bien plus puissante que tous les vœux que nous pourrions jamais échanger, cette promesse n'avait pas besoin d'être verbalisée. Elle est gravée dans mon cœur. Malgré toutes les horreurs endurées. Nous sommes ses parents. Je suis sa mère, pour l'amour du Ciel. Il est de mon devoir de la protéger.

— Vous nous cachez quelque chose, dis-je, la voix nouée. Et ne nous ressortez pas votre couplet sur le thème « faites-nous confiance, nous ne vous disons que le strict nécessaire ». Alors, que se passe-t-il ?

— Marian, dit Stephen, je te demande de te calmer.

Comment ose-t-il ! Comment ose-t-il me demander de me calmer.

— Et toi, je te demande d'aller te faire foutre ! hurlé-je avant de me tourner à nouveau vers les deux policiers, assis à l'autre bout de la pièce. Je vous assure que si vous ne me dites pas ce qui se passe, je ne réponds de rien. Je sauterai sur mon téléphone et j'appellerai cette journaliste, Ingrid Devlin, et je lui balancerai tout : le forum, les cinglés qui y traînent, cette histoire de *dark Web*.

— Nous vous le déconseillons vraiment fortement, madame Sweeney, dit le commandant Bradley.

Visiblement gêné aux entournures, ce dernier lance un regard à la capitaine King, qui lui répond par un petit signe de la tête.

Je prends soudain conscience qu'Heather est venue se poster à côté de moi, là où devrait se trouver Stephen. La façon dont elle me prend la main n'annonçant rien de bon, je m'écarte aussitôt d'elle.

— Je ne veux rien entendre, dit Stephen. Si tu tiens à t'infliger une telle torture, vas-y, ne te prive pas. Mais moi, je refuse de m'y associer.

Là-dessus, il quitte la pièce en trombe et file à l'étage. Heather s'apprête à le suivre mais je l'arrête.

— Laissez-le dans son coin, c'est son problème. Moi, je veux savoir. Et maintenant.

— Madame Sweeney…, commence le commandant Bradley.

— Jusqu'ici vous m'appeliez Marian. Vous pouvez continuer ainsi, dis-je, balayant d'un revers de la main ses tentatives de m'apaiser.

S'il me respecte autant qu'il le dit, alors il me doit la vérité.

Il hoche la tête.

— Marian, soyez-en assurée, il y aura une enquête approfondie à ce sujet. En interne comme en externe. Je vous assure aussi que nos officiers font systématiquement l'objet d'une enquête de moralité en amont de leur intégration, afin de veiller à ce qu'ils agissent toujours avec le plus absolu professionnalisme. Cela étant dit, il semblerait qu'un de nos agents ait pu faire partie de ce mouvement et qu'il soit l'auteur d'un certain nombre des vidéos qui ont circulé.

J'ai beau entendre ce qu'il me dit, je peine à saisir le sens de ses mots. Ma totale incrédulité doit se lire sur mon visage, car le commandant juge bon d'ajouter :

— C'est un de nos propres officiers qui, aujourd'hui même, a porté à notre connaissance l'existence de ce forum. C'est lui aussi qui a attiré notre attention sur un de ses membres, que nous soupçonnons d'être l'auteur du kidnapping de Mlle Kowalski et de votre fille.

— Un de vos officiers. Vous voulez dire, un policier ? Et qui ferait partie de ce groupe de cinglés pétris de haine pour les femmes ? Est-il au courant de cette enquête ? Si oui, pourquoi ne vous a-t-il parlé qu'aujourd'hui ? Et pas lundi ? Ou jeudi dernier, quand Nell a été enlevée ? Ou le jour où Elzbieta elle-même a été enlevée ?

— N'ayant pas encore eu le temps d'examiner tous les posts ni d'interroger l'agent de façon approfondie, je suis malheureusement dans l'incapacité de vous répondre sur ce point. Je peux néanmoins vous réaffirmer que nous redoublons d'efforts pour tenter de retrouver Nell saine et sauve. L'enquête approfondie viendra dans un second temps, une fois que nous vous l'aurons ramenée. Car nous avons bon espoir qu'il soit encore temps, ajoute le commandant. Comme je vous le disais, nos équipes sont pleinement mobilisées sur l'enquête.

— Mais ne faudrait-il pas maintenant diffuser cette information de la façon la plus large possible ? Il y aura forcément quelqu'un pour reconnaître quelque chose chez ce type – son phrasé, ou autre ?

— Justement, nous en avons parlé en venant ici, dit la capitaine King. Mais le fait de braquer les projecteurs directement sur lui pourrait avoir deux effets possibles. L'un serait de l'encourager à utiliser Nell pour faire passer un message encore plus radical.

Elle n'a pas besoin de m'expliquer ce qu'elle entend par « utiliser Nell ».

— Le deuxième serait de le faire disparaître des radars, ce qui, par la même occasion, nous empêcherait définitivement de remonter jusqu'à lui. À ce stade, nous disposons d'un pseudonyme, ce qui n'est certes pas grand-chose, mais c'est tout de même un début. Notre officier est actuellement interrogé par les inspecteurs principaux en charge de l'enquête, et croyez-moi, nous comptons obtenir de lui le plus d'informations possible. Il coopère pleinement avec les enquêteurs.

— Quelle générosité ! dis-je, en songeant que ça arrive un peu tard. De qui s'agit-il ? Est-ce que je l'ai rencontré ?

— Je ne pense pas que je puisse divulguer cette information pour le moment, répond le commandant.

— C'est pourtant vous qui êtes en charge de cette affaire, est-ce que je me trompe ? Si quelqu'un peut divulguer cette information, je suppose que c'est vous !

J'ai envie de le secouer comme un prunier. Il vient de me dire qu'un de ses propres officiers détenait peut-être la clé pour retrouver ma fille. Et que ce même officier avait gardé le silence sur son enlèvement pendant plusieurs jours – un temps précieux à ce stade de l'investigation.

— Pour des raisons purement opérationnelles, et dans l'attente d'une enquête approfondie, nous sommes obligés de prendre ce genre de décisions. Comme je le disais, le plus important pour le moment est qu'il coopère, continue le commandant, qui me fait l'effet d'être en train de débiter des phrases toutes faites.

J'ai envie de lui dire que je me moque éperdument de l'effet dévastateur qu'aura cette histoire sur l'image de la police. Protéger cet officier dont il me parle est le cadet de mes soucis. Tout ce que je veux, c'est retrouver Nell.

C'est mot pour mot ce que je suis sur le point de lui dire quand une sonnerie de téléphone retentit. La capitaine King s'empresse de sortir son portable de sa poche. Je scrute son visage et je la vois dire « Black » en remuant les lèvres silencieusement, puis quitter la pièce.

Je me retrouve donc assise en tête-à-tête avec cet officier supérieur. Je suppose qu'il ne perd pas son sang-froid très souvent, mais là, il a clairement l'air troublé.

— Vous avez des enfants ?

— Oui, me répond-il. Une fille. Elle vient d'avoir quatre ans.

Je le vois esquisser un sourire, les yeux pleins d'amour, dès l'instant où il parle d'elle.

— Comment s'appelle-t-elle ?

Pour une raison qui m'échappe, je tiens absolument à le savoir. En fait, j'ai besoin de me sentir connectée à lui sur ce plan pour m'assurer qu'il comprenne à quel point il est vital pour moi qu'il retrouve ma fille.

— Lola. C'est sa mère qui a choisi ce prénom.

J'acquiesce d'un signe de tête, et me revient en mémoire ce que Stephen m'avait dit : que Nell était un prénom trop démodé pour être donné à un bébé. Pourtant, dès que j'avais posé mes yeux sur elle, j'avais su qu'en aucun cas Nell n'aurait pu s'appeler autrement.

— Marian, je n'ose même pas imaginer ce que vous ressentez. Vous vivez le pire cauchemar qui puisse arriver à des parents. Nous en avons parfaitement conscience, et sachez que je mobilise tous les moyens à ma disposition pour faire toute la lumière sur cette affaire.

— Merci, dis-je d'une voix étranglée.

La main d'Heather se pose à nouveau sur la mienne, mais cette fois-ci je ne m'écarte pas d'elle. Alors que je pensais avoir pleuré toutes les larmes de mon corps deux heures à peine plus tôt, je sens à nouveau mes yeux s'embuer.

Au moment où la capitaine King revient dans la pièce, l'atmosphère change radicalement de nature. Elle ne parvient pas à dissimuler le fait qu'il s'est passé quelque chose de nouveau. Si je pensais que mon moral avait déjà atteint des profondeurs insondables, j'avais tort. Il s'enfonce encore plus et Heather me serre la main si fort que c'en est presque douloureux.

— Que se passe-t-il ? dis-je.

— Un fait nouveau est survenu, et le commandant et moi-même devons impérativement nous en occuper.

— Vous devez également me dire de quoi il retourne.

Je la vois plisser les yeux et tenter de contenir l'effroi que lui inspire ce qu'elle s'apprête à me dire.

— Eve ? demande le commandant Bradley.

Elle jette un coup d'œil dans ma direction puis se tourne vers le commandant.

— Une nouvelle vidéo de Nell a été téléchargée sur le forum. Elle semble très récente.

— Alors cela voudrait dire qu'elle est en vie ? dis-je en reprenant aussitôt espoir.

— Il semblerait que oui, en effet, dit la capitaine. Mais son ravisseur a annoncé qu'il diffuserait une vidéo en direct ce soir pour, je cite, « lui donner une bonne leçon ».

La tête me tourne, mon cœur tambourine dans ma poitrine, et je me lève sans même m'en rendre compte pour aller vomir dans l'évier. Je suis prise de tremblements si violents que j'ai l'impression que je vais m'effondrer sous mon propre poids.

35

LUI

Jeudi 4 novembre
Disparue depuis sept jours

— Que pouvons-nous apprendre grâce à cette vidéo ?

La capitaine King est penchée sur le bureau devant lequel est assis le commandant Bradley, qui scrute l'écran d'ordinateur. Sous leurs yeux se met au point l'image de la jeune Nell Sweeney, visiblement terrorisée.

Mark Black a déjà vu la vidéo trois fois, et à chaque visionnage il se sent encore plus mal. Il n'y a vraiment rien de glorieux à voir cette jeune femme aveuglée par le feu de la torche, craignant de croiser le regard de son ravisseur, et prenant petit à petit conscience que sa collègue – qui était aussi sa codétenue – a connu une fin sordide.

Il sait que Nell Sweeney doit avoir peur de connaître le même destin. Et Dieu sait s'il a l'horrible pressentiment que ce sera le cas. Il sait aussi que Doire ne possède aucune empathie et qu'il ne cédera à aucune demande de libération. Il a déjà dit à Mark Black qu'il n'était plus rien maintenant. Mark avait peut-être ramassé le petit bois, mais c'est lui, Doire, qui a allumé le brasier, et il ne demande pas mieux que d'ajouter de l'huile sur le feu.

Plus le bûcher sera important, plus l'impact sera fort et durable. Il est prêt à sacrifier n'importe qui au nom de sa cause.

L'annonce d'une diffusion en direct sur internet ne fait qu'empirer les choses. Les gars du service informatique cherchent un moyen de la bloquer, mais on n'est pas sur Facebook ou Twitter. Il n'y a pas de rubrique « Contactez-nous ». Il n'y a pas de procédure simple et directe pour mettre le site hors ligne.

Les bas-fonds de l'internet ne connaissent aucune norme de morale ou de décence. Il ne l'ignore pas. Ce qu'il a vu sur ces forums n'aurait jamais dû voir la lumière du jour. Des femmes qui se faisaient violer, humilier. Des scènes de torture. Des femmes, visiblement non consentantes, que l'on forçait à participer à des scénarios pornographiques extrêmes. Et même un *snuff movie*.

Au début, il se disait qu'il ne regardait tout ça que pour se documenter. À l'époque, il enquêtait sur une affaire de *revenge porn* dans laquelle des images d'une exceptionnelle crudité, mettant en scène une femme des environs en train de se livrer à des actes sexuels avec son ex-compagnon, avaient fait le tour des réseaux sociaux. Dès qu'il parvenait à faire enlever la vidéo d'un site, elle réapparaissait aussitôt ailleurs – il avait entendu dire que les liens circulaient via Snapchat et WhatsApp. Et si les commentaires, au moment où elle était encore visible sur Facebook, disaient pour la plupart que c'était une honte absolue, il avait également lu des messages de types qui s'en délectaient. Ils disaient que la fille « l'avait bien cherché », la qualifiaient de « pute ». Ils détaillaient chaque courbe, chaque repli de son corps comme s'ils examinaient du bétail dans une foire aux bestiaux. Ils décrivaient tout ce qu'ils avaient envie de faire à cette « jolie petite bouche ». Il avait même lu des messages de femmes disant que si la fille en question « ne voulait pas que ses nichons se retrouvent partout sur internet », pourquoi avait-elle laissé son copain filmer leurs ébats ? Il était bien d'accord. Il y avait sûrement une part de responsabilité individuelle dans cette histoire. Et si ç'avait été l'inverse ? s'était-il demandé. Si c'était elle qui avait balancé des vidéos de son ex, ce dernier aurait-il eu droit à toute l'empathie qu'elle disait mériter ? Sûrement pas. C'était forcément différent quand il s'agissait d'une femme.

Cela dit, cette première immersion avait ouvert une brèche en lui – il avait eu envie de se « documenter » davantage. Certains types étaient de vrais porcs, c'est clair, mais plus il lisait leurs posts, plus il se disait qu'il partageait certaines de leurs idées. Quand on change de point de vue et qu'on réfléchit à la façon dont les hommes n'ont cessé d'être conspués, on finit par se dire que les femmes ne sont pas les vraies victimes dans cette histoire.

Enfin, c'est ce qu'il pensait jusqu'ici. Car maintenant il sait, bien sûr. Il a vu la réalité de près. Il a vu les dégâts causés par les agissements de Doire. Il a accepté une tasse de thé des mains tremblantes de Marian Sweeney et vu de ses propres yeux qu'elle aussi vit un enfer.

Il a vu la façon dont Natalia le regarde maintenant, comme si elle ne l'avait jamais rencontré. Il a l'air de lui inspirer du dégoût autant que de la peur.

Mais peut-être est-il encore temps pour lui de corriger le tir ? Si ça se trouve, il peut résoudre cette affaire avant qu'il ne soit trop tard.

— Ça ressemble à un bâtiment récent, dit la capitaine King. Est-ce qu'on a envoyé une équipe sur les sites qui sont toujours en cours de construction ?

Avec les dizaines d'édifices en cours de construction dans cette ville, cela prendrait des heures pour les vérifier un par un. Étant donné que la plupart sont toujours assujettis aux mesures sanitaires liées au Covid, des protocoles stricts doivent être appliqués. Et encore faudrait-il que ce chantier se trouve à Derry. Car il pourrait tout aussi bien se trouver dans n'importe quel bled entre ici et Strabane. Ou alors dans l'autre direction, songe-t-il. De l'autre côté de la frontière, du côté du comté de Donegal – Dieu sait si les lotissements fantômes ne manquent pas là-bas, depuis la chute du « Tigre celtique ».

— On devrait prendre contact avec la *Garda Síochána*[1], dit-il. Au cas où il se trouverait de l'autre côté de la frontière.

— Mark, si tu sais où il est, c'est le moment ou jamais de le dire. Lâcher de vagues indices ne t'avancera à rien. Si tu sais quelque chose et que tu le gardes pour toi, ça ne fera qu'aggraver ton cas, dit la capitaine King.

Il remarque qu'elle n'arrive même pas à croiser son regard. À partir de là, il ne peut plus faire machine en arrière.

— Je n'en sais pas plus que ce que je vous ai déjà dit. Je vous ai montré toutes les conversations que j'ai eues avec lui. Je n'avais pas d'autre moyen de le contacter. Et vice versa, répond Mark. J'essaie juste de prendre un peu de hauteur.

— C'est un peu tard, rétorque la capitaine. Si tu nous avais mis au courant quelques jours plus tôt… même hier… Quand on pense aux dégâts que ça va faire…

Il est submergé par une vague de honte, car il sait fort bien qu'elle a raison. Si Nell Sweeney devait mourir, il serait tout aussi coupable que Doire. Voire davantage.

1. Police nationale de la République d'Irlande.

— On va envoyer l'hélicoptère, dit le commandant Bradley, histoire de faire un repérage général de la zone, pour repérer d'éventuelles activités suspectes.

— Il y a très peu de bruit en arrière-fond de la vidéo, note la capitaine. C'est peut-être dû à l'heure à laquelle elle a été filmée, mais quand même, si l'endroit était un bâtiment en cours de construction, il y aurait forcément du bruit ou alors il serait risqué de la séquestrer là-bas : elle n'aurait aucun mal à attirer l'attention sur elle.

Mark secoue la tête.

— Sauf que c'est peut-être une de ses règles, dit-il.

Pour la première fois, la capitaine lève les yeux sur lui, l'air visiblement interloqué.

— Comment ça ? demande-t-elle.

— Dans ses messages, il évoque les règles du jeu à plusieurs reprises. En référence à la façon dont il souhaite que les femmes se comportent en sa présence. Il dit que les femmes doivent être mises au pas. Il faut leur faire comprendre que si elles n'obéissent pas au doigt et à l'œil, elles en paieront les conséquences. Il dit aussi qu'il ne leur divulgue pas les règles – que ça fait partie du jeu. Et là, regardez, il invite les autres types à rejoindre son jeu… (Mark fait défiler l'écran pour leur montrer les odieux messages en question.) J'ai passé suffisamment de temps sur ces forums pour savoir qu'il y est beaucoup question de règles. Pour Doire, ça vire même à l'obsession. Regardez son message, là – c'est son manifeste.

— Mais alors, c'est un geste politique ou un jeu ? demande la capitaine, sur un ton sec.

Mark Black sait que pour Doire, qui professe qu'il faut « foncer dans le tas ou bien rentrer chez soi », ce sont les deux à la fois. À ses yeux, Elzbieta, ou Nell, ou n'importe quelle infortunée sur laquelle il aura jeté son dévolu, n'ont pas plus de valeur que les pions dans un jeu.

— Ce type est un déséquilibré, dit Mark, et il entend la capitaine pouffer, comme si elle voulait lui faire comprendre qu'il avait remporté la médaille d'or aux Jeux olympiques des enfoncements de portes ouvertes.

Il préfère ne pas y prêter attention. Il sait que rien de ce qu'il pourra dire ou faire ne sera de nature à excuser son comportement. Tout ce qu'il peut faire pour calmer Eve King, c'est tirer cette affaire au clair au plus vite.

— Et si je lui envoyais un message ? dis-je. Ça pourrait fonctionner. Surtout si je flatte son ego.

Il surprend le regard échangé par ses deux supérieurs. Il imagine qu'ils se demandent si c'est vraiment une bonne idée de le laisser approcher d'un ordinateur, étant donné ce qu'il a avoué avoir fait sur internet. Il voudrait pourtant qu'ils comprennent qu'ils n'ont pas de temps à perdre en tergiversations. La vidéo dit que le *livestream* est prévu pour ce soir. Il est déjà 15 heures passées. Dans moins de cinq heures, cette ordure utilisera Nell comme appât pour attirer tous les désaxés de la planète.

— Si vous voulez la revoir vivante, alors il faut que j'essaie. Et de votre côté, il faut vraiment que vous fassiez tout ce qui est en votre pouvoir pour contenir la diffusion de ce direct, car plus son audience sera importante, plus ce qu'il sera prêt à faire sera radical. Le nombre de vues sur la vidéo avec Nell monte en flèche.

C'est vrai. Le compteur de vues est déjà en train de s'affoler. Le forum est en surchauffe à cause de l'afflux de types aux pseudos suspects, en pleine effervescence en attendant de savoir ce qui se trame.

« Il l'a fait cramer, cette petite garce », a écrit l'un d'eux, en ponctuant son message d'un emoji souriant.

« Ils ont été obligés d'examiner sa denture pour l'identifier. Qu'elles en prennent toutes de la graine. Moi, je ne vais pas pleurer sur son sort. »

Et un autre : « On les avait prévenues. Depuis des mois. Mais elles ne nous prennent jamais au sérieux. Maintenant, elles n'ont plus le choix ! Elles vont arrêter de nous sous-estimer. Je serai devant mon écran ce soir. Ça me donnera des idées. Il n'y a aucune raison qu'on ne puisse pas tous lancer notre propre jeu. »

— Merde ! s'exclame le commandant Bradley. OK, OK. Vous lui écrivez. Mais ne vous avisez surtout pas de lui dire que vous appartenez au PSNI. Il ne doit en aucun cas deviner que nous avons découvert l'existence de ce forum. Eve, tu restes avec lui, et tu surveilles tout ce qu'il écrit. Il faut que je remonte ça au niveau supérieur. C'est trop gros pour nous.

De toute sa vie, jamais il ne s'est senti aussi mal. Aussi se jure-t-il de tout faire pour se rattraper. Quoi qu'il en coûte.

36

MARIAN

Jeudi 4 novembre
Disparue depuis sept jours

La maison est silencieuse. Un tel calme me paraît totalement absurde. Je suis allongée sur le canapé, enroulée dans un plaid en laine, la tête posée sur des coussins. Les rideaux sont toujours fermés et Harry Styles somnole entre mes jambes, en dessous de mes genoux. Il ronronne gentiment, comme si tout allait pour le mieux dans son petit monde. Je suppose que c'est le cas. Il est nourri. Il a une litière propre, un endroit pour dormir en sécurité. Si jamais il sent la tension palpable dans la maison, le sentiment de tragédie imminente qui y règne, il n'en montre rien.

Ils m'ont redonné un Xanax. Juste un demi-comprimé, cette fois. Suffisamment pour faire un peu descendre mon angoisse, mais pas assez pour m'assommer. Même si je ferais tout pour ne pas être ici, maintenant, je ne peux pas simplement disparaître. Je n'ai d'autre choix que de scruter l'horloge. Cette horloge murale que j'ai toujours détestée, pour la trouver parfaitement hideuse, émet un tic-tac si assourdissant que j'en ai mal à la tête.

Les policiers ont dépêché leurs meilleurs éléments pour retrouver ma fille. On me dit que tout est mis en œuvre pour remonter à la source de la vidéo. Ils l'analysent sous toutes les coutures, pour essayer de déceler le moindre indice.

Non, il n'est pas souhaitable que je la regarde, m'ont-ils fait savoir. Au même titre que les messages postés sur le forum, cette vidéo « risque de s'avérer très perturbante ». Ils ne me diront pas non plus où sera diffusé le *livestream* – ils craignent trop que je me précipite sur le site pour déverser ma haine sur le malade mental qui détient ma fille. Selon eux, ça ne ferait « que décupler son acharnement », et cette seule expression avait suffi à me soulever le cœur.

Mais ils ont quand même consenti à me montrer une capture d'écran où l'on voyait Nell. Parti d'une bonne intention, ce geste s'est aussi révélé cruel. Elle avait le visage baigné de larmes et les cheveux sales. Elle a l'air épuisée, terrorisée. J'ai aussitôt regretté de l'avoir vue. Ce n'est sûrement pas une image que je veux avoir dans la tête. Il y a aussi une question qui me taraude : et si c'était la dernière photo que je voyais d'elle vivante ?

— Nous nous employons à trouver la meilleure stratégie pour la trouver, m'a assuré le commandant Bradley en se levant pour prendre congé. (J'ai néanmoins trouvé qu'il avait l'air de plus en plus mal à l'aise.) Nous allons maintenant mettre une équipe sur pied et, soyez-en assurée, nous vous tiendrons informée en temps réel.

— À quelle heure aura lieu le *livestream* ? lui ai-je demandé.

Ma question l'a embarrassé.

— 20 heures. Ce qui veut dire que nous n'avons pas une minute à perdre. Mais Heather restera ici, bien sûr.

Si quiconque essaie de vous contacter, elle s'en occupera. Et elle aura du renfort à l'extérieur.

Là-dessus, tandis qu'un million de questions continuaient à fuser dans ma tête, le commandant a pris congé, et moi, moi j'ai fait mon possible pour comprendre tout ce qui m'avait été dit. C'est à ce moment-là que j'ai dû devenir un peu hystérique et qu'on m'a donné le Xanax. L'effet sédatif a été le bienvenu, mais je ne pense pas qu'il existe le moindre anxiolytique sur cette terre qui puisse totalement anesthésier la douleur due au fait de savoir son enfant en danger de mort.

Quand j'ai retrouvé une respiration normale, Heather m'a dit d'essayer de retourner dormir. Avec sa capacité à préparer tasse de thé sur tasse de thé, c'est probablement là ses deux fonctions majeures. Elle a tenté de me convaincre de monter dans ma chambre pour m'allonger correctement, mais il en est hors de question. Au regard que je lui ai lancé, elle a tout de suite compris qu'il valait mieux qu'elle retourne à sa théière et qu'elle me fiche la paix. Stephen n'a pas réapparu depuis sa sortie en trombe. Heather est montée l'informer au sujet de la vidéo et de la montée en puissance de l'enquête. Elle ne m'a pas rapporté ce qu'il lui a dit – si tant est qu'il ait dit quoi que ce soit.

Elle s'est contentée de revenir à pas feutrés dans le salon, tandis que j'étais allongée sur le canapé, les yeux consciencieusement fermés tel un enfant qui s'efforcerait de convaincre sa mère qu'il dort à poings fermés alors qu'il n'en a pas la moindre envie. Comment pourrais-je m'assoupir, ne serait-ce que cinq minutes ? Je n'ai sûrement pas besoin qu'elle me répète que je dois économiser mes forces. C'est tout le contraire. Je dois mobiliser toutes mes forces pour retrouver ma fille. Mais je suis épuisée, et j'ai l'impression que chacun de mes membres est lesté de plomb. Je vais donc me reposer un peu. C'est obligé.

Je m'efforce de ne pas prêter attention à Heather qui traverse le salon sur la pointe des pieds pour regagner la cuisine en refermant la porte tout doucement derrière elle. Elle me laisse toute seule dans l'obscurité, en proie à mes démons.

De temps en temps, j'entends la sonnerie feutrée de son téléphone puis le murmure de sa voix – mais ses propos sont inintelligibles depuis l'endroit où je me trouve. J'ai beau tendre l'oreille, je ne distingue pas le moindre le mot. Alors j'essaie de deviner son humeur en me concentrant sur ses chuchotis. Sa voix exprime-t-elle davantage d'urgence que tout à l'heure ? Ou davantage de pessimisme ? Ou bien est-elle tout simplement en train d'expliquer à son mari qu'il devra se débrouiller tout seul pour le dîner ? Elle a sa propre vie en dehors de tout ça. Au bout du compte, quelle que soit l'issue, il arrivera un moment où elle nous quittera pour retrouver sa vie. Sa famille – son mari, et ses enfants. Elle a deux fils, m'a-t-elle confié. Des adolescents. Treize et quinze ans. Elle ne m'a pas donné leurs noms. Je ne lui en tiens pas rigueur. À sa place, je voudrais moi aussi laisser le plus possible ma famille en dehors de tout ça. Je ne voudrais même pas que leurs noms soient prononcés dans cette maison.

Je suppose qu'elle doit maintenir une distance professionnelle pour être en mesure de faire son travail. Mais je sais aussi que ce soir elle rentrera chez elle et que, quoi qu'il arrive ici, elle verra ses garçons – elle les embrassera sûrement pour leur souhaiter bonne nuit ; elle les saura en sécurité.

Rien qu'en pensant à ce soir, je sens une boule se former dans mon estomac. Chacun de mes muscles est douloureux à force d'être crispé. Mon corps tout entier est tendu, fourbu, et ne demande qu'à dormir. Mais mon esprit, lui, me hurle de rester éveillée. Pour Nell. La plupart des journalistes qui faisaient le siège devant la maison ont disparu. Je ne les blâme pas. Le temps est épouvantable ce soir : il fait froid, il pleut des cordes. Ils n'ont aucune idée de ce qui se passe ici. Ils ne sont pas au courant pour le *livestream*. Et pour cause : les flics font tout ce qu'ils peuvent pour empêcher que ça ne s'ébruite.

Les sachant à l'affût de sujets toujours plus sensationnels, je me dis qu'ils sont peut-être allés voir les Kowalski, qui ne nous ont pas contactés, finalement. Ils étaient probablement encore sous le choc après avoir identifié la bague en émeraude d'Elzbieta, et trop fatigués par leur voyage. Je suppose que les policiers se sont également dit qu'il valait mieux les tenir à l'écart, maintenant que notre propre fille est directement menacée. Et le fait que Stephen et moi ayons eu une énorme engueulade et ne supportions même plus de nous retrouver dans la même pièce a probablement joué dans leur décision.

J'imagine aussi qu'ils sont terrorisés à l'idée que nous puissions révéler aux Kowalski qu'un de leurs agents, lui-même en cause dans cette affaire, est actuellement en train de « coopérer à l'enquête avec eux ».

Et pourtant, nous sommes toujours censés les croire quand ils nous assurent mettre en œuvre absolument tout ce qui peut l'être pour aider Nell. Et s'il n'y avait pas qu'un seul policier impliqué ? Et s'il était de mèche avec d'autres collègues ? Ils pourraient être en train de saboter l'enquête à tous les niveaux. La tête me tourne quand j'essaie de réfléchir à tout ça.

Le bruit d'un hélicoptère attire soudain mon attention. C'est probablement la gendarmerie maritime, ou bien la police. Je pense d'abord qu'un pauvre malheureux a dû tomber dans le fleuve, à moins qu'il ne s'agisse d'une alerte « attentat ». C'est généralement les deux raisons pour lesquelles ils envoient l'hélicoptère. Avec un mélange d'appréhension et d'espoir, je finis par comprendre qu'ils sont sûrement en train de chercher Nell. Ou alors ils emploient les grands moyens pour nous le faire croire. Je sens que la paranoïa me gagne. Je suis à cran.

Et quand bien même ils feraient leur boulot correctement, je me demande comment ils peuvent espérer la repérer depuis le ciel, sachant qu'elle est enfermée quelque part. Comment pourraient-ils la voir ? Et admettons qu'ils la voient – si, par quelque miracle, elle a pu sortir –, comment pourraient-ils savoir que, parmi les minuscules silhouettes qu'ils aperçoivent en contrebas, se trouve la jeune fille qu'ils recherchent ? Ils ne la connaissent pas. La nuit est tombée. C'est une fille parmi tant d'autres. Rien ne pourrait la faire remarquer.

Alors qu'à mes yeux, elle est absolument remarquable.

L'obscurité n'arrange rien. Je n'arrête pas de penser à cette pièce obscure où Nell semble enfermée. Est-ce une cave ? une remise ? ou encore un bunker ? Impossible à dire. Comment peuvent-ils savoir où ils doivent commencer à chercher ?

Même si je ne suis pas quelqu'un de particulièrement porté sur la spiritualité – loin de là –, je ferme les yeux et je prie pour qu'elle reçoive les forces et l'amour que je lui adresse par la pensée. Je prie pour qu'elle sache que si je le pouvais, je serais à ses côtés. Et que je ferai tout ce qui est en mon pouvoir pour la ramener à la maison.

Le vrombissement de l'hélicoptère est assourdissant à son passage au-dessus de notre quartier, le bruit des pales couvrant le tic-tac de l'horloge.

— Je vous en supplie, trouvez-la. Je ne peux pas vivre sans elle.

Je comprends que j'ai parlé tout haut au moment où Heather passe une tête dans l'embrasure de la porte.

— Tout va bien ? demande-t-elle, ce qui provoque en moi une très inopportune envie de rire, tant sa question est ridicule.

Mais elle a au moins le bon goût d'avoir l'air ennuyée de l'avoir posée.

— Enfin, vous me comprenez…, ajoute-t-elle.

Je ne réponds pas. Je me contente de hausser les épaules et de me redresser pour m'asseoir. J'ai mal à la tête. Je sais qu'il faudrait que je mange ou boive quelque chose. *A minima*, je sais que j'aurais besoin de caféine et de paracétamol pour desserrer l'étau qui m'écrase le crâne.

Je sais aussi que prendre un peu l'air me ferait du bien, mais on m'a conseillé de ne pas sortir. Les choses pourraient s'accélérer. Ou la presse me tomber dessus. À moins qu'un autre taré ne me coure après pour me donner la peur de ma vie, dans le simple but de gagner quelques *likes*.

Je crois aussi que je culpabiliserais de pouvoir sortir au grand jour, contrairement à Nell qui est enfermée dans je ne sais quel enfer. Mon portable est posé à côté de moi sur le canapé. Son écran n'arrête pas de clignoter sous l'effet des notifications, mais je refuse de regarder. Je ne veux parler à personne. On nous a demandé de ne surtout pas parler du *livestream* de ce soir. Pas même à nos amis ou à notre famille. Dans ces conditions, comment pourrais-je bien avoir une conversation un tant soit peu normale avec quiconque ?

Heather se dirige vers la fenêtre pour jeter un œil à travers les rideaux. Une voiture est garée devant la maison, avec à son bord deux de ses collègues qui montent la garde. Je me demande bien ce qu'ils espèrent voir venir.

— Vous pouvez les inviter à venir prendre un café ou un thé, dis-je en comprenant que j'ai moi-même la gorge sèche. Je vais faire du café. Histoire de me changer les idées.

Comme si je ne savais pas que c'était parfaitement illusoire.

— C'est très gentil à vous, dit Heather, mais ils ont tout ce qu'il faut. Ces gars sont régulièrement ravitaillés. On les chouchoute.

Elle esquisse un sourire qui ne parvient pas à éclairer ses yeux.

Je devine ce qu'elle essaie de me dire le plus poliment possible : ces agents ne peuvent en aucun cas quitter leur poste, au cas où il arriverait quelque chose d'horrible.

Elle s'apprête à refermer les rideaux quand, apercevant quelque chose, elle vérifie une deuxième fois et marmonne tout bas : « Bon sang, mais ce n'est pas possible. » La seule fois où je l'ai entendue prononcer ces mots, c'est lors de la visite d'Ingrid Devlin hier. La sonnette retentit.

— Je suis désolée, dit-elle. Manifestement, les gars dans la voiture ont pris un peu trop au pied de la lettre leurs instructions de ne pas quitter leur poste. Je vais leur remonter les bretelles. En attendant, je m'occupe d'elle. Je vais nous en débarrasser.

— De qui ? dis-je pour qu'elle confirme mes soupçons.

— Ingrid Devlin. (Elle prononce le nom de la journaliste comme s'il lui arrachait la gorge.) J'aurais dû me douter qu'elle rappliquerait, maintenant que les autres sont partis. Un vrai roquet qui ne veut pas lâcher son os.

— C'est peut-être ce dont on a besoin en ce moment, dis-je.

Je me fiche de ce que les flics pensent d'Ingrid. Tout ce qui m'intéresse, c'est qu'elle est peut-être capable de découvrir quelque chose qui leur aurait échappé. Comme le fait, par exemple, qu'un des leurs faisait partie de ce groupe de dégénérés s'amusant à traquer des femmes. Et qu'il aurait pu enrayer la machine il y a plusieurs jours déjà. Peut-être même avant le meurtre d'Elzbieta.

À défaut de me répondre, Heather se dirige vers la porte d'entrée où elle engage la discussion avec Ingrid. Je dois dire que je suis impressionnée par la constance de la jeune journaliste face à une animosité aussi franche.

— Allons, Heather. Vous savez que je me contente de faire mon boulot. Et je vais peut-être pouvoir vous aider. Nous voulons tous la même chose ici : que Nell Sweeney retrouve sa famille saine et sauve.

— Il n'y a rien de plus à dire que ce qui l'a déjà été cette après-midi dans le communiqué de presse, dont je suppose que vous avez déjà reçu une copie par l'intermédiaire de notre service Presse.

Depuis mon canapé, je tends le cou et j'aperçois, à travers la porte du salon, son carré blond lui balayer le visage. Elle ne semble pas du tout dérangée par le mauvais temps. Heather s'est postée de sorte à ne pas lui laisser la moindre chance de rentrer.

— J'ai en effet reçu le communiqué de presse, répond Ingrid d'un ton poli – voire trop. Mais il se passe autre chose en coulisse, n'est-ce pas ? Je viens d'essayer de parler aux Kowalski ; on m'a empêchée de les voir. Cet hélico n'arrête pas de tourner au-dessus de nous depuis une heure, et je n'arrive pas à obtenir les moindres détails opérationnels sur les raisons de cette sortie. Et certains de vos gars sont vraiment à cran. À ce propos, plus de nouvelles de Bradley ou de King, ni même de Black, d'ailleurs.

En l'entendant prononcer ces trois noms ensemble, j'ai comme un déclic. C'est peut-être une simple intuition, mais ça serait tout de même assez cohérent. Le major Black. Ce grand flandrin qui n'avait jamais l'air de se sentir vraiment à sa place. Depuis le début de cette affaire, il est toujours dans le sillage d'Eve King. Or cette après-midi, quand le commandant et la capitaine sont revenus, il avait disparu. Je revois alors la tête qu'il a faite quand j'ai fondu en larmes tout à l'heure.

« Notre agent coopère pleinement avec les enquêteurs », avait dit le commandant Bradley. Ses mots résonnent encore à mes oreilles. Ne me dites pas qu'il parlait du major Black ! Ce grand dadais n'aurait quand même pas eu l'audace de rester chez moi et de m'offrir du thé ainsi que sa compassion tout en sachant exactement ce qui se passait pendant ce temps-là.

— C'est lui, n'est-ce pas ?

Ma question est sortie toute seule, ma voix ayant retrouvé sa vigueur.

Heather et Ingrid se tournent vers moi. Heather fait de son mieux pour ne pas avoir l'air horrifiée, mais elle échoue lamentablement. Ingrid Devlin nous regarde l'une puis l'autre, son radar journalistique visiblement en alerte rouge.

— Madame Sweeney, dit-elle. Je suis vraiment désolée que viviez un pareil cauchemar. Nous nous sommes rencontrées brièvement hier, juste avant la conférence de presse. Puis-je vous demander ce que vous vouliez dire en disant « C'est lui » ?

— Ingrid ! dit Heather en haussant le ton. Nous vous avons demandé de passer par le service Presse. Ce n'est pas du tout le moment de harceler cette famille. Vous ne respectez donc pas le code de déontologie de la Société des journalistes ? Nous pourrions déposer une plainte.

Même si je sais que la suggestion d'Heather part d'une bonne intention, ses mots me restent sur le cœur. *Eux*, porter plainte ? Comment pourraient-ils sérieusement envisager de porter plainte contre une journaliste qui, de son propre aveu, n'a d'autre souhait que de retrouver ma fille, alors qu'eux-mêmes ont en leur sein un pervers qui harcèle les femmes ? Il ne m'en faut pas plus pour que je saute du canapé et que je me précipite vers la porte d'entrée.

— Ce que je voulais dire, commencé-je d'une voix tremblante, c'est qu'un membre du PSNI est impliqué dans ces enlèvements.

— Ce n'est pas tout à fait exact, proteste Heather.

Son visage m'implore de me taire. Mais elle ne peut pas le dire tout haut, bien sûr. Cela ne ferait que confirmer mes dires. À l'évidence, ils ont la ferme intention d'étouffer l'affaire.

— Vos supérieurs m'auraient-ils menti en me disant qu'un des vôtres était interrogé sur cette affaire ? dis-je sur un ton glacial.

Ingrid Devlin est suspendue à mes lèvres. Elle a beau afficher un air soucieux, je ne suis pas stupide – quoi qu'en dise Stephen de temps à autre. Je sais fort bien que pour elle, seul importe le scoop. Mais je n'en ai rien à faire. Si ça peut me ramener Nell, je suis prête à vendre mon âme à la presse

Heather tente de me convaincre qu'il serait préférable de poursuivre cette discussion à l'intérieur. À l'écart d'oreilles indiscrètes. Mais si elle pense s'en tirer à si bon compte, elle se fourre le doigt dans l'œil. Je l'ignore.

— Mark Black, dis-je. On ne l'a pas revu depuis ce rebondissement. C'est lui, n'est-ce pas ?

37

NELL

Jeudi 4 novembre
Disparue depuis sept jours
17 heures

Dehors il fait nuit. Enfin, je pense. Je ne vois pas de lumière filtrer sous la porte, mais de toute façon j'ai perdu toute notion du temps, maintenant. Je ne saurais pas faire la différence entre cinq minutes et cinq heures. Il ne m'a rien apporté à manger ce matin ; je me sens faible tant je suis affamée. Il fait un froid glacial et j'entends le vent siffler dans les minuscules interstices entre les parpaings. Le peu d'énergie qui me reste, je l'utilise pour essayer de me réchauffer – pour survivre. À l'heure qu'il est, je devrais m'être préparée pour lui, pour être à peu près présentable. C'est à peine si j'ai l'énergie de bouger – et j'ai mal aux articulations à cause du froid.

Mais j'ai fait au mieux. Déjà, c'était très agréable d'enfiler des vêtements secs. Certes, la robe sent le renfermé, mais en comparaison avec ma propre odeur, c'est presque agréable. Je me suis endormie juste après m'être épuisée à tenter de me laver à l'eau glacée et m'être changée. Je n'ai aucune idée de combien de temps j'ai dormi – mais je sais que j'ai eu toutes les peines du monde à me réveiller, tant je suis fatiguée.

Dans mon sommeil, j'ai rêvé que j'étais à la maison, chez mes parents. J'étais allongée sur le canapé, ma tête sur les genoux de ma mère – ma position favorite quand j'étais petite. Elle jouait avec les mèches de mes cheveux – elle les lissait, les caressait – en me disant qu'elle m'aimait très fort. J'étais enveloppée dans un cocon de sécurité et d'amour inconditionnel. J'ai fini par comprendre que c'était le bon temps. Ces derniers mois – durant lesquels je me suis entêtée à vouloir sortir de ma zone de confort pour vivre de nouvelles choses – n'ont pas vraiment répondu à mes attentes. En fait, j'étais heureuse dans cette vie-là. Tout allait bien. Mais une petite voix était venue me susurrer à l'oreille que ce confort devenait ennuyeux. Que je finirais peut-être par m'en sentir prisonnière. J'avais pensé à ma mère, à l'exubérance dont je la savais pourvue mais qui n'avait jamais pu s'exprimer. C'est mon père qui l'empêchait de briller, mais par peur de tout remettre en question, elle n'avait jamais eu le courage de partir.

Là, tout ce que je voudrais, c'est être à nouveau avec elle. Nous serions assises sur le canapé, et saurions que nous avons tout fait pour nous sauver l'une l'autre. Nous avons encore tant à partager. Il y a toutes ces choses dont nous avons parlé, sans jamais avoir pris le temps de les faire. Une virée shopping à Londres, « entre filles ». S'inscrire à un club de lecture. Rien de très exceptionnel, mais ces petites choses me sembleraient aujourd'hui merveilleuses. Je donnerais tout pour retrouver cette vie-là – passer du temps avec Clodagh, apprécier les petits plaisirs de la vie que j'ai pris pour acquis. Je chasse aussitôt ces pensées de mon esprit, par crainte d'être vite submergée par l'angoisse de ne plus jamais pouvoir profiter de tout ça.

Eddie ne m'a donné aucune indication sur ce qui allait se passer à son retour. Je n'ai aucune idée de ce qu'il a en tête, à part le fait de me rendre célèbre, bien sûr. Je me demande s'il m'enlèvera cette chaîne. S'il me fait sortir, comme Elzbieta, alors il se peut que j'aie une chance infime de pouvoir m'enfuir. En étant très prudente, très concentrée, je repérerai peut-être le moment où il baissera la garde et où je pourrai tromper sa vigilance. En fait, la seule chose que je sache avec une absolue certitude, c'est que si je reste ici, enchaînée au plancher dans cette cellule borgne, je finirai morte. Et il sera alors trop tard, pour maman comme pour moi. Nous ne pourrons plus rien faire l'une pour l'autre.

Je tremble de tous mes membres, tant l'air est glacial. Je suis terrorisée. Je donnerais tout ce que j'ai pour être ailleurs. Je ne suis pas croyante – je n'ai jamais cru en Dieu, même quand j'étais enfant – mais aujourd'hui j'ai prié.

Et j'ai demandé à Elzbieta de veiller sur moi et de m'aider. Si de là-haut elle a la moindre influence, alors j'espère qu'elle voudra bien me pardonner de ne pas avoir pu l'aider et qu'elle pourra faire quelque chose pour moi.

Soudain, au loin, le vrombissement d'un hélicoptère attire mon attention. Le bruit est d'abord distant et je me demande si je ne me fais pas des idées. Car tout a pris une tournure tellement surréaliste. Mais quand l'appareil se rapproche, je sais que ce n'était pas le fruit de mon imagination. Je sais qu'il est très près, si près qu'il pourrait se trouver juste au-dessus de moi. Alors je me mets à hurler de toutes mes forces, même si je sais très bien que je ne devrais pas : cela enfreint les règles, et il se peut très bien qu'il m'espionne avec un micro. Je sais aussi que je suis peut-être en train de considérablement aggraver mon sort. Mais au stade où j'en suis, est-ce que j'ai vraiment grand-chose à perdre ? Pour l'instant, je ne vois qu'une issue possible, et elle n'est vraiment pas engageante.

Je me prends à espérer que l'hélicoptère soit équipé d'un capteur thermique ou d'un micro à longue portée. La police a ce genre de choses, non ? Je suis sûre que je l'ai lu quelque part. Avec un peu de chance, ils détecteront ma présence dans ce taudis et viendront me chercher. Je n'ai d'autre choix que de me raccrocher à cet espoir, car toute alternative est parfaitement impensable.

Les larmes me montent aux yeux quand j'entends le bruit des pales s'éloigner. Ils ne s'arrêtent pas. Si ça se trouve, ce n'est pas moi qu'ils cherchaient. Si ça se trouve, et malgré ce que disent les journaux, il n'y a pas une grosse mobilisation pour me retrouver. Ou alors ils suivent une mauvaise piste. Ou que sais-je encore…

Je refuse de penser au pire. Je dois m'accrocher au peu d'espoir qui me reste, aussi mince soit-il. Je dois me convaincre que tout ira bien. Je hurle à nouveau à tue-tête – à m'en faire mal à la gorge et aux poumons – mais le bruit de l'hélicoptère ne cesse de s'estomper.

Il ne me reste plus qu'à attendre le retour d'Eddie.

38

LUI

Jeudi 4 novembre
17h30

Mark Black est à cran. Il cherche ce qu'il pourrait bien écrire à Doire pour tenter de réinstaurer le dialogue avec lui. Mais il doit le faire sans révéler qu'il appartient au PSNI ni que la police est déjà en train de passer le forum au peigne fin.

Il sait que pour avoir la moindre chance d'y parvenir, il doit flatter l'ego de Doire. L'élever au rang de mâle alpha. Et pour cela, il doit replonger dans ses pensées les plus sombres, retrouver la colère et la frustration qui le tenaillaient quand tout a commencé, et mobiliser le tout pour attirer son attention.

Le tout sous l'œil d'Eve King, qui surveille ses faits et gestes par-dessus son épaule. Comme elle ne lui fait plus du tout la moindre confiance – ce qui peut se comprendre –, elle ne va certainement pas le laisser agir à sa guise. Elle n'arrête pas de lui faire des suggestions sur ce qu'il devrait dire, et même s'il sait qu'il a tout intérêt à faire profil bas, ça commence sérieusement à l'énerver.

Il a suffisamment de pression sur les épaules pour ne pas en plus avoir King sur son dos, qui voudrait lui faire croire qu'elle connaît mieux que lui ce monde dont il a lui-même fait partie. C'est peut-être ce qui a toujours été le problème, avec elle – cet air de supériorité qu'elle a toujours affiché devant lui. Elle ne l'a jamais pris au sérieux. L'espace d'un instant, l'idée que ce puisse enfin être le cas lui traverse l'esprit.

Ça le ferait jubiler, pense-t-il, s'il n'était pas lancé dans un contre-la-montre pour sauver la vie d'une femme. Autant qu'il sache, Nell Sweeney, elle, n'avait jamais regardé personne de haut. Tous les gens à qui il a parlé au cours de cette enquête n'ont eu de cesse de lui répéter que c'était juste quelqu'un de bien. Très appréciée dans son travail. Calme. Consciencieuse. Certes, elle avait peut-être eu un comportement un peu discutable ces derniers temps, mais rien qui puisse justifier le moins du monde ce qu'elle était en train de vivre.

Il secoue la tête. Il doit absolument garder à l'esprit qu'aucune femme ne mérite ce qu'est en train de vivre Nell Sweeney. Pas même Eve King et sa suffisance.

— Il faut que vous me fassiez confiance et que vous me laissiez lui écrire d'une façon qui attire son attention, dit-il. Je sais comment fonctionnent ces types.

— Nous n'en doutons pas un instant, répond la capitaine. Nous avons vu tes messages, Mark. Nous savons donc exactement ce que tu penses des femmes.

Il est à deux doigts d'essayer de lui expliquer mais il se dit que ce n'est pas du tout le moment d'avoir cette discussion. L'heure tourne. D'après ce qu'il voit sur le forum, il est clair que l'annonce du *livestream* a déjà été largement partagée. Un tel événement ne passe pas longtemps inaperçu dans la communauté des *incels*. Mais pour l'instant, il semblerait que l'information ne soit pas encore passée dans les réseaux sociaux traditionnels. Si cela arrive, alors il deviendra impossible d'enrayer la machine.

— Eve, répond-il sur un ton qu'il aurait voulu moins sec. Tu pourras t'acharner sur moi autant que tu veux quand on en aura fini, si ça peut te faire plaisir, mais là, ce n'est vraiment pas le moment.

Il voit bien qu'il lui a cloué le bec. Il lit la frustration dans son regard. Maigre victoire.

— OK, dit-il avant de lire la première version de son message.

> Salut, mec. Écoute, je sais que je t'ai saoulé dernièrement mais tu sais quoi, tu as eu raison de me rembarrer. J'étais jaloux. Je n'ai pas honte de l'admettre. J'étais en train de lancer un truc – histoire de me faire un nom – et voilà que tu débarques et que tu me casses la baraque. Tu vas finir direct dans les bouquins d'histoire, mon pote. Et ces gonzesses, elles serviront d'avertissement à toutes les femmes qui se croient meilleures que nous. Elles veulent jouer avec le feu ? Alors qu'elles se préparent à finir carbonisées.
>
> En fait, c'est en ami que je reviens vers toi. Un peu comme un frère. Au début du truc, tu m'as demandé si je voulais participer. Alors je sais, je comprendrais que tu m'envoies me faire foutre, mais, mec, ça va vraiment être énorme. Laisse-moi te filer un coup de main. Non pas que tu aies besoin d'aide, mais s'il te plaît : est-ce que je peux participer ? J'adorerais être là pour voir la tête de cette salope quand tu passeras aux choses sérieuses. Tu auras peut-être besoin de quelqu'un pour filmer – il ne faudra pas en louper une miette.
>
> Tu es une vraie légende, mon pote.

Il a la nausée en lisant ce qu'il a écrit, sachant que quand ils le liront à leur tour, ses collègues comprendront qu'à un moment donné, une partie de lui a trouvé une forme de réconfort au sein de cette communauté. Mais il ne peut plus tarder. Il appuie sur « ENVOYER » et se redresse sur sa chaise. La boule au ventre, il se demande quand il aura une réponse – à supposer qu'il en obtienne une. Il ne lui reste qu'à espérer qu'il ne soit pas trop tard, et que ses mots suffiront.

— Croisons les doigts, dit-il tout haut.

Autour de lui, personne ne réagit. Pas le moindre signe de soutien. Dans les faits, il a déjà été exclu de l'équipe – dans tous les sens du terme. S'il est là, c'est uniquement pour essayer de leur montrer qu'il n'est pas un parfait connard. Mais le mal a déjà été fait, et les dégâts parfaitement irréversibles.

Natalia n'arrive même plus à le regarder dans les yeux. Il a lu la déception dans son regard quand il est allé se chercher un café ; il n'y a plus la moindre de trace de légèreté ou de séduction entre eux. Ce n'est pas qu'elle le snobe, non, c'est plutôt qu'elle garde ses distances et qu'elle se tient le plus loin possible de lui. Il aimerait tant pouvoir lui dire que celui qui a écrit ces posts n'est pas le vrai lui. Qu'elle est celle qui lui a fait changer d'avis et penser différemment. Qu'elle est celle qui l'a sauvé. Il voudrait la remercier pour tout ça, mais il se doute que c'est trop tard et que les choses sont allées trop loin. Ce n'est même pas la question de savoir si elle pensera qu'elle est meilleure que lui. Car en fait elle le sait déjà – sans l'ombre d'un doute.

Il se sent forcément minable, mais l'attente de la réponse de Doire – car il prie pour qu'il lui réponde – lui fournit la poussée d'adrénaline qui le fait tenir. Dieu sait combien Doire aura reçu de messages privés, aujourd'hui. Il espère qu'il prendra le temps de les lire tous, d'autant qu'il n'a pas pu reprendre son pseudo original. Cela dit, il s'en est choisi un qui ne devrait pas passer inaperçu : « BrandywellBoy », du nom du stade du Derry City FC. Cela devrait clairement indiquer qu'il est du coin, en espérant que cela suffise à piquer la curiosité de Doire.

— Est-ce que l'hélico a capté quoi que ce soit ? entend-il Bradley demander.

— Non. Mais maintenant qu'il fait nuit, peut-être qu'il sera plus facile de repérer d'éventuels mouvements suspects aux abords des nouvelles constructions. On a demandé à un sous-brigadier de passer en revue les demandes de permis de construire, pour repérer d'éventuelles constructions récentes qui nous auraient échappé. L'hélico va repartir survoler certains de ces sites, répond Eve King. Ils utiliseront le thermographe pour tenter de repérer la présence d'individus dans les bâtiments vides.

— Dites-leur bien de ne pas arrêter de tourner ; surtout après 19 heures. Il faut lui mettre la pression, dit Mark. Cela dit, il sera forcément ravi d'attirer l'attention sur lui – que celle-ci soit positive ou négative.

Personne ne lui répondant, il commence à se crisper. Il y a forcément autre chose à faire.

— Et s'agissant des différents personnels de l'hôpital, est-ce que la vérification de leur casier judiciaire a donné quelque chose ? demande-t-il, se disant qu'ils ne pouvaient pas ignorer une question directe.

— Ça représente beaucoup de monde, dit Eve King. Mais nous avançons sur ce dossier.

— Avez-vous essayé de restreindre votre champ de recherches aux personnes ayant été condamnées pour violences conjugales, agression sexuelle ou autres ? demande-t-il.

— D'après ce qu'on nous a dit, personne n'aurait pu être recruté par l'hôpital avec de tels antécédents. La question ne se pose même pas, lui répond Natalia d'une voix tremblante, à peine audible.

Le ton triste et plein de dépit de sa collègue l'atteint physiquement.

— On doit forcément pouvoir faire quelque chose d'autre, dit-il en s'adressant surtout à lui-même.

— Dommage que tu n'y aies pas songé plus tôt, dit Natalia avant de s'éloigner.

Alors qu'il le pensait déjà au plus bas, il sent son moral s'enfoncer davantage. Mais une notification sur son téléphone vient aussitôt le sortir de ses réflexions : Doire lui a répondu en message privé. Le cœur au bord des lèvres, il clique dessus.

39

LUI

Jeudi 4 novembre
18 heures

— Il a répondu, dit Mark, poussant King et Bradley à accourir à son bureau.

Les mains tremblantes, il attend que la page charge. Des gouttes de sueur froide perlent à son front. Si ça n'a pas marché, il n'a aucune idée de ce qu'il pourra faire, alors qu'il ne reste que deux heures avant le direct de Doire.

Sa vision se brouille tandis qu'il entame la lecture du message. Son cœur tambourine si fort dans sa poitrine qu'il est persuadé que tout le monde peut l'entendre.

> Je me demandais si tu referais surface un jour. Je me doutais bien que tu continuerais à me suivre, même après que je t'ai bloqué. Je ne t'en veux pas – j'avais fait la même chose quand tu m'as bloqué. Il faut croire qu'on se ressemble davantage que tu ne voulais le croire au départ.
>
> Je suppose que tu réalises maintenant que tu ne vaux pas mieux que moi, et que tu n'es vraiment pas

en situation de me regarder de haut. Ton nom ne sera même pas associé à tout ça quand tout sera fini. C'est de moi qu'on se souviendra, mec. Je finirai tout auréolé de gloire, comme dans la chanson[1].

Mais bon, je ne suis pas du genre rancunier, et j'apprécie tes excuses. J'aime les gens qui savent reconnaître leurs torts. Ce soir, ça va envoyer du lourd. Je comprends tout à fait que tu veuilles en être, et pour être honnête, je n'aurais rien contre un coup de main. Mais est-ce que tu es prêt ?

Es-tu vraiment prêt pour ce qui risque d'arriver ? Car si ta zone de confort se cantonne à talonner des nanas pour leur crier « bouh ! », alors tu n'as pas ta place ici. On n'est pas dans un épisode de Scooby-Doo. C'est la cour des grands.

Tu l'as compris, ça ne rigole plus. Mais tu n'as pas idée du kif. Si tu crois que tu as déjà vu de la peur dans leur regard, tu te trompes. Ça, tu ne le vois qu'au moment où tout espoir a disparu de leurs yeux. Et là, tu sais ce que c'est que la peur. C'est ça, avoir le pouvoir. Il n'y a pas plus grand kif.

Mais ça demande d'avoir des couilles – et je ne suis pas sûr que les tiennes soient assez grosses. Qui me dit que tu n'es pas une lavette, et que tu ne courras pas chez les flics dès que ça deviendra sérieux ? Quand la garce te suppliera d'arrêter, est-ce que tu la laisseras filer ?

Comment savoir si je peux te faire confiance ? Grosse question, mon pote. Je ne sais même pas comment tu t'appelles.

Je ne peux pas me permettre de me planter. Tu as vu les chiffres ? Tu as vu le monde qui va regarder ? Et encore, il reste deux heures à attendre. Plus l'info se propage, plus le nombre augmente. Je dois bientôt partir,

1. « Blaze of Glory », chanson de Jon Bon Jovi (1990).

alors dis-moi si tu as vraiment le cran de participer à un truc dont on parlera encore dans des années. Et si tu me promets que je peux te faire confiance – et dans ce cas il faudra me le prouver –, réponds à ce message. Je veux ta photo, ton nom, ton adresse. Et une photo de ta pièce d'identité. Crois-moi, si tu compromets mon plan d'une manière ou d'une autre, je te détruis. Je ne bluffe pas.

Tu as cinq minutes pour revenir vers moi.

« Putain ! », pense aussitôt Mark. S'il donne à ce taré toutes ses informations personnelles – nom, adresse, photo –, il y a de grandes chances qu'une simple recherche sur Google révèle à Doire qu'il est de la police. Et il sera hors-jeu avant même que ça ne commence.

S'il disposait de plus de temps, il demanderait aux gars de l'informatique de photoshopper un permis de conduire existant et de lui fabriquer un personnage crédible. Mais l'heure tourne.

— Qu'est-ce que je fais ? demande-t-il.

— Envoyez-lui votre photo, répond Bradley. Je ne pense pas qu'on ait le choix. Espérons que Mark Black est un nom suffisamment banal pour qu'il ne découvre pas en un clic sur Internet que vous êtes flic. Est-ce que vous avez fait des photos avec la presse, sur lesquelles vous apparaîtriez en tant qu'officier du PSNI ?

Mark réfléchit à toute vitesse. Non, il ne pense pas. Il a bien un vague souvenir de quelque chose, mais impossible de remettre le doigt dessus. Il lui faudra se décider à l'aveugle. Les règles de sécurité extrêmement strictes au sein du PSNI font que très peu d'agents ont été publiquement identifiés. Peu de personnes sont au courant pour lui. Parmi ceux qui sont allés à l'école avec lui ou qui ont grandi dans son entourage, certains ne se doutent même pas qu'il est flic. Ce n'est pas le genre d'information qu'on crie sur les toits – ça reviendrait à se coller une cible dans le dos. Au sein de la police de proximité, certains officiers en tenue se font peut-être parfois prendre en photo, mais ils ne sont jamais affectés dans le quartier où ils vivent. La vie est extrêmement compliquée pour les policiers, en Irlande du Nord, mais sa discrétion lui sauvera peut-être la mise.

Il se dit que Bradley a raison. Il n'a d'autre choix que de prendre le risque.

— D'accord, dit-il en sortant son portefeuille de sa poche pour prendre son permis de conduire. On fait ça.

— Que toutes les unités se tiennent prêtes, dit Bradley. Il s'agit d'une urgence absolue et nous devons agir vite, et bien.

Mark sent une goutte de sueur lui couler entre les omoplates au moment où il prend en photo son permis de conduire. Il enlève veste et cravate, ébouriffe un peu ses cheveux afin d'avoir une allure moins formelle, puis il se prend en selfie. Lors de sa première tentative, il remarque en arrière-plan du cliché des papiers portant le logo du PSNI et se dépêche donc de reprendre la photo en veillant à ce que le fond soit parfaitement innocent.

Il charge les photos et appuie sur « ENVOYER ». Le silence s'abat aussitôt sur la salle de crise. Tous ont les yeux rivés sur Mark Black, qui attend que son téléphone affiche une notification. Alors seulement pourront-ils démarrer leur délicate mission – si tant est que Doire ne réussisse pas à relier Mark à l'enquête en cours.

Ce n'est qu'à ce moment-là que ce qui le turlupinait depuis tout à l'heure, et qu'il n'avait pu – ou voulu – identifier, finit par s'éclaircir dans son esprit.

Une photo de lui, accompagnée de son nom, avait été publiée sur le site Web du *Chronicle*. Le journal avait fait appel à une photographe de presse inexpérimentée lors de la conférence de presse d'hier – il était bien fâcheux que ce soit si récent. Une photographe qui, à l'évidence, ignorait le protocole entourant l'identification des agents du PSNI.

Il s'était dit toute la journée qu'il devait contacter Ingrid Devlin pour qu'elle fasse retirer la photo, mais il avait manqué de temps et il était trop tard maintenant.

Quand l'écran de son portable s'allume, il se sent à deux doigts de vomir.

Le message est on ne peut plus bref. Deux mots : « C'est OK. »

40

MARIAN

Jeudi 4 novembre
18 heures

— Des agents ont pris contact avec l'individu qui détient Nell.

Heather est assise en face de moi à la table de la cuisine. Stephen se trouve à ses côtés – il a le visage crispé par la colère rentrée qui le tenaille depuis que j'ai osé le reprendre vertement. Cela me dépasse qu'il puisse déployer autant d'énergie à maintenir cette posture, et à me fixer de ces yeux qui semblent dire : « Nous en reparlerons en temps voulu. » Moi, toute l'énergie qu'il me reste, je la mobilise pour ne pas perdre espoir. Car ce que nous annonce Heather est forcément une bonne nouvelle. L'étau se resserre.

— Comment ? Sait-on qui c'est ?

Ma question aussitôt posée, Heather me répond en prenant soin de refroidir mes espoirs avant que je ne m'emballe trop.

— Comme vous vous en doutez, il s'agit d'une opération extrêmement délicate, mais qui progresse à un rythme extrêmement rapide. Je ne peux pas vous en dire beaucoup plus – non que je ne veuille pas, mais parce que ce que je vous dirais risquerait d'être déjà caduc, ajoute Heather.

— Mais comment sont-ils entrés en contact avec lui ? demande Stephen. Qu'a-t-il dit ? Vous ne seriez pas en train de bluffer pour essayer de redorer votre blason ? En fait, un de vos gars s'est contenté de parler avec ce Mark Black, celui qui est mêlé à ça depuis le début ?

Heather déglutit. Le ton de Stephen est agressif, mais cette fois-ci je le comprends ; c'est justifié. Un peu plus tôt, en réponse à la question d'Ingrid Devlin, Heather avait confirmé que le major Mark Black coopérait pleinement à l'enquête de la police – formulation absurde qui revenait à dire qu'il était suspect. Mais, avait ajouté Heather, les policiers sont néanmoins convaincus qu'il n'a rien à voir avec l'enlèvement de Nell. Pas directement en tout cas. Cela dit, quand bien même ce serait le cas, il y aurait très peu de chance qu'ils le disent. Ils vont imposer une véritable omerta sur la question.

Ingrid Devlin avait failli en tomber à la renverse.

— Vous en êtes sûre ? s'était-elle exclamée. Mark Black ? Pourtant il n'a vraiment pas l'allure d'un grand criminel.

Heather et moi nous étions tournées vers elle en même temps. Pour qui se prenait cette femme ? D'abord elle s'incrustait chez moi, puis elle semblait prendre la défense du type qui avait avoué avoir pris part à ce mouvement viral ?

Même s'il est vrai que Mark Black n'a pas l'air de pouvoir être une menace pour quiconque, il n'y a aucune raison qu'il ait délibérément menti pour se retrouver avec des ennuis par-dessus la tête.

— Ingrid, je vous le demande gentiment. Non, en fait, je vous en supplie : gardez ça pour vous. Pour le moment en tout cas, avait dit Heather.

— Vous savez très bien que vous ne pouvez pas me demander de passer sous silence une information pareille, avait dit Ingrid.

— Je ne vous demande pas de le faire indéfiniment, mais je vous en conjure, avait insisté Heather d'une voix suppliante, faites-le jusqu'à ce soir. Je vous promets que si vous gardez ça pour vous pour le moment, je veillerai à ce que le commandant Bradley vous réserve la primeur de ses observations sur la question.

— Une exclusivité ? avait demandé la journaliste tandis qu'une grosse goutte de pluie glissait le long de ses cheveux et atterrissait sur la moquette en produisant un « ploc » très inopportun.

J'étais sidérée qu'elles parlent d'exclusivités alors que le plus important restait à faire.

— Ça, je ne peux pas vous le promettre, avait répondu Heather. Mais je vous donnerai la priorité.

— Et vous, madame Sweeney, avait enchaîné Ingrid en s'intéressant maintenant à moi. Est-ce que je peux compter sur vous pour m'accorder un entretien quand…

Sa phrase était restée en suspens. Ni elle ni moi ne savions ce que l'avenir nous réservait. Comment pouvait-elle s'attendre à ce que je réponde à une question pareille ? J'avais aussitôt vu qu'Ingrid avait compris qu'elle était allée trop loin. Elle avait ouvert la bouche – peut-être pour s'excuser – mais je n'avais pas voulu en entendre davantage.

— Je pense qu'il vaut mieux que vous partiez, lui dis-je. Maintenant.

Je ne m'attendais pas à ce que ma voix ait un ton si dur, mais je ne m'en voulais pas du tout. Je voulais simplement que cette femme fiche le camp avant que je ne la mette moi-même dehors. Malgré ce qu'elle disait, elle se moquait éperdument de ce qui pouvait arriver à Nell. Elle n'a que faire de la façon dont ça se terminera, du moment qu'elle obtient son scoop.

— Écoutez, je suis désolée…, commença-t-elle.

— Sortez d'ici. Heather, faites-la sortir, dis-je avant de tourner les talons pour retourner au salon en claquant la porte de toutes mes forces derrière moi.

Jusqu'ici enroulé en boule sur sa chaise, Harry Styles en sursauta et fonça dare-dare dans la cuisine. En entendant le claquement de la chatière, je m'étais dit qu'il n'était pas près de réapparaître.

Il n'est toujours pas revenu, me dis-je au moment où Stephen tance Heather. Je me demande bien ce qu'Ingrid Devlin finira par mettre en une de son journal. Je ferme les yeux et j'imagine ma fille en train de franchir le seuil de notre maison, se précipitant dans mes bras tandis que je me confonds en excuses de l'avoir laissée partir. La visualisation positive est une technique qui fonctionne, n'est-ce pas ? Ça ne peut pas faire de mal. Je dois tout essayer. Il faut que je m'accroche à tout ce qui peut m'être utile. Vaille que vaille.

Je rouvre les yeux quand j'entends Stephen dire qu'il « veut voir ce Mark Black », puis s'énerver quand Heather lui dit que c'est parfaitement impossible, le major Black est actuellement trop occupé du fait qu'il coopère pleinement à l'enquête.

— Comment savez-vous que vous pouvez lui faire confiance ? fulmine Stephen.

Je remarque alors à quel point il a l'air négligé. Les traits tirés, l'air épuisé et abattu, il semble avoir vieilli d'un coup. Il en est sûrement de même pour moi. J'imagine que tout le temps qu'il est resté à l'étage, il l'a passé les yeux dans le vide plutôt qu'à dormir. Nous avons beau être totalement à bout de forces, il nous reste encore beaucoup à endurer.

— Si ça se trouve, il est en train de vous mener en bateau.

— Je vous assure que ses moindres faits et gestes sont scrutés de près, dit Heather. (Je vois pourtant à sa tête que cette idée lui a également traversé l'esprit.) Ses équipements électroniques lui ayant été confisqués, continue-t-elle, il n'a plus aucun moyen de communication personnel. C'est ce que le commandant Bradley me charge de vous dire. Il sait que c'est beaucoup vous demander que d'accepter ce fait, mais pour l'instant le major Black coopère. Son rôle pourrait être déterminant dans cette affaire.

— Un grand bravo à lui, alors, s'écrie Stephen non sans sarcasme. C'est vraiment sympa de sa part de se réveiller maintenant, alors que l'heure tourne… Pourquoi n'a-t-il pas parlé plus tôt? C'est ce que je ne comprends pas.

Sa voix se brise, et je me demande si je ne devrais pas faire un pas vers lui pour prendre sa main dans la mienne. Mais en vérité, j'ai trop peur qu'il ait un mouvement de recul et m'humilie davantage devant Heather. Ce n'est pas tant que je marche sur des œufs avec lui à cet instant précis – en fait, j'en ai tellement l'habitude que je sais qu'il peut partir en vrille au moindre stress.

— Ne pourrait-on pas aller au commissariat? dis-je. Si les choses avancent, on pourrait se rendre utiles en étant sur place. On pourrait parler à cet individu. Si on entre en contact avec lui, il y réfléchira peut-être à deux fois. S'il voit à quel point on l'aime…

Stephen émet un petit rire moqueur.

— Oh, bon sang, Marian. Tu crois vraiment que ce salaud a une part d'humanité? Tu penses pouvoir l'amadouer ? Ma pauvre, tu es encore plus bête que je ne le pensais.

Je sens à nouveau mes yeux s'embuer. Ils sont déjà si rouges, si irrités, que ces nouvelles larmes les brûlent encore davantage. J'essaie de passer outre l'humiliation que m'a infligée Stephen en me parlant de la sorte, et je ne quitte pas Heather des yeux, la suppliant du regard de nous laisser faire quelque chose pour nous rendre utiles.

Heather me regarde – seulement moi – et secoue la tête doucement.

— J'aimerais pouvoir le faire, Marian, mais ça m'est impossible. L'individu qui détient Nell ne sait pas qu'il échange avec un policier. S'il l'apprend, je n'ose imaginer ce qu'il est capable de faire. Nous devons le maintenir dans l'illusion qu'il parle avec un type lambda – quelqu'un qui veut l'aider.

— L'aider ? dis-je. À quoi ? Quand même pas à faire ce *livestream* dont il parlait.

— Je ne sais pas, dit-elle. Je n'ai pas tous les éléments – et je ne vous mens pas. Mais je vous assure que nous mettons tout en œuvre pour localiser Nell avant que…

Elle ne termine pas sa phrase. C'est inutile. Nous savons tous exactement comment cela pourrait finir.

— Putain, crie Stephen en se levant si brusquement que sa chaise tombe à la renverse et heurte bruyamment le sol. Vous ne pouvez pas nous demander de rester ici sagement à ne rien faire. À attendre qu'on nous dise si notre fille est vivante ou non. C'est une vraie torture.

— Je n'ignore pas l'extraordinaire difficulté de votre situation, répond Heather avant de se lever pour aller remettre la chaise en place, sans un mot. Mais c'est le mieux que vous puissiez faire pour Nell. Vous comprenez ?

— Putain, comment pourriez-vous savoir ce dont Nell a besoin ?

Stephen a désormais complètement laissé tomber le masque. On a droit au Stephen en colère. Railleur et narquois. Ce même Stephen qui a tué tout l'amour que je pouvais avoir pour mon mari. Mon visage est rouge de honte. Je sais qu'il souffre. Mais je sais aussi qu'il y a chez lui quelque chose de tyrannique.

— Vous pensez vraiment que nous allons rester assis ici comme des moutons bien obéissants ? Et nous devrions compter sur vous pour sauver notre fille, alors que vous n'avez même pas été foutus de repérer la présence parmi vous d'un psychopathe ? Bon sang, laissez-moi rire.

Il éructe chacun des mots qu'il prononce. Son ton comme son attitude sont pleins d'agressivité. Je vois Heather se crisper, puis se redresser.

— Monsieur Sweeney, je vous en prie, essayez de vous calmer.

— Stephen, s'il te plaît.

J'ai beau le supplier, je n'arrive pas à croiser son regard, de peur d'y lire de la haine et de la déception. Je comprends alors que tout est brisé, entre nous. Certes, depuis un bon moment, mais je ne m'en aperçois clairement que maintenant.

Je sursaute en entendant mon téléphone sonner. Chaque sonnerie, chaque notification me fait l'effet d'une seringue d'adrénaline qu'on viendrait me planter dans le bras. Stephen me lance un regard torve, puis il lève les yeux au ciel. Je sais ce qu'il pense – que je ne suis qu'une écervelée pendue à son téléphone, même dans ces circonstances. Je détourne les yeux de lui pour regarder l'écran de mon portable. Il s'agit d'un appel masqué.

— C'est qui ? braille Stephen. Si c'est Julie-Anne, tu peux lui dire de nous foutre la paix pour le moment.

— Ce n'est pas Julie-Anne, dis-je en lui montrant l'écran. C'est un appel masqué. Probablement un sondage, ou autre. Si c'est important, ils laisseront un message.

— Non ! s'écrie Heather. Répondez. Et mettez le haut-parleur.

Tandis qu'elle s'empare de son propre téléphone, j'obtempère en me demandant en quoi un appel commercial pourrait bien l'intéresser.

— Allô, dis-je tandis que Stephen se déplace vers le plan de travail de la cuisine sur lequel il s'appuie, tête penchée en avant.

J'entends la ligne grésiller. Je m'attends à entendre un message enregistré, qui me demanderait si j'ai été récemment victime d'un accident ou si j'ai souscrit à un prêt non sollicité. Mais le silence se prolonge.

— Allô ? dis-je à nouveau, toujours dans le vide.

Je secoue la tête et suis sur le point de mettre fin à l'appel quand je l'entends. À peine audible, calme. Mais je la reconnais aussitôt. Cette voix, je la reconnaîtrais entre mille.

— Maman, maman. Tu es là ?

Mon enfant. Mes yeux croisent ceux de Stephen, et j'ai vaguement conscience qu'Heather tente de faire quelque chose, mais je n'entends que la voix de ma fille. C'est le son le plus doux du monde – mais aussi le plus douloureux.

— Nell, dis-je d'une voix étranglée avant de répéter son nom. Je suis là, ma chérie. Je suis là, et nous allons venir te chercher, ma puce. Où es-tu ? Es-tu libre ? Est-ce qu'il t'a laissée partir ? Nell, dis-nous où nous pouvons venir te chercher.

— Maman, répète-t-elle, cette fois d'une voix tremblante. Il n'est pas utile que vous veniez me chercher. Je vais bien. Je suis dans le meilleur endroit qui soit pour moi, et l'homme avec qui je suis est une bonne personne. Il est aux petits soins pour moi.

Ses mots résonnent dans mes oreilles, sans produire le moindre sens. Ça ne peut pas être réel. Je veux lui dire que nous sommes au courant, que nous l'avons vue sur la vidéo, sale et terrorisée. Mais Heather se dépêche de me glisser un papier sous le nez :

« Ne parlez pas de la police. Vous ne savez RIEN. »

— Es-tu heureuse ? dis-je, les yeux embués de larmes.

Lui poser cette question est un vrai déchirement car je sens bien que tout cela n'est qu'une mascarade.

— Oui, mam'. Je suis heureuse. C'est une bonne personne. Vous n'avez pas besoin de venir me chercher. Nous avons vu le journal ; tu n'as pas à avoir peur. Ni à t'inquiéter pour moi. S'il te plaît, il faut me laisser voler de mes propres ailes, maintenant. C'est ce dont j'ai besoin.

Je sais aussitôt qu'elle ment. Je le saurais même si je n'avais jamais vu la capture d'écran de la vidéo ni parlé avec les policiers. Elle ne m'appelle jamais « mam' ». Jamais. Même quand elle était adolescente, elle m'a toujours appelée « maman ». Ses copines se moquaient toujours d'elle à cause de ça.

— Est-ce qu'il prend soin de toi ?

Tout en posant cette question, je tremble de la tête aux pieds tant je me force à ne pas sangloter ni hurler dans mon téléphone.

— Oui, mam'. On va même manger un *fish and chips* ce soir – mon péché mignon. Comme ce qu'on faisait à la maison les jeudis soir. Il te plairait, dit-elle.

J'entends à sa voix qu'elle aussi prend sur elle. Nell n'a jamais aimé le *fish and chips*. Du moins, pas depuis qu'elle a failli s'étrangler sur une arête quand elle était petite. Je sais alors qu'elle me fait comprendre que ça ne va pas.

L'idée qu'elle puisse croire ce que je m'apprête à lui dire me donne la nausée, mais je n'ai pas le choix.

— Oui, ma chérie. Je me souviens. Ç'a toujours été ton plat favori. C'est drôle, j'en parlais tout à l'heure à la policière qui s'occupe de nous en ce moment.

Je ne sais pas si j'ai bien fait de dire ça, mais il fallait que je lui fasse savoir que des policiers sont avec nous. Que nous sommes à sa recherche. Que j'ai reçu son message, et que je comprends qu'elle a besoin d'aide. Je veux qu'elle sache que nous la retrouverons. Que nous mettons tout en œuvre pour ça. Mais je ne peux rien lui dire, et je suis au supplice de ne pouvoir lui offrir le moindre réconfort sur ce point, au moment où elle en a pourtant le plus besoin.

Je l'entends renifler, et je chasse de mon esprit l'idée que c'est peut-être la dernière fois que je lui parle, et que j'entends son adorable voix. C'est comme si chacune des versions que j'ai connues d'elle se tenait devant moi en cet instant, et que j'étais censée accepter de les laisser prendre le large. Mon bébé ; ma fille ; mon adolescente têtue ; ma meilleure amie…

— On se refera un dîner *fish and chips* quand tu viendras à la maison, dis-je. Ou alors on ira au restaurant. Tous ensemble. Comme tu préfères.

J'ai la voix qui tremble, et je sais que cette conversation est totalement insensée, mais il faut que je continue de lui parler. Je dois la garder avec moi le plus longtemps possible.

— Ça serait formidable, mam'.

J'entends sa voix se briser. Ô, mon Dieu, comme j'aimerais pouvoir me téléporter et la prendre dans mes bras.

— Papa est là aussi, ma chérie, dis-je, sentant sur moi le regard suppliant de Stephen, dont je sais, bien sûr, qu'il veut lui parler lui aussi. Tu veux que je te le passe ?

S'ensuit un silence. Le téléphone devient muet, et quand elle parle à nouveau, je sais qu'elle est en pleurs.

— Non, ça ira. En fait on allait passer à table. Il faut que je te laisse.

Ça y est, elle s'en va. Le moment est venu où elle me fait ses adieux. L'injustice de la situation me donne envie de hurler, mais le type avec qui elle est – ce monstre – est dangereux. Il est hors de question que je crie. Je dois continuer de jouer son jeu.

— Merci d'avoir donné de tes nouvelles, dis-je. Je dirai à tout le monde que tu vas bien. J'espère que nous te verrons bientôt, ma chérie. D'accord ? Je t'aime. Je t'aime très, très fort. Encore plus que tu ne l'imagines.

Ma voix se brise et je dois tenir mon portable à distance pour éviter qu'elle n'entende les sanglots qui m'ébranlent de part en part.

— Moi aussi je t'aime, mam'. Je t'aime plus que tout.

Stephen m'arrache le téléphone des mains pour avoir une chance de lui parler lui aussi. Il a le temps de prononcer son prénom, puis la ligne est coupée.

Elle est partie.

41

NELL

Jeudi 4 novembre
18h30

— C'est bien, Nell, dit Eddie en reprenant le téléphone pour raccrocher. Tu joues très bien le jeu. Apparemment, tu captes vite les règles.

Il est arrivé il y a environ dix minutes ; je ne sais pas quelle heure il est. Il est extrêmement nerveux, comme s'il avait pris quelque chose. Même avec le faible éclairage, je vois que son front est luisant de sueur – et ce n'est certainement pas dû à la chaleur.

— Ne t'inquiète pas, avait-il dit en entrant. Le spectacle ne commence pas encore tout de suite. Sois gentille, veux-tu : lève-toi et tourne sur toi-même. Je veux voir comment la robe rend sur toi.

Je m'étais péniblement hissée sur mes pieds, ce qui n'était pas une mince affaire car ma cheville était de plus en plus douloureuse du fait du frottement de la chaîne contre ma peau tuméfiée et écorchée. Des entailles suinte un liquide pour l'instant clair, mais je ne pense pas qu'il faudra attendre bien longtemps pour que ça s'infecte. Ce n'est pas comme si je pouvais nettoyer la plaie correctement. Cela dit, tandis que je sentais la chaîne m'égratigner un peu plus, je m'étais dit que cela ne servirait peut-être à rien de toute façon – si je devais finir comme Elzbieta.

J'étais donc debout devant lui, les mains posées sur mes hanches.

— Tu as l'air très malheureuse, avait-il dit. Comment ça se fait ? Te voilà vêtue d'une très jolie nouvelle robe, tu vas bientôt devenir célèbre, et pourtant tu fais une tête de cent pieds de long. Je pense que c'est ta première entorse au règlement, avait-il ajouté, presque joyeux, comme s'il n'était pas en train d'inventer de nouvelles règles au fur et à mesure.

— Je suis désolée, avais-je bredouillé en affichant un sourire forcé. Je ferai un effort.

Après m'avoir scrutée de pied en cap pour juger de mon apparence, il m'avait demandé de faire un tour sur moi-même. J'avais failli lui dire que ça me ferait mal, mais je m'étais ravisée, car je supposais qu'en me plaignant je risquais d'enfreindre une autre règle. J'avais donc obéi, procédant par mouvements lents. Malgré l'inconfort ressenti au niveau de mes chevilles meurtries, je m'étais retenue de grimacer, le temps de ne plus lui faire face. Le moment venu, j'avais aussitôt relâché les traits de mon visage, avant d'à nouveau simuler un sourire quand j'avais repris ma position en face de lui.

— Tu es tellement plus jolie quand tu souris, avait-il dit. Et j'aime beaucoup cette robe. Elle est tout à fait convenable. Pas du tout vulgaire. Je ne veux pas que les gens te voient à moitié nue. Je ne comprends pas pourquoi vous, les femmes, vous aimez vous balader dans la rue sans quasiment rien sur le dos. Il n'y a aucune dignité à exhiber ainsi son corps. C'est indécent.

Quand il avait traversé la pièce pour se rapprocher de moi, j'avais respiré un grand coup en me promettant de rester calme. Levant la main, il avait saisi mon menton puis m'avait tourné la tête à droite, puis à gauche. Ses mains, qu'il avait calleuses et rêches, sentaient vaguement l'essence. L'odeur m'avait retourné l'estomac.

— Et tu es tellement mieux au naturel, sans maquillage. Tu fais beaucoup moins pute, tu sais, avait-il ajouté avec un éclat de rire. Je n'ai rien contre une attitude un peu sexy, de temps en temps, mais il faut que ça se cantonne à la chambre à coucher. Pour satisfaire ton homme.

Il m'avait empoignée si fort que j'étais certaine d'avoir senti des ecchymoses se former sous ses doigts.

— Tu n'es pas d'accord ? m'avait-il demandé avant de relâcher son étreinte.

J'avais eu la présence d'esprit de ne pas porter ma main à mon visage pour frotter mon menton endolori.

— Si, totalement.

Il avait hoché la tête, puis s'était mis à faire les cent pas dans la pièce en marmonnant pour lui-même. C'est alors qu'il avait sorti son portable de sa poche et qu'il me l'avait collé sous le nez.

Je n'avais pas su quoi dire ni comment réagir. Est-ce que c'était un test de plus ? Pour voir si j'allais m'en saisir ? À l'évidence, il n'était pas en train de me laisser partir. Il n'allait pas me laisser appeler à l'aide.

Voyant l'hésitation dans mes yeux, il m'avait fait signe de prendre l'appareil, en mimant le geste.

— Vas-y. Ce n'est pas un piège. Prends ce téléphone.

Ma main s'était mise à trembler quand je m'en étais saisie, mes yeux rivés aux siens.

— Je n'ai enregistré qu'un seul numéro dans ce portable, avait-il précisé. Celui que tu as communiqué à l'hôpital en cas d'urgence. Je suppose qu'il s'agit de ta mère.

À ce moment-là, mon cœur cognait à tout rompre dans ma poitrine. N'étais-je vraiment qu'à un clic de pouvoir parler à ma mère?

— Je ne suis pas un parfait connard, avait-il dit. Je crois qu'il y a eu un malentendu à mon sujet. C'est un problème, tu vois. Il suffit qu'un homme commette une seule erreur pour qu'il soit catalogué pour le restant de ses jours. Mais personne ne s'intéresse jamais à l'élément déclencheur. Personne ne regarde la situation dans son ensemble.

Je n'avais eu d'autre choix que d'acquiescer et de prendre le portable, sans vraiment savoir ce qu'il voulait que j'en fasse.

— Moi, je connais le problème de fond, qui explique notre présence ici. Ce n'est pas un problème entre moi et Nell. Pas du tout. Ça concerne ce que vous nous avez fait, à nous tous. C'est votre faute. Vous ne nous avez pas laissé le choix.

J'ai tellement eu envie de lui hurler: «Mais moi, qu'est-ce que j'ai fait?» Car je ne comprenais rien de ce qu'il disait. Je n'ai jamais fait de mal intentionnellement à quiconque. Jamais de la vie.

— Pour vous, nous ne sommes qu'un vaste sujet de plaisanterie. Nous, les hommes. Vous prenez le moindre prétexte pour nous ridiculiser. Nous humilier. Nous cataloguer. Même quand ce sont les femmes qui nous mettent la haine avec leurs provocations.

Plus il vitupérait, plus je voyais la fureur grandir en lui. Je ne savais pas si j'avais le droit de parler, mais je me suis dit que si je n'essayais pas au moins d'établir un lien avec lui, il risquait de partir complètement en vrille et de finir par s'en prendre physiquement à moi pour relâcher la tension.

— Je sais, dis-je. Ce n'est pas juste. C'est allé trop loin.

Ma remarque avait fait mouche et il avait arrêté de faire les cent pas. Il avait cligné des yeux puis s'était tourné vers moi.

— Oui, c'est allé *beaucoup* trop loin. Et la seule façon d'arrêter ça, c'est de forcer les gens à nous écouter. Il faut qu'on fasse un maximum de bruit. Tu comprends, n'est-ce pas ? En somme, il ne s'agit pas tant de toi que d'attirer l'attention des gens. Toi tu n'es qu'un… c'est quoi déjà l'expression ? Un dommage collatéral.

J'ai hoché la tête en faisant mine de comprendre. En faisant comme si je n'étais pas à deux doigts de tomber dans les pommes, tant j'étais terrorisée.

— Appelle ta mère, avait-il dit en farfouillant dans sa poche de pantalon pour en sortir une feuille de papier froissé. Cet hélico n'a pas arrêté de tourner de toute l'après-midi. Ça commence à me prendre la tête. Il faut qu'on trouve un moyen de les calmer.

Il m'avait tendu le papier, noirci de son écriture illisible. L'obscurité m'empêchait de déchiffrer ce qui était écrit. Clignant des yeux, je m'étais excusée :

— Je n'arrive pas à lire. Il fait trop sombre.

Tout en râlant, il avait sorti une petite torche électrique dont il avait braqué le faisceau sur le papier. Ça ressemblait vaguement à un scénario.

— Tiens-t'en à ce qui est écrit, point barre. Mais tu peux quand même faire quelques modifications, pour qu'elle sache que c'est sincère. Par exemple, je ne savais pas quelle était ta bouffe préférée…

— Ça ira très bien, avais-je répondu en simulant à nouveau un sourire. Je vais suivre ce que tu as écrit.

— Il faut qu'elle te croie. Il faut vraiment qu'elle pense que tu es heureuse, et que tu es partie de ton plein gré. Nell, si tu tentes quelque chose, il faudra que tu en assumes les conséquences, tu le sais, n'est-ce pas ?

J'avais hoché la tête, puis, d'une main tremblante, lancé l'appel et attendu que la connexion se fasse.

J'avais fait de mon mieux pour le satisfaire, malgré tout le mépris que j'ai pour lui. Mais à quel prix. Quel déchirement ç'avait été d'entendre les accents de désespoir dans la voix de maman. Quand il avait fait non de la tête en me mettant en garde d'un regard appuyé pour me signifier que je ne devais pas parler à mon père, j'avais dû étouffer un sanglot. Il aurait détesté que je pleure, même s'il devait savoir qu'il agissait avec une cruauté sans nom.

Je me demande si maman m'a crue. Me pense-t-elle vraiment heureuse au point de tourner le dos à ma vie d'avant sans le moindre état d'âme, et sans lui dire au revoir ? À moins qu'elle n'ait relevé les indices dans mes propos. Je suis si fatiguée, et mon esprit si confus que je ne me souviens même plus exactement de ce que j'ai dit.

Je suis désespérée. Elle me manque tellement. Je veux retrouver ma maman.

Mon visage doit trahir mes sentiments.

— Ne sois pas triste, dit Eddie. Elle pense que tu es heureuse. Du coup, elle le sera aussi. Tout va bien.

Il affiche désormais un large sourire. Il m'arrache le téléphone des mains, enlève la carte SIM et la jette dans les toilettes.

— Je ne veux surtout pas qu'ils pensent qu'ils ont la moindre chance de nous retrouver, dit-il. J'ai déjà vu ça à la télé, quand ils balancent ce genre de truc aux chiottes. Tu aimes les séries policières ? Genre, *Les Experts* ? Moi j'adore – c'est fou tout ce qu'on y apprend.

— Oui, ça me plaît bien.

Son règlement stipule-t-il aussi que je dois être d'accord avec tout ce qu'il dit ? Dans le doute, je préfère jouer la sécurité.

— Très bien. On est tout bon. Il ne reste plus beaucoup de temps maintenant, dit-il en jetant des regards nerveux autour de lui avant de se tourner à nouveau vers moi. Tu es jolie, Nell. Très jolie. Et photogénique, qui plus est. Une des plus belles du lot. C'était un critère important. Seules les jolies filles font les gros titres.

J'ai beau trembler de peur, je balbutie un remerciement. Il est fou à lier. Il n'a plus rien à voir avec l'Eddie qui passait de temps en temps dans mon service pour me parler. Cet Eddie-là était timide et gauche. Et inoffensif.

C'est du moins ce que je croyais alors.

Il reste un instant silencieux, à me fixer. Je ne sais pas très bien ce que je suis censée dire – à supposer que je doive dire quelque chose. Je remarque qu'il ne me regarde pas vraiment. Enfin, pas à proprement parler. Il fixe un point derrière moi. Je suis un simple objet. Une chose qu'il possède. Il n'a pas du tout l'air de me considérer comme un être humain. Je ne sais pas comment établir un lien avec lui. D'habitude, je suis plutôt douée pour inciter les gens à se confier à moi, à me parler. C'est ce que mes tuteurs à l'université mettaient invariablement en avant dans leurs appréciations. Mon sens de l'écoute. Ça ne me servira pas à grand-chose ici. Son fonctionnement me dépasse totalement, et je crains que toute tentative pour entrer en lien avec lui ne se termine vraiment très mal.

— Bien ! dit-il en frappant si fort dans ses mains que j'en sursaute. Il faut que je file, j'ai un truc à régler.

Il se tapote le coin du nez et, avant de franchir la porte, se retourne vers moi.

— Je me disais que je pourrais ramener une bouteille de vin. Tu préfères le blanc ou le rouge ?

Sa question est si inattendue, si incongrue, que j'en reste pantoise, sans pouvoir détourner le regard. J'aurais envie de lui hurler :

— Tu es fou à lier, c'est ça ?

Mais je sais fort bien que c'est la dernière chose à faire. Pourtant, je sens monter en moi un mouvement de colère. Pour un peu, il arriverait presque à supplanter ma terreur. Certes il disparaît quasi instantanément mais je sais désormais que j'ai ça en moi.

— Blanc, dis-je. Un blanc sec serait parfait. Merci.

— Tout ce que voudra, madame, répond-il en me lançant un regard lubrique.

Sur quoi il sort, me laissant seule avec ma terreur mêlée de colère rentrée. Et là encore, je n'ai aucune idée de quand il reviendra.

42

LUI

Jeudi 4 novembre
18h45

Il aurait dû se douter que Doire n'allait pas lui simplifier la tâche. Même si, autant qu'il sache, Doire n'a aucune raison de soupçonner Mark d'être un flic, il savait quand même qu'il ne risquait pas d'obtenir des informations susceptibles de faire libérer Nell sans un minimum d'embûches.

Bien sûr, il avait espéré que Doire agisse en amateur et lui donne l'adresse où le trouver, de préférence celle de l'endroit où était détenue Nell. Une réponse tactique aurait alors pu être mise en place pour la faire libérer. Ils auraient eu les moyens de neutraliser tout système émetteur-récepteur ou signal mobile. Ç'aurait été vite vu.

Mais bien évidemment, ce n'est pas du tout ce qui se produit. La réponse de Doire ne tarde pas à arriver. Les mains tremblantes, il ouvre le message.

> Mark,
>
> Rends-toi à Ebrington, et quand tu y seras, trouve l'arrêt de bus dans Limavady Road. Une voiture viendra te

chercher. Tu n'as pas besoin de savoir à quoi elle ressemble, le chauffeur te reconnaîtra. C'est tout ce qui compte.

Il passera te prendre à 19 heures.

Si tu es en retard, tu es hors-jeu.

Si tu ramènes quelqu'un, tu deviendras une cible.

Si tu contactes la police, tu seras considéré comme un traître à ton propre sexe et tu devras en payer les conséquences. Je ne plaisante pas.

J'ai des guetteurs. Si jamais ils repèrent quelque chose de louche, tu peux être sûr que tu obtiendras toi aussi un rôle de premier plan dans le show de ce soir.

Alors, tu as toujours les couilles participer ?

— Tu crois vraiment qu'il a des guetteurs ? demande Eve King.

Mark hausse les épaules. Jusqu'ici Doire lui a toujours semblé être un loup solitaire. Il n'a jamais fait allusion à quiconque. Mais ça, c'était avant que le mouvement ne prenne de l'ampleur.

— À mon avis, on ne peut pas prendre le risque de considérer qu'il bluffe, répond-il. On doit partir du principe qu'il dit la vérité.

— Il aurait été un peu optimiste de penser qu'il te demanderait de le retrouver directement à l'endroit où Nell est détenue, répond la capitaine avec un accent de dépit dans la voix. Il faudra qu'on organise une filature. Avec un véhicule banalisé, ou en mobilisant l'hélico.

— Il dit que je prendrai cher s'il se rend compte qu'il est suivi, dit Mark.

Le mélange d'adrénaline et de peur lui donne la chair de poule. Il sait qu'il a quinze minutes pour rejoindre le lieu du rendez-vous. Autant dire que ça va être juste et qu'il n'a pas le temps de tergiverser.

— On ne peut pas vous laisser y aller sans renforts, dit Bradley. Il faut juste que nous soyons prudents. Si nous parvenons à obtenir le numéro de la plaque minéralogique du véhicule, alors nous pouvons espérer suivre sa trace un bon moment grâce aux caméras du système LAPI. Nous pourrons ensuite demander à l'hélico de maintenir une distance de sécurité le temps d'être certains que vous soyez tous les deux dans la voiture.

— Prends ton flingue et ton téléphone avec toi. Et active tes paramètres de géolocalisation, dit Eve King.

Il a envie de lever les yeux au ciel. Le pense-t-elle stupide au point de ne pas pouvoir penser à tout ça par lui-même ? Et pense-t-elle vraiment que Doire n'y a pas non plus pensé de son côté ? Selon toute vraisemblance, son portable ne tardera pas à lui être confisqué. Doire ne s'attend peut-être pas à ce qu'il vienne avec un flingue, mais peut-il prendre pareil risque ? Cela dit, le risque serait encore plus grand de se retrouver mêlé à ce numéro diabolique sans la moindre possibilité de se défendre. Il devra tenter le tout pour le tout – pas le choix.

Il glisse son flingue dans la poche intérieure de sa veste ; le poids de l'arme le rassure.

— Là, il est vraiment temps que quelqu'un m'emmène. Je ne peux pas arriver en retard, dit-il.

— Je ne pense pas qu'on puisse prendre le risque de vous déposer dans un véhicule de police, même banalisé, dit Bradley en jetant un œil circulaire dans la salle de crise. Il faut que ce soit un civil qui s'en charge, ajoute-t-il. Natalia, pourriez-vous le faire ?

Sur toutes les personnes présentes dans cette pièce, il fallait bien que ça tombe sur elle. Mark est piqué au vif en voyant l'air de dégoût qu'affiche Natalia à l'idée de se retrouver proche de lui. Mais en tant qu'employée consciencieuse, et malgré la répulsion que lui inspire la situation, elle veut faire bonne impression auprès de son chef. Elle espère pouvoir rejoindre le PSNI un jour et ne plus simplement y travailler en tant qu'enquêtrice civile.

— Bien sûr, répond-elle au commandant Bradley, sur un ton néanmoins tendu.

Mark n'a pas de temps pour s'en émouvoir. Il est l'heure de partir.

— Allons-y, dit-il en se levant.

— Bien, dit Bradley. Branchons-nous au service de vidéosurveillance municipal, ou à tout autre réseau de caméras se trouvant dans cette zone. La municipalité a forcément des caméras à Ebrington, n'est-ce pas ?

Eve King acquiesce d'un signe de tête et prend son portable pour passer une série d'appels. Mark espère que Bradley a raison. Ebrington est un endroit fréquenté. Cette ancienne caserne de l'armée britannique a été réaménagée pour accueillir des bureaux et des cafés, ainsi que des concerts en plein air de grande envergure. Des centaines de personnes traversent son esplanade chaque jour avant d'emprunter le Peace Bridge qui les amène au centre de la ville.

Natalia le conduit en silence à sa voiture – une Mini rouge. Il sait à l'avance qu'il aura l'air ridicule quand il devra se plier en deux pour rentrer dedans. Elle ne sourit pas ni ne fait la moindre blague sur sa taille, comme elle aurait pu le faire la vieille ou l'avant-veille. Elle se contente d'ouvrir la portière et de s'installer au volant.

— C'est l'arrêt de bus en haut d'Ebrington ? demande-t-elle en allumant le moteur avant d'actionner les essuie-glaces.

— Oui, c'est ça. Merci, répond-il sans qu'elle ne réagisse.

Ils se mettent en route. Il voudrait tellement pouvoir lui dire tout ce qu'il a sur le cœur, et passer les dix prochaines minutes à lui répéter à quel point il est désolé. Mais il sait qu'elle jugerait ses excuses parfaitement irrecevables, et que ce n'est pas du tout le moment de s'apitoyer sur son sort. Il doit rester concentré. Il ne sait pas du tout dans quoi il s'apprête à mettre les pieds, et encore moins s'il parviendra à s'en extirper.

Il reste silencieux tandis qu'ils poursuivent leur itinéraire, s'engagent sur le tablier inférieur du Craigavon Bridge puis empruntent la rocade menant à Ebrington. Les seuls bruits que l'on entend dans le véhicule sont les frottements des essuie-glaces sur le pare-brise ainsi que les battements de son propre cœur. Il sait qu'il n'a pas droit à l'erreur.

— Tourne là, dit-il en indiquant une des rues débouchant de Limavady Road. Je ne veux pas qu'il te voie me déposer. Je ne veux pas que tu coures le moindre risque.

Il sait fort bien que son geste de bravoure paraîtra dérisoire et trop tardif, mais il se sent obligé de tenter quelque chose. Natalia hoche la tête, clignote à droite et traverse la route pour s'engager dans une rue étroite bordée de maisons mitoyennes. Au moment où elle se gare, Mark remonte les revers de sa veste, dans l'espoir totalement illusoire de se protéger contre la pluie battante. Même si elle s'obstinera sûrement à ne pas vouloir lui parler, il se tourne quand même vers elle. Il a besoin de voir son visage, tout renfrogné soit-il.

— Bon, quoi qu'il en soit, dit-il, je suis désolé.

— Pas autant que moi, répond-elle froidement.

Sur quoi il sort de la voiture et se dirige vers le point de rendez-vous sous des torrents d'eau. Il n'est plus possible de faire marche arrière.

43

MARIAN

Jeudi 4 novembre
19h30

C'est à peine si j'arrive à respirer depuis que Nell m'a appelée. Je vis un enfer absolu. Le fait d'avoir entendu ma fille prendre sur elle pour ne rien laisser paraître alors même que je sais qu'elle est terrorisée m'a anéantie. J'essaie de ne pas penser à ce que ce monstre a bien pu lui dire ou lui faire pour la forcer à me tenir de tels propos. Je me demande quel avait bien pu être son objectif. Avait-il tenté de tromper la vigilance de la police ? Ou bien avait-il agi par pure cruauté, tirant un plaisir sadique à nous entendre Nell et moi au supplice ?

A-t-il seulement songé à Stephen ? Fallait-il voir un signe supplémentaire de son inhumanité dans le fait qu'il avait intentionnellement refusé à notre fille de lui parler ? La réaction de Stephen n'avait pas été celle à laquelle je me serais attendue. Il n'avait ni hurlé ni fulminé. Au lieu de jouer les gros bras en donnant de la voix devant Heather et moi, il avait fondu en larmes, les épaules secouées par des sanglots. J'avais alors eu de la peine pour lui, mais le voir dévoiler sa part sensible ne suffirait jamais à réparer la fracture entre nous. Pas pour le moment.

Heather s'était aussitôt précipitée sur son téléphone pour demander à ses supérieurs de lui donner des instructions. Après avoir enregistré sur son téléphone l'échange diffusé sur haut-parleur, elle avait envoyé la captation à ses collègues rassemblés dans la salle de crise. On nous fait savoir qu'ils vont essayer de retrouver l'origine de l'appel, mais que les chances d'y parvenir sont très minces. Mais ils ont quand même envoyé quelqu'un – un gars dodu, d'un certain âge, guère loquace, qui se contente d'installer son matériel sur la table de la cuisine. Au cas où ils nous rappelleraient.

Je sais instinctivement que ce ne sera pas le cas, et si la police ne retrouve pas Nell, ç'aura été la dernière fois où je lui aurai parlé. Le souvenir que je garderai de notre dernière conversation sera les tremblements dans sa voix tandis qu'elle essayait de me glisser des indices pour me faire comprendre qu'elle était en danger.

Je me demande de quoi il l'a mise au courant. D'après ce qu'elle a dit, elle doit savoir que nous sommes à sa recherche. C'est en tout cas ce que j'espère. J'espère qu'elle ne s'imagine pas que nous pourrions un instant reprendre le simple cours de nos vies. Mais sait-elle pour Elzbieta ? A-t-elle vu ce qui lui était arrivé ? Est-elle dans l'angoisse de subir le même sort ?

Ce que je sais, c'est qu'il la séquestre dans un endroit sombre et qu'il ne prend pas soin d'elle. Sur la capture d'écran, on la voyait le visage sale, les cheveux crasseux et portant des vêtements que je ne lui connaissais pas, sales eux aussi. Sait-elle qu'il a posté cette vidéo en ligne ? L'idée qu'elle puisse s'imaginer abandonnée de tous me crève le cœur.

— Le major Mark Black a été pris en charge par un individu conduisant une Ford Focus noire, explique Heather. Nous pensons qu'il s'agit du ravisseur. LAPI devrait pouvoir identifier ce véhicule pour en suivre la trace. L'hélicoptère de la police le suivra à distance, mais en cas de besoin il n'hésitera pas à se rapprocher.

— LAPI ? dis-je.

— C'est le programme de lecture automatique des plaques d'immatriculation. Un de nos agents en civil se trouvant à proximité a réussi à récupérer le numéro de la voiture, et nous l'avons entré dans le système.

— Et donc, ce Mark Black, celui-là même qui faisait des vidéos à cause de son plaisir malsain à terroriser des femmes, est désormais quelqu'un en qui nous devrions avoir confiance ? demande Stephen.

Heather rougit en haussant les épaules.

— Écoutez, je sais que cela peut paraître aberrant, mais il avait déjà pris contact avec le ravisseur – un individu utilisant le pseudonyme « Doire69 ». Ce Doire avait, semble-t-il, essayé d'associer Mark à ses méfaits avant de décider de faire cavalier seul. Mark a réussi à le convaincre de le laisser le rejoindre ce soir pour le… heu… l'événement.

Je m'interroge sur le choix de ce mot : « événement », qui laisse à penser que ce qu'il désigne suscite une certaine attente, voire de l'impatience. Je vois qu'elle s'en veut d'avoir utilisé ce terme, mais je ne trouve rien à dire. Aucune formulation ne semble acceptable pour décrire cette abomination.

— Et en quoi pouvons-nous être certains qu'il agira effectivement pour venir en aide à Nell, et non pour prêter main-forte à ce Doire ? Selon moi, ce n'est pas quelqu'un en qui nous pouvons avoir confiance, dit Stephen.

Je note qu'il n'est plus animé par la moindre colère. Cette dernière a laissé place au désespoir, ce qui, me dis-je, est encore pire que de le voir en colère. Car j'y suis habituée. Mais pas à ça. Le désespoir est beaucoup trop proche du renoncement.

— À l'évidence, je ne dispose pas de toutes les informations à ce stade, mais je sais que le commandant Bradley ne l'aurait jamais envoyé sans être certain que ce soit la meilleure chose à faire, dit Heather.

— Vous êtes en train de nous dire que nous n'avons pas d'autres options et que le temps est désormais compté ? demande Stephen, et le simple fait d'entendre ces mots me glace le sang.

— Oui, répond Heather. Je pourrais vous mentir, mais c'est vrai. Notre équipe met toujours tout en œuvre pour localiser Nell et la libérer de son ravisseur, mais pour le moment, nos options demeurent limitées.

Je me sens partir. Comme si je n'étais plus arrimée à ma chaise par l'angoisse et la peur. J'ai l'impression de léviter, et je ne veux plus quitter cet état. Je veux m'abrutir de Xanax et ne plus jamais revenir.

44

LUI

Jeudi 4 novembre
19h30

L'homme assis à côté de Mark dans la voiture n'a pas décroché un mot depuis le moment où il s'est garé près de l'arrêt de bus et qu'il lui a fait signe de monter.

Mark est trop tétanisé pour le regarder dans les yeux. Même s'il savait que ce serait loin d'être une mince affaire, il ne s'attendait pas à être à ce point à bout de nerfs.

Il suppose que le type au volant est Doire, mais sans la moindre certitude. Tout ce qu'il sait, de ce qu'il arrive à voir, c'est que le type assis à côté de lui est vêtu d'un T-shirt malgré la saison et le froid glacial. Il porte un tatouage sur l'avant-bras, figurant une sorte de symbole celtique. Mark ayant été formé pour essayer d'enregistrer un maximum d'informations, il est à l'affût du moindre détail.

L'habitacle de la voiture est impeccable. Rien ne permet d'y déceler le moindre indice sur l'identité ou les habitudes de son propriétaire. Aucune tasse en carton en vue. Aucun reçu enfoncé dans le porte-gobelet. Pas de téléphone, ni de GPS ou de GoPro. La radio est éteinte. Il n'y a vraiment rien à décrypter.

Le silence, pesant, le devient encore davantage quand la voiture se gare sur l'aire de stationnement à la sortie de Foyle Bridge.

— Tu as un téléphone ? demande le type.

Mark hoche la tête, le temps d'assurer sa voix.

— Oui.

— Alors, donne-le-moi, mon gars, répond le type d'une voix bourrue et au fort accent régional.

Dès qu'il l'entend parler, Mark sait qu'il s'agit de l'homme qu'il connaît sous le nom de Doire. Il reconnaît les intonations rugueuses déjà présentes dans la vidéo qu'il a visionnée le matin même. Il sort de sa poche son téléphone personnel et le lui tend.

— C'est ton seul téléphone ? demande Doire. Ou bien il faut que je te fouille ?

Jurant intérieurement, car il sait qu'il doit garder son calme et tout faire pour éviter que Doire ne trouve son flingue, Mark fourre à nouveau la main dans sa poche pour en extraire son téléphone professionnel. Un vieux modèle, fonctionnel mais dénué de tout panache.

Doire éclate de rire en le lui prenant des mains.

— Bon sang, c'est un grand cru 2001 que tu as là ! dit-il avant de baisser sa vitre et de balancer les deux téléphones dans les fourrés.

Mark proteste mollement – se disant que c'est ce que ferait une personne lambda dans pareilles circonstances.

— Ce soir, c'est mon heure de gloire, dit Doire. Il faut que je m'assure que personne d'autre ne filme pour essayer de me voler la vedette. Tu comprends ?

— Oui, bien sûr, répond Mark.

Doire se tapote le coin du nez, puis il sort un paquet de cigarettes de sa poche et s'en allume une.

— Et ça complique aussi considérablement la tâche à quiconque voudrait suivre notre trace. Il ne faut surtout pas que ça se produise, dit-il en soufflant la fumée à travers la vitre baissée, avant de proposer à Mark de tirer sur sa cigarette.

— Ça ira, merci, répond Mark crânement. Mais enfin, tu ne me fais pas confiance ou quoi ? Putain, qui pourrait bien vouloir suivre ma trace ? La seule personne que ça intéresse de savoir où je me trouve, c'est mon proprio. Je lui dois encore cinquante livres sur le loyer de ce mois-ci.

Il émet un simulacre de rire en espérant ne pas en avoir trop fait.

— On n'est jamais trop prudent, dit Doire en souriant d'un air penaud. Je ne te connais ni d'Ève ni d'Adam. Tu as beaucoup de chance d'être ici, tu sais. Des tas de gens voudraient être à ta place en ce moment.

— Je n'en doute pas, dit Mark. Et je t'en remercie. Tu n'as qu'à me dire ce que tu attends de moi une fois que nous serons arrivés là-bas. C'est toi le boss.

Doire tire une dernière taffe sur sa cigarette avant de détacher sa ceinture de sécurité.

— Sors de la bagnole, dit-il.

Mark a suffisamment scruté les alentours pour savoir qu'il n'y a aucun bâtiment à la ronde susceptible de correspondre à ce qu'il a vu sur la vidéo ce matin.

— On est déjà arrivés ? demande-t-il.

— Mais nan, mon pote, dit Doire en lui ouvrant la portière. Je prends juste quelques précautions, c'est tout.

Mark sort de la voiture et avise une caméra de surveillance perchée sur le réverbère en face de lui. Il prie pour qu'elle couvre aussi l'aire de stationnement, même s'il est plus probable qu'elle soit braquée sur les quatre voies de circulation franchissant le pont.

— Notre public nous attend, dit Doire avant de conduire Mark jusqu'à un Nissan Qashqai vert foncé garé à proximité et qu'il déverrouille à distance. Grimpe là-dedans, dit Doire. On a encore un bout de route à faire.

Mark ne peut pas se permettre d'avoir ne serait-ce qu'une seconde d'hésitation. Malgré son appréhension, il doit feindre un enthousiasme absolu. Le système LAPI a suivi la trace du premier véhicule. Mais il n'y a aucune garantie qu'il ait détecté le changement de véhicules. Maintenant que ses deux téléphones sont immobiles et que la voiture qui l'a pris en charge est abandonnée sur ce parking, il y a de fortes chances que toutes les recherches soient concentrées sur cette zone. Il ne doute pas un instant que ses collègues finiront par comprendre qu'ils ont été bernés, mais cela prendra un certain temps – or c'est précisément ce qui leur fait défaut pour l'heure.

Il affiche un sourire de circonstance, entre dans le véhicule et prend une mine encore plus réjouie quand Doire, après s'être installé à son tour et avoir mis le moteur en route, allume la radio. « Mr Brightside » retentit alors à pleins tubes et il se trouve aussitôt renvoyé au commencement de ce cauchemar, et plus précisément au soir où il avait, sans même le vouloir, terrorisé cette fille. Et dire qu'en quelques semaines à peine il en est arrivé là. Une femme est morte. Une autre court un grand danger. Sa carrière est ruinée. Ce soir il ne se sent pas du tout d'humeur à chanter à tue-tête, mais quand Doire se met à tambouriner sur le volant puis à entonner le refrain à pleins poumons en chantant faux, il se force à se joindre à lui. De toute son existence, jamais il ne s'est senti aussi impuissant.

— Ce soir on va tout déchirer ! hurle-t-il tandis que le véhicule démarre en trombe.

45

NELL

Jeudi 4 novembre
19h55

Un jour, j'ai lu un livre dans lequel le personnage principal, qui se croyait condamné à une mort certaine, passait mentalement en revue tous les membres de sa famille et tous ses proches pour leur dire adieu. J'essaie de faire la même chose depuis vingt minutes – sans succès. Quand j'arrive à mes parents, au comble de l'émotion et de la douleur, je bloque.

Je refuse de leur dire adieu. Je refuse de baisser les bras. Je ne veux pas finir méconnaissable comme Elzbieta. Je me demande si elle était vivante quand il a mis feu à son corps – mais aussitôt que je me pose cette question, je la chasse de mon esprit, prise de nausée. Il n'a quand même pas pu commettre un tel acte de barbarie ?

J'essaie de me pelotonner du mieux que je peux, malgré la chaîne qui écorche la peau meurtrie autour de ma cheville. Je suis consciente que tout ce qui me reste désormais, c'est ce cachot sordide où je suis enfermée dans le noir. Avec le strict minimum de vivres. Sans chauffage. Ni vêtements secs ou chauds. Enchaînée comme un animal. J'ai mal partout. Je suis certaine d'avoir un début d'infection à un doigt, que je me suis blessée en essayant de gratter le ciment entourant les parpaings. Ma cheville suinte. Certes je ne vois pas ce qui se trouve sous la chaîne, mais je le sens. Cette nuit, j'ai rêvé que la plaie était infestée d'asticots.

À mon réveil, j'ai été soulagée de constater que ce n'était pas le cas, mais mon soulagement fut de courte durée quand j'ai compris que j'étais toujours enchaînée au sol dans cette pièce humide et que les asticots n'étaient probablement pas le plus urgent de mes soucis.

Tout est silencieux pour le moment, à l'exception, dehors, du vent et de la pluie. Et d'un bruit d'eau qui goutte quelque part de façon continue depuis que je suis arrivée ici et qui, tantôt me rassure, tantôt me donne envie de hurler. Allongée à même le sol, je scrute l'interstice noir sous la porte d'où filtre habituellement la lumière. La joue gauche collée au ciment froid et rugueux, je sens souffler sur moi un courant d'air glacial. Je suis à l'affût du moindre mouvement, de la moindre variation de luminosité pouvant m'indiquer l'arrivée de quelqu'un. Je guette d'hypothétiques bruits de pas ou de voiture – le ronronnement d'un moteur ; le crissement de pneus sur le gravier ; le bruissement d'herbes ou de brindilles ; le craquement de cailloux ou de gravats.

Je veux entendre quelque chose. Je veux qu'advienne une bonne fois pour toutes ce qui doit arriver, et qu'on en finisse. Je n'en peux plus d'avoir peur. De m'imaginer le pire. Je sens momentanément un certain calme en moi. Je ne peux rien y changer. Je dois l'accepter. C'est ce qu'il m'est arrivé de dire aux proches de patients. Quand on venait de leur annoncer que leur être cher serait désormais placé en soins palliatifs. « Malheureusement, personne ne peut vivre cette épreuve à votre place. Mais nous sommes là pour vous apporter notre soutien. »

Et moi, qui sera là pour me soutenir ? Il faut que je me convainque que même s'ils ne le sont pas physiquement, mes parents sont avec moi. Ainsi que Clodagh. Je veux croire que mes amis et ma famille sont auprès de moi. J'ai même besoin de croire qu'Elzbieta aussi est avec moi. Si je peux tous les accueillir dans mon cœur, alors je peux me montrer courageuse. Du moins l'essaierai-je.

Je perçois soudain, au loin, le bruit d'un moteur de voiture. Un frisson me parcourt l'échine. Quel que soit l'endroit où je me trouve, je n'entends jamais de voiture passer. Les seules fois où j'entends un moteur, c'est juste avant qu'il arrive, ou quand il part. Le moment est donc venu, me dis-je tandis que le bruit ne cesse d'augmenter en se rapprochant. Le courant d'air sous la porte me paraît de plus en plus froid.

Je regarde autour de moi, balayant à nouveau la pièce du regard.

Le moteur est mis à l'arrêt et j'entends une portière s'ouvrir, suivie d'une deuxième. Des voix qui chuchotent. Il n'y en a clairement pas qu'une seule. Je me redresse pour m'asseoir et tire mes cheveux en arrière dans le vain espoir que j'entende un peu mieux.

Des bruits de pas – lourds. Pendant une seconde, je me dis que ce n'est peut-être pas Eddie, mais quelqu'un d'autre – peut-être la police, qui serait là pour me sauver ? Mais mon espoir s'évanouit à mesure que les voix se rapprochent. C'est bien Eddie. Je l'entends rire. Il a l'air tout excité. Il insère la clé dans la serrure.

— Ça va être dément. Complètement dément ! Tu n'arrêtes pas de filmer, OK ? Tu laisses le truc en mode streaming. Tout est déjà préréglé, dit Eddie.

Au moment où la porte s'ouvre dans un grincement qui couvre la réponse de la deuxième personne, je suis éblouie par une lumière extrêmement vive et je lève le bras pour me protéger les yeux.

— Ma chérie, s'écrie Eddie. Je suis à la maison!

46

LUI

Jeudi 4 novembre
20 h 00

L'odeur est ce qui le choque en premier. Une odeur de moisi, froide et humide. À l'évidence, les travaux dans cette maison ont été stoppés il y a un bon moment. Probablement avant le premier confinement Covid. Tout autour, le terrain boueux est recouvert d'herbes folles qui tentent de reprendre leurs droits. Il se dégage de ce lieu une impression de désolation – d'autant plus que Mark n'a aucun mal à imaginer ce que cela aurait dû être : une très belle maison, dans un environnement pittoresque et isolé, proche de la frontière de Donegal. Ç'aurait pu être un véritable havre de paix. Au lieu de quoi, l'endroit est sombre et lugubre, sans parler de l'humidité qui lui colle déjà à la peau et le prend à la gorge.

Doire braque une énorme torche alimentée par des LED sur la silhouette assise par terre, qui s'est terrée contre le mur sous l'effet conjugué de la peur et de la douleur. Il lui faut un certain temps pour accommoder sa vision, et même s'il sait que cette fille est forcément Nell, et que cet endroit est sans aucun doute celui visible dans la vidéo de ce matin, la scène n'en demeure pas moins surréaliste et macabre dans des proportions inimaginables.

Ce n'est pas une simple pièce dans une maison en construction. Non, il s'agit d'une véritable chambre de torture. Les murs sont bruts et le sol simplement recouvert de ciment. L'obscurité est totale – les fenêtres ayant été condamnées par des blanches de bois – et au milieu de tout ça se trouve cette pauvre créature : cette femme, guère plus âgée qu'une jeune fille, vêtue d'une robe démodée, la peau noircie, hagarde, une lourde chaîne attachée à sa cheville nue. Elle tremble comme une feuille, autant sous l'effet de la peur, se dit-il, que du froid glacial.

Il doit faire un effort surhumain pour ne pas céder à son instinct qui lui dicte d'enlever son manteau pour l'enrouler autour des épaules de la jeune femme. Doire, de son côté, ne cherche même plus à faire semblant d'agir normalement et s'affaire en tous sens, comme s'il était ivre, perché, ou tout simplement fou. Tout dans le comportement de Nell, de l'expression de son visage à la façon dont elle tressaille à chaque mot qu'il prononce, indique qu'elle est terrorisée à l'idée de commettre un impair. Mark la voit qui se hisse péniblement sur ses pieds avant d'épousseter sa robe d'un revers de la main puis de glisser ses cheveux derrière ses oreilles.

— C'est bien, dit Doire. Tu respectes les règles. Je suis impressionné.

Elle acquiesce, sans croiser son regard. Sa tête reste baissée. Mark en déduit qu'il s'agit d'une des fameuses règles. Ne parler que lorsque l'on y est autorisée. Rester constamment soumise. Le genre de choses que recommandent de nombreux membres de la communauté *incel*.

— J'ai ramené un ami pour jouer avec nous, dit Doire. Sois gentille, dis-lui bonjour.

Nell cille et lève la tête vers Mark, fronçant les yeux un instant face à la lumière aveuglante. Se souvient-elle de lui ? se demande-t-il. Mais il se dit que non, vu qu'elle ne parvient probablement pas à le voir, tant la torche l'éblouit.

— Enchantée, dit-elle en tendant la main à Mark.

Il voit que ses doigts sont tout égratignés, mais il lui serre quand même la main, le plus doucement possible de peur de lui faire mal.

— De même, bredouille-t-il, consterné par le caractère grotesque de l'échange.

— En fait, vous vous êtes déjà rencontrés, dit Doire. C'est Mark ici présent qui m'a donné l'idée de te kidnapper.

Nell cille et le regarde à nouveau, levant la main pour se protéger les yeux. Il aurait envie de détourner le regard mais il sait qu'il ne peut pas se dérober. Il doit se donner un air aussi couillu que Doire. Il doit être fidèle à son personnage sur le forum. Celui qui déversait sa haine nourrie de sa perception que les hommes étaient constamment brimés alors que les femmes avaient pris trop de pouvoir. Il doit lui témoigner le même mépris que celui qu'il avait pour elle quand ils se sont vus pour la première fois. Quand il l'a terrorisée et filmée, avant de poster la vidéo sur internet comme si elle n'était qu'une vulgaire vanne. Comme si ce qu'il avait fait avait pu lui procurer le moindre sentiment de puissance – alors même que c'était foncièrement abject.

Il la regarde d'un air condescendant tandis qu'elle fronce à nouveau les yeux pour essayer de mieux distinguer ses traits.

— Alors, comme ça tu ne reconnais pas celui avec qui tu vas partager la vedette ? dit Doire. Moi, dès le début, j'ai été fan de ce qu'il faisait, mais quand il a publié une vidéo de toi – tu sais, celle où il te fout grave les jetons –, alors là, je me suis dit que tu étais parfaite pour mon jeu. Quand on y pense, sans cette vidéo, j'aurais choisi une autre fille. Une de ces putes qui n'arrêtaient pas de se foutre de moi. Je te l'accorde, Nell, toi tu ne t'es jamais moquée de moi. Tu étais même gentille, mais c'était trop tentant. Cet air dans tes yeux. Cette peur. Ça m'a donné l'impression d'être vivant.

Mark sent son sang se glacer. Là, on n'est plus du tout dans le cas de figure d'un type qui se sent dénigré. Plus vraisemblablement, Doire a toujours été complètement dérangé.

Nell sourit. Il est parfaitement évident qu'elle se sent obligée de le faire de peur d'enfreindre une autre règle de Doire.

— Oui, je me souviens. Je suis contente de vous revoir, dit-elle en se tournant vers Mark.

— Je ne pensais pas qu'on allait se recroiser, dit Mark en essayant de se donner un air crâne. Mais je suis content que ce soit le cas. Surtout ce soir.

— C'est une bonne surprise, non ? dit Doire.

— Oui, répond Nell. Merci.

Il ne sait pas s'ils sont déjà en *live*. Doire lui a expliqué qu'il y a plusieurs caméras cachées dans la pièce, à l'insu de Nell. Il espère que c'est le cas, car cela veut dire que les policiers sont en train de regarder en même temps que les membres du forum.

— Alors, dit Mark, vous deux vous vous connaissiez avant que tout ça ne commence ?

Il espère pouvoir fournir un maximum d'informations à ses collègues situés dans la salle de crise. Il ne sait pas si Doire a des acolytes ou si c'est un vrai loup solitaire.

Nell entrouvre la bouche mais au moment où elle s'apprête à parler, Doire lève la main.

— Attention, Nell, dit-il, tu sais que tu n'as pas le droit. Mais bon, allez, je ferme les yeux pour cette fois. Mais c'est ta dernière chance.

Elle hoche la tête.

— Tu peux parler, dit-il avec l'emphase d'un empereur romain.

Mark sent s'exacerber en lui la haine et le dégoût qu'il lui inspire.

— Merci, dit Nell avant de se tourner vers lui. Eddie et moi travaillions au même endroit.

À peine a-t-elle fini sa phrase qu'un violent coup de poing porté à son visage la précipite au sol. Mark a un haut-le-cœur en la voyant cracher du sang puis étouffer un sanglot.

— Tu m'as appelé par mon nom, hurle Doire. Tu as enfreint la plus importante des règles.

Avant que Mark puisse intervenir, Doire ou Eddie – ou que sais-je encore – enchaîne aussitôt en assenant un coup de pied en plein dans le ventre de Nell alors qu'elle gît au sol. Elle se recroqueville aux pieds de son bourreau, laissant échapper un son guttural qui tient autant du râle que du hurlement.

— Holà ! dit Mark d'une voix tremblante. Vas-y mollo. Savoure. Si tu lui files encore un coup de latte, tu n'auras plus rien pour jouer après.

— Pas faux, concède Doire en se détournant. Je me suis un peu laissé emporter. C'est le grand soir, tu sais.

Il est au bord de l'euphorie, chauffé à blanc par l'adrénaline, si ce n'est par quelque substance illicite. Mark baisse la tête et voit Nell qui le fixe de ses yeux. Son visage n'exprime plus seulement de la terreur désormais.

Elle le regarde avec une haine absolue qui l'ébranle, mais il garde en tête le fait qu'elle ignore qui il est. Elle n'a aucune raison de voir en lui autre chose que ce cinglé qui lui a couru après dans le seul but de lui faire peur et qui refait aujourd'hui surface aux côtés de son persécuteur.

Après avoir marqué une pause, il se tourne vers Doire.

— Tu as apporté du vin, n'est-ce pas ? Alors, buvons un coup.

— Et de la bière, ajoute Doire avant d'orienter son téléphone sur lui-même. Salut, tout le monde, commence-t-il en plongeant la main dans un sac dont il sort une bouteille de bière, qu'il ouvre, d'un coup sec, en utilisant le bord d'une table basse comme décapsuleur. (Il prend une longue gorgée désaltérante.) S'il y en a parmi vous qui auraient envie de participer au moyen d'une petite contribution, faites-moi signe.

Tandis que Doire s'adresse à son public, Mark s'approche un peu plus de Nell, qui se terre encore davantage dans son coin. Malgré l'obscurité, il voit qu'elle a les larmes aux yeux. Il s'accroupit et se demande s'il peut prendre le risque de lui chuchoter quelque chose.

Elle reste totalement impassible quand il tend la main pour glisser une mèche de ses cheveux derrière son oreille, tout en disant à Doire qu'il a fait un excellent choix.

— Bien sûr que oui ! répond Doire en s'accroupissant à son tour. Je ne suis pas débile. Tu as tout pour toi, hein, Nell ? Tout ce qu'il faut pour que les hommes accèdent aux moindres de tes désirs. Un battement de cils, et hop, je voyais tous les brancardiers se précipiter à tes pieds pour te proposer leur aide. Tu en as bien profité.

— Mais non ! sanglote Nell.

Doire le bouscule sans ménagement, et il garde tant bien que mal son équilibre en s'égratignant la main contre le sol bétonné. Devant ses yeux impuissants, Doire tire violemment sur la mèche de cheveux qu'elle avait derrière l'oreille.

— Je t'avais prévenue : je ne veux pas t'entendre ! siffle-t-il. Tu l'auras bien cherché !

Elle ne dit plus un mot. Doire lui lâche les cheveux et fait courir sa main sur son corps. Il en profite au passage pour lui tripoter les seins tout en adressant à l'objectif un sourire lubrique.

— Allez, dit-il. Que la fête commence ! Nell, il faut que ça se passe sur des bases équitables.

Il lui dit de se lever et Mark le voit glisser sa main entre les cuisses de la jeune femme, dont le visage se décompose au fur et à mesure qu'il s'aventure toujours plus haut. À ce stade, songe-t-il, il pourrait sortir son flingue de sa veste pour ordonner à Doire de s'arrêter et de la laisser tranquille. Mais ce type est imprévisible. Il ne serait guère surpris que cela ne fasse qu'empirer les choses pour Nell. Or il ne veut surtout pas prendre ce risque. Quoi qu'il arrive désormais, il veut tout faire pour éviter que les cela ne s'aggrave pour Nell. La situation est déjà bien assez terrible comme ça.

Une chose est sûre, l'effroi qu'il lit en cet instant dans ses yeux – la terreur de se voir violentée – il le gardera gravé dans sa mémoire pour le restant de ses jours.

Il voit Nell fermer les paupières en prévision de ce qui semble désormais inévitable, mais à sa grande surprise Doire s'interrompt, pivote sur ses talons, et détache la chaîne qui entravait la cheville de la jeune femme.

47

NELL

Jeudi 4 novembre

J'ouvre les yeux et je vois Eddie qui m'enlève la chaîne et se lève. Son pote, ce salaud qui m'a filmée il y a quelques semaines, me dévisage comme s'il n'avait jamais vu une femme de sa vie. Depuis qu'il est arrivé, il n'arrête pas de me jauger du regard. Il me détaille de la tête aux pieds, se colle à moi. Je me demande s'il est dans le coup depuis le début. Elzbieta l'a-t-elle vu elle aussi avant qu'Eddie ne vienne la chercher ?

— Il y a d'autres bières dans ce sac. Et aussi du vin, dit Eddie. Sois gentille, sers une bière à notre ami. À moins que tu ne préfères du vin, Mark ?

— Du vin serait top, répond ce pitoyable échalas de Mark en me fixant des yeux.

— Toi aussi tu peux prendre du vin si tu veux, dit Eddie. J'ai apporté des gobelets en plastique. On ne se refuse rien, hein ? dit-il en riant d'un petit rire crispé.

Je sais que pour rester dans le jeu, je suis censée accueillir son bon mot comme si c'était la meilleure blague que j'aie jamais entendue. Je m'empresse donc de rire puis de servir les verres de vin, mais je suis obnubilée par le fait que je ne suis plus entravée. Ma cheville est libre. Je pourrais partir en courant. Comme il n'a pas fermé la porte à clé derrière lui en arrivant, si j'arrive à leur passer devant pour rejoindre la porte et sortir, alors peut-être que j'ai une chance de me tirer d'ici. Je courrai sans m'arrêter, peu importe que ma cheville me fasse un mal de chien ou non. Je pourrais même marcher sur des morceaux de verre s'il le fallait. Du moment que j'arrive à lui filer entre les doigts pour traverser la pièce et rejoindre cette foutue porte.

En sortant la bouteille du sac, je me dis que je pourrais la fracasser contre le mur et me servir du tesson comme d'une arme.

Mais ils sont deux, et je suis toute seule. Sans compter que je suis affaiblie, épuisée, et qu'une fois qu'ils me prendraient le tesson des mains ils n'hésiteraient probablement pas à me taillader de part en part.

J'ai mal partout. Je suis presque sûre qu'il m'a cassé la mâchoire. La tête me tourne et je sens un élancement au niveau de l'œil. Je n'ose même pas toucher pour essayer d'évaluer l'étendue des dégâts. Le cœur lourd, je comprends que je ne suis pas de taille à lutter contre eux.

Mieux vaudrait peut-être que je me taillade moi-même les veines avec le tesson. Je déciderais ainsi de mon propre destin. La bouteille me paraît bien lourde. Je repense à toutes ces soirées où j'ai ouvert une bouteille de ce même vin avec Clodagh, quand nous étions bien décidées à refaire le monde, ou encore aux dîners du dimanche avec papa et maman. Je suis à nouveau submergée par une immense vague de tristesse.

Les mains tremblantes, je dévisse le bouchon et je remplis un des gobelets en plastique qu'il a apportés et je le tends à Mark, nos doigts se frôlant par la même occasion.

J'en remplis un deuxième et je bois une gorgée. L'acidité du vin irrite ma lèvre coupée, mais je veille à ne pas grimacer.

— *Slainte!* dit Eddie en brandissant sa bouteille de bière.

Je lève mon verre et réponds:

— Santé.

Mark se contente de lever son verre en silence. Quand je pose mon gobelet sur la table, je remarque un jeu de clés – des clés de voiture – à moitié dissimulé par le sac posé dessus. Lui appartiennent-elles? S'agit-il des clés de la voiture garée dehors? Pourraient-elles me servir d'arme?

— Je pense qu'on devrait rendre ces lieux un peu plus confortables, non? décrète Eddie en me tapotant l'épaule sans ménagement, ce qui me fait sursauter. Il fait un peu frisquet. On devrait peut-être allumer le radiateur.

Il me force à me tourner vers lui – m'éloignant de mon verre ainsi que des clés – et me conduit jusqu'au centre de la pièce.

— Dommage qu'on n'ait pas d'endroit pour faire une bonne flambée, dit Eddie en se tournant vers moi avant de fixer l'écran de son téléphone. Enfin, pas encore! ajoute-t-il avec un clin d'œil appuyé en direction de son portable.

Le peu de forces qui me restait m'abandonne aussitôt. J'ai les jambes soudain en coton, mais je sens qu'on me rattrape juste avant que je ne finisse par terre. Les mêmes bras me remettent sur pied.

— Ça va aller, me dit Mark, ce qui me met hors de moi.

J'ai envie de lui hurler: «Tu te fous de ma gueule, connard?» Mais là encore, je suis à peu près sûre que ça serait contraire au règlement, et je ne veux pas prendre le risque de me reprendre un coup dans l'estomac ou au visage.

— Merci, dis-je en serrant les dents et en m'écartant de lui. (À son contact, j'ai la peau qui se hérisse.) Est-ce que j'allume le radiateur à gaz ?

J'ai posé la question sans être certaine d'en avoir le droit ou non, car j'ai pris la parole sans y avoir été invitée. Cela dit, je sais aussi que je suis censée me charger des « tâches ménagères ».

— Très bonne idée, dit Eddie en s'asseyant au bord du lit, l'objectif de la caméra toujours braqué sur lui. Vous voyez, reprend-il, il faut se souvenir d'une chose – même si nous l'avons un peu oubliée en cette période obsédée par le progrès et l'égalité : les femmes ont besoin d'un cadre. Il leur faut un rôle précis. Si nous, les hommes, ne fixons pas clairement des limites, on finit dans le merdier dans lequel on se trouve aujourd'hui. Sinon, autant donner carrément aux femmes les ciseaux avec lesquels elles nous couperont les couilles. Il faut du courage pour remettre une femme à sa place et lui rappeler qu'elle appartient au sexe faible. Pour lui rappeler qu'elle doit se contenter d'un second rôle. On n'avait pas toutes ces histoires de types émasculés, humiliés, quand les femmes savaient rester à leur place. On est devenus trop laxistes. On ne peut s'en prendre qu'à nous-mêmes. Mais je vous le dis, nous avons le pouvoir de changer les choses. N'est-ce pas, Mark ? Nous reprenons le pouvoir !

Eddie éclate de rire et braque la caméra sur Mark qui lève le pouce tandis que je m'accroupis devant le radiateur pour tenter de le ranimer.

— La peur est un moteur fascinant, dit Eddie. Elle peut rendre docile la plus enragée des salopes. C'est en étant capables de susciter une bonne dose de peur que nous, les hommes, garderons l'ascendant. Ce pouvoir nous a toujours été destiné, et nous avons toujours été censés l'utiliser. Dieu en a décidé ainsi. Il a fait de nous des êtres supérieurs, que ce soit physiquement, ou intellectuellement. Telle fut Sa volonté.

Et là, accroupie devant le radiateur pendant qu'Eddie débite ses inepties, je me dis qu'il y a peut-être quelque chose à tenter qui soit de nature à les neutraliser tout en me donnant une chance infime de réussir à leur passer devant.

Mais c'est risqué. Je ne suis pas certaine d'en sortir indemne. Une chose est sûre : si Eddie découvre ce que je manigance, je ne donne pas cher de ma peau. Mais j'aurai au moins réussi à lui prouver qu'il n'a pas du tout le pouvoir.

Ni maintenant ni avant.

Je tripote les boutons du radiateur et je règle le niveau de gaz au maximum tout en marmonnant qu'il ne s'allume pas. Mais je ne diminue pas l'arrivée de gaz pour autant – et je l'éteins encore moins – même si l'odeur entêtante me soulève déjà le cœur. Ajoutée à la douleur lancinante que j'ai à la tête, elle me donne le tournis et me brouille un peu la vue.

Pendant qu'il continue son interminable laïus face caméra, je continue de faire semblant d'essayer d'allumer l'appareil en espérant qu'il ne remarque pas qu'il n'est toujours pas en marche. Je compte sur son ego pour le distraire et je prie pour avoir raison. Regardant autour de moi, je vois que Mark ne me quitte pas des yeux. Mais s'il a vu clair dans mon jeu, en tout cas il n'en dit rien.

Je retourne à mon radiateur et je reprends mon petit numéro. Les effluves douceâtres du butane me montent au cerveau et commencent à me donner la nausée. Je me relève et je fais un pas en arrière. Je sens que je tangue ; la tête me tourne. Je jette à nouveau un œil à Mark, qui me regarde d'un drôle d'air. Il ouvre la bouche, s'apprête à dire quelque chose, et je sais que le moment est venu où il va me balancer. Il a tout compris à mon stratagème et compte bien me le faire payer. Ce type est comme Eddie : il se repaît de la peur des autres. Il doit être proche de l'extase, là, sachant ce qui se profile. Une telle entorse au règlement me vaudra bien plus qu'une gifle ou qu'un coup de poing.

Mais je suis déterminée à ne pas le supplier. Je serai courageuse. Je ne me soumettrai pas. Je ne me soumettrai à aucun homme.

Mais il ne dit rien. Non, il porte une main à sa bouche et pose un doigt sur ses lèvres pour me dire de me taire, tandis qu'il glisse l'autre main à l'intérieur de sa veste. Je n'arrive pas à déchiffrer l'expression de son visage, mais de ses yeux il me désigne tour à tour la porte et les clés posées sur la table. D'un petit mouvement de la tête, il semble me dire : « Vas-y, saisis ta chance. Dépêche-toi. Je sais que tu as vu les clés. Prends-les et barre-toi. »

Je ne sais pas si je dois lui faire confiance. En fait, je suis convaincue du contraire. Si ça se trouve, il veut simplement me faire courir pour avoir le plaisir de me prendre en chasse. C'est son kif, après tout. Je repense au soir où j'avais entendu des pas derrière moi, de plus en plus proches. Et ces types adorent les effets de mise en scène. Ils ont créé un vrai show. Je ne sais pas à qui s'adresse Eddie en monologuant devant son téléphone, mais je sais que des gens le regardent. Or personne, parmi tous ses spectateurs, ne vient à mon secours. Personne ne vient me délivrer.

Le temps presse et il ne me reste guère d'options. Je n'ai d'autre choix que de faire confiance à Mark. Il n'y a pas d'alternative. Aucun chevalier blanc ne viendra me sauver.

C'est maintenant ou jamais que je dois agir. Il n'y a plus une minute à perdre. Eddie est toujours lancé dans sa longue diatribe sur la domination masculine, emporté par son propre ego. Mais il s'arrête en plein milieu d'une phrase, renifle, lève les yeux puis se tourne vers le radiateur.

— Je ne t'avais pas dit de l'allumer ? dit-il.

D'un bond il se précipite sur moi et je sais aussitôt que j'ai loupé le coche.

— Je n'y suis pas arrivée, je suis désolée, dis-je en baissant la tête, m'attendant à recevoir un coup mais ne sachant pas de quel côté il viendra.

J'aurais dû prendre la fuite. J'aurais dû prendre mes jambes à mon cou et ne jamais m'arrêter.

— Pauvre conne, marmonne-t-il. (Mais à ma grande surprise, il me passe devant sans s'arrêter.) Il ne faut jamais demander à une gonzesse de faire ce qu'on ferait mieux soi-même, et plus vite, raille-t-il en s'accroupissant devant le radiateur.

Je fais un pas en arrière tout en coulant un regard à Mark pour voir sa réaction. La main toujours dans le revers de sa veste, il me désigne à nouveau des yeux la porte, cette fois avec davantage d'insistance. Il ne fait aucun doute qu'il m'encourage à sortir.

Alors je fais un pas de plus en arrière, puis un autre, puis un autre encore. Je recule vers la porte. Je me rapproche des clés. Je me rapproche de la liberté. D'abord lentement, peinant à croire que ce soit possible, mais aussi, et pour une raison irrationnelle, craignant que cela ne fasse qu'aggraver mon sort. Si jamais Eddie s'aperçoit que je me dirige vers la porte… Je n'ose même pas y songer. Je fais un pas de plus. Mon cœur tambourine tant et plus dans ma poitrine au fur et à mesure que je me rapproche de la porte. Je m'attends toujours à ce que Mark me dénonce. Ou alors à ce qu'il me saute dessus lui-même.

Pendant ce temps-là, Eddie approche la main du bouton d'allumage du radiateur. Je ne sais pas à quel type d'explosion je dois m'attendre, mais je veux qu'elle le désoriente assez longtemps pour que je puisse atteindre la porte et l'ouvrir. J'espère qu'il sera blessé. Il mérite de souffrir. Je veux que chacune de ses terminaisons nerveuses le fasse hurler de douleur. J'y suis presque au moment où il s'accroupit. Je sais que c'est ma dernière chance. Je n'ai pas le temps de regarder Mark. Je n'ai plus le temps de réfléchir. Il faut que je sorte.

— Putain ! hurle Eddie en s'écartant du radiateur. Tu as laissé le gaz allumé ? Tu veux nous tuer ou quoi ?

Je suis presque arrivée à la porte, et je m'attends à ce qu'il me le fasse payer. L'adrénaline me fouette le sang et j'ai le cœur qui bat si fort que j'entends à peine ce qu'il dit.

— Non, je te jure. Comme tu le sais, il fuit depuis quelque temps. C'est sûrement ça que tu sens.

Ni une, ni deux, il fond sur moi. Sans réfléchir, je fais un pas en arrière tout en tendant le bras dans mon dos pour attraper les clés sur la table.

— Tu es en train de me dire que je suis débile ou quoi ? gronde-t-il. Tu t'y prends mal, un point c'est tout, pauvre conne !

Il est tout près de moi maintenant. Je n'ai d'autre échappatoire que de sortir de cette pièce.

Je sens le métal froid des clés dans ma main et je serre le poing, rassurée par la sensation des encoches acérées qui s'enfoncent dans ma paume. Je ne dois surtout pas m'arrêter.

Je continue ma progression. Je recule en titubant tandis que lui s'avance vers moi, les yeux rageurs. Je vois Mark qui fait un mouvement dans ma direction. Me mentait-il, finalement ? Ils vont tous les deux s'en prendre à moi en même temps, et s'ils m'attrapent, je sais que je n'ai aucune chance de m'en tirer. Je me sens faible, mon corps entier est meurtri, mais je ne compte pas me laisser faire.

— Putain, qu'est-ce que tu fous avec mes clés ? vocifère Eddie.

Je sens la crasse et les gravillons du ciment s'enfoncer dans la plante de mes pieds. Je sens du sang chaud et visqueux couler le long de ma cheville. Quand j'inspire, j'ai des élancements dans les côtes et entre les tempes. Ils sont quasiment sur moi maintenant. Seuls quelques pas nous séparent. Le temps s'accélère – à moins qu'il ne ralentisse – et je ne sais pas si je suis en train de vivre les derniers instants de mon existence. Je me retourne et tends la main vers cette porte qui me retient enfermée depuis beaucoup trop longtemps. Enfermée dans ce cachot.

Devoir les quitter des yeux est le moment le plus angoissant, mais la porte est plus lourde que je ne le pensais et il me faut pousser de toutes mes forces pour essayer de l'ouvrir. Je laisse sans le vouloir échapper un sanglot en voyant qu'elle me résiste, tant son poids met à l'épreuve mes bras meurtris. Je m'attends à chaque instant à sentir une main agripper mon épaule ; une bouteille s'écraser sur ma tête ; un couteau s'enfoncer dans mon dos ; ou que sais-je encore…

La porte finit par céder, et je ne regarde pas derrière moi – impossible. Je la franchis d'un pas mal assuré et je tombe sur un vestibule que je ne me rappelle pas du tout avoir déjà vu. Il fait nuit noire.

La tête me tourne et à force de tituber, je me cogne l'épaule contre le mur. C'est à peine si je perçois la douleur. Je n'en ai pas le temps. J'entends des pas, accompagnés d'une respiration pesante.

— Oh, putain, non, ne t'amuse pas à ça, raille-t-il.

Je le sens qui se rapproche, la chaleur de son corps se faisant plus présente derrière moi. Seigneur, je ne veux plus jamais qu'il pose la main sur moi. Le vent siffle dans mon dos. Je sens presque l'odeur de la pluie et de l'air frais et même si je ne vois pas où je vais, mes autres sens me guident vers ma délivrance. *Par pitié!* me dis-je intérieurement sans savoir à qui j'en appelle : moi-même, Dieu, ou quiconque ou quelque entité que ce soit susceptible d'entendre mes supplications. Je ne peux pas échouer maintenant, pas si près du but. Mes yeux s'étant acclimatés à l'obscurité, je distingue désormais l'ouverture menant à l'extérieur. Je sens des bourrasques de pluie s'engouffrer dans ce bâtiment fantôme et je me dis que j'y suis presque. Je vais enfin sortir.

Mais quand je sens, dans mon dos, une main qui m'effleure telle une lame prête à me poignarder, je sais que c'est trop tard.

Je devais être trop naïve de croire que j'avais la moindre chance de m'en tirer.

— Espèce de salope, fulmine Eddie tandis que je le sens qui agrippe le dos de ma robe.

La sensation de ses doigts frôlant mon épiderme me fait l'effet d'une brûlure et j'essaie tant bien que mal de courir pour le distancer. Mais ils sont deux, et je suis toute seule.

Je me propulse en avant, impatiente de ressentir l'air libre une dernière fois sur ma peau, et là, contre toute attente, je me rends compte qu'il m'a lâchée, et je me retrouve projetée vers l'extérieur avant de perdre l'équilibre et de tomber la tête la première sur le sol froid et humide.

Ayant envoyé valser les clés de voiture dans ma chute, je rampe à l'aveuglette dans le noir et le froid en avançant à tâtons pour les retrouver. Je n'ai aucune idée de ce qui se passe, ni d'où il peut se trouver. Tout ce que je sais, c'est qu'il n'est plus agrippé à ma robe. Or je n'ai pas l'impression qu'il est du genre à abandonner facilement. Ce n'est pas le moment d'arrêter. Pourtant mon échappée m'a laissée à bout de souffle. Suffocante, ma robe désormais trempée, les genoux contusionnés, entièrement fourbue, je tente de retrouver mon équilibre sur le sol détrempé. Mes pieds nus glissent dans la boue, le froid et l'humidité agissant comme du vinaigre sur les entailles que j'ai aux chevilles. Je sanglote de désespoir, mais tout à coup je sens sous mes doigts le métal froid des clés, et je parviens à me relever.

Tout est calme autour de moi, à part le vent et la pluie. Je regarde autour de moi. Je vois la voiture d'Eddie, mais de lui ou de Mark, je ne vois aucune trace. Où peuvent-ils bien être ? Sont-ils aux aguets, tapis sous la voiture ? M'attendent-ils sur les sièges arrière, prêts à m'étrangler ? Toute tremblante de peur et de confusion, je perds le contrôle de ma vessie.

Les mains hésitantes, je presse les boutons de la télécommande jusqu'à ce que les clignotants s'allument et que la voiture se déverrouille. J'y suis presque, mais il pleut, il fait nuit, et ma main glisse à cause de mon propre sang. Je tremble si fort que je fais à nouveau tomber les clés.

Je m'agenouille, mes yeux faisant des allées et venues entre le sol et la maison fantôme. J'entends des cris. Je pense qu'ils viennent de l'intérieur, sans en être certaine. Je n'arrive plus à distinguer entre ce qui est réel et ce qui ne l'est pas. Je n'ai pas le temps d'y réfléchir. Fouillant la boue du bout des doigts, je finis par retomber sur le trousseau de clés et je laisse échapper un sanglot de soulagement. Je me hâte de me relever, j'ouvre la porte et je monte à bord. Sans réfléchir, j'appuie sur le démarreur et je fonds à nouveau en larmes quand la clé s'insère dans la fente.

Au moment même où je tourne la clé et que le moteur se met à ronronner, je vois le ciel s'illuminer un très court instant, ce qui me permet d'apercevoir la maison où j'ai été retenue prisonnière. Mon cerveau en est à peine à essayer de comprendre ce que je vois quand enfle une rumeur sourde qui laisse aussitôt place à une explosion fracassante qui vient ébranler chaque atome de mon corps.

La chaleur et le bruit me percutent de plein fouet. L'onde de choc est telle que mon crâne rebondit sur l'appuie-tête, tandis que je sens ma poitrine comme écrasée, tout l'air en étant expulsé d'un coup, et qu'une pluie de verre brisé miroite devant mes yeux avant de me fouetter le visage, les mains et les bras.

J'étais si près du but. À deux doigts d'y arriver. La douleur, d'une violence inouïe, cède la place à l'obscurité et je perds connaissance.

48

MARIAN

Jeudi 4 novembre

La ville de Derry est construite sur une colline. Sur deux collines, pour être exact. Posées de part et d'autre de la Foyle. Le résultat en est qu'elle possède les qualités d'un amphithéâtre naturel, les sons se propageant bien plus loin qu'on ne pourrait l'imaginer, amplifiés par leur réverbération sur le fleuve cheminant vers l'Atlantique.

Nous sommes assis dans le salon à peine éclairé par quelques lampes tamisées. Aucun de nous n'ose parler. Le silence n'est troublé que par le tic-tac de l'horloge et les ronronnements d'Harry Styles, paisiblement endormi à mes côtés.

Et tout à coup, c'est un vrai tumulte. D'abord le hurlement des sirènes, bien plus nombreuses que ce qu'on peut entendre à n'importe quelle heure du jour ou de la nuit.

Puis le vrombissement de l'hélicoptère de la police.

On dit qu'une mère sait instinctivement quand son enfant n'est plus de ce monde. Je ne sais pas si c'est ce que je ressens, mais le fait est que le vacarme s'accompagne d'un changement perceptible dans l'atmosphère. Il y a dans l'air comme une sorte de palpitation électrique, d'énergie palpable. Au fond de moi, je sais que tout est terminé.

Je ne m'effondre pas par terre. Je ne hurle pas. Je reste assise, tétanisée, à écouter les bruits extérieurs qui se mêlent aux battements de mon propre cœur. Comment ose-t-il continuer de battre…

Je ne sais pas combien de temps je reste ainsi. Cinq secondes ou cinq minutes – impossible à dire. Je suis figée dans l'instant jusqu'à ce que je regarde l'horloge et qu'une petite voix me susurre: «L'heure du décès…»

Stephen marmonne quelque chose et je le regarde impassiblement. Tout lien est rompu entre nous. Il a la tête enfouie dans les mains, et n'a pas changé de position depuis une demi-heure. Je n'ai pas la force d'éprouver la moindre compassion pour lui. Mes propres émotions ne laissent la place à aucun autre sentiment.

Je me tourne vers Heather et, malgré l'éclairage minimaliste, je constate qu'elle est devenue livide. Le policier dodu d'un certain âge, que j'aperçois à travers la porte vitrée de la cuisine, est plongé dans son écran d'ordinateur.

Je me lève. Il n'en faut pas plus pour sortir Stephen de sa torpeur.

— Marian? dit-il.

Je me demande bien ce qu'il espère comme réponse de ma part.

Sans un mot, je monte l'escalier et j'entre dans l'ancienne chambre de Nell. Elle jouit d'une vue dégagée sur la ville et, au-delà, sur toute la vallée. Depuis sa fenêtre, je distingue un convoi de véhicules qui emprunte le tablier supérieur du Craigavon Bridge. Deux camions de pompier. Une ambulance. Deux voitures de police.

Je m'assieds au bord du lit et je ferme les yeux. À partir de cet instant, plus rien ne sera pareil.

49

LUI

Jeudi 4 novembre

C'était arrivé très vite. La police n'aurait jamais pu arriver à temps. Pour arriver jusqu'à la maison, ils ont emprunté une route privée dépourvue d'éclairage qui les a conduits jusqu'à une clairière entourée d'arbres. Même s'il avait entendu l'hélicoptère voler au-dessus d'eux – ce qui n'a pas été le cas – il y avait très peu de chances que les renforts arrivent avant le dénouement.

Il avait donc su, avant même de dégainer son arme, que ça n'allait pas bien se finir. Il n'avait jamais tiré sur quelqu'un auparavant. C'est différent, pendant les entraînements. On vise des cibles. Des mannequins. Pas des êtres humains de chair et de sang que les balles transpercent de part en part en déchiquetant tout à l'intérieur, et qui hurlent, pleurent, appellent leur mère au secours.

Mais une chose était certaine : il ne voulait pas entendre Nell Sweeney appeler sa mère au secours. Il ne voulait pas voir son visage contorsionné par l'angoisse. Il pensait à Marian Sweeney, qu'il avait vue pleurer et s'effondrer de douleur un peu plus tôt dans la journée.

Au cours de sa vie, il en avait vu, des femmes comme Marian Sweeney. Des âmes charitables et aimantes. Des mères attentionnées qui auraient tout fait pour leurs enfants mais qui faisaient passer avant leurs propres intérêts toute une série de gens dont elles pensaient qu'il était prioritaire de les protéger.

Il la sentait brûler d'un amour inconditionnel pour sa fille. Il ne lui échappait pas non plus que la présence écrasante à ses côtés de l'homme arrogant et insensible auquel elle était mariée l'empêchait de s'épanouir. Il avait vu sa propre mère subir le même sort.

Toutes deux étaient des femmes dociles, correspondant ainsi exactement à l'idée qu'Eddie se faisait de la gent féminine. Cela dit, elles ne l'étaient probablement pas par peur, mais par sens du devoir. Par volonté de se conformer à ce qu'elles pensaient être l'idéal féminin.

Marian Sweeney n'était pas une femme brisée, mais on voyait qu'elle n'était pas heureuse. La vie ne lui avait pas fait de cadeaux et la perte de sa fille la détruirait.

Or il avait la ferme intention d'empêcher Eddie d'infliger ça à Marian Sweeney.

Et il était hors de question qu'il le laisse à nouveau faire du mal à Nell. L'ecchymose qu'elle avait à la joue avait déjà pris une teinte violacée. Et il n'avait pas pu ne pas remarquer la peau à vif et sanguinolente autour de sa cheville. Il n'osait imaginer toutes les contusions, tous les traumatismes imperceptibles qu'il ne pouvait voir.

Quand Eddie lui a enlevé sa chaîne, il a aussitôt cogité pour trouver un moyen de la sortir de là. S'il parvenait à faire en sorte qu'elle se rapproche de la porte, en mettant assez de distance entre elle et Eddie pour qu'il puisse sortir son arme sans craindre qu'Eddie ne se serve de Nell comme d'un bouclier humain, alors il avait une chance d'y arriver.

Peut-être avait-il réellement des complices en train de monter la garde, en plus de tous les pervers scotchés à leurs écrans d'ordinateur. Si tel était le cas, il s'en occuperait en temps voulu. Nell a levé les yeux sur lui au moment où elle essayait d'allumer le radiateur. En voyant la haine qu'elle avait dans le regard, il a aussitôt compris qu'il avait perdu la bataille. C'était le même regard que lui avait lancé Natalia un peu plus tôt. Ce n'était pas de la peur que lui, Eddie et leurs semblables suscitaient chez les femmes, c'était de la haine. Ils étaient la preuve vivante que les pires angoisses des femmes étaient fondées.

Il a été impressionné quand il a vu Nell ouvrir l'arrivée de gaz et prétendre que l'allumage ne fonctionnait pas. Il a tenté de lui faire comprendre qu'il était de son côté et qu'elle pouvait compter sur son silence, mais il a vu dans ses yeux qu'elle ne le croyait pas.

C'était sûrement mérité.

La seule chose qu'il pouvait faire, quand Eddie a compris le stratagème de Nell, était de l'empêcher de s'en prendre à elle. Mais ce n'était pas chose aisée. Eddie était un petit gabarit, nerveux et sec, du genre rapide. La seule chose qui le ralentissait un peu était la quantité d'alcool qu'il avait ingurgitée depuis qu'ils étaient arrivés sur place.

Son cœur a battu la chamade quand Nell Sweeney, après avoir réussi à ouvrir la porte, est sortie de la pièce en courant. Mais Eddie l'a aussitôt prise en chasse et, chacune de ses foulées le rapprochant inexorablement d'elle, il a fini par la rattraper. Il a vu Eddie tirer sur la robe de Nell et essayer de la ramener dans cet enfer. Il fallait qu'il la débarrasse de lui, il fallait qu'il lui donne une chance de s'en tirer. Il savait qu'elle avait pris les clés sur la table. S'il réussissait à lui faire gagner un peu de temps, ne serait-ce que quelques secondes, elle réussirait à rejoindre la voiture et à s'enfuir.

Ses longues jambes maigres se sont vite imposées et il a rattrapé Eddie en deux temps, trois mouvements. Il l'a alors empoigné par-derrière, lui a neutralisé les bras, puis l'a ramené de force dans l'ancienne geôle de Nell.

— Laisse-la partir, a-t-il dit d'une voix essoufflée. Elle n'en vaut pas la peine. Il y en aura d'autres, a-t-il ajouté en envoyant Eddie par terre. Elle ne mérite pas de devenir célèbre.

Il tentait toujours de l'amadouer, espérant gagner assez de temps pour qu'ils s'en sortent tous les trois.

Mais il ne fallut que quelques secondes à Eddie pour se relever et déjà il fonçait vers la porte et usait de toute sa force pour faire perdre l'équilibre à Mark, qui tomba à la renverse. Dans sa chute, ce dernier laissa échapper son revolver, qu'ils virent tous les deux glisser en diagonale dans la pièce.

— Espèce de connard ! siffla Eddie avant de reprendre ses esprits et de se diriger à nouveau vers la porte. J'en étais sûr !

Mark comprit alors que si Eddie franchissait cette porte, Nell ne lui échapperait pas, cette fois-ci, et qu'il serait sans pitié. Il n'eut que quelques instants pour prendre une décision. Il parvint à se traîner jusqu'au revolver et comprit qu'il avait le choix entre viser une cible mouvante dans l'espoir de l'abattre… ou tirer directement dans la bonbonne de gaz du radiateur, dont les effluves écœurants envahissaient toujours la pièce…

Il n'avait rien à perdre. Au contraire, peut-être pouvait-il même se racheter, dans ces ultimes secondes.

Sans la moindre hésitation, il leva son arme et tira dans la recharge de butane. Une déflagration de bleus, d'orange et de rouges envahit aussitôt la pièce et le revolver de Mark Black retomba par terre.

Épilogue

NELL

Six semaines plus tard

Harry Styles ronronne paisiblement sur mes genoux. Je suis chez mes parents, blottie dans un des fauteuils du salon, et je regarde les guirlandes qui clignotent dans le sapin de Noël.

Je me sais en sécurité ici, avec ma mère aux petits soins pour moi. Pourtant, d'habitude c'est elle qui me reproche de trop m'inquiéter pour elle. Je jette un œil en direction de l'autre fauteuil, dans lequel elle somnole, les jambes recroquevillées sur l'assise, la tête posée sur un coussin.

La transformation qui s'est opérée en elle est stupéfiante. Quand je l'ai vue, le fameux soir, elle avait l'air si vieille. Elle n'était plus que l'ombre d'elle-même. Cela dit, je ne pense pas non plus que j'étais à mon avantage.

Quelque temps après avoir perdu connaissance, j'ai entendu une voix répéter mon prénom inlassablement et j'ai fini par revenir à moi. Je me suis forcée à ouvrir les yeux, luttant contre mon irrépressible envie de rester dans les limbes de l'inconscience. J'avais échoué. Je n'avais pas réussi à m'enfuir. J'étais sûre que c'était Eddie ou Mark qui prononçait mon prénom, et qu'ils n'allaient pas tarder à me sortir de la voiture pour finir ce qu'ils avaient commencé.

Toujours dans les vapes, j'ai appuyé de toutes mes forces sur l'accélérateur, mais la voiture s'est contentée de faire un petit bond en avant puis a calé. La portière s'est ouverte en faisant voler des morceaux de verre dans tout l'habitacle. Je n'avais nulle part où m'enfuir – si tant est que j'aurais été en état de le faire.

— Nell. Tout va bien. C'est Sam, l'auxiliaire médicale, ai-je entendu me dire une voix féminine. Nous nous sommes déjà croisées, à l'hôpital. Tu as été blessée, mais nous sommes là pour t'aider. Tu es en sécurité, maintenant.

Sam était en effet une auxiliaire médicale que je connaissais bien, mais je n'en suis pas revenue de la voir à côté de moi quand j'ai enfin ouvert les yeux, peinant à reprendre mes esprits.

— Tu as mal quelque part ? Comment te sens-tu ?

J'ai tourné la tête vers elle tant bien que mal. J'avais les oreilles qui continuaient de siffler, la peau qui me brûlait, et la poitrine oppressée. J'avais mal partout. Elle a eu un imperceptible mouvement de surprise en découvrant mon état, puis elle a repris une posture professionnelle. Elle m'a ensuite posé tout un tas de questions auxquelles j'ai été incapable de répondre, trop choquée pour pouvoir parler.

Petit à petit, la réalité de ce qui m'entourait a affleuré à ma conscience, accompagnée de sons, de sensations. J'ai fini par distinguer les gyrophares bleus qui clignotaient à proximité. Le pas lourd des pompiers qui allaient et venaient dans la boue en foulant les broussailles. Le grésillement des talkies-walkies. Les cris d'hommes et de femmes en train d'effectuer leur travail. Et tout à coup, j'ai été prise d'une peur panique. Eddie était-il là, dissimulé parmi tous ces gens ? Et Mark ? Les policiers savaient-ils qui ils recherchaient ?

J'ai tenté de parler, mais aucun mot n'a voulu sortir de ma bouche. Il faut dire que ma mâchoire me faisait un mal de chien et qu'elle craquait quand j'essayais de la bouger.

Mon angoisse a dû être perceptible dans mon regard.

— C'est bon, ils ne sont plus là, m'a dit Sam d'une voix apaisante. Ils sont tous les deux morts.

Un voile noir a tout obscurci autour de moi.

Quand je me suis réveillée, à l'hôpital, j'ai découvert le visage défait de mes parents, postés de chaque côté de mon lit. Ils me tenaient chacun une main avec une infinie douceur, pour ne pas irriter mes ecchymoses ni déplacer les canules de perfusion qui avaient été insérées.

— Tu es de nouveau avec nous, ma chérie, a dit maman, sa voix agissant comme un baume. Tu es en sécurité maintenant.

J'ai senti une larme couler sur ma joue, brûlant ma peau contusionnée.

Lui aussi submergé par les larmes, mon père m'a expliqué qu'il y a eu une explosion, provoquée par un coup de feu, et que ce coup de feu provenait de l'arme de Mark Black. Le major Mark Black. Personne ne sait avec certitude ce qui s'est passé, mais d'après les images qui ont été prises de la scène, il semblerait que Mark Black ait délibérément visé la bonbonne de gaz. Quoi qu'il en soit, son geste a stoppé net Eddie dans sa course et m'a indubitablement sauvée.

Celui qui avait tout commencé, le soir où il m'avait suivie tandis que je marchais dans Dungiven Road, m'avait également sauvée. Il s'était sacrifié pour moi. Je n'arrête pas de penser à l'expression qu'a prise son visage quand j'étais agenouillée devant le radiateur à gaz. À ses mouvements d'yeux pour me signifier de garder mon calme et de me diriger vers la porte. À sa main plongée dans sa veste.

Pour prendre son arme.

Sur le moment, je n'ai pas été en mesure de déchiffrer ces signaux. J'étais bien trop terrifiée. Ma capacité de voir le bien en autrui avait été annihilée.

Certains voient en lui un héros. Mon propre point de vue est plus nuancé. Après tout, c'est à cause de lui que tout a commencé. Et je vois encore la haine dans son regard, ce premier soir, quand il m'avait fichu la trouille pour obtenir des *likes* sur internet. Il semblait avoir chevillé au corps un profond mépris pour les femmes, mais je ne pense pas qu'il méritait de mourir pour autant. La mort d'Elzbieta était déjà une mort de trop.

Certes, Eddie et Mark ne pourront pas s'en prendre à d'autres femmes, mais je suis parfaitement consciente qu'ils ne seront jamais traduits en justice. C'est une semi-victoire pour moi. J'aurais voulu voir Eddie se faire étriller par un tribunal. J'aurais voulu qu'il pourrisse en prison pour le restant de ses jours.

Pour certains de ses disciples, Eddie est devenu un martyr. Ça me révolte. À leurs yeux, c'est un héros. C'est d'ailleurs probablement ce qu'il a toujours voulu devenir. Il devait bien se douter qu'il ne sortirait pas indemne de tout ça. Il voulait devenir célèbre ? Eh bien, il a réussi. Mais il ne le saura jamais.

Je ne peux pas me permettre de trop penser à tout ça. Je ne peux pas me permettre de ressasser sans fin ces souvenirs abominables ni de jouer au jeu des « et si ? ». En revanche, j'ai le droit de me dire que ce n'est pas Mark Black qui m'a sauvée. Je me suis sauvée moi-même. C'est en me battant comme une lionne que je me suis sortie d'affaire. Ça, on ne peut pas le mettre à son crédit.

Je me raccroche à cette certitude quand souffrances et angoisses me submergent. Cette semaine en enfer continue de me hanter, à chaque fois que je ferme les yeux ou que j'entends qu'on tourne une clé dans une serrure. Je ne sais pas si ces traumatismes me quitteront un jour. Ils semblent désormais faire partie de moi, au même titre que les dizaines de minuscules cicatrices qu'ont laissées sur mes bras et sur mon visage les tessons de verre projetés par l'explosion.

À chaque fois que je me réveille, il me faut une minute ou deux pour réaliser où je suis. Et pour me rappeler que je suis en sécurité – au chaud – et que j'ai survécu. Je redoute d'aller dormir, de crainte d'être à nouveau prise de panique au cours de la nuit. Mais je peux compter sur maman, qui dort à mes côtés, sa main dans la mienne pour me rassurer.

Je ne suis pas encore retournée vivre avec Clodagh. Mais je le ferai. Dès que je m'en sentirai capable. Nous avons d'ores et déjà renoué, et jamais plus je ne la négligerai comme je l'ai fait. Je ne chercherai jamais plus à avoir davantage que ce dont j'ai besoin. Elle me rend visite régulièrement. C'est vraiment chouette de boire le thé avec elle dans la cuisine de ma mère, tout en échangeant des potins comme nous le faisions, adolescentes. Il y a encore beaucoup d'affection entre nous, même si notre amitié a été mise à rude épreuve.

Mais pour le moment, j'ai besoin d'être proche de ma mère, et elle de moi.

Elle m'a dit qu'elle avait réalisé, durant la période de ma séquestration, quand je risquais réellement de me faire tuer, qu'elle en avait eu assez.

Quoi qu'il m'arrive, elle s'était solennellement juré de mettre un terme à son mariage. Elle n'avait pas supporté l'idée que mon père puisse être tout ce qui lui resterait.

Il n'avait pas cherché à discuter. Il avait tiré une tête de cent pieds de long en partant, mais elle était beaucoup plus heureuse ainsi. Sa vie a repris des couleurs. Je commence à peine à comprendre tout ce qu'il lui a fait endurer. Tout ce qu'elle m'a caché, aussi. J'ai enfin compris qu'une grande partie de sa vie au quotidien tenait du jeu de rôles. Je l'avais crue faible, alors qu'en réalité il fallait une force extraordinaire pour tenir le coup pendant toutes ces années, à se dévouer corps et âme à un homme qui ne serait jamais capable d'aimer quiconque à part lui-même.

Nous guérissons toutes deux ensemble de nos maux, lentement mais sûrement.

Harry Styles s'étire, se tourne vers moi en clignant des yeux, puis se roule à nouveau en boule en ronronnant d'aise. Je pousse un soupir de soulagement.

NOTE DE L'AUTRICE

Le jour où j'ai confié la première version de ce roman à mon éditeur, le corps sans vie de Sarah Everard a été retrouvé dans une forêt près d'Ashford, dans le Kent.

Âgée de trente-trois ans, cette cadre travaillant dans le secteur du marketing a été kidnappée puis assassinée en mars 2021 alors qu'elle rentrait chez elle après avoir rendu visite à une amie.

En septembre 2021, Wayne Couzens, un ancien officier de police, a été condamné à la prison à perpétuité pour l'avoir séquestrée, violée, puis assassinée.

Sarah Everard n'est pas la première femme – et elle ne sera malheureusement pas la dernière – à n'avoir jamais pu rentrer chez elle. Sa mort a non seulement provoqué une vague d'indignation considérable, mais elle a aussi libéré la parole des femmes. Elles n'hésitent plus à dénoncer les multiples occasions où elles se sentent menacées ou en insécurité du simple fait qu'elles sont des femmes ; où elles serrent leurs clés dans leur poing, prêtes à s'en servir comme d'une arme de fortune ; où elles se font siffler ; où nous, les femmes, avons peur de marcher seules dans la rue, le soir.

La misogynie systémique et institutionnelle est une réalité qui s'est retrouvée plus que jamais exposée au grand jour en mars 2021.

Dans le cadre plus général du débat sur la misogynie, la popularité grandissante du mouvement des *incels* (« célibataires involontaires ») s'est inévitablement retrouvée sous le feu des projecteurs.

J'ai entendu parler pour la première fois des *incels* quand en 2014, en Californie, Elliot Rodger a tué six personnes et en a blessé six autres avant de se suicider. Rodger, qui se voyait lui-même comme un *incel*, était très actif sur les forums dédiés à ce mouvement. Il avait posté des vidéos sur YouTube détaillant ses convictions et laissé un manifeste de 137 pages. Nombreux sont ceux au sein de la communauté *incel* à voir en lui un martyr et à le considérer comme un héros. Son nom, ainsi que ses actions, ont été mentionnés dans de nombreuses discussions et invoqués lors de récentes attaques survenues depuis. Le mouvement n'a cessé de prendre de l'ampleur, malgré des mesures énergiques prises contre les forums de discussions et les messageries *incels*.

À un moment donné, Reddit accueillait sur sa plateforme de multiples discussions *incels* qui ont totalisé jusqu'à 41 000 utilisateurs actifs. Ces discussions ont été interdites en 2017, mais il est possible de se faire un aperçu de leur contenu grâce aux nombreuses captures d'écran accessibles à quiconque sait utiliser un bon moteur de recherche, a le cœur bien accroché et dispose d'une bonne dose de patience.

En me documentant pour l'écriture de ce roman, j'ai lu des discussions absolument épouvantables. Mais on y trouve aussi le témoignage du désarroi d'hommes, jeunes pour la plupart, qui disent se sentir perdus, inutiles et minables dans un monde qui ne cesse de remettre en question l'identité et le rôle des hommes.

Il n'est pas difficile de voir comment ces hommes vulnérables et en colère finissent par se retrouver happés par ces forums, manipulés par une idéologie *incel* des plus insidieuses.

Les adeptes de cette mouvance se considèrent peu séduisants, ne cessent de se déprécier en mettant en avant leurs défauts, mais expriment en même temps une colère extrême en se disant ignorés par la gent féminine. Ils trouvent une oreille attentive auprès d'hommes qui comprennent leur frustration et leur donnent l'occasion de donner libre cours à leur colère.

Ces hommes idéalisent le «bon vieux temps» – une époque où les rôles étaient clairement définis : les hommes faisaient bouillir la marmite et les femmes, soumises, étaient souvent dépendantes de leur mari.

La communauté *incel* accuse très fermement le féminisme d'avoir vidé la masculinité de sa substance. En son sein, les hommes développent leurs idées pour un monde «plus juste», notamment persuadés que le sexe est pour eux un besoin biologique et que les priver de ce droit fondamental revient à les déshumaniser.

Au cours de mes recherches, je suis tombée sur l'argument selon lequel les femmes ayant eu de multiples partenaires sexuels devraient, en raison même de leur morale relâchée, se rendre disponibles sexuellement pour les *incels*. Parmi les choses les plus choquantes que j'aie pu lire se trouvait l'idée que les femmes pourraient tout simplement être utilisées comme des objets sexuels, à la disposition des hommes ; ou que les femmes en état de mort cérébrale devraient être maintenues artificiellement en vie, et ce dans le même but.

J'ai été horrifiée par l'essentiel de ce que j'ai lu. La plupart des pseudonymes que j'ai utilisés dans ce roman sont authentiques et proviennent de forums auxquels j'ai eu accès. Ils illustrent la façon dont les femmes y sont considérées et témoignent de la masculinité toxique qui règne dans ce milieu.

Le mouvement *incel* a été identifié dans de multiples fusillades de masse à travers le monde, et en août 2021, ces dernières avaient déjà fait plus de soixante victimes. La dernière en date au moment de mettre ce livre sous presse fut le meurtre en juillet 2021 à Plymouth (Angleterre), de cinq personnes par un *incel* autoproclamé, Jake Davidson. Cet incident est survenu le jour où je commençais la dernière relecture des épreuves de ce roman.

Nous devrions tous nous sentir concernés par le mouvement *incel*. Non seulement en raison de sa violente rhétorique mais aussi parce que, depuis que j'ai découvert son existence, j'ai pu constater qu'il gagnait du terrain à une vitesse exponentielle.

En l'absence d'un espace public en ligne où ils pouvaient échanger sur l'idéologie *incel*, ses partisans ont été contraints de poursuivre leurs discussions dans les bas-fonds du Net où, en l'absence de toute modération, prospère l'extrémisme.

Mais les croyances *incels* commencent à gagner du terrain dans la société conventionnelle – comme l'ont montré sur les réseaux sociaux les réactions à la tuerie de Plymouth.

Le niveau de violence verbale à l'égard des femmes augmente de jour en jour sur internet. Dans mon entourage, la plupart des femmes ayant un compte actif sur Twitter ont été menacées de viol ou de meurtre, quand ce n'est pas leurs enfants qui ont été menacés de viol. La réception non sollicitée de photos de verges – acte d'agression et d'intimidation – est une réalité que connaissent la plupart des femmes sur internet. Le fait d'exprimer son désaccord avec l'opinion d'un homme, ou de décliner les avances d'un homme, aboutit souvent à un torrent d'injures misogynes. Tant que le sexe sera utilisé comme une arme contre les femmes, il n'y aura pas de véritable égalité.

J'ai écrit ce livre car je vois à quel point cette idéologie, qui se répand comme une traînée de poudre, est devenue omniprésente. Je voulais aussi examiner la façon dont on pouvait se faire endoctriner au point de rejoindre cette communauté sectaire sans même s'en rendre compte, tant il est addictif de voir ses propres peur et colère validées par autrui.

Je crains malheureusement que nous n'ayons jamais été aussi proches du moment où la République de Gilead de Margaret Attwood pourrait devenir réalité. Voilà qui devrait tous nous effrayer.

Cet ouvrage a été composé par
Atlant'Communication au Bernard (Vendée)

Impression réalisée par
CPI Brodard & Taupin
en juin 2023
pour le compte des Éditions de l'Archipel
département éditorial
de la S.A.S. Écriture-Communication.

Imprimé en France
N° d'impression : 3052597
Dépôt légal : juillet 2023